LA ROSE BLEUE

ANTHONY EGLIN

LA ROSE BLEUE

roman

Traduit de l'anglais
par JEAN BOURDIER

Éditions de Fallois
PARIS

Titre original : *The Blue Rose*

First published in Great Britain 2004
by Constable, London

22, rue La Boétie, 75008 Paris

ISBN 2-87706-581-2

Pour Suzie et Tara

CHAPITRE 1

« La vie commence le jour où l'on entreprend de créer un jardin. »

Proverbe chinois

Elle fut réveillée par une assemblée de corbeaux.

Il y en avait toute une famille, croassant et battant des ailes en décollant du haut d'un grand cèdre qui dominait la prairie au-delà du mur.

Kate Sheppard bâilla, s'étira et se remit en position assise sur le vieux banc blanc et branlant. Elle se demanda combien de temps elle avait ainsi dormi. Se frottant les yeux, elle regarda s'éloigner les oiseaux, devenus de simples taches noires disparaissant à l'horizon brumeux.

Une assemblée de corbeaux. Qui avait inventé ce terme ?

Une volée de moineaux, une compagnie de perdreaux… un vol de gerfauts.

Un vol de gerfauts. C'était à celui-là, décida-t-elle, qu'allait sa préférence. Il y avait, bien sûr, une réminiscence poétique à la clé.

Pourquoi diable retenait-elle de telles babioles sans importance ? Elle devenait aussi impossible qu'Alex, son mari – véritable encyclopédie de faits dérisoires, de chiffres et de détails inutiles, qu'il se faisait toujours un plaisir de ressortir lors des dîners en ville.

Kate bâilla de nouveau. Il faisait exceptionnellement chaud pour la période de l'année. Elle avait envie de faire une autre sieste. Regardant vers le bas, entre les lattes du banc, elle remarqua des écailles de peinture blanche sur le sol. Un autre détail à ajouter à la liste des choses « à faire ». Elle plongea la main dans le sac de toile posé à côté d'elle et en tira un petit carnet auquel était agrafé un Stylomine. « Réparer et repeindre le banc blanc près de l'érable du Japon », écrivit-elle au bas d'une longue colonne, à l'avant-dernière page du carnet. Depuis qu'ils avaient acheté cette vieille maison, la liste en question tournait de plus en plus à la mauvaise plaisanterie. Chaque jour, elle s'allongeait, mais fort peu de lignes en étaient rayées. Alex estimait qu'ils seraient largement octogénaires avant d'avoir rempli le programme.

Kate se rappelait dans les moindres détails ce qui s'était passé le matin où Alex et elle étaient tombés sur « Le Presbytère », une petite maison campagnarde du dix-neuvième siècle à l'extrémité du village de Steeple Tarrant, dans le Wiltshire. Avec son jardin clos de hauts murs qui couvrait près d'un hectare, elle avait fait grande impression sur l'un comme sur l'autre. Ce qu'elle ne savait toujours pas, c'était ce qui l'avait amenée à demander à Alex d'arrêter la voiture, puis de reculer, alors qu'ils quittaient le village, ce dimanche matin du mois de mars dernier. Elle n'avait pas vu, à leur premier passage, la discrète pancarte « À vendre », mais elle était bel et bien là. Personne n'étant en vue et fort peu de voitures passant sur la route à cette heure matinale, ils s'étaient relayés pour regarder par-dessus le haut mur. Leurs écharpes remontées jusqu'au menton, frissonnant à proximité du village encore endormi, ils avaient contemplé, incrédules, une version parfaitement authentique des dessins qu'Alex avait tracés depuis plusieurs mois. Les dessins de *leur* maison de campagne idéale. En voir l'exacte réplique avec tant de détails précis donnait une impression quasi surnaturelle.

Un mur d'enceinte en briques rousses de deux mètres quarante de haut abritait du regard des passants la construction de pierres dorées. Deux piliers de pierres décolorées par les intempéries, surmontés chacun d'une boule de pierre couverte de lichen, encadraient des portes de fer forgé au dessin compliqué, apparemment bloquées dans la position ouverte, leur base enfoncée dans la dense végétation vert sombre flanquant une allée semée de sable. Fixée assez haut sur le pilier de gauche se trouvait une plaque de bronze terni.

Gravés en caractères romains y figuraient les mots « Ancien presbytère de Steeple Tarrant ». Les villageois, comme Alex et Kate le découvrirent ensuite, l'appelaient simplement « Le Presbytère ».

Alex, architecte de son état, était tombé amoureux de la maison. Il balbutiait des mots tels que « modifications sympathiques », « intégrité », « reflet de sa période ». Kate, elle, s'était immédiatement éprise du jardin. La maison était charmante, mais c'était ce vieux jardin enchanteur qui faisait battre son cœur plus vite. Il était exactement ce dont elle avait toujours rêvé.

Par le matin blafard où ils l'avaient vu pour la première fois, les seules couleurs en évidence avaient été diverses teintes de vert des plantes et des feuilles ayant résisté à des frimas peu charitables. Sans ces plantes au vert tenace, Kate aurait aussi bien pu regarder une vieille photo en noir et blanc. Mais une vieille photo très évocatrice. Bien que ce jardin ait été totalement négligé pendant des années, on ne pouvait se méprendre sur son ambitieuse conception. Avec ses grands arbres et ses épais buissons, ses savantes bordures de briques et de pierres, ses volumineuses haies d'ifs et de buis, ses dénivellations, il avait de toute évidence connu des jours glorieux. Il faut bien des années pour réaliser de tels jardins.

Immédiatement derrière le mur, se pressaient des rosiers grimpants aux tiges inextricablement emmêlées. Certaines d'entre elles, à leur base, étaient plus grosses que le bras de Kate. Un peu plus loin, le long du mur, ces rosiers cédaient la place à des arbres fruitiers en espalier. Plus à l'intérieur, des arbustes réduits à l'état de squelettes ponctuaient le sol. Plus loin encore, vers la maison elle-même, des constructions en treillis et une longue pergola festonnée de vigne vierge.

En cette minute de vérité, Kate sut que « Le Presbytère » serait leur maison.

Deux mois et quelques jours plus tard, la maison était effectivement à eux. Mais, bien que Kate eût pris spécialement une semaine de congé à cet effet, l'installation dura plus que prévu. Ils s'étaient demandé initialement si leur mobilier conviendrait à la maison, mais toutes leurs craintes à cet égard se révélèrent sans fondement. À quelques exceptions près, le contenu de leur maison citadine de Bath – des meubles anciens pour la plupart – vint s'insérer dans la nouvelle demeure comme s'il s'était toujours trouvé là. Et le temps anormalement pluvieux n'avait pas empêché Kate de faire quelques tours exploratoires dans le jardin.

Maintenant – trois semaines après leur installation – le moment qu'elle avait attendu depuis le début était finalement arrivé. Ils allaient entreprendre la tâche redoutable de restituer au jardin sa gloire ancienne. Il ne s'agissait plus simplement d'observer et de prendre des notes – ils allaient établir un plan en règle du jardin, avant d'en entreprendre le nettoyage, usant des cisailles, de la pelle et du râteau. Le soir précédent, en y mettant un peu d'insistance et en lui servant plusieurs verres de vin, elle avait obtenu d'Alex que, tant que le beau temps persisterait, ils consacrent tous leurs efforts et toutes leurs journées au jardin.

En s'éveillant, ils avaient trouvé un ciel d'un bleu parfait. Une journée déjà pleine des relents de la terre et des petits bruits de l'été. Une parfaite journée de juin pour s'en aller explorer le jardin et commencer à répertorier son trop luxuriant contenu. Kate avait déjà noté dans son carnet de demander à son amie Vicky de l'aider à identifier les innombrables roses éparses entre les murs. Quelques-unes avaient encore leurs petites étiquettes d'origine, mais la plupart les avaient perdues depuis longtemps, en même temps que leur identité. Pépiniériste, Vicky Jamieson était l'une des propriétaires d'un très prospère centre floral nommé Holly Hill, dans le comté voisin de Berkshire. Elle avait naguère aidé les Sheppard à créer leur jardin de Bath, et était devenue tout à la fois leur gourou en matière de plantes et leur amie la plus proche.

Au petit déjeuner, les Sheppard divisèrent la propriété en huit sections distinctes, toutes nommées et numérotées sur un plan tracé par Alex. Kate allait commencer par opérer une reconnaissance générale dans le jardin, en prenant de nouvelles notes au fur et à mesure. Alex, qui s'était toujours proclamé « l'homme des gros travaux », entreprendrait une opération de nettoyage préalable.

— Et quoi que tu fasses, Alex, avait déclaré Kate en souriant et en le menaçant du doigt, tu ne coupes rien et tu n'arraches rien...

Les jambes étendues devant elle et les mains derrière la tête, Kate paressait sur le banc en attendant qu'Alex se manifeste. Après deux heures de déambulation dans le jardin, elle s'offrait une petite pause, savourant tout à loisir le ravissant décor qui l'entourait. Les derniers jours avaient été chauds, et des myriades de roses et de fleurs diverses avaient littéralement explosé en un épanouissement à couper le souffle. Leurs pétales chatoyants et leurs parfums aguichants guidaient vers les réserves de pollen et de nectar abeilles et papillons en un incessant ballet.

Elle eut conscience d'un soudain changement de lumière, comme le soleil se mettait à jouer à cache-cache avec des nuages moutonneux arrivant à l'horizon. Il commençait incontestablement à faire plus frais. Elle avait récemment remarqué que le jardin exerçait une subtile influence sur elle. Il avait une manière fort plaisante d'intensifier ses émotions, une déconcertante emprise sur elle qu'elle trouvait impossible à expliquer rationnellement. Quand elle s'était efforcée d'affirmer à Alex qu'il y avait, au « Presbytère », quelque chose de très particulier – spirituellement, même –, il s'était borné à hausser les épaules avec une allusion perfide à *Alice au Pays des Merveilles*.

Mais où pouvait-il bien être, en attendant ? Peut-être feraitelle mieux d'aller voir ce qu'il faisait.

Comme pour répondre à ses préoccupations, elle l'entendit arriver et tourna la tête.

D'une main gantée de cuir, Alex tenait fermement une machette. Un rouleau de corde était accroché à sa ceinture. Il était coiffé d'un chapeau de paille de style australien dont la jugulaire lui pendait sous le menton. Asp, leur petit terrier, sautillait à ses talons.

Kate éclata de rire.

— Hé, Indiana Jones ! s'exclama-t-elle, le doigt tendu vers une allée. Le Temple Maudit, c'est de ce côté !

Il sourit.

— Tu ne crois pas si bien dire, fit-il. C'est à une vraie jungle qu'on a affaire !

— Eh bien, en tout cas, personne ne pourra t'accuser de ne pas t'être équipé en conséquence !

— Ce n'est pas cela qui résout le problème, soupira-t-il. Il va falloir toute une vie pour mettre un peu d'ordre dans ton satané jardin. J'ai travaillé toute la matinée sur un tout petit coin, et c'est comme si je n'avais rien fichu.

Kate tapota le banc à côté d'elle.

— Largue-moi tout ce barda, dit-elle, et viens un peu ici, chéri.

Abandonnant ses outils, Alex s'assit lourdement, ôta son chapeau et s'essuya le front.

— Attention, fit Kate, en voyant le banc vaciller sous le poids de son mari. Il est un peu branlant.

Alex sourit.

— Il est comme moi, dit-il. Il a besoin d'un peu d'amour et d'attention.

— Plus tard, ronronna Kate en embrassant son mari sur la joue.

Ils bavardèrent quelques minutes, puis Alex se leva, planta son chapeau sur sa tête et entreprit de rassembler ses outils. Tirant sa montre-bracelet de la poche où il l'avait mise à l'abri, il déclara :

— Presque onze heures. Que dirais-tu d'un déjeuner vers midi ?

Kate hésita.

— Pourquoi pas une heure ? proposa-t-elle.

— Je suppose que je pourrai tenir jusque-là. Mais si tu vois des vautours commencer à tourner là-bas, tu sauras...

Elle désigna en souriant le sécateur qui dépassait de la poche arrière de son mari.

— Souviens-toi plutôt, dit-elle. Ne coupe ni ne tranche rien si tu n'es pas vraiment sûr que ce soit une mauvaise plante.

— Ne t'inquiète pas. Je n'aurai aucun geste inconsidéré.

Et, lui déposant un baiser sur la joue, il ajouta, avant de se mettre en route :

— Maintenant, va tranquillement parler à tes roses. À tout à l'heure !

— Ne ricane pas comme cela, lui lança-t-elle. Chacun sait que le prince Charles parle tout le temps à ses fleurs…

Souriant toujours, elle le regarda disparaître au tournant de l'allée. Son allure quand il marchait, le pas résolu et les épaules ondulant légèrement, lui avait toujours fait penser à John Wayne. Leur première rencontre lui revint en mémoire ; elle l'avait trouvé très difficile à situer. Elle se souvenait avoir été plus intriguée qu'éprise. Au premier abord, il donnait l'impression d'être réservé et presque taciturne, mais avec quelque chose de résolument viril dans le visage et l'attitude. Elle avait vite découvert que la réserve était trompeuse, comme s'il ne la cultivait que pour masquer la gentillesse et la joyeuse humeur qui caractérisaient sa véritable nature. Quand elle eut réussi à lui arracher un sourire, puis à le faire rire, il se mua en une tout autre personne. Envolés, le regard sévère et l'attitude distante ! Son visage s'illuminait soudain. Leur mariage entrait maintenant dans sa neuvième année. Elle se disait qu'elle avait beaucoup de chance. Elle l'aimait. Beaucoup, beaucoup.

Écartant d'un revers de poignet la flèche du Parthe lancée par son épouse, Alex poursuivit son chemin. Kate et sa passion nouvelle du jardinage ! Que diable pouvait-elle y voir ? Comment pouvait-elle tirer tant de plaisir et de béatitude de planter une maigre brindille et d'attendre une éternité que celle-ci se décide à grandir… puis, après une pitoyablement courte existence, à périr ? Et ces rosiers qu'elle aimait tant ? Quant à lui, il trouvait ces pénibles arbustes carrément affreux. Certes, les fleurs elles-mêmes étaient belles et beaucoup sentaient très bon. Mais les plantes sur lesquelles elles poussaient ? Aux yeux d'Alex, ce n'étaient guère que de hideux bâtons pleins d'épines.

Il se retourna pour regarder Kate. Malgré son absence de maquillage, son jean effrangé et son T-shirt aux teintes foncées, elle ne manquait pas d'élégance. Ses cheveux blond cendré caressaient ses épaules. Elle était mince, mais pas assez grande pour être qualifiée d'élancée. Elle n'avait rien de vraiment caractéristique, sauf ses yeux. Mais ceux-ci, très écartés et d'un gris vert profond et lumineux, ne pouvaient que capter – et retenir – l'attention.

Alex avait maintenant atteint la longue plate-bande sur laquelle il avait déjà travaillé précédemment. Il aurait nettement préféré faire quelque chose d'autre – jouer au tennis ou peut-être bricoler sa vieille Alfa-Romeo Spider Veloce – mais il avait promis sa journée à Kate. Il s'arrêta un moment, poussa un soupir, et se remit à l'œuvre.

Après avoir, pendant une heure et demie, ratissé des couches entières de feuilles pourries et de débris végétaux, coupé les branches mortes des arbres et arbustes qu'il rencontrait, ainsi que les « gourmands » des rosiers – ce à quoi Kate eût donné son approbation –, il décida que le moment était venu de faire une pause. De toute manière, le vent se levait et l'on commençait à sentir que la pluie n'était pas loin. Il jeta un coup d'œil à la plate-bande. Cette fois, les résultats de son travail étaient discernables. Tout semblait nettement plus propre et plus net. Kate allait être contente. Il était sur le point de faire demi-tour pour aller ramasser ses outils lorsqu'il s'arrêta net.

La plate-bande qu'il avait finie de nettoyer se terminait à un mur de briques plus élevé que lui de quelques dizaines de centimètres. Sur sa gauche, le mur tournait presque à angle droit et disparaissait de sa vue. Comme Alex n'avait parcouru que deux ou trois fois le jardin, il était compréhensible qu'il ne l'ait pas remarqué plus tôt. Il se dit qu'un brin d'exploration supplémentaire ne serait sans doute pas superflu.

Il se mit donc à suivre le vieux mur de briques, s'appuyant parfois de la paume à sa surface rugueuse pour se stabiliser. Il découvrait maintenant que le mur s'incurvait pour délimiter une sorte de croissant d'une dizaine de mètres de profondeur et d'une vingtaine de mètres de longueur – une plate-bande cachée, invisible de l'allée. Malgré l'ombre projetée par le mur et les buissons et arbustes autour du croissant, il filtrait assez de lumière et de soleil pour que des fleurs s'y épanouissent en une masse aux couleurs intenses. La plupart d'entre elles semblaient être des roses. Des fleurs bien joufflues aux teintes allant du rose foncé à l'ivoire, en passant par le corail et le carmin. Elles rappelèrent à Alex une vieille peinture flamande – de ces peintures où un fond obscur fait éclater plus encore la lumière.

Il resta immobile, pendant toute une minute peut-être, fasciné par la composition qu'il avait sous les yeux : la luminescence, les gradations d'ombre et de couleur, les teintes feutrées, la matière...

Comme il se retournait pour aller rejoindre l'allée, il eut la vision fugitive, tout à l'arrière du massif, d'une couleur totalement étrangère. Ce ne fut qu'un éclair, mais cet éclair le secoua vivement.

Il se figea sur place.

La vision avait disparu.

Il se pencha vers la gauche, puis lentement vers la droite et... c'était revenu.

Un jeu de lumière, certainement. Cette couleur...

Il se fraya un chemin à travers les broussailles pour aller y regarder de plus près. Une épine s'enfonça dans son bras. Il écarta la branche de rosier, s'arrêta, puis recula d'un pas. Que diable... ?

Ce ne pouvait être vrai ! Impossible !

Il sentit la chair de poule envahir sa nuque et son crâne. Malgré sa connaissance plus que sommaire du monde de la botanique, Alex savait qu'il était en train de contempler quelque chose de très particulier – de plus qu'étrange, en fait.

Il s'avança, étendit le bras et toucha.

— Dieu du ciel ! murmura-t-il. *Est-ce réel* ?

CHAPITRE 2

« Les grandes découvertes ne résultent pas inévitablement de la recherche ou de conceptions préétablies. Elles sont parfois le simple produit de la chance… C'est ce qui fait le charme du jeu… Son caractère passionnant. Chaque matin, à la rosée, un miracle peut se produire. »

EUGÈNE BOERNER, éminent spécialiste
de la greffe, Jackson and Perkins

— Je pense que c'est le soleil qui t'a tapé sur la tête, haleta Kate en pressant l'allure pour pouvoir suivre Alex.

Tous deux remontaient maintenant l'allée en courant. Mais quoi donc, sur cette terre, pouvait amener Alex à se conduire de façon aussi peu alexienne ? Il lui serrait si fort la main qu'elle en avait les doigts gourds. Des branches pointues menaçaient de déchirer son T-shirt. Elle était sur le point de se mettre à hurler lorsqu'il s'arrêta pile.

Elle faillit le catapulter.

— Alex, clama-t-elle de tout ce qui lui restait de souffle, qu'est-ce qui te prend ? Tu es devenu dingue ou quoi ?

Il lui faisait maintenant face. Son visage avait une curieuse expression. Elle ne l'avait jamais, au grand jamais, vu dans un tel état d'excitation.

Il lui prit l'autre main.

— Alex… commença-t-elle.

— Attends, fit-il, une main levée. Ferme les yeux, s'il te plaît.

Elle soupira.

— Très bien, concéda-t-elle.

Elle ferma les yeux et se laissa guider par lui une douzaine de pas encore.

— Alex, c'est idiot…

Comme elle commençait à protester, ils s'arrêtèrent. Il lui lâcha la main et alla se placer juste derrière elle. Elle pouvait sentir ses mains sur ses épaules, son souffle sur sa joue.

— Tu as toujours les yeux fermés ? demanda-t-il.

— Oui.

— Alors, ouvre-les, maintenant, chuchota-t-il.

Elle obéit.

Tout d'abord, ce qu'elle vit n'eut pas de sens pour elle. Pendant une seconde, elle pensa que c'étaient ses yeux qui s'accommodaient à la lumière. Les doigts d'Alex lui serraient les épaules.

— En fin de compte, ce n'était pas une hallucination, murmura-t-il.

— Cela ne peut pas… Ce n'est pas possible, bredouilla Kate.

— C'est pourtant là, dit Alex.

Devant eux, arrivant à la hauteur de leurs épaules, se dressait un buisson de roses, épais et épineux, avec de soyeuses feuilles vert sombre. Il était couvert de fleurs de la taille d'une balle de tennis – de douzaines d'entre elles. Des fleurs bien grasses et parfaitement formées.

Elles étaient bleues.

D'un bleu brillant. Pas lavande ou mauve, mais un bleu électrique.

Kate s'approcha doucement, puis s'agenouilla, le visage à quelques centimètres de l'une des fleurs. Elle la toucha et tira légèrement sur l'un des pétales.

— Oh, mon Dieu ! fit-elle à voix basse. Elle est vraie…

Se rapprochant encore un peu, elle respira le parfum. Il était doux et capiteux. Plus proche, peut-être, du jasmin que de la rose – mais en plus complexe, plus enivrant. C'était trop ! Non seulement une rose bleue, mais une rose bleue au parfum infiniment séduisant.

— Alex, demanda Kate en se relevant mais en continuant à fixer la rose, hypnotisée, Alex, ce n'est pas encore un de tes canulars à la noix, n'est-ce pas ?

— Pas cette fois, fit Alex si bas qu'elle l'entendit à peine.

— Tu sais, c'est censé être génétiquement impossible. C'est pourquoi il n'y a jamais eu de roses bleues. Jamais.

Alex ne répondit pas. Il inspectait les épines parsemant les tiges bordeaux du rosier.

— Je me demande quel âge il a, poursuivit Kate. Depuis combien de temps il est là.

— Il me paraît assez vieux, fit Alex, mais pour ce que j'y connais...

Il se releva et ajouta :

— Ciel ! Regarde-moi ces épines ! De véritables aiguilles.

— Alex, écoute-moi. Je ne crois pas que tu te rendes compte de l'importance de cette chose. Nous assistons en ce moment à un miracle horticole.

Ils restèrent un moment silencieux, les yeux fixés sur le rosier. Puis Alex jeta un regard de côté à Kate.

— Que penses-tu que nous devrions faire ? demanda-t-il.

— Je ne sais vraiment pas.

— Peut-être devrions-nous demander à Vicky d'y jeter un coup d'œil. Elle saurait sûrement. Pourquoi ne pas rentrer et lui passer un coup de fil au centre floral ?

Ne pouvant toujours pas détacher son regard du rosier, Kate mit un petit moment à répondre.

— Tu as raison, fit-elle enfin. Vicky aura certainement une crise cardiaque quand nous lui en parlerons, mais pas de précipitation. Je pense que nous devrions nous donner la nuit pour réfléchir.

— Comme tu voudras.

— Alex, si cette chose est réelle – et c'est certainement l'impression que cela donne –, j'ai idée qu'elle pourrait valoir des monceaux d'argent. Mais si le bruit se répand, nous risquons d'avoir un sacré problème sur les bras.

— Pourquoi ?

— Tu ne vois pas ? La terre entière va venir tambouriner à notre porte en demandant à voir le phénomène.

— Alors, nous n'avons qu'à garder la chose secrète jusqu'au moment où nous en aurons appris un peu plus long.

— Exactement.

Tous deux restèrent un long moment silencieux.

Finalement, Alex passa son bras autour des épaules de Kate et serra doucement.

— Tu sais, dit-il, je trouve tout cela vraiment excitant. Allons déjeuner. Ensuite, je reviendrai et je prendrai quelques photos. Non que cela puisse convaincre qui que ce soit ; de nos jours, on fait ce qu'on veut avec des photos. Même des roses bleues...

— Exact. Mais tu as raison, il faut quand même en prendre quelques-unes.

Kate saisit de nouveau la main de son mari tandis qu'Asp s'en allait renifler le pied du rosier.

— On ferait mieux de retirer Asp d'ici, remarqua Alex en souriant. Sinon il va pisser sur notre future fortune.

— Viens ici, Asp, appela Kate en gloussant de rire.

Ils regardèrent encore un moment les fascinantes fleurs bleues, puis se dirigèrent vers la maison.

— Point positif, déclara Alex alors qu'ils s'engageaient dans l'allée centrale, le rosier est parfaitement en sécurité là où il est, et nous avons tout le temps pour réfléchir à son sort.

Kate approuva simplement de la tête.

Il lui entoura de nouveau les épaules de son bras.

— De toute manière, fit-il, qu'est-ce qui rend si précieuse une rose bleue ? Ce n'est qu'un spécimen d'une couleur différente, non ?

— Non, ce n'est pas cela du tout, crois-moi. J'ai lu un article là-dessus. Des scientifiques ont passé des années à essayer de créer une rose bleue, sans le moindre succès. L'explication était beaucoup trop technique pour moi, mais, en résumé, le problème était qu'ils n'arrivaient pas à isoler le gène d'une fleur bleue – je crois que c'était un pétunia – pour le transmettre à une rose.

— Une petite gêne avec les gènes, en somme.

— Très drôle.

Un écureuil traversa l'allée devant eux, aussitôt pris en chasse par Asp aboyant de toutes ses forces.

— Je pense que sur Internet on pourra trouver quelques informations, dit Alex.

— Probablement. Je vais voir aussi à la bibliothèque.

— Je me demande combien cela vaut, en fait.

— Pour une grande société de fleuristes, beaucoup d'argent, j'imagine.

— Hum ! fit Alex en serrant une fois de plus l'épaule de Kate. Peut-être que nos travaux d'aménagement seront terminés plus tôt que prévu.

— Cela se pourrait, répondit Kate. Nous n'allons pas tarder à le savoir.

CHAPITRE 3

« Voudriez-vous bien passer au jardin ?
J'aimerais que mes roses vous voient. »
RICHARD SHERIDAN

Kate avait eu beaucoup de mal à dormir. Elle réveilla Alex plusieurs fois en se tournant et se retournant dans leur lit, des guirlandes de roses bleues dansant devant ses yeux. À un moment, elle se rappela un article sur les roses qu'elle avait lu quelque temps auparavant. Dû à l'un des principaux experts britanniques en la matière, il était entièrement consacré à la reproduction et à l'hybridation. Plus elle y pensait, plus elle était convaincue que leur première initiative devrait être – plutôt que de s'adresser directement aux gens des Jardins de Kew ou de la Société nationale de la Rose, comme l'avait suggéré Alex – de s'assurer les services d'un expert personnel. De cette façon, il y aurait beaucoup moins de risques de fuite. Le professeur qui avait écrit cet article pouvait fort bien être l'homme idoine. Avec un peu de chance, on pourrait le persuader d'examiner la rose, de l'authentifier et, plus important, de les conseiller sur la voie à suivre.

Lorsque les premières lueurs de l'aube atteignirent les fenêtres, elle se leva et descendit dans la cuisine pour se préparer du thé. Il n'était nul besoin d'allumer l'électricité. Les murs récemment passés à la chaux étaient déjà baignés de lumière. Une tasse de thé fumante à la main, Kate gagna le salon et commença à fourrager dans une pile de vieilles revues de jardinage. Lorsqu'elle eut trouvé celle qu'elle recherchait, elle la roula sous son bras, et, sa tasse de thé toujours à la main, sortit dans le jardin, se dirigeant vers le croissant pour jeter un nouveau coup d'œil à la rose.

Alors que, partout, les oiseaux chantaient à tue-tête, elle se planta devant le rosier, tenant sa tasse à deux mains pour en conserver la chaleur. Dans la fraîche lumière du petit matin, la fleur semblait encore plus séduisante, et certainement plus réelle. Comment diable cela avait-il pu arriver ? Cela devait avoir quelque chose à voir avec les précédents propriétaires de la maison. N'avaient-ils pas créé le jardin ? Sûrement, ils n'avaient pu ignorer cette rose.

Durant les négociations pour l'achat de la maison, ni Alex ni elle n'avaient rencontré celle qui la leur vendait. Tout ce qu'ils avaient su d'elle était qu'il s'agissait d'une veuve âgée, une certaine Mrs Cooke. Peut-être ne s'aventurait-elle que rarement dans le jardin ou peut-être était-elle même invalide. Mais cela n'expliquait quand même pas tout. De toute évidence, à un moment ou à un autre, elle ou son défunt mari, ou sans doute les deux ensemble, avaient profité de ce jardin. À en juger par sa taille, le rosier s'était trouvé à sa présente place depuis un certain nombre d'années. L'un des deux au moins n'aurait pu ignorer sa présence. D'un autre côté, le jardin était devenu si envahi de végétation folle, que tomber sur le rosier était peut-être devenu improbable. De plus, l'arbuste était extrêmement bien caché. Après tout, au cours de plusieurs explorations des lieux, Alex et elle n'avaient rien remarqué. Un autre facteur entrait également en jeu. Alex et elle n'avaient aucune idée de la durée de sa floraison. S'il était comme la plupart des rosiers de jardin classiques, il ne donnait qu'une fois par an des fleurs, qui ne tiendraient que trois à quatre semaines. Ensuite, plus personne ne pourrait savoir qu'il s'agissait de roses bleues. Mais, malgré tout, elle avait l'étrange sentiment que *quelqu'un* devait avoir été au courant.

Elle tourna le dos au rosier et descendit l'allée pour gagner le banc blanc. Posant sa tasse de thé à côté d'elle, elle ouvrit la revue et commença à lire.

— Kate !

Elle sursauta. C'était Alex qui l'appelait de la maison. Regardant sa montre, elle fut sidérée de constater qu'elle était dans le jardin depuis plus d'une demi-heure. Elle saisit sa tasse, en vida le fond dans un massif de géraniums et gagna la maison.

— J'ai rendez-vous ce matin avec cette enquiquineuse de Mrs Hendrickson, dit Alex, en reposant sa tasse et se tapotant les lèvres avec une serviette en papier. Nous allons revoir pour la vingtième fois le plan du premier étage. Je n'ai jamais rencontré quelqu'un d'aussi indécis que cette satanée bonne femme ! Dieu sait pourquoi elle veut trois WC à l'étage. Elle doit avoir la vessie en lambeaux…

— Tant que son compte en banque n'est pas dans le même état ! fit Kate. Elle paie ses factures, au moins ?

— Je pense, dit Alex en se lissant les cheveux.

La veille au soir, ils avaient interrogé Internet sur les « roses bleues » et ils avaient simplement appris qu'il n'en existait pas et que des hommes de science travaillaient très dur à essayer de combler cette lacune. Aucun site n'avait donné la moindre évaluation du prix possible d'une telle fleur.

Alex saisit sa serviette de toile et prit son blouson de cuir sur le dossier d'une chaise.

— Quelques idées nouvelles pour la rose, Kate ? demanda-t-il.

— Oui, en fait, répondit-elle. J'ai une idée qui peut être intéressante.

— Chaque fois que tu dis « J'ai une idée qui peut être intéressante », je me sens nerveux. Allez, vas-y quand même.

— Pas besoin de me regarder comme cela ! Ne t'inquiète pas, tu n'auras rien à faire. Je pensais simplement à ce dont nous parlions hier – faire examiner la rose par un expert, un expert personnel. Et, la nuit dernière, j'ai trouvé qui cela pourrait être.

Elle lui montra la revue de jardinage, ouverte à la page contenant l'article sur les roses. Cet article s'accompagnait de la photo d'un homme avec une houppe de cheveux blancs.

— Le Dr Lawrence Kingston, annonça Kate.

— Un spécialiste des roses, je suppose ?

— Un peu plus encore. D'après la revue, c'est le principal spécialiste mondial de l'agro-écologie, des techniques de pollinisation, de la génétique des plantes et de tout ce genre de trucs. Pendant des années, il a été professeur et maître de recherches en botanique à l'Université d'Édimbourg.

Alex étudia la page de plus près.
— Il a l'air un peu coquin, constata-t-il. J'adore le nœud papillon.
— Eh bien, si quelqu'un peut savoir comment une rose bleue s'est retrouvée dans notre jardin, c'est certainement lui, déclara Kate en refermant la revue et la posant sur la table.
— Et, espérons-le, combien peut valoir cette rose.
— Je suis sûre qu'il aura aussi quelques idées là-dessus. Le grand problème est de savoir si on pourra le persuader de venir jusqu'ici examiner la chose.
— Tu ne crois pas qu'il va sauter sur l'occasion ?
— Sans aucun doute – si nous lui disons exactement de quoi il s'agit. Mais je ne crois pas que nous devions le faire au téléphone.
— Et pourquoi cela ?
— Parce que, de prime abord, il va penser qu'il a affaire à un couple de dingos. Et, d'autre part, nous ne pouvons prendre le risque qu'il répande la nouvelle avant même d'avoir vu la rose – avant que nous sachions quel genre de personnage il est. Et s'il était, eh bien, disons, pas tout à fait honnête ?
— Je vois ce que tu veux dire. De toute façon, si quelqu'un peut le convaincre, c'est bien toi, Kate.
Kate l'embrassa sur la joue.
— Je vais donner dès aujourd'hui un coup de fil à la revue, dit-elle, voir si je peux joindre le professeur. Je vais également faire un tour à la bibliothèque. Voir ce qu'ils ont sur le sujet. À ce soir, chéri.
— Bonne chance avec le professeur, fit Alex avec un petit clin d'œil.
De la fenêtre de la cuisine, Kate regarda Alex monter dans l'Alfa et démarrer. Asp, comme à son habitude, poursuivit la voiture en aboyant sur quelques dizaines de mètres, puis fit demi-tour pour regagner la maison – non sans avoir, au passage, levé la patte sur l'un des bégonias tout récemment plantés par Kate.

La façade de la boutique de Kate à Bath était peinte d'un vert si sombre qu'il paraissait noir dès que le temps était un peu brumeux. Les belles lettres dorées « Sheppard Antiquités » s'étalant au-dessus de la vitrine faisaient contraste. La boutique était située au milieu de tout un groupe de commerces du même genre, au cœur de la ville. Le voisin de Kate sur le côté droit était spécialisé dans les pendules anciennes. De l'autre côté, on vendait des poupées des siècles passés et des jouets de collection.

La boutique de Kate, elle, proposait principalement des meubles rustiques français et anglais, ainsi que quelques objets d'art. Alex faisait souvent des remarques aigres-douces sur les prix exorbitants et les formes pataudes de certaines des « occasions » proposées par Kate, mais il devait reconnaître sa compétence professionnelle. Elle avait du flair, du goût et était prompte à repérer les bonnes affaires. Compte tenu de sa personnalité chaleureuse, de son physique séduisant, de sa vivacité d'esprit et de son sens du commerce, il n'était pas surprenant que la boutique ait enregistré des bénéfices respectables, encore qu'irréguliers, tout au long de ses neuf années d'existence. De temps à autre, elle ne pouvait résister à la tentation de taquiner Alex à ce sujet, en lui rappelant certaines remarques désobligeantes qu'il avait faites sur la qualité de ses acquisitions. Il lui arrivait ainsi de laisser tomber : « Tu sais, ce coffre de pin peint à la main – celui dont tu avais dit qu'il ressemblait à une boîte en carton barbouillée avec une brosse à dents ? Eh bien, je viens de le revendre quinze cents livres... »

Il était neuf heures et demie un vendredi matin, et il n'y avait encore aucun client en vue. Kate décrocha donc le téléphone et composa le numéro de la revue *Jardins anglais*.

— Allô, *Jardins anglais*, fit une voix féminine joyeuse et cordiale. Molly Chapman à l'appareil. Que puis-je faire pour vous ?

— Je m'appelle Kate, Kate Sheppard. J'aimerais joindre le Dr Lawrence Kingston. Il a écrit un article sur les roses dans le numéro de mai de votre revue, l'an dernier.

— Kingston ?

Molly Chapman hésita un instant.

— Oh, oui ! reprit-elle. Je connais – le type à la houppe blanche. Un personnage, celui-là ! Ancien professeur de botanique – entre autres choses.

Kate se sentit un peu troublée pendant quelques secondes. Un personnage ? Entre autres choses ? Qu'est-ce que cela voulait dire au juste ?

— C'est bien lui, dit-elle enfin. Pourriez-vous me donner une adresse ou un numéro de téléphone où il pourrait être joint ?

— Je suis désolée, mais il ne nous est pas permis de divulguer des renseignements de nature personnelle sur aucun de nos collaborateurs. Vous le comprendrez, j'en suis sûre. Ce que je puis faire, en revanche, c'est de tenter de le joindre moi-même et de lui transmettre un message avec votre numéro de téléphone. Nous le faisons fréquemment pour nos lecteurs.

— Ce serait formidable. Merci. Comme je vous l'ai dit, mon nom est Kate Sheppard.

Elle l'épela et y joignit son numéro de téléphone.

— Y a-t-il un message ? La raison pour laquelle vous souhaitez entrer en contact avec lui ?

Kate ne s'attendait pas à la question. Elle bredouilla, les idées se bousculant dans sa tête :

— Non... Si ! C'est à propos... à propos d'un rosier que nous avons dans notre jardin et qui donne des roses de trois couleurs différentes...

— Cela semble un peu inhabituel.

— C'est bien ce que nous avons pensé. C'est très... très coloré... Nous espérions que le Dr Kingston pourrait avoir une explication.

— Oh, je suis sûre qu'il en aura une ! Bonne chance, Kate. Je transmets votre message.

Kate reposa lentement le combiné et s'essuya le front d'un revers de main.

— Tu l'as fait, ma vieille, se murmura-t-elle. Maintenant, c'est en route.

À peine plus d'une demi-heure plus tard, alors que Kate était assise à son bureau, revoyant les comptes du mois précédent, le téléphone sonna. Elle décrocha immédiatement après la première sonnerie.

— Sheppard Antiquités, que puis-je faire pour vous ? demanda-t-elle d'un ton allègre.

— Est-ce Kate Sheppard ?

— Oui.

— Lawrence Kingston à l'appareil. Je vous appelle à la suite de votre conversation avec Molly Chapman, de *Jardins anglais*.

La voix était à la fois profonde et suave. Chaque mot était articulé avec soin et précision mais sans affectation. Il s'en dégageait une autorité qui eut pour effet de désarçonner quelque peu Kate.

— Oh, oui ! Merci infiniment d'appeler. C'est vraiment gentil à vous...

Elle espérait que sa nervosité ne transparaissait pas trop dans son ton. Il n'était pas niable qu'elle lui avait indirectement menti, et qu'elle aurait à s'en expliquer d'une façon ou d'une autre. Elle avala sa salive et continua :

— Eh bien, nous – c'est-à-dire mon mari et moi – aimerions vous demander votre avis. J'ai lu votre article sur les roses, qui était bien sûr excellent. C'est ce qui m'a incitée...

Kingston l'interrompit poliment.

— Je vois, fit-il. Maintenant, jeune personne, que veulent dire toutes ces sornettes à propos d'un rosier tricolore ?

Kate sentit ses joues s'enflammer. Il était heureux que Kingston ne puisse la voir.

— Eh bien, en toute honnêteté, professeur, répondit-elle en espérant que le titre qu'elle lui donnait était correct, ce n'est pas un rosier tricolore. Ses roses sont d'une seule couleur.

Elle avala de nouveau sa salive. Elle se rendait compte que, bien qu'ayant longuement répété ce qu'elle allait dire, elle n'avait pas pris un bon départ. Elle espérait seulement qu'il n'allait pas lui raccrocher au nez.

— En fait, reprit-elle, nous aimerions vous le montrer. Il est vraiment extraordinaire, croyez-moi.

— Jusqu'ici, vous êtes plutôt difficile à suivre, jeune dame. Est-ce que tout cela *a vraiment* quelque chose à voir avec des roses ?

— Oui... *Oui*, je vous assure ! Mais pas... pas avec des roses *ordinaires*...

Elle s'était remise à bégayer.

— On ne les trouve certainement dans aucun livre, poursuivit-elle bravement. Quand vous les verrez, vous comprendrez pourquoi.

— Savez-vous combien d'appels de ce genre je reçois chaque mois ? De prétendus jardiniers voulant savoir quel genre de roses pousse au fond de leurs ridicules jardinets à côté de leurs gnomes ?

Kate fut prise de court par la brutalité de cette sortie, mais se trouva en même temps piquée au vif.

— Nous ne sommes pas du tout comme cela ! protesta-t-elle. Nous avons plus de deux cents rosiers dans un très grand jardin, dans le Wiltshire, et je m'intéresse sérieusement au jardinage. Et, en plus, nous n'avons *pas* de gnomes !

À sa grande surprise, elle entendit Kingston se mettre à rire.

— Veuillez m'excuser, dit-il d'un ton nettement plus cordial. Il m'arrive de m'énerver un peu. Dites-m'en un peu plus sur votre mystérieux rosier.

— Il est vraiment mystérieux. *Très* mystérieux, même.

Kate inspira profondément et dit :

— Je dois vous demander d'abord de considérer ce que je vais vous dire comme *très* confidentiel. Il faut que vous me donniez votre parole à ce sujet.

— Je ne vois pas pourquoi je ne vous la donnerais pas, fit Kingston. Maintenant, vous commencez à vraiment m'intriguer…

— Merci, professeur. Voici ce qui est arrivé. Hier, nous avons trouvé un rosier très peu commun dans le jardin d'une maison que nous avons achetée récemment. Comme j'ai déjà tenté de vous en convaincre, il est si peu commun – et ne riez pas quand je vais dire cela – que cela confine au surnaturel.

Elle s'interrompit, essayant d'imaginer l'expression de Kingston, se demandant si elle n'en faisait pas trop. Comme le professeur gardait le silence, elle reprit :

— Je puis vous assurer qu'il s'agit d'une rose comme on n'en a jamais, *jamais* vu avant. Et nous ne savons pas très bien ce qu'il nous faut faire. Si nous devons garder le secret – ou risquer de déclencher une véritable panique dans le monde du jardinage. J'ai pensé que vous pourriez peut-être y jeter un coup d'œil et nous aider à décider comment agir. Nous sommes, bien sûr, tout à fait disposés à vous dédommager.

— J'espère que ce n'est pas une sorte de farce, dit Kingston. Et surtout pas l'une de ces horribles choses lavande…

— Non. Je vous prie de me croire. Non aux deux questions.

— Alors, si je puis me permettre de la demander, qu'est-ce qui rend cette rose si remarquable ?

— Je préférerais ne pas avoir à vous le dire au téléphone. Il vaudrait mieux que vous voyiez la chose par vous-même.

Kate entendit Kingston respirer profondément et lâcher un « Hum ! » très indécis.

Elle insista, en s'efforçant de ne se montrer ni trop pressante ni trop réservée.

— Je vous prie de me croire sur parole, dit-elle. Si vous venez voir, je vous jure que vous ne serez pas déçu. En fait, si vous pensez pouvoir nous dire *honnêtement* que vous avez perdu votre temps, mon mari et moi vous donnerons cinq cents livres de dédommagement, et nous n'en parlerons plus. Qu'en pensez-vous ?

— Eh bien, Mrs Sheppard, je dois reconnaître que vous piquez ma curiosité. Je suppose que ce rosier se trouve dans un endroit où il ne peut être vu. Vu du public, s'entend.

— Exact. Il est dans un jardin clos de murs. Bien caché.

— Où cela ? Dans le Wiltshire, avez-vous dit ?

— Oui, dans le Wiltshire, près de Marlborough.

— Et qui d'autre est au courant ?

— Pour autant que nous le sachions, seulement nous deux. Et maintenant vous, bien sûr.

Kate commençait à se sentir dans la peau d'un suspect cuisiné par l'inspecteur Morse.

— Nous avons eu soin de bien garder le secret, poursuivit-elle. Vous verrez pourquoi. Je n'exagère nullement si je dis que ce pourrait être la découverte botanique du siècle. De nombreux, très nombreux siècles, en fait.

— Très bien, Mrs Sheppard, vous m'avez convaincu. Dès que j'aurai un jour de libre, j'irai voir votre rosier.

— Pourriez-vous venir samedi ? demanda-t-elle, sachant qu'elle allait un peu loin. J'aimerais qu'Alex – c'est mon mari – soit là.

Kingston lui demanda une minute pour consulter son agenda, puis dit :

— Samedi ? Voyons un peu... Je crois que cela m'est possible. Redonnez-moi votre nom – et votre adresse. Mieux vaut me donner un numéro de téléphone, aussi...

— Pftt ! fit Kate en raccrochant, épuisée mais satisfaite.

Cela s'était mieux passé qu'elle ne l'avait espéré. C'est avec un large sourire qu'elle décrocha de nouveau pour appeler Alex.

CHAPITRE 4

Je veux voir la fleur bleue,
Je ne puis échapper à cette idée, elle me hante.
Je n'avais encore rien ressenti de tel.
C'est comme si je l'avais rêvée il y a bien des années
Ou comme si j'en avais eu la vision dans un autre monde,
Car, autrement, qui pourrait être aussi obsédé
Par une fleur en ce monde.

NOVALIS

— Bonsoir, chéri, dit Kate, comme Alex faisait son entrée dans la cuisine et jetait sur une chaise sa veste et sa serviette.

Il paraissait fatigué. Il rentrait plus tard qu'à l'habitude – près de vingt heures. Mais dorénavant il en était souvent ainsi le vendredi.

— Salut, Kate, dit-il en allant vers elle et lui donnant un léger baiser sur la joue, l'œil fixé sur l'énorme volume ouvert devant elle sur la table de cuisine.

« Une nouvelle recette ? demanda-t-il.

Il ferma les yeux et inhala longuement par les narines.

— Laisse-moi deviner... Nous aurons, ce soir, du caviar et des blinis, du foie gras aux truffes en attendant le faisan...

— Tu n'y es pas du tout ! J'ai beaucoup mieux que cela.

— Beaucoup mieux ?

— Oui. J'ai trouvé quelques informations qui vont, je pense, t'intéresser au plus haut point. Sur notre nouvelle rose.

— Vraiment ?

— Oui, vraiment. J'ai eu cela à la bibliothèque.

Kate se mit à feuilleter le gros livre placé devant elle. Se penchant, Alex lut à l'envers le titre de l'ouvrage : *Le livre définitif des roses*.

— Tu ferais mieux de t'asseoir, lui dit Kate.

Alex leva les sourcils, et, tirant une chaise à lui, s'exécuta.

— Écoute un peu, lui dit Kate. « Les Hollandais, qui, les premiers, explorèrent l'Australie, furent accueillis avec dérision quand, à leur retour au pays, ils affirmèrent avoir vu des cygnes noirs en Nouvelle-Hollande. Mais s'ils avaient dit avoir vu des roses *bleues*, non seulement on les aurait crus, mais on aurait pensé qu'ils avaient découvert un nouvel Éden. Il est étrange de constater que les hommes ont toujours rêvé de roses bleues. Pendant les très nombreuses années où il n'existait ni roses jaunes ni roses couleur feu, nul ne semblait y penser ni le déplorer. Ce dont on rêvait, c'était de roses bleues. »

Kate s'interrompit, leva la tête et put constater qu'Alex semblait captivé.

— On parle ensuite, précisa-t-elle, des *Mille et une nuits* et d'un magicien qui faisait devenir bleues les roses, d'une rose bleue figurant dans l'un des ballets de Rimsky-Korsakov et ainsi de suite...

Elle continua à lire, mais à voix basse, puis résuma :

— Oui, nous y voilà : « Ce qu'on appelle la " delphinidine ", le pigment qui rend les fleurs bleues, est absent du rosier et de toutes les plantes de la même famille, etc., etc. »

Elle reprit, un paragraphe plus loin :

— « Bien sûr, il y a toujours une chance sur un million qu'une mutation produise une rose porteuse de " delphinidine ", tout comme, il y a quelque soixante-dix ans, une mutation accidentelle a donné à la rose le pigment écarlate " pélargonidine "... » Puis on parle des bleuets, puis voilà : « Les conditions sont contrôlées par l'ADN des chromosomes de la rose ; les modifier est une chose que nous ne sommes pas, sauf intervention magique, en mesure de faire jusqu'ici. »

« Et voici la partie que tu vas aimer, Alex : « Ce serait une opération colossalement coûteuse, mais les revenus financiers en seraient également énormes. La rose est la fleur la plus aimée dans le monde entier ; des millions en sont vendues chaque jour et, si la rose bleue arrive, les fleuristes seront en mesure d'en demander le prix qu'ils voudront. Il est hors de doute que le créateur aura fait breveter son invention et qu'il encaissera des droits gigantesques mais bien gagnés. »

Elle leva la tête et regarda son mari.

— Qu'est-ce que tu en dis ?

— Ouah ! fit Alex.

— On précise ensuite que les problèmes de brevets entraînent inévitablement des actions de justice.

— Mon Dieu ! soupira Alex. Nous pourrions devenir scandaleusement riches !

— Tout à fait possible, dit Kate en refermant son livre avec un bruit sourd. J'ai bonne impression de notre Dr Kingston. Je suis sûre qu'il saura quoi faire.

— À quelle heure vient-il, demain ?

— Vers midi.

— Alors j'ai le temps de dormir mes treize heures, fit Alex en bâillant. J'en ai sérieusement besoin.

— Pas de caviar avant le dîner, alors ? demanda Kate.

Alex tourna vivement la tête.

— Tu parles sérieusement ?

— Eh bien, j'ai pensé qu'on pourrait peut-être fêter un peu tout cela.

Sur quoi Kate se leva et alla jusqu'au réfrigérateur, qu'elle ouvrit.

— *Voilà !* dit-elle en brandissant un petit pot de verre.

— Je suppose, fit Alex, que je *pourrais* me laisser convaincre d'aller me coucher un peu plus tard.

— Sage décision, déclara Kate en posant le pot de caviar sur la table.

Puis elle se retourna et sortit également du réfrigérateur une bouteille de champagne et un plat d'œufs durs coupés en morceaux, d'oignons hachés, de crème aigre et de biscuits salés.

— Après le dîner, ajouta-t-elle, je suppose que je *pourrais* me laisser convaincre de m'associer à quelques ébats primitifs...

Alex sourit largement et entonna :

Le caviar est l'enfant de l'esturgeon,
Louons, louons l'esturgeon
D'avoir de tels rejetons...

Kate éclata de rire.

Le samedi, la brume matinale était légère et seuls quelques cirrus dérivaient dans le ciel bleu. Kate était occupée à arroser ses hortensias dans les grands pots de terre cuite bordant la cour lorsqu'elle entendit la voiture approcher. Elle se retourna et vit déboucher une Triumph TR 4 vert foncé à la capote baissée.

« Ah ! se dit-elle en posant son arrosoir. Dr Kingston, je présume... »

Asp s'était précipité vers la voiture en jappant de toutes ses forces.

La Triumph vint se garer auprès de l'Alfa Romeo d'Alex en faisant crisser le gravier. Kate regarda avec amusement Kingston extraire sa longue carcasse du petit habitacle. Sa photo ne lui avait guère rendu justice. Il était nettement plus viril qu'elle ne l'avait laissé supposer.

Des cheveux couleur d'ivoire cavalcadaient jusque sur son col. Ils contrastaient avec les sourcils broussailleux abritant des yeux bleus profondément enfoncés. Bien que grand et très mince, il donnait une impression de puissance physique. Et sa minceur même suggérait une discipline de fer en ce qui concernait toutes habitudes et tous régimes pouvant conduire les hommes de son âge au bedon, à l'œuf colonial, au durillon de comptoir et aux bajoues offensantes. Aux yeux de Kate, il semblait l'antithèse même de l'universitaire tel qu'on se l'imagine. Il portait un vieux blouson de daim, une chemise crème à col boutonné et un pantalon de velours vert olive. Il avait un gros appareil photo en bandoulière. Il retira sa casquette à carreaux et la lança comme un frisbee dans sa voiture.

— Mrs Sheppard ? demanda-t-il en s'approchant de Kate.

— Oui. Appelez-moi Kate, je vous en prie, Dr Kingston.

Asp était occupé à renifler les bas de pantalon du professeur.

— Oh ! fit Kate. Et voici Asp.

— Drôle de nom.

— Il est dû au sens de l'humour très particulier de mon mari. C'est le diminutif d'« aspirine » – car il aboie tellement qu'il nous fait parfois mal à la tête...

Kingston sourit.

— Jolie petite bête, fit-il en se penchant pour caresser la tête du chien. Et, s'il vous plaît, appelez-moi Lawrence. Entendu ?

— Promis, dit-elle en lui tendant une main qui disparut jusqu'au poignet dans la grosse patte de l'universitaire.

« Bienvenue au « Presbytère », ajouta Kate en s'efforçant de récupérer sa main. Nous apprécions vraiment, Alex et moi, que vous ayez accepté de venir jusqu'ici. Mais je puis vous assurer que vous ne serez pas déçu.

Elle ajouta en souriant :

— Et merci de nous avoir aussi amené le beau temps. Nous avons été horriblement trempés, ces derniers jours. Mais allons dans la maison. Je suis sûre qu'après cette longue route, une tasse de café ou peut-être un verre d'autre chose pourrait vous faire plaisir.

— Un café serait parfait. Merci.

Il la suivit à l'intérieur, baissant la tête pour passer la porte.

— Ravissante maison, dit-il. Milieu du dix-neuvième siècle, je suppose.

— 1835, à ce qu'on nous a dit.

— Tout à fait charmant.

— Alex est en train de réparer quelque chose dans la cuisine, mais il est vraiment impatient de vous voir. En toute loyauté, je dois vous prévenir qu'il s'est institué le bricoleur de la famille. Il est très heureux de me laisser l'essentiel du jardinage sur les bras.

— J'en prends bonne note, Kate, fit Kingston en la suivant dans la cuisine.

Après avoir présenté Alex et Kingston et branché la bouilloire électrique, Kate conduisit le botaniste au salon, où ils s'assirent face à face, réchauffés par le soleil envahissant la pièce.

— Alors, demanda Kingston en se renversant dans son fauteuil bien rembourré, qu'est-ce que cette rose a de si particulier ?

Elle le regarda bien en face, s'efforçant de garder un visage impassible et lui dit tranquillement :

— Elle est bleue.

Kingston se mit à secouer la tête de droite à gauche, d'un air accablé.

— Oh, non ! fit-il. C'était bien ce que je craignais... Un bleu un peu pourpre, je suppose ? Mauve, hein ?

— Non, c'est bleu bleu – bleu roi. Saphir.

— Vous êtes sérieuse ?... bégaya-t-il. Non, non, je retire – je vois que vous l'êtes.

S'efforçant de réprimer un fou rire absurde, Kate le regarda tenter de se reprendre. Puis, en dix minutes, elle lui raconta comment ils avaient acheté la maison, exploré le jardin et fait leur découverte.

— Et maintenant, conclut-elle, c'est à vous de jouer, Lawrence. Mais laissez-moi d'abord aller chercher le café. Ensuite, nous irons voir la rose. Attendez-vous à un choc...

Kate et Alex se tenaient en silence à quelques pas du rosier, tandis que Kingston commençait son examen. Ils le virent observer l'arbuste à l'aide d'une loupe à manche d'os et le sonder en divers endroits avec des petites pinces métalliques. Kate ne pouvait s'empêcher de penser à Sherlock Holmes. Et, de nouveau, elle devait serrer très fort les lèvres pour ne pas se mettre à pouffer. Un regard de côté à Alex, qui souriait d'une oreille à l'autre devant ce spectacle, n'arrangea pas les choses.

Au bout d'un moment, Kingston se redressa et recula de plusieurs pas, se tapotant la paume gauche à l'aide de sa loupe tout en continuant à regarder fixement le rosier. Puis il remit la loupe dans la poche de son blouson et se frotta lentement le menton, toujours fasciné par le rosier.

Et finalement il parla.

— Extraordinaire, marmonna-t-il. Tout à fait extraordinaire.

— Comment croyez-vous que cela a pu se produire ? lui demanda timidement Kate.

— Vraiment impossible à dire, répondit Kingston en faisant le tour du rosier à pas comptés. Cela semble être une aberration de la nature, dont nous avions toujours été amenés à croire qu'elle était génétiquement impossible.

— Alors, nous allons pouvoir garder les cinq cents livres ? fit Alex avec un encore plus large sourire.

Kate l'aurait tué.

Quant à Kingston, il sourit faiblement et hocha la tête.

— Pensez-vous que cette rose ait beaucoup de valeur ? demanda Kate, après avoir lancé un regard meurtrier à son mari.

— Si elle peut être reproduite, une valeur extrême, dit

Kingston en se triturant le lobe de l'oreille, apparemment perdu dans ses pensées.

« Laissez-moi prendre quelques photos, ajouta-t-il.

Kate et Alex attendirent patiemment tandis que Kingston consacrait au rosier un rouleau entier de pellicule, le prenant sous tous les angles concevables.

— Cela devrait aller, déclara-t-il enfin, en remettant l'appareil dans son étui.

— En résumé, qu'est-ce que vous en pensez, Lawrence ? demanda alors Alex.

Kingston regarda un moment sans mot dire Alex, puis Kate. Il semblait chercher une réponse adéquate.

— Eh bien, d'abord, fit-il enfin, il semble indiscutable que la rose est authentique. Et je ne doute pas qu'elle soit considérée comme l'une des plus grandes découvertes horticoles de tous les temps.

Son regard revint lentement sur le rosier et s'y fixa.

— Quant à sa valeur, reprit-il, elle est difficile à déterminer. Disons seulement qu'il y a bien des personnes et des sociétés qui iraient extrêmement loin pour obtenir les droits commerciaux d'une rose bleue. Les sommes pourraient être hallucinantes. Mais le plus important, pour le moment, est de savoir comment vous allez, vous deux, vous y prendre à partir de maintenant. Il va falloir bien réfléchir et se montrer extrêmement prudent.

— Et que fait-on dans l'immédiat ? demanda Alex.

— Il va falloir en discuter longuement. J'ai bien peur qu'on ne soit qu'au début d'un long processus.

Sur quoi, Kingston se retourna, et Kate put constater avec surprise qu'il arborait un sourire béat.

— Ce n'est pas tous les jours qu'on tombe sur une rose bleue, dit-il. Je dois reconnaître que cela fait un choc.

— Bien, fit Kate. Et si l'on vous emmenait faire le tour du jardin avant de regagner la maison ? Un déjeuner serait le bienvenu, j'imagine.

— Excellent, répondit Kingston. Ce serait parfait. Nous avons beaucoup à discuter.

À la maison, Kate se précipita vers la cuisine, tandis qu'Alex et Kingston s'en allaient bavarder au salon. Alex avait préalablement décidé de célébrer l'événement en sortant ce qu'il pensait avoir de meilleur dans le domaine des liquides – une bouteille de bordeaux qu'un client lui avait offerte plusieurs années auparavant.

Kingston leva très haut les sourcils en voyant l'étiquette.

— Un Château Lafleur-Pétrus ! s'exclama-t-il. Vous devez avoir une sacrée cave, Alex !

— Oui, euh...

— Quelle année ?

Alex prit la bouteille et s'efforça de déchiffrer l'étiquette.

— 1982, dit-il.

— Dieu du ciel ! fit Kingston. C'est une année absolument excellente pour un pomerol – l'une des meilleures des trois dernières décennies. Et très buvable maintenant. 1990 a été aussi une excellente année, mais le vin est encore un peu trop jeune pour qu'on l'ouvre.

— Buvable ?

— J'aurais dû dire prêt à être bu. Les meilleurs bordeaux mettent des années à se développer en bouteille, et ils ne doivent pas être bus avant d'être arrivés à maturité. Mais le 82 a largement l'âge requis.

Alex s'empara du tire-bouchon.

— On y va ? demanda-t-il.

Kingston plaça la main sur la bouteille.

— Un 82, vous allez, bien sûr, le décanter, mon vieux. Où est votre décanteur ?

— Euh... nous n'en avons pas.

La mâchoire de Kingston s'affaissa subitement.

— Vraiment ? fit-il.

— Vraiment, confirma Alex, se demandant jusqu'où on pouvait aller dans l'humiliation.

— En ce cas, dit Kingston avec un léger reniflement, vous feriez mieux de l'ouvrir maintenant et de le laisser reposer un moment.

Alex hocha la tête. Il espérait seulement qu'il n'allait pas casser le bouchon en deux, ce qui était l'une de ses spécialités.

Un minuteur fit entendre sa sonnerie dans la cuisine, et Kate appela :

— Alex ! Pourrais-tu venir me donner un coup de main ?

— Vous m'excuserez, Lawrence, dit Alex. J'en profiterai pour rapporter les verres à vin.

Des odeurs d'herbes aromatiques et pâtisserie chaude emplissaient la cuisine. Kate hachait du persil sur une planche avec un instrument à l'aspect redoutable.

— Comment ça marche ? demanda Alex en fermant les yeux et respirant profondément.

— Encore quelques minutes et tout sera prêt, répondit Kate. Si tu pouvais sortir ces assiettes du four et tourner un peu la sauce, ce serait parfait.

Alex avait toujours admiré la façon dont Kate faisait paraître les choses simples dans la cuisine. Tout semblait parfaitement contrôlé. Il n'y avait jamais le moindre sentiment de panique ou de catastrophe imminente. Si lui-même s'était chargé des opérations, l'évier serait plein de vaisselle sale, des casseroles déborderaient de toutes parts et une violente odeur de brûlé se serait déjà répandue dans toute la maison.

— De quoi parliez-vous, au salon ? demanda Kate.

— De vin principalement.

— Il s'y connaît un peu en vins ?

Alex leva les yeux au ciel.

— Tu plaisantes ou quoi ? fit-il. Quand je lui ai avoué que nous n'avions pas de décanteur, cela a été comme si je lui avais dit que nous n'avions pas de poêle à frire. Ce type est un expert en tout. Dans trois minutes, il va me dire comment refaire la maison.

— Du calme ! dit Kate en souriant. J'ai l'impression que Lawrence Kingston va nous être très utile, alors soyons très gentils avec lui.

Ils émergèrent de la cuisine pour trouver Kingston, qui avait chaussé des lunettes à monture d'écaille, examinant l'arche séparant la salle à manger du salon.

— Merveilleuse vieille maison, fit-il en passant la main sur l'une des poutres encadrant l'arche. De superbes détails architecturaux.

— Oui, dit Alex, c'est l'une des choses que nous aimons tous deux ici. Cela et le jardin – qui est plus, bien sûr, le domaine de Kate.

— Oui, le jardin, fit Kingston d'un ton pensif en continuant à regarder le plafond. Ces poutres ont été ajoutées après coup, je pense.

— Oui, c'est le cas, confirma Alex, surpris que Kingston ait pu déceler la chose. La maison date des années 1830, et les poutres ont probablement été installées beaucoup plus tard.

— Vous devriez vous en débarrasser, déclara Kingston. Elles n'ont pas une allure très plaisante.

— Ce sont des poutres porteuses, souligna Alex.

— Vraiment ? fit Kingston d'un air dubitatif. À mon avis, cela vaudrait la peine de faire venir un architecte pour le confirmer.

Kate étouffa de justesse un fou rire.

— Je suis architecte, dit Alex.

Kingston le regarda par-dessus ses lunettes.

— Oh ! Vraiment ?

Pour un homme qui venait de contempler la première rose bleue ayant jamais existé, Kingston eut une attitude remarquablement détachée tout au long du déjeuner. On parla de la rose pendant un tout petit quart d'heure, puis Kingston orienta adroitement la conversation vers « Le Presbytère » et ses charmes. Il avait été visiblement séduit par l'endroit. Changeant de nouveau de sujet, il s'enquit du commerce d'antiquités de Kate, écoutant, pour une fois en silence, celle-ci se plaindre de la montée des prix et des difficultés croissantes qu'il y avait à trouver des objets de qualité. Il déclara ensuite qu'il avait lui-même, pendant des années, collectionné les antiquités et qu'il lui arrivait encore, de temps à autre, de se rendre à des ventes. Les yeux de Kate se mirent à briller lorsqu'il mentionna quelques meubles dont il souhaitait se débarrasser et qu'il lui confierait volontiers.

Alex gardait généralement le silence.

— Et comment vous êtes vous rencontrés, tous deux ? demanda à brûle-pourpoint Kingston après une gorgée de vin.

Alex regarda Kate, comme pour lui demander l'autorisation de répondre, puis revint à Kingston.

— C'était à l'occasion du vingt-sixième anniversaire de Kate, dit-il. À un pique-nique organisé par l'une de ses plus proches amies, Annabel. Cela se révéla une très belle journée sur la rivière, l'Avon. Je dois dire que lorsque la sœur d'Annabel, Pam, me demanda si je l'accompagnerais, je ne fus tout d'abord pas très chaud.

Alex prit son verre de vin et l'entoura de ses mains, y regardant comme s'il s'agissait d'une boule de cristal.

— Je ne suis pas très porté sur les grands rassemblements, poursuivit-il. La perspective de passer l'essentiel de la journée avec un groupe de parfaits étrangers me paraissait à peu près aussi exaltante qu'une invitation à un congrès d'entrepreneurs de pompes funèbres.

— Rappelez-moi de ne pas organiser de cocktails mondains pour vous, gloussa Kingston.

Alex regarda Kate du coin de l'œil.

— En fait, dit-il, Kate ne vaut pas beaucoup plus cher que moi à cet égard – un peu plus quand même, peut-être. Il serait juste de dire que nous avons tous deux tendance à être un brin antisociaux à nos heures.

— Néanmoins, vous avez, de toute évidence, décidé d'y aller, remarqua Kingston.

— Exact. D'abord, j'avais toujours voulu visiter Bradford-on-Avon. Il y a de splendides spécimens d'architecture ancienne, et je pensais, si j'en avais le temps, faire un saut à Lacock Abbey pour voir le musée Henry Fox Talbot – vous savez, le type de la photographie. Puis, plus j'y pensais, plus l'idée d'un pique-nique au bord de l'eau devenait séduisante. Alors j'y suis allé.

Il lança à Kate un regard contrit, sachant qu'il se montrait beaucoup trop bavard. Elle lui fit imperceptiblement comprendre de presser la cadence.

— À ce qu'Annabel m'a dit, intervint-elle, Pam et toi n'êtes jamais arrivés jusqu'à Lacock.

Il prit un air gêné.

— Pas vrai ? insista-t-elle avec un sourire entendu.

— Eh bien… non. En fait, nous…

Alex mit la main devant sa bouche et toussota.

— Il était trop tard, ajouta-t-il.

Le sourire n'avait quitté les lèvres de Kate.

— Enfin… Où en étais-je ? marmonna Alex.

Il regarda Kingston qui semblait immensément apprécier l'histoire.

— Bien, reprit-il. Mais, ce jour-là, je n'ai guère eu l'occasion de parler à Kate. En fait, les seuls mots que je me souvienne avoir prononcés quand nous nous sommes finalement rencontrés ont été « Bon anniversaire, Kate ». Ce fut à peu près tout.

Kingston était visiblement passionné.

— Et vous vous êtes revus peu après ? demanda-t-il.

— Non, dit Alex. Je travaillais alors comme un fou, week-ends compris. Et, en plus, deux soirées par semaine, j'allais jouer du trombone dans un orchestre de jazz.

Kingston eut un doux sourire.

— Alors, je suppose, fit-il, que cela a été la fin de Pamela. Vos relations se sont rompues ?

Kate se leva, saisit la bouteille de pomerol et remplit les verres.

— Disons seulement qu'elles se sont espacées, déclara-t-elle, le visage impassible.

Kingston leva ses sourcils broussailleux et sourit de nouveau.

— Inutile de dire, reprit Alex, que nous nous sommes vus ultérieurement, Kate et moi, ce qui nous a heureusement conduits à tout cela.

Il étendit la main et la posa sur celle de Kate.

Kingston fit alors prendre à la conversation un nouveau tournant à quatre-vingt-dix degrés.

— Je serais curieux, dit-il, de savoir quels étaient les précédents propriétaires du « Presbytère ».

— *La* propriétaire, rectifia Kate. Une veuve âgée du nom de Mabel Cooke.

— Mais nous ne l'avons jamais rencontrée, précisa Alex.

— En conséquence, poursuivit Kate, nous ne savons pas vraiment si ce sont les Cooke qui ont créé le jardin. Cela pourrait fort bien être leurs propres prédécesseurs.

Kingston avala une bonne lampée de vin.

— En tout cas, dit-il, ce que nous savons de façon certaine, c'est que ce jardin existe depuis bien des années et que celui qui l'a conçu, quel qu'il soit, savait ce qu'il faisait. Le dessin des parterres et le choix des plantes sont exceptionnels.

Il n'avait pas échappé à Kate que Kingston semblait délibérément éviter le sujet précis de la rose bleue. Dans un moment d'accalmie propice – Alex ayant quitté la table pour aller ouvrir une autre bouteille de vin, d'origine beaucoup moins distinguée que la première – elle lui demanda très poliment pourquoi.

Il sourit.

— Je pensais garder tout cela pour cet après-midi, lui dit-il, afin de ne pas gâcher votre délicieux déjeuner, Kate. Vous avez, bien sûr, raison. Il y a beaucoup de choses dont il faut que nous parlions.

Il avait baissé la voix, et elle remarqua que l'étincelle qui pétillait jusque-là dans ses yeux avait disparu.

— Beaucoup plus de choses que vous ne pourriez l'imaginer, ajouta-t-il.

Kate servit le café au salon, versant une tasse pour Kingston et une pour elle. Alex, quant à lui, refusa, préférant finir son vin. Confortablement installé dans un fauteuil bien rembourré, il attendait les doctes paroles de Kingston.

Kate s'était perchée sur l'accoudoir d'un divan et attendait aussi, comme un oisillon espérant la becquée. Elle s'était déjà prise d'affection pour Kingston. Les manières directes mais tranquilles de celui-ci avaient sur elle un effet lénifiant. En même temps, et bien qu'elle sût que c'était parfaitement puéril, elle ne pouvait s'empêcher de se le représenter comme un personnage d'une autre époque : un fringant officier de cavalerie, un as de l'aviation ou un intrépide explorateur. Certaines de ses attitudes n'étaient pas sans évoquer celles du père de Kate.

Elle lança un regard en coin à Alex, espérant que celui-ci allait s'abstenir de remarques un peu trop piquantes sur le jardinage. Non que ce fût lourd de conséquences puisqu'elle avait déjà fait comprendre à Kingston que le jardin n'était pas le domaine d'élection de son mari.

Kingston se cala dans le fauteuil à oreillettes qui était, visiblement encore que discrètement, devenu *son* fauteuil et regarda les deux autres, en face de lui, se réinstallant confortablement dans son rôle de professeur.

— Bien que je n'exclue pas entièrement, commença-t-il, la possibilité d'un être humain pénétrant, d'une manière ou d'une autre, l'énigme génétique de la rose – qui, je dois le préciser, est restée inviolée pendant des millions d'années –, je suis plus enclin à croire que votre rose a été le résultat d'une aberration de la nature. Qu'une transpollinisation sauvage a eu lieu entre une rose et une autre plante. Laquelle était probablement, bleue, porteuse de delphinidine.

— Quelles sont les chances qu'une telle chose arrive ? demanda alors Kate.

— Les chances ? Mon Dieu ! Une sur de nombreux millions – on pourrait dire des milliards, je suppose.

Il s'interrompit, passant l'index sur son menton, et dit :

— Rappelez-moi, voulez-vous, de revenir à la delphinidine.

L'interruption de Kate semblait avoir rompu son rythme. Il se reprit :

— Il y a peu, je lisais un texte consacré à une société australienne, Florigene. Ses dirigeants se présentent comme des « éleveurs moléculaires de fleurs coupées ». Depuis le milieu des années quatre-vingt, ils travaillent à des projets de manipulation génétique visant essentiellement à créer de nouvelles couleurs de pétales. Leur objectif numéro un est la réalisation d'une rose bleue. Jusqu'ici – en plus de quinze ans – ils ont dépensé à cette fin des millions, sans le moindre succès.

— Quinze ans ! s'exclama Kate.

— Des millions, dites-vous ? fit Alex avec un long sifflement.

— Exact, déclara Kingston. L'article précisait qu'ils avaient créé un œillet bleu, maintenant mis sur le marché. Mais la réalisation d'une rose bleue s'avérait une tâche beaucoup plus complexe et beaucoup plus difficile qu'ils ne s'y étaient attendus. Laissez-moi vous dire pourquoi.

Il se leva et – avec à l'appui des croquis exécutés sur un bloc à dessin fourni par Alex – entreprit d'expliquer en détail le cycle selon lequel les fleurs produisent leurs germes.

— La seule finalité de la fleur, dit Kingston, est la séduction. La séduction – pour attirer les pollinisateurs : les oiseaux, les abeilles, les papillons, les insectes. Les couleurs brillantes et les beaux motifs des fleurs agissent comme des aimants. Les bénéfices immédiats sont le nectar, les résines, les huiles, les parfums. Mais l'objet véritable de cette transaction, l'opération porteuse de vie, est le transfert du pollen de l'étamine, l'organe mâle de la plante, au stigmate, à l'extrémité du pistil, l'organe femelle de la plante, juste ici, là où se produit la germination. Cette tâche est le plus souvent accomplie par les pollinisateurs, mais souvenez-vous aussi qu'elle peut également être opérée par le vent, par les animaux et, bien sûr, par l'homme. Quand le pollen est déposé sur le stigmate, la fleur est considérée comme pollinisée.

À ce point du discours, Kate s'excusa afin d'aller ouvrir à Asp, qui aboyait à la porte d'entrée.

— J'espère que je ne vous endors pas, Alex ? demanda Kingston.

— Non, pas du tout. C'est… c'est fascinant.

Kingston sourit et se versa un peu plus de café, évitant ainsi de prolonger la conversation avec Alex.

Kate revint, et le professeur reprit au point où il en était resté.

— Seuls certains insectes, souligna-t-il, vont polliniser certaines plantes. Nous savons également que la structure génétique complexe de chaque groupe de plantes donné interdit la pollinisation entre espèces incompatibles.

— Ce qui veut dire ? demanda Kate.

— Ce qui veut dire que vous ne pouvez croiser une rose avec une marguerite. Mais, dans le cas qui vous concerne, il semble que la nature ait finalement bégayé. Il est presque certain qu'une rose – probablement une rose blanche – s'est croisée par transpollinisation avec une fleur bleue d'une espèce restant à déterminer.

— Un caprice de la nature ?

— Exactement. La seule autre explication possible est la création d'un hybride par une personne ou des personnes inconnues.

Kingston se leva de nouveau, défroissa son pantalon de velours et regarda son auditoire. Le menton levé, les mains nouées derrière le dos et les yeux brillants, il dit à Alex et à Kate avec un sourire satisfait :

— Et voilà ! Vous savez tout.

— Mais que nous suggérez-vous de faire maintenant ? demanda Kate. Que devons-nous faire avec cette huitième merveille du monde, Lawrence ?

— Bonne question, ma chère, fit Kingston, le ton plus grave. Il y a quelques sérieux problèmes qui se posent là. La première chose qu'il faut décider, c'est comment faire face à l'ouragan qui va se déchaîner quand la nouvelle de l'apparition d'une rose bleue se répandra. Votre jardin figurera brusquement à la première page de tous les journaux et magazines du monde entier. Les champs autour de Steeple Tarrant vont devenir le lieu de rassemblement de tous les reporters et de tous les fanatiques des roses de la planète. Non seulement cela, mais tout homme ou organisme ayant quoi que ce soit à voir, en ce bas monde, avec la culture des roses va tout faire, supplier, cajoler – et même voler ou escroquer –, pour essayer de mettre la main sur le brevet de la rose bleue.

— Seigneur, cela paraît horrible ! s'exclama Kate.

Kingston écarta largement les mains.

— Le côté positif, poursuivit-il, c'est que, si vous jouez bien votre coup, vous pouvez vous retrouver très vite dans la tranche fiscale des vedettes internationales et des joueurs de football professionnels. Les droits commerciaux peuvent être monumentaux.

— Je suppose que les grands horticulteurs seront les premiers intéressés, fit Kate.

— Absolument, dit Kingston. Et il y a quelques très grandes sociétés en ce domaine. Vous pouvez parier tout ce que vous voulez que David Austin, ici, en Angleterre, fera tout pour mettre la main sur la première rose bleue du monde. Aux États-Unis, il y a nombre de grosses boîtes, la principale étant probablement Jackson et Perkins, dans l'Oregon. Puis il y a Baker-Reynolds, également sur la côte Ouest. En France, la principale est Meilland. Au Danemark, c'est Poulsen. N'importe laquelle de ces maisons paierait indubitablement une somme astronomique. Pour vous donner une petite idée de la situation, j'ai lu récemment qu'une rose allemande relativement nouvelle, Tapis de Fleurs, s'était vendue à quatorze millions d'exemplaires dans le monde en fort peu de temps. Vous pouvez imaginer combien on pourrait écouler de roses bleues.

Kingston prit soudain une mine préoccupée.

— Mon conseil, dit-il, est que vous commenciez immédiatement à consulter toutes sortes de professionnels – des avocats d'affaires, des experts-comptables et ainsi de suite – qui vont vous être nécessaires pour contrôler ce qui, autrement, pourrait devenir un cauchemar.

Il se gratta le front, comme pour en faire jaillir une idée qu'il aurait pu omettre.

— Oh oui ! reprit-il. Je me souviens de ce que je voulais vous dire. Il y a une très vaste et très variée collection de rosiers dans votre jardin, et il est certain que celui qui les a plantés et entretenus est, ou était, un enthousiaste très éclairé des roses. Qui plus est, il n'est pas totalement exclu que la personne en question ait tâté de l'hybridation. Si c'est le cas, il doit y avoir quelques registres conservés quelque part. Il est tenu pour acquis que quiconque fait des tentatives sérieuses d'hybridation *doit* tenir un registre de quelque sorte. Le coup est hasardeux, mais on ne sait jamais...

— La seule personne à laquelle nous puissions le demander, dit Kate, est la précédente propriétaire, Mrs Cooke. Je vais appeler Julian, notre agent immobilier, et voir s'il a son nouveau numéro de téléphone. Peut-être pourra-t-elle nous éclairer un peu sur cette affaire.

— J'en doute fort, intervint Alex. Si elle avait su qu'elle avait une rose bleue dans le jardin, elle n'aurait certainement pas gardé la chose secrète, non ?

— Ce que je ne comprends toujours pas, fit Kate, c'est comment elle, son mari ou, éventuellement, une tierce personne ont pu l'ignorer. Je reconnais que le rosier est bien caché, mais ne me dites pas que, depuis le temps qu'il est là, *personne* ne l'a vu...

Kingston l'interrompit en levant la main.

— Vous supposez, Kate, qu'il a fleuri toutes ces années. Vous oubliez que c'est un mutant, et qu'il y a beaucoup de choses que nous ignorons sur les roses. Qui peut affirmer qu'il se comporte comme un rosier normal ? Et il y a encore d'autres facteurs qui pourraient expliquer une florescence médiocre ou inexistante...

— Florescence ? demanda Alex.

— Épanouissement, floraison, si vous voulez, précisa Kingston. Les rosiers s'accommodent mal d'un sol trop alcalin. Il est possible qu'il y ait de la craie dans cette partie du jardin. Ce n'est pas, non plus, un endroit très ensoleillé – autre source de difficultés. Si vous additionnez tout cela, vous voyez qu'il n'est pas impossible qu'il vienne seulement de commencer à fleurir. Nous ne le saurons jamais.

— Vous m'avez convaincue, reconnut Kate.

— Eh bien, si vous découvrez d'autres choses, faites-le moi

savoir immédiatement, dit Kingston en allant reposer sa tasse et sa soucoupe sur la table basse.

Kate comprit que, pour ce jour au moins, ils avaient épuisé le sujet de la rose bleue. Alex était sur le point de quitter la pièce quand Kingston reprit la parole. Ses mots étaient soigneusement choisis et articulés :

— Kate et Alex, laissez-moi vous dire ceci. Je ne suis pas encore sûr que vous mesuriez pleinement l'énorme effet que cette découverte va avoir sur le monde international de l'horticulture et du commerce des fleurs. Je ne doute pas une seconde que vous allez devenir tous deux incroyablement riches, mais vous feriez mieux de vous préparer à quelques surprises et à quelques sacrifices, aussi. Je suis sûr, cependant, qu'ils peuvent être minimisés si vous montrez un peu de prudence et de bon sens. Ce qu'il nous faut faire est rassembler une équipe compétente de professionnels pour s'occuper des opérations juridiques, techniques et commerciales exigées par cette redoutable rose. Cela va prendre beaucoup de votre temps et requérir beaucoup de dur travail de votre part.

Kate remarqua que Kingston avait dit « ce qu'il *nous* faut faire ».

— Quelle est la première chose à faire, alors ? demanda Alex.

— Trouver un bon homme de loi.

— Et comment nous y prenons-nous ? s'enquit Kate. Les roses bleues ne constituent pas, jusqu'à nouvel ordre, une spécialité juridique.

— Un spécialiste des brevets et patentes ? suggéra Alex.

Kingston hocha la tête.

— Vous avez probablement raison, Alex, dit-il.

— Il doit bien y avoir, fit Kate, un service auquel on peut s'adresser pour trouver le juriste adéquat.

— Effectivement, répondit Kingston. Il vous faut appeler la Société Juridique. Ils m'ont recommandé un avocat, il y a quelques années. En fait, je crois qu'ils ont un site Internet. Vous devriez essayer de le vérifier, Alex.

Alex sourit.

— De quoi étiez-vous accusé ? demanda-t-il.

Kate le gratifia d'un regard très noir.

Kingston, quant à lui, eut un large sourire.

— Nous défendions le vieux Rascal, dit-il.

— Le vieux Rascal ?

— Notre chien. Il avait prélevé un petit morceau de mollet sur l'un des enfants du voisinage, qui s'acharnaient sur lui. La mère avait porté plainte.

— Vous lui aviez donné un nom adéquat, à ce chien, fit Kate en souriant.

— Et quelle a été l'issue ? demanda Alex.

— Fort heureusement, il s'en est tiré avec le sursis. De toute manière, je sais que la Société Juridique vous trouvera l'homme idoine.

— Ou la femme idoine, rectifia Kate.

— Bien sûr, bien sûr, se hâta de déclarer Kingston.

Repliant ses longs membres comme une sauterelle géante, l'universitaire s'insinua de façon experte dans sa TR 4, dont il fit claquer la porte avec autorité. Puis, criant pour couvrir le bruit du moteur, il lança à Alex et à Kate :

— Vous savez, lorsque la nouvelle de l'existence de cette rose se répandra, votre monde ne sera plus tout à fait le même.

Puis, avec un grand salut de sa main gantée, il démarra.

Comme la pétarade du moteur décroissait puis s'évanouissait à l'horizon, un Alex épuisé et une Kate encore en état de choc se regardèrent un instant, puis se mirent à rire à en perdre haleine, laissant libre cours à la fois à leur soulagement et à une excitation trop longtemps réprimée.

Et, main dans la main, ils regagnèrent la maison.

CHAPITRE 5

« Même le dernier des imbéciles échangerait son gros orteil gauche contre une rose bleue, celle-ci représentant une fortune potentielle. Dans l'ensemble du monde, on dépense chaque année vingt-cinq milliards de dollars en fleurs coupées, et un cinquième sont des roses. »

RAYFORD REDDELL,
cultivateur de roses et écrivain

Kate brossa quelques miettes de pain sur la table de la cuisine et les recueillit dans le creux de sa main.

— Un peu plus de thé, Alex ? demanda-t-elle.

— Juste une goutte, merci.

Ils venaient de finir leur petit déjeuner et Alex était plongé dans le *Sunday Telegraph*.

La veille, sur le site de la Société Juridique, Alex avait obtenu les adresses et numéros de téléphone de plusieurs hommes de loi recommandés par cet organisme. Il avait choisi Christopher Adell, du cabinet Sheridan, Adell et Broughton, Lincoln's Inn Fields, Londres.

Kate alla jeter les miettes de pain dans l'évier, et, branchant la bouilloire électrique, regarda la pendule murale.

— Alex, dit-elle, il est presque huit heures. Tu ferais mieux de te préparer. Tu sais comment est Mrs Hendrickson.

— Oh, je ne le sais que trop ! grogna Alex en continuant à lire. Franchement, elle ne manque pas de culot d'insister pour une rencontre sur le chantier en plein week-end.

— Allons, fit Kate, c'est seulement l'affaire de deux heures !

Elle regarda son mari et demanda :

— Tu as le nez fourré sur cette page depuis cinq bonnes minutes. Qu'est-ce qu'il y a de si intéressant ?

— C'est un article sur le projet Eden, en Cornouaille.

— Les serres prodigieuses ?

— Exact. On affirme que c'est une des merveilles architecturales du monde. Nous devrions vraiment aller y faire un tour.

Kate versa l'eau chaude dans la théière, apporta celle-ci à la table et s'assit.

— Nous pourrions prendre tout un week-end, suggéra-t-elle, et aller aussi au jardin perdu d'Heligan.

— Cela vaudrait le coup, dit Alex en repliant le journal et le posant sur la table. Mets cet article de côté, chérie, si tu veux bien. Je jetterai aussi un coup d'œil sur Internet.

— Peut-être est-ce là que la rose bleue finira, fit Kate en versant du thé dans les tasses.

— À ce sujet, je vais essayer d'organiser un rendez-vous avec Christopher Adell. Est-ce que jeudi ou vendredi te conviendrait ?

— Oui, c'est parfait.

— Et tu te mets dès aujourd'hui sur la piste de Mrs Cooke ?

— Entendu.

— Cela continue quand même à me paraître une perte de temps.

— Pourquoi dis-tu cela ?

— Eh bien, est-ce que Kingston ne s'est pas dit à peu près convaincu qu'il s'agissait d'une fantaisie de la nature ?

— Tu veux dire une « aberration », rectifia Kate en souriant.

— Si tu veux, fit Alex en levant les yeux au ciel.

— Néanmoins, Alex, il y a toujours une faible chance que ce ne le soit pas.

Elle fit une pause et reprit :

— Si Mrs Cooke révèle être pour quelque chose dans l'existence de cette rose, ne crois-tu pas qu'en toute honnêteté, elle devrait recevoir un peu de l'argent récolté ?

— Kate, la rose est sur notre propriété. *Nous* possédons ce jardin, maintenant, non Mrs Cooke. Ne t'inquiète pas, la rose nous appartient incontestablement.

— Mais ce serait pas juste ! Et si la situation était inverse ? Je parie qu'à ce moment-là, tu penserais différemment.

— Au point où nous en sommes, nous parlons dans le vide. Je

ne pense pas que nous devrions nous inquiéter, pour le moment, de ce qui est juste ou pas. Laissons l'homme de loi s'en occuper.

— Je suppose que tu as raison, fit Kate en haussant les épaules.

— Je me disais, reprit Alex en dessinant distraitement une rose sur un coin du journal, que *si* cette fleur est bien tout ce que nous pensons, nous ne pouvons continuer à l'appeler...

Il s'interrompit et se mit à chuchoter de façon théâtrale :

— ... *la rose bleue*. Nous devons lui donner un faux nom, un nom de code, en quelque sorte.

— Des suggestions ?

— L'oiseau bleu ? Le Beau Danube Bleu ? Le Bleu de Prusse ? Le Bleu d'Auvergne ?

— Je pense que nous ne devrions pas utiliser le mot « bleu ».

— Entendu, fit Alex, en laissant reposer son menton sur son poing dans l'attitude célèbre du penseur. Quel est le plus bleu de tous les bleus ?

— Saphir, je suppose.

— Cela me plaît, Kate. *Saphir.* Cela sonne bien, et, en même temps, nul n'aura la moindre idée de ce dont nous pouvons parler.

— Quand nous reverrons Kingston, il faudra le prévenir.

— À propos de Kingston, tu ne crois pas que nous devrions le garder dans notre camp pendant un certain temps ? Officiellement, veux-je dire...

— Je pense qu'il se considère déjà dans le coup. Tu n'as pas remarqué, hier, la façon dont il a dit « nous » à plusieurs reprises ?

— Peut-être aurions-nous dû lui faire signer un engagement de confidentialité...

— Je pensais plus à lui donner une sorte de participation financière. Nous pouvons avoir besoin de ses services ultérieurement.

— Cela me paraît judicieux. Après tout, il est, au moment où nous parlons, la seule personne qui connaisse l'existence de la rose... oh, pardon !... de Saphir...

Alex prit soudain une mine perplexe.

— Juste ciel ! fit-il. Est-il resté seul avec le rosier ? Cela vient juste de me venir à l'esprit : il pourrait avoir prélevé une bouture. Cela aurait été si facile...

— Oh, Alex ! Il ne ferait sûrement pas cela.
— Si j'étais un botaniste soudain mis en présence de la plus grande découverte horticole du siècle, je pourrais être tenté.
Kate secoua la tête.
— Non, dit-elle. Il n'a jamais été seul là-bas. J'en suis sûre. De toute façon, je lui fais confiance. C'est un professeur, après tout.
— Un *professeur* ! s'exclama Alex. Je ne vois pas en quoi cela le met à l'abri de toute tentation. Encore que je le voie mal se conduire de façon aussi déloyale. Mais, comme il l'a dit lui-même, nous ne serons jamais trop prudents. La dernière chose que nous pourrions souhaiter serait de voir des douzaines de clones bleus s'éparpiller dans la nature.
— À propos de boutures, fit Kate, il faut que nous demandions à Vicky d'en prélever quelques-unes pour nous. C'est l'une des premières choses dont Kingston s'était enquis. J'essaierais bien moi-même, mais je n'ai jamais beaucoup de succès dans mes tentatives de reproduction de roses.
Kate accompagna Alex jusqu'à la porte. Là, elle lui prit la main, la serra doucement et dit en détournant le regard :
— Alex, est-ce que c'est juste une impression personnelle ou est-ce que cette rose bleue n'est pas en train de nous dévorer la vie ? Nous n'avons, toi et moi, parlé de rien d'autre depuis que nous l'avons trouvée.
— Allons, Kate, cela ne fait que deux jours ! De toute manière, ce ne sont pas de broutilles que nous parlons. Avec, en jeu, les sommes énormes dont tout le monde semble si sûr, je pense qu'il est plus que raisonnable de s'attendre à *quelques* désagréments, quelques désordres. Quoi qu'il en soit, lorsque toute l'affaire sera entre les mains de l'avocat, je suis sûr que notre vie redeviendra normale. Jusqu'à ce moment – que j'espère proche – je ne m'inquiéterais pas trop pour tout cela.
— Je suppose que tu as raison.
Elle leva les yeux vers lui et lui demanda avec un sourire malicieux :
— Tu ne penses pas que nous devrions inventer une histoire pour Kingston, lui dire que le rosier est mort subitement – et voir la fin de cette affaire ?
— Et ne jamais savoir quelle impression cela fait d'être scandaleusement riches ?

Alex attira Kate à lui et l'entoura de ses bras.

— Je plaisantais, bien sûr, fit-elle. Mais, à la vérité, je suis quand même *un tout petit peu* inquiète.

Il y avait un léger tremblement dans sa voix.

— Inquiète de quoi, pour l'amour du ciel ?

— De toutes les choses qui pourraient arriver. Je ne cesse de penser à ce que Kingston nous a dit : « Votre monde ne sera plus jamais le même. » C'est... c'est simplement que j'aimais bien les choses telles qu'elles étaient – telles que nous les avions prévues. Et j'ai peur que cette affaire de rose puisse gâcher tout cela. Ce serait affreux, Alex.

Alex la serra fort contre lui et, lui déposant un léger baiser sur les cheveux, affirma :

— Pas la moindre chance que cela arrive.

Alex sonna de nouveau à la porte.

— Peut-être qu'elle a confondu les dates, dit-il.

— Non, fit Kate. Nous étions convenues d'aujourd'hui. Je l'ai noté. Elle est probablement aux toilettes ou quelque chose comme cela.

— Et c'est bien la bonne maison ?

— Attends, je vais encore vérifier.

Kate tira de sa poche un morceau de papier et lut :

— Mardi 24, quinze heures trente, 12 St Margaret's Mews. Elle m'a dit que c'était une demeure protégée pour retraités. Et c'est bien ici.

En jonglant avec leurs emplois du temps respectifs, ils étaient parvenus à fixer pour ce jour le rendez-vous avec Mrs Cooke. Cela leur convenait parfaitement, car, si par hasard ils apprenaient quelque chose d'important, ils seraient en mesure d'en faire part à Christopher Adell, qu'ils devaient rencontrer le vendredi à Londres.

Alex était sur le point de tambouriner carrément à la porte lorsqu'il vit, à travers la vitre en verre dépoli de celle-ci, une silhouette approcher. La porte du coquet pavillon s'ouvrit enfin et un homme maigre et pâle apparut.

— Kate et Alex Sheppard, je suppose, dit-il d'une voix maussade.

Alex fit un signe de tête affirmatif.

— Et vous êtes… Graham ? Votre tante nous a dit que vous seriez peut-être là.

— C'est bien moi, répondit l'autre avec un demi-sourire emprunté.

— Heureux de vous connaître, fit Alex en lui tendant la main.

Il eut l'impression de serrer un gant de caoutchouc.

Graham s'écarta.

— Entrez, dit-il. Ma tante est dans le salon en train d'étudier les pronostics de courses. Croyez-le ou non, elle se fait un peu d'argent chaque semaine avec les chevaux. Désolé de vous avoir laissés attendre à la porte, comme cela. Ma tante est un peu dure d'oreille maintenant, et moi, j'étais en train de réparer une porte de placard dans la cuisine. Je vous rejoins dans une minute.

Il les fit entrer au salon et s'éclipsa. L'intérieur de la maison était aussi immaculé que l'extérieur et donnait une impression de gaieté. Les murs du minuscule salon, peints d'un crème lumineux, faisaient paraître la pièce plus grande qu'elle ne l'était. Un tapis d'Orient, qu'Alex identifia comme un Heriz de grand âge, recouvrait presque entièrement le sol. Kate et lui reconnurent quelques meubles anciens qu'ils avaient vus au « Presbytère » lorsqu'ils l'avaient visité pour la première fois.

Mrs Cooke posa son journal et chassa du divan un gros chat tigré, brossant rapidement, de sa main couverte de taches de vieillesse, le coussin précédemment occupé par l'animal. Puis elle se leva pour aller accueillir Kate et Alex.

— Cela me fait un tel plaisir de vous rencontrer, dit-elle d'un ton qu'on aurait pu croire sincère. Je me demande pourquoi nous ne nous sommes jamais vus lors de la vente de la maison. Vous savez comment sont ces agents immobiliers ! Ils peuvent devenir vraiment tyranniques. Ils n'ont jamais voulu que je sois là, vous savez.

C'était une femme petite et rondelette, au visage joyeux, ridé et abondamment poudré, encadré de cheveux gris évoquant de la paille de fer de haute qualité. Son sourire révélait des dents trop blanches et trop régulières pour être d'origine.

Quand Alex s'approcha pour lui serrer la main, il perçut une agréable odeur de savon à la lavande.

Mrs Cooke lui désigna le divan aux multiples coussins. Alex

s'y assis et s'y sentit aussitôt sombrer. Il eut l'impression que cela n'allait jamais s'arrêter.

Mrs Cooke s'installa dans un fauteuil en face d'eux et leur demanda :

— Vous n'avez pas eu trop de mal à trouver ?

— Non, dit Kate. Pas du tout, Mrs Cooke.

— Bien que Chippenham ait pas mal changé depuis mon dernier passage, intervint Alex. Cela paraît beaucoup plus grand, plus animé, avec plus de circulation.

Mrs Cooke se mit à jouer avec les volumineuses bagues ornant ses doigts boudinés. Elle en portait au moins une demi-douzaine.

— C'est jour de marché, vous savez, dit-elle. D'habitude, il n'y a pas tant de monde. De toute manière, je ne conduis plus beaucoup, maintenant. Steeple Tarrant me manque, bien sûr, mais je dois dire que tout est beaucoup plus pratique ici. Presque tout ce dont j'ai besoin est à portée de la main. De plus, nous avons un système de sécurité permanent et une infirmière de service vingt-quatre heures sur vingt-quatre. Au début, je ne savais pas si j'allais me plaire ici, après avoir vécu au « Presbytère » toutes ces années, mais c'est vraiment très bien. Et je me suis fait beaucoup d'amis, aussi.

Elle s'interrompit, comme si elle cherchait à se rappeler le motif de leur réunion. Alex en profita pour prendre l'initiative.

— Comme Kate vous l'a dit au téléphone, déclara-t-il, nous aimerions identifier certains des vieux rosiers se trouvant dans le jardin du « Presbytère » et nous pensions que vous pourriez peut-être nous aider. Je crois que vous lui avez dit qu'il y avait quelques livres que nous pourrions consulter.

Mrs Cooke sourit.

— C'est exact, dit-elle. Ils appartenaient à Jeffrey. C'était lui le jardinier... Je veux parler de mon défunt mari.

— Nous nous posions la question, fit alors Kate. Est-ce lui qui a créé le jardin ?

— Eh bien, pas entièrement. Nous avons acheté « Le Presbytère » à un médecin en retraite, il y a maintenant bien plus de trente ans, en 1968, je pense. Sa femme était morte récemment, et il ne pouvait plus entretenir la maison tout seul. En particulier le jardin – vous connaissez sa taille. Tout cela était bien triste, quand on savait tout ce qu'il avait consacré à cette maison et combien il l'aimait. Mais c'était exactement ce que Jeffrey voulait, et moi aussi.

Elle eut un petit rire et ajouta :

— Jeffrey disait toujours qu'à son âge, il n'avait plus le temps d'attendre que les arbres veuillent bien pousser. Et il avait raison, je pense. D'autre part, il venait juste de prendre sa retraite. Le jardin, à l'époque, n'était pas tout à fait ce qu'il est maintenant, bien sûr, mais il y avait déjà beaucoup d'arbres et de plantes arrivés à épanouissement. L'ancien médecin avait fait une bonne part des travaux importants, ce qui coûte si cher de nos jours. Par exemple, toutes les terrasses, les treillis, la serre, tout ce qui était pierre et briques. Je me souviens de quelques-unes de ces vieilles urnes et de ces pots de terre cuite – ceux qui venaient d'Italie. Quant aux murs de briques, certains étaient là depuis plus de deux cents ans, bien avant que la maison ne soit construite. On m'a dit un jour qu'il y avait là, à l'origine, un potager appartenant au manoir. Mais c'est quand même Jeffrey qui a fait du jardin ce qu'il est maintenant. Il en a changé la configuration, la disposition des allées, des parterres et des plates-bandes. Il parlait toujours de « modifier les points de vue et les perspectives ».

— Et toutes les roses ? demanda Kate.

— Oh, c'est l'œuvre de Jeffrey ! C'était son orgueil et sa joie.

— Il a fait un superbe travail et nous lui en sommes très reconnaissants, fit Kate. Savez-vous s'il tenait des registres à ce sujet ?

— Le major ? Oh, ciel, oui ! Il était méticuleux au point d'en être maniaque.

Alex, qui avait toujours l'impression que le divan allait l'avaler tout cru, s'en extirpa tant bien que mal pour tenter de s'asseoir à l'extrême bord, le corps penché en avant.

— C'était un militaire, donc ? dit-il.

— Exactement. Mais, comme je l'ai déjà dit, à la retraite. Il gardait scrupuleusement note de tout… Ah, voilà Graham, enfin !

Jaillissant de son fauteuil avec une agilité surprenante pour une personne de son âge et de sa corpulence, elle entreprit de présenter son neveu. Avec une évidente fierté, elle récita une version abrégée du curriculum vitae de Graham, soulignant bien le fait que celui-ci était maintenant directeur des ventes pour la région ouest à la Compagnie pharmaceutique Hofmann.

Alex se demandait si Graham avait eu une journée particulièrement épuisante ou s'il était victime d'un mauvais virus. Sa moustache aux poils ternes pendait tristement aux coins de sa bouche et de maigres mèches de cheveux tentaient vainement de dissimuler un crâne d'un rose brillant. Son complet de tweed fripé, sa cravate mal nouée et ses souliers de daim évoquaient plus, pour Alex, un traînard de champs de courses qu'un cadre commercial supérieur. Alex l'avait d'ores et déjà classé parmi ces individus incommodes et assommants qui, bien que jouissant d'une relativement bonne santé et d'une confortable aisance, ne sont jamais satisfaits de leur sort. Il avait également l'énervante manie de cligner constamment des yeux derrière ses lunettes cerclées de métal, ce qui renforçait son air agressif.

Graham alla prendre une chaise près de la table de salle à manger installée dans un coin du salon, s'assit, croisa les jambes et demanda :

— Eh bien, comment est la vie à la campagne ? Ma tante me dit que vous vous enquérez des roses de mon oncle ? De ses carnets ?

Il n'y avait nulle chaleur dans sa voix.

Alex jeta un coup d'œil à Kate. Il savait qu'elle pensait la même chose que lui. À savoir qu'il ferait mieux de faire attention à ce qu'il disait. Il ne devait à aucun prix donner à Graham l'impression que leur démarche pouvait avoir une autre raison qu'un sincère intérêt pour les roses du « Presbytère » – à aucun prix. Auparavant, Kate et lui avaient évoqué la possibilité de dire à Mrs Cooke – ou simplement de lui laisser entendre – qu'une rose bien précise était rare, peut-être même de lui préciser qu'elle était bleue. Kate était en faveur de cette attitude, mais Alex lui avait rappelé les avertissements de Kingston et ils avaient rapidement écarté l'idée – au moins pour le moment.

— Oui, fit donc Alex d'un ton égal. Il y a beaucoup de roses que nous ne parvenons pas à identifier. Les étiquettes ont disparu. Ce serait bien agréable – et utile – si nous savions ce qu'elles sont au juste.

Kate se tourna vers Mrs Cooke.

— Votre mari passait beaucoup de temps à soigner ses rosiers ? demanda-t-elle.

— Oh, oui ! Il en était vraiment fou. Il s'affairait dans le jardin sept jours sur sept.

— Et est-ce que, par hasard, il s'essayait à un peu de reproduction ? D'hybridation ? Quelque chose de ce genre ?

— Je ne vois vraiment pas ce que cela a à voir avec l'identification des rosiers, intervint alors Graham.

— Simple curiosité, affirme Alex. En fait, Kate pensait s'y essayer elle-même. Nous nous demandions s'il ne pourrait pas y avoir quelques informations utiles à ce sujet dans les carnets de votre oncle.

Graham détourna les yeux.

— Je n'ai pas regardé ces carnets depuis des années, mais j'en douterais plutôt, dit-il. En plus, ils sont maintenant en mauvais état, vous savez. Certains tombent littéralement en morceaux. Mon oncle est mort il y a plus de sept ans.

Il semblait souhaiter qu'on abandonne le sujet.

— Aimeriez-vous emprunter ces livres et ces carnets ? demanda à ce moment Mrs Cooke.

Observant Graham du coin de l'œil, Alex le vit faire un très léger signe négatif de la tête en regardant sa tante d'un air désapprobateur.

— Oh, ce serait merveilleux ! s'exclama Kate. Si cela ne vous dérangeait pas trop...

— Pas le moins du monde, ma chère, dit Mrs Cooke.

Et, se tournant vers son neveu, elle lui demanda :

— Tu les as toujours, je suppose ?

Graham hésita, ses yeux clignant à cadence accélérée derrière ses lunettes.

— Oui, oui, finit-il par dire. Ils sont dans ma réserve. Je pourrai aller les chercher dans un ou deux jours. Je vous appellerai à ce moment-là.

— Eh bien, c'est réglé, fit Mrs Cooke.

Disant qu'il avait des coups de téléphone à donner, Graham se leva, s'excusa et gagna la porte. À son attitude et son expression maussade, il était évident que la décision prise ne l'enchantait pas.

— À bien y penser, reprit Mrs Cooke après le départ de son neveu, il y avait quelqu'un qui venait souvent aider Jeffrey...

Elle réfléchit un instant en continuant à jouer avec ses bagues.

— Thomas, fit-elle. Je pense qu'il se prénommait Thomas.

Kate et Alex échangèrent un regard, tandis que, l'index posé sur les lèvres, Mrs Cooke semblait chercher l'inspiration au plafond.

— Farrow ! s'exclama-t-elle soudain. Thomas Farrow. C'est bien cela. Ils passaient des heures d'affilée dans cette infernale serre de Jeffrey. Certains jours, ils ne sortaient même pas déjeuner.

Elle s'interrompit et pouffa de rire.

— On aurait juré qu'ils cachaient une fille, dans cette serre. Mais c'étaient seulement les roses. Il n'y avait que cela qui paraissait les intéresser. Un vrai charmeur, au demeurant, ce Farrow...

— Et où est-il maintenant ? demanda Alex. Il est toujours vivant ?

— Je n'en ai aucune idée.

— Comment votre mari et lui s'étaient-ils rencontrés ? demanda Kate.

— Je pense que c'était au club auquel appartenait Jeffrey. Un club de jardinage. Je n'en suis pas certaine, mais cela devait être à Marlborough. Peut-être trouverez-vous cela dans les carnets.

Alex aurait aimé en savoir plus sur Farrow et son rôle, mais il se rendait compte qu'ils avaient déjà posé assez de questions. S'ils insistaient, Mrs Cooke risquait de se dire avant peu que l'identification des rosiers n'était peut-être pas le seul objet de leur visite.

Graham ne revint pas. Après quelques plaisanteries de plus, Mrs Cooke accompagna Kate et Alex à la porte, et ils prirent congé.

Tôt le lendemain matin, ils reçurent un coup de téléphone de Graham. Celui-ci leur dit qu'il devait se rendre à Marlborough le jour suivant et qu'il pourrait leur déposer les livres et carnets de son oncle sur le chemin du retour.

— Juste pour la forme, précisa-t-il, j'en ai établi une liste. Vous la trouverez dans l'un des cartons.

Et il ajouta :

— Je ne vois toujours pas ce que vous voulez en faire.

Kate lui demanda s'il pouvait déposer les cartons avant neuf heures et demie du matin ou après six heures du soir, car Alex et elle travaillaient tous deux ce jour-là. Il dit qu'il essaierait.

Le lendemain soir, lorsque Kate arriva chez elle, venant de sa boutique, deux grands cartons contenant les archives du défunt major Cooke l'attendaient devant la porte. Aucun message de Graham ne les accompagnait. Elle porta les cartons l'un après l'autre dans la cuisine et les déposa côte à côte sur le sol. Poussée par la curiosité, elle faillit les ouvrir, mais elle décida finalement d'attendre Alex, dont elle entendit peu après arriver la voiture.

Elle versa deux verres de vin tandis qu'Alex ouvrait le premier carton à l'aide de son couteau suisse.

— Il y a beaucoup plus de choses que je ne pensais, remarqua-t-elle. Pas étonnant que les cartons soient si lourds.

Elle s'assit en tailleur sur le sol, son verre à côté d'elle, et commença à sortir du carton des livres qu'elle disposa en piles bien ordonnées sur le carrelage.

— Il semble y avoir là, dit-elle à Alex, quelques superbes ouvrages sur les jardins. Celui-là, par exemple, paraît formidable : *Visions de paradis*...

Alex ouvrit l'autre carton et en tira tout d'abord un mince volume à couverture rouge – un cahier, en fait.

— Et cela, fit-il, semble encore plus intéressant.

Kate leva la tête, et il lui tendit le cahier.

— Qu'en penses-tu ? demanda-t-il.

— Très curieux, dit-elle, après avoir tourné quelques pages.

— Et en voilà encore un du même genre ! annonça-t-il en continuant à fourrager dans le carton. En fait, il y en a toute une série. Des espèces de journaux, à ce qu'il paraît.

— C'est un charabia complet, déclara Kate sans lever la tête. Cela n'a aucun sens.

— Celui-là est pareil, dit Alex.

Peu après, le carton était vide, et une pile de cahiers aux couvertures identiques se dressait à côté de lui. Kate posa celui qu'elle était en train de consulter au-dessus des autres et compta l'ensemble.

— Il y en a onze, annonça-t-elle. Si c'est l'écriture du major Cooke, c'était vraiment un méticuleux.

— Ce doit être une sorte de code.

— C'est bien à cela que cela ressemble. Il y a peut-être là quelque chose, Alex.

— Les relevés d'hybridation du major Cooke en code ? Qu'est-ce que cela veut dire ?

— Je n'en ai aucune idée. Mais je connais quelqu'un qui pourrait bien en avoir une.

— Kingston ?

— Tout juste.

CHAPITRE 6

> *« Tous les jardiniers doivent savoir quand il leur faut accepter une chose merveilleuse et inattendue sans revendiquer d'autre mérite que celui de l'avoir laissée exister. »*
>
> ALLEN LACY,
> spécialiste des jardins

S'annonçant par une discrète plaque de cuivre aux lettres noircies par les années et par un astiquage quotidien, le cabinet juridique Sheridan, Adell et Broughton était situé dans une étroite ruelle donnant dans Lincoln's Inn Fields. Ayant mal mesuré la distance le séparant du restaurant de Covent Garden où ils avaient passé près de deux heures à déjeuner, Kate et Alex arrivèrent avec dix minutes de retard à leur rendez-vous avec leur avocat, Christopher Adell [1]. La veille, Alex avait téléphoné à Lawrence Kingston pour l'informer de cette rencontre.

Adell paraissait beaucoup plus jeune qu'Alex en avait eu l'impression en lui parlant au téléphone. Après les excuses et salutations d'usage, il les fit entrer dans un bureau sobrement meublé ouvrant sur une agréable cour intérieure. De façon a priori surprenante, les murs ne s'ornaient pas de diplômes encadrés ni de gravures anciennes, mais de photographies de voiliers fendant l'écume. Elles ne laissaient guère de doute sur la nature de la principale passion de Christopher Adell. Son teint hâlé et ses cheveux décolorés par le soleil venaient le confirmer.

[1] Christopher Adell est en fait un *solicitor*, combinant les fonctions de notaire, d'avoué et d'avocat. *(NdT)*

Alex consacra les dix premières minutes de l'entretien à raconter à l'homme de loi comment Kate et lui avaient récemment acheté « Le Presbytère », leur découverte de la rose, la visite du Dr Kingston et les conclusions de celui-ci.

Adell écoutait attentivement, en prenant des notes sur un bloc.

— Et voilà, c'est à peu près tout, conclut Alex.

— *Extraordinaire*, dit Adell en reposant son stylo sur son bureau. Tout à fait extraordinaire. Cela va avoir un énorme impact sur le monde de l'horticulture – mais cela, vous n'avez certainement pas besoin de moi pour le savoir.

Il se redressa dans son fauteuil, tira sur les manchettes de sa chemise à rayures et poursuivit :

— D'un point de vue juridique, il y a un certain nombre de problèmes qui doivent être réglés avant que nous n'en venions à la question de la mise en vente de la rose – je crois comprendre que c'est là votre intention, n'est-ce pas ?

— C'est exact, répondit Alex.

— Pas besoin de les énumérer maintenant, bien sûr, mais il convient, entre autres choses, d'établir et de faire reconnaître la propriété de la rose, de solliciter les brevets correspondants, d'établir les droits et ainsi de suite.

— Donc, demanda Kate, vous ne pensez pas qu'obtenir un brevet pour Saphir présentera un problème ?

— Oh, non, absolument pas. En ce qui concerne les plantes, ces brevets peuvent être obtenus par quiconque découvre ou invente une nouvelle variété et la reproduit. C'est un processus classique. Les qualifications sont tout à fait précises. Je n'ai pas étudié la question récemment, mais je sais que, sans discussion possible, votre rose remplit les conditions requises à plus d'un titre.

Il se renversa en arrière dans son fauteuil, les mains jointes derrière la nuque.

— Si je me souviens bien, continua-t-il, l'un des critères est la nouveauté. Pour être considérée comme nouvelle, en ce sens, une variété de plante doit ne jamais avoir existé auparavant dans la nature. Elle doit aussi avoir des caractéristiques qui la distinguent clairement des variétés existantes. Ce peut être une forme, une taille ou, dans votre cas, une couleur différente.

Adell s'interrompit de nouveau, regarda ses deux interlocuteurs l'un après l'autre, avant de reprendre, à voix nettement plus basse :

— Obtenir un brevet est vraiment le moindre de vos problèmes. J'ai bien peur que le premier de ceux-ci soit la protection. Protection pour la rose, mais aussi, plus important, pour vous deux.

On frappa à la porte et une jeune femme apparut avec un plateau à thé, qu'elle posa sur le bureau avec un mot d'excuse avant de s'éclipser. Adell fit glisser le plateau vers Kate et Alex.

— Je vous en prie, dit-il, servez-vous.

Comme Kate versait le thé, il reprit un ton plus haut :

— Au-delà d'un mot bref au téléphone, je ne vous ai encore rien dit de notre cabinet ou de moi-même. Laissez-moi vous éclairer un peu.

Croisant les bras et se balançant lentement dans son fauteuil, il évoqua les soixante-dix années d'existence du cabinet, ses expériences et compétences particulières. Il conclut en mentionnant quelques clients de longue date, dont un cultivateur de roses installé près de Brighton et fidèle au cabinet depuis le début des années quarante.

— Avant mon entrée au cabinet, précisa-t-il, l'un de nos principaux membres travaillait directement pour le fondateur de cette société, un certain Ben Compton – maintenant considéré comme une sorte de personnage légendaire dans le monde britannique du commerce des roses. Il nous a quittés, j'en ai peur, et ce fut une véritable perte. Mais c'est son fils, Charlie, qui est maintenant à la tête de l'affaire, et je suis devenu le conseiller juridique de celle-ci.

— Alors, vous en savez long sur les roses, dit Alex.

— Un peu plus que le jardinier moyen, dirais-je. Plus important, je connais tous les rouages de leur commerce, de gros comme de détail. Comment on les cultive en vue de la vente. Comment elles sont mises sur le marché. Qui sont les gros négociants – et la plupart des petits, aussi.

— Excellent, fit Alex.

Le téléphone d'Adell se mit à sonner. Il décrocha, écouta quelques secondes et déclara :

— Dites-lui que je le rappelle dans l'heure qui vient. Merci, Martha.

Il raccrocha et fit faire un quart de tour à son fauteuil pour se retrouver de nouveau face à Kate et à Alex et leur dit :

— Quand on parle du diable… C'était Charlie Compton. Voyons, où en étais-je ?

— Vous parliez de la commercialisation des roses, lui rappela Alex.

— Exact. C'est une énorme affaire – colossale, en fait. C'est la plante la plus anciennement cultivée en ce monde, et les ventes continuent à s'accroître tous les ans. Pour vous donner une idée du chiffre d'affaires, la dernière fois que je m'en suis enquis – et il y a un certain temps de cela –, les ventes de fleurs coupées de diverses espèces dans le monde représentaient quarante à cinquante milliards de dollars. Le jardinage suscite un immense intérêt ces temps-ci, et la rose est *la* grande vedette. Jackson et Perkins, les plus importants cultivateurs de roses des États-Unis, entretenaient près de vingt millions de rosiers par an la dernière fois que j'ai eu connaissance des chiffres. Et Baker-Reynolds, dans l'État de Washington, n'était pas loin derrière.

Alex jeta un rapide regard à Kate. Elle semblait impressionnée.

— Ce sont des chiffres époustouflants, dit-il. Donc, la valeur à long terme d'une rose bleue pourrait s'estimer à de multiples millions ? Finalement des milliards ?

— Beaucoup dépendra de la façon dont le public des amateurs accueillera une rose bleue, mais, à ce que je crois, oui, cela pourrait – au bout de quelques années, bien sûr – dépasser le milliard.

— Ainsi, Kingston avait raison, murmura Kate.

L'entretien se poursuivit pendant une demi-heure encore. Adell esquissa un plan d'action apparemment fort pertinent. Mais sa dernière suggestion prit Kate et Alex par surprise ; il proposait que la rose bleue soit cédée au plus offrant à une vente aux enchères internationale.

— Comment vous y prendriez-vous pour obtenir le meilleur prix d'un Degas ou d'un Van Gogh ? demanda-t-il à ses interlocuteurs.

— Très ingénieux, reconnut Kate.

Mais l'homme de loi accompagna son propos d'une mise en garde :

— Si nous devons employer cette méthode – et c'est ce que je recommande –, il est bien évident que nous ne serons pas en mesure de garder très longtemps le secret sur la rose bleue. Quelles que soient les précautions prises, la nouvelle se répandra, et quand elle se répandra, ce sera à la manière d'un incendie de forêt. Tout se passera très vite. Tous les cultivateurs de roses de la planète vont être à votre porte, voulant en savoir plus, essayant de vous faire des offres avant la vente aux enchères. À la minute même où nous entrerons en contact avec les commissaires-priseurs, le secret n'existera plus. Je voudrais que vous le compreniez bien.

— Vous pensez que nous ouvrons une boîte de Pandore ?

— Impossible à dire, Kate. Nous ne saurons l'effet que cela aura pour vous que lorsque la chose se produira vraiment.

Il s'interrompit pour prendre une gorgée de thé, leur sourit par-dessus le rebord doré de sa tasse et secoua la tête.

— Tout ce que je puis vous conseiller, dit-il, c'est d'avancer avec prudence et discernement, car vous allez être dans le domaine public. La tranquillité de la vie privée sera une chose du passé.

Alex ne dit rien ; il se rappelait avoir entendu des paroles semblables dans la bouche de Kingston.

Adell parcourut sa liste de notes et en entoura une d'un trait de plume.

— Question de sécurité, fit-il en se frottant le menton. Nous devons prendre dès maintenant des mesures pour assurer celle du rosier. Jusqu'à ce que nous puissions le transférer en lieu sûr, il faudrait qu'il soit gardé en permanence. Pour le moment – si vous êtes absolument certains que seuls vous trois connaissez son existence et son emplacement –, nous allons prendre ce que j'appellerai une mesure de sécurité provisoire.

— Vraiment ? demanda Kate.

— Oui, vraiment. Je suis surpris que vous n'y ayez pas pensé vous-mêmes.

— Et quelle est cette mesure ? s'enquit Alex.

— Vous coupez simplement toutes les fleurs.

— Évidemment ! Ensuite, bien malin est celui qui pourra distinguer le rosier de deux cents autres.

— À moins, intervint Kate, qu'on ait affaire à quelqu'un qui connaisse particulièrement bien les rosiers et remarque les feuilles parfaitement dessinées de celui-ci.

— Hautement improbable, à mon avis, fit Alex en secouant la tête.

— De toute manière, dit Adell en frappant le bureau du bout de son stylo, faites-le dès que vous serez rentrés chez vous. Nous pourrons parler plus tard d'un système de sécurité plus raffiné.

— Entendu, répondit Alex.

Kate claqua soudain dans ses doigts.

— Je pourrais essayer de faire sécher les roses, proposa-t-elle.

— Parfait, fit Adell. Mais je vous conseillerais de ne les montrer à personne.

Il regarda sa montre et ajouta :

— Une dernière chose. Avant de faire quoi que ce soit, nous devons établir de façon incontestable que vous êtes les propriétaires uniques et légitimes de la rose. Nous ne pouvons aller plus loin sans cela.

— Alex et moi sommes un peu dans le vague à cet égard, déclara Kate. En fait, nous ne sommes pas entièrement d'accord là-dessus.

Elle jeta un regard à Alex, qui lui désigna du geste l'homme de loi, comme pour l'inviter à poser clairement la question à celui-ci. Kate se retourna vers Adell.

— Eh bien, voilà, dit-elle. Alex maintient que puisque la rose est sur notre propriété, nous en sommes les légitimes possesseurs – possession valant titre, comme il le dit. Mais ne pensez-vous pas que si – et je souligne bien le « si » – il est finalement avéré que la rose a été créée par le major Cooke et non par quelque caprice de la nature, Mrs Cooke aurait droit à une part de l'argent ? De plus, d'après les chiffres effarants dont il est fait état, les disponibilités financières iraient bien au-delà de tout ce dont nous pouvons avoir besoin.

— Tout va dépendre, répondit Adell, de la solidité du dossier que nous pourrons présenter. Si, comme vous en émettez l'hypothèse, il est ultérieurement prouvé que le major Cooke a bien créé cette rose, Mrs Cooke serait alors en mesure, si elle le voulait, de contester notre action. J'ai bien peur, Kate, qu'à ce stade préliminaire de l'affaire, il ne soit pas possible de vous donner une réponse définitive. Mais, en attendant, partons de la supposition que vous êtes les seuls propriétaires.

Alex sourit à Kate.

— Parfait pour nous, dit-il.

Kate exprima son accord par un hochement de tête.

Ils ne manquèrent pas de sujets de conversation dans le taxi qui les amenait à la gare de Paddington.

Après un soupir résigné, Lawrence Kingston posa le journal plié sur la petite table à côté, ôta ses lunettes à double foyer et se frotta les yeux. Il était allé, pour ce soir-là, aussi loin qu'il le pouvait dans la solution des mots croisés géants du *Times*, édition du samedi, avec ses quelque soixante-dix définitions byzantines. Après deux heures d'effort, il en était à une douzaine de réponses à peine.

Avalant le fond de cognac qui restait dans son verre, Kingston contempla pensivement la photo encadrée de sa fille Julie, qui trônait à la place d'honneur sur la cheminée. Elle vivait maintenant à Seattle et lui manquait énormément. Elle était la seule femme restant dans sa vie, et elle le resterait sans aucun doute, car ses relations avec le sexe opposé se limitaient désormais à quelques sorties épisodiques au théâtre ou au restaurant. Depuis la mort de sa femme, Megan, quelques années plus tôt, il avait décidé de vivre seul.

La plupart des gens rêvent de se retirer à la campagne après une vie de travail urbain, mais Lawrence Kingston, lui, avait choisi d'aller s'installer à Londres. La ville, avec ses théâtres, ses musées, ses salles de concert, ses bibliothèques et ses excellents restaurants, correspondait à ses goûts et aspirations. Plus pour ne pas perdre la main que pour arrondir ses revenus, il acceptait de temps à autre de donner une consultation. Son duplex de Cadogan Square, à peu de distance des élégantes boutiques de Knightsbridge et de Sloane Street, lui suffisait amplement. Le décor en était résolument masculin, avec ses fauteuils et ses canapés de cuir et ses bibliothèques bondées de livres. Une abondance d'objets d'art de qualité témoignait du goût parfait de l'occupant, ainsi que de sa vie bien remplie. La seule touche un peu féminine était la constante présence, sur un buffet ancien français, d'un énorme vase plein de roses et de lys blancs. Megan avait toujours aimé avoir des fleurs dans la maison, et, afin de perpétuer cet usage, Kingston payait fort cher un fleuriste de King's Road pour remplacer l'arrangement floral tous les quinze jours, d'un bout de l'année à l'autre. Malgré l'abondance de meubles et de bibelots, un ordre parfait régnait dans l'appartement.

Le matin même, Kingston avait reçu, par courrier express, un paquet contenant les onze volumes du journal présumé du major Cooke et de Thomas Farrow, accompagnés d'une lettre explicative d'Alex. Il avait longuement étudié ces cahiers et en avait conclu qu'il s'agissait bien, selon toute probabilité, de comptes rendus d'hybridation rédigés en une sorte de code.

Il jeta un coup d'œil à sa montre. Il était près de vingt et une heures trente. À cette heure, Alex et Kate étaient sûrement revenus de leur rendez-vous londonien avec l'homme de loi. Il était curieux de connaître la réaction d'un juriste devant cette ahurissante découverte botanique, ainsi que ses recommandations. Il décrocha le téléphone et composa le numéro. Il allait raccrocher au bout de cinq ou six sonneries lorsque Alex répondit.

— Désolé de vous appeler si tard, Alex, dit Kingston, mais j'ai pensé que, de toute manière, vous ne seriez pas rentrés de très bonne heure de la capitale.

— Aucun problème, Lawrence. Nous nous sommes arrêtés dans un pub pour manger un morceau sur le chemin du retour. Je puis vous dire que ç'a été une longue journée…

— Je voulais vous dire que j'avais soigneusement étudié les cahiers.

— Vous avez fait vite.

— Pour être tout à fait honnête, il y avait peu à en tirer. Ils sont extrêmement bien présentés et sont visiblement le fruit d'un travail exceptionnellement méticuleux. Mais j'ai bien peur qu'ils ne nous soient pas d'une grande utilité.

— Dommage. Attendez une seconde, Kate va probablement vouloir entendre aussi ce que vous avez à dire. Je vais lui dire de prendre l'autre appareil.

Kate vint en ligne à son tour.

— Bonsoir, Kate, fit Kingston. J'allais donner à Alex mon sentiment sur les cahiers du major Cooke.

— J'écoute de toutes mes oreilles, dit Kate.

— Eh bien, mon opinion est qu'il s'agit bien de comptes rendus d'hybridation. Compte tenu de ce que nous savons, il est raisonnable de penser que, bien qu'il n'y ait aucun nom d'inscrit, ils sont effectivement dus au major Cooke.

— N'y a-t-il pas une petite chance qu'ils aient été établis par cet autre type, Farrow ? demanda Alex.

— La question ne se pose pas pour le moment. Comme vous le savez déjà, l'auteur, quel qu'il soit, a, pour une raison ou pour une autre, utilisé une sorte de code pour noter les données précises de ses travaux, les croisements, les roses utilisées, les méthodes employées. Si nous ne déchiffrons pas ce code, nous ne saurons peut-être jamais si votre rose a été le résultat des expériences du major Cooke. J'ai peur que nous ne nous heurtions là à un mur.

— Oh, ciel ! fit Kate.

— D'un autre côté, si nous arrivions à prouver que Cooke, Farrow ou les deux ont été directement responsables de la création de la rose bleue, cela pourrait susciter un autre problème.

— Lequel ? demanda Alex.

— En ce cas, vous risqueriez d'avoir du mal à établir que vous êtes propriétaires de la rose. Les héritiers de l'un ou de l'autre – ou Farrow lui-même, s'il est encore vivant – pourraient la revendiquer à bon droit.

— Mais nous avons parlé aujourd'hui même avec Adell, intervint Alex. Il nous a dit de ne pas nous inquiéter à ce sujet – au moins pour le moment.

— Bien, fit Kingston. Je suppose qu'il sait ce qu'il dit.

— Donc, résuma Kate, il n'y a pas grand-chose que nous puissions faire dans l'immédiat ?

— Pas nécessairement, répondit Kingston. Voici ce que je pense. Pour le moment, nous devons nous abstenir de poser des questions supplémentaires à Mrs Cooke. Je doute fort que nous puissions en apprendre plus long d'elle ou de son neveu. En tout cas, d'après ce que vous m'avez dit, nous risquerions d'amener le neveu à créer des ennuis.

— Alors, quelle est l'étape suivante ? demanda Kate.

— L'étape suivante pourrait être d'établir si Farrow est encore en vie ou non. S'il l'est, nous pourrions savoir de façon certaine s'il a participé aux travaux d'hybridation.

— Si tel était le cas, il connaîtrait sans doute le code.

— En toute probabilité, oui. À propos, sait-on quel âge avait Farrow à l'époque ?

— Moi, je le sais, en fait, dit Kate. J'ai appelé Mrs Cooke, essentiellement pour la remercier. Assez curieusement, elle m'a de nouveau parlé de Farrow. Apparemment, c'était un boute-en-train, amusant et très porté sur les tours de cartes. Entre autres choses, Mrs Cooke m'a dit que si son mari était encore vivant, il aurait quatre-vingt-cinq ans, et que lui et Farrow étaient à peu près du même âge. Il y a donc une petite chance que Farrow soit toujours de ce monde.

— Si tel est le cas, fit Kingston, je suis sûr que nous pouvons retrouver sa trace. J'ai déjà commencé les recherches, en fait. Je me suis un peu intéressé à ces clubs de jardinage.

— Vraiment ?

— Oui. J'en ai déjà appelé une douzaine, dans le Wiltshire, le Hampshire et l'Avon, mais, jusqu'ici, pas de Thomas Farrow. J'ai bien déterré – si j'ose employer cette expression en pareil cas – un Thomas Farr, mais il avait passé l'arme à gauche depuis plus de trente ans, le pauvre, et il était donc automatiquement hors jeu. Je vais continuer, toutefois. Ce dont je n'avais pas idée, c'est qu'il y avait tant de ces fichus clubs de jardinage dans le pays.

— C'est le passe-temps le plus populaire du monde, souligna Kate.

— Oui, je sais, soupira Kingston. Il suffit d'ouvrir la télé pour s'en rendre compte. À n'importe quelle heure du jour, si on ne tombe pas sur une émission de cuisine, on tombe sur une émission de jardinage.

Il marqua une pause, puis reprit :

— J'ai aussi une autre théorie.

— Laquelle ? demanda aussitôt Alex.

— Farrow était peut-être un militaire, lui aussi. Je vous accorde que rien ne l'indique a priori. Tout ce que nous savons, c'est ce que vous a dit Mrs Cooke – à savoir qu'elle pensait que son mari avait rencontré Farrow au club de jardinage. Mais si, par hasard, ils s'étaient connus avant, peut-être durant la guerre ? Si tel était le cas, cela pourrait expliquer le codage des cahiers. Il est possible que les deux hommes aient été dans la même unité. Et le codage pourrait être un petit jeu qu'ils jouaient entre eux – vous savez, une sorte de jeu pour initiés.

— Particulièrement, fit remarquer Alex, s'ils pensaient être au bord d'une grande réalisation botanique.

— Holà ! intervint Kate. C'est vraiment tiré par les cheveux !

— Je sais, reconnut Kingston. Mais si par hasard nous étions dans le vrai, nous pourrions prendre contact avec l'un des services de renseignement militaires pour leur demander de nous aider à décoder les cahiers.

— Mais, quant à Farrow, demanda Alex, est-ce qu'il ne serait pas plus simple et plus rapide d'essayer de retrouver sa trace par les services d'état civil ?

— Je me suis renseigné à ce sujet, dit Kingston. Cela a même été ma première démarche. On m'a dit que ce serait long et difficile. Et, en tout cas, si les registres nous indiquaient qu'il était décédé, ils nous préciseraient seulement où et quand. Or, ce que je voudrais, c'est soit le retrouver vivant, soit, dans le cas contraire, mettre la main sur un proche qui pourrait être en mesure de répondre à quelques questions.

— On dirait que vous n'avez pas chômé, Lawrence, fit Kate. D'ici peu, vous allez ouvrir un cabinet dans Baker Street.

— La Troublante Affaire de la Rose Bleue ! dit Kingston en riant.

— C'est à peu près cela, si on y pense, remarqua Alex. C'est un vrai roman policier.

— Cela y ressemble effectivement, dit Kingston. Mais dites-moi ce qui s'est passé à votre réunion d'aujourd'hui. J'ai hâte de savoir ce qu'Adell vous a dit.

Pendant les quelques minutes qui suivirent, Alex lui résuma l'entretien. Kingston écouta patiemment, sans l'interrompre.

— Et que pensez-vous, demanda finalement Alex, de l'idée d'Adell d'organiser une vente aux enchères ?

— Diablement astucieux.

— C'est exactement ce que nous avons pensé, dit Alex. Et assez excitant, n'est-ce pas ?

— C'est certainement une idée très positive, fit Kingston.

Il s'interrompit et reprit presque aussitôt :

— Mais vous vous rendez compte, bien sûr, que si vous adoptez cette méthode, le monde entier va connaître l'existence de votre rose ?

— Adell nous en a avertis.

— Eh bien, Alex, tout cela me semble bel et bon. Il faudra que vous me racontiez tout en détail la prochaine fois que nous nous verrons.

— Nous n'y manquerons pas, répondit Alex. Oh, j'allais oublier, il y a autre chose qu'Adell nous a recommandé.

— Quoi donc ?

— Des mesures de sécurité. Il voudrait que la rose soit placée sous surveillance. Il va essayer de mettre la chose au point. En attendant, à titre de mesure provisoire, il voudrait que nous coupions toutes les fleurs du rosier.

— Nous avons pensé que c'était une bonne idée, intervint Kate.

Il y eut un long silence, puis Kingston déclara :

— Hum ! Je n'en suis pas si sûr. Pas encore, de toute façon.

— Et pourquoi cela ? demanda Alex.

— Laissez-moi réfléchir encore un peu. Nous en reparlerons.

Quand ils eurent tous raccroché, Alex se rendit dans la cuisine. Kate était sur le point d'éteindre la lumière. Elle se retourna, la main sur le commutateur, et regarda son mari, la mine perplexe.

— Je me demande pourquoi il ne veut pas que nous coupions les roses, dit-elle.

— Je n'en ai aucune idée. Mais, fleurs ou pas fleurs, personne ne trouvera le rosier.

— Tu as probablement raison, fit-elle en haussant les épaules. Ne nous cassons pas la tête. Nous pourrons les couper plus tard. Je voudrais d'ailleurs que Vicky voie d'abord le rosier en fleurs. Ensuite, elle pourra couper et prélever des boutures en même temps.

— Je te parie une chose, toutefois, dit Alex en lui entourant les épaules de son bras.

— Ah, oui ? Laquelle ?

— Que ce bon vieux Lawrence va trouver un moyen de s'inviter de nouveau ici.

Une semaine s'écoula sans nouvelles de Kingston ni d'Adell. La vie, au « Presbytère », avait repris son cours plaisant et ordonné. Les conditions météorologiques s'étant considérablement améliorées, Kate passait autant de temps qu'elle le pouvait dans le jardin.

En ce clair et frais matin, elle coupait des fleurs pour la maison. L'air matinal était chargé de riches senteurs de terre. Pendant les six dernières semaines, comme une jeune mère penchée sur un nouveau-né, elle avait regardé son jardin venir à la vie. Et il y avait tant à voir...

Elle s'émerveillait devant la façon dont, jaillies des noirs amoncellements de feuilles mortes de l'année précédente, les jeunes pousses étaient venues changer soudain l'apparence et la couleur du sol. La façon dont tout avait mûri, presque d'un jour à l'autre. Les vrilles des clématites la fascinaient tout particulièrement, saisissant tout ce qui se trouvait à leur portée comme des enfants aux mains avides et curieuses. Contre le mur et sur les plus grands parterres, arbustes et buissons touffus semblaient se bousculer et se disputer l'espace feuille à feuille. Et, partout dans le jardin, les roses s'épanouissaient en une éblouissante gamme de couleurs.

Si Alex s'était trouvé là, elle l'aurait tiré de force hors de la maison pour partager avec lui ce spectacle et ce moment. Peut-être alors, entouré de cet irrésistible déploiement de beauté, respirant ces senteurs enivrantes, aurait-il au moins *commencé* à comprendre ce qui l'envoûtait, elle, ce qui pouvait la remuer au plus profond d'elle-même.

Elle avait pris l'habitude de se rendre chaque jour au « croissant », comme Alex et elle avaient baptisé l'endroit, pour jeter un coup d'œil à Saphir. Suivant à la lettre les instructions de Kingston, elle avait décidé de ne pas toucher au rosier tant qu'il ne donnerait pas de signes alarmants. Il y avait eu de la pluie en quantité plus que suffisante, et l'arroser était donc inutile. Aucun engrais ne devait être utilisé, avait bien spécifié le botaniste.

Ce jour-là, près de trois semaines après qu'il eut été découvert, Saphir parut à Kate en exceptionnellement bonne santé.

C'en était, pour elle, presque inquiétant. Certains pétales

avaient pâli, mais les fleurs nouvellement écloses étaient du même bleu étincelant que les premières, et sans le moindre défaut. Les feuilles, parfaitement dessinées, étaient toujours d'un vert foncé si brillant qu'il semblait refléter la lumière. Les épaisses tiges étaient protégées par une impénétrable forêt d'épines menaçantes. Il n'y avait pas de feuilles mortes sous le rosier. À première vue, on aurait pu prendre ses roses pour de luxueuses reproductions en soie, de celles qu'on doit toucher pour bien s'assurer qu'elles ne sont pas réelles.

Le téléphone portable de Kate se mit à sonner dans la poche de son cardigan. C'était Kingston qui appelait.

— Allô, Lawrence, dit Kate. Ce doit être de la télépathie. J'étais justement en train de penser à vous. Je suis, au moment où je vous parle, en contemplation devant Saphir.

— Comment se porte-t-il ?

— Il paraît en grande forme. Il y a une chose étrange, toutefois : il semble toujours être dans le même état. Toujours parfait. Apparemment, il ne perd jamais une seule feuille.

— Si l'on considère qu'il s'agit du produit d'une quelconque mutation, on peut légitimement s'attendre à ce que ce rosier diffère en certains aspects de ses congénères.

— C'est bien mon sentiment, professeur, fit Kate, avec un sourire qui ne s'adressait qu'à elle-même.

La réponse de Kingston se limita à un petit grognement.

— Je suis frappée, reprit Kate, par l'aspect irréel qu'ont les roses. Elles semblent presque fausses. Pour un peu, cela ferait froid dans le dos.

— J'aimerais vraiment revoir ce rosier, dit alors Kingston. À propos, n'oubliez pas de rappeler à votre amie de prélever des boutures. Il est peut-être temps que je refasse un saut chez vous. Nous pourrions prendre aussi quelques autres photos. Celles que j'ai faites ne sont pas excellentes. La prochaine fois, je prendrai un trépied.

— Vous savez que vous êtes le bienvenu à tout moment, déclara Kate en s'asseyant en tailleur sur l'herbe, devant le rosier.

Elle savait d'expérience qu'avec Kingston, une brève conversation était exclue.

— C'est extrêmement gentil à vous, Kate, dit-il. J'adorerais venir. Mais la raison de mon appel est de vous faire savoir, à

Alex et à vous, que j'ai finalement réussi à dénicher quelques informations sur Farrow.

— Vraiment ?

— Oui, j'ai retrouvé le club de jardinage dont Cooke et lui étaient membres.

Kingston semblait très satisfait de lui-même.

— Vous êtes décidément formidable, affirma Kate, bien résolue à ne pas le décevoir.

— Pas vraiment, ma chère. Il m'a suffi d'un bon petit travail de détective, bien traditionnel. Le club se trouvait à Newbury. Il y est encore, d'ailleurs. Son président se rappelait vaguement le major Cooke – qui, apparemment, avait siégé brièvement au conseil d'administration du club – mais n'avait aucun souvenir de Farrow.

— Comment avez-vous fait, alors ?

— J'ai obtenu les noms et numéros de téléphone des dix membres du conseil et j'ai commencé à les appeler un par un. Au sixième coup de fil, j'ai tiré le bon numéro. La dame que j'ai eue était la secrétaire du club. D'après sa voix, elle devait fumer ses trois paquets de cigarettes par jour. Elle m'a dit qu'elle avait dépassé les quatre-vingts ans et se souvenait très bien de Farrow. Elle l'appelait Tommy, et, de la façon dont elle en parlait, j'ai cru déduire qu'elle avait peut-être eu un petit faible pour lui.

Il eut un petit rire, et Kate crut bon de l'imiter.

— Alors, dit-elle, vous avez un numéro de téléphone ? Une adresse ?

— Oui et non. Elle se rappelait que Farrow avait quitté la région pour aller s'installer du côté de Bletchley, dans le Buckinghamshire – Bletchley, comme par hasard. Je suis entré en contact avec les bureaux de poste avoisinants et j'ai fini par obtenir l'adresse d'une Jennifer Farrow. Elle ne figure pas dans l'annuaire du téléphone. Je projette donc d'aller sur place, peut-être dès demain, pour voir s'il s'agit d'une parente de notre homme.

— Pourquoi avez-vous dit « Bletchley, comme par hasard » ?

— Eh bien, ma chère, Bletchley était l'endroit où, pendant la guerre, le plus important travail de décryptage des codes était accompli. Tout cela était ultra-secret. Cela m'a paru une curieuse coïncidence.

— Je dois dire, Lawrence, que vous êtes en train de devenir un véritable Hercule Poirot.

— *« Ah, mon amie, nous allons voir ce que nous allons voir, n'est-ce pas*[1] *? »*

Les notions de français de Kate lui permirent de saisir le sens général du propos – et aussi de se rendre compte que Kingston parlait couramment la langue.

— Malheureusement pour Farrow et pour nous, les statistiques d'espérance de vie tendraient à indiquer qu'il est probablement six pieds sous terre à l'heure actuelle.

— Mangeant, non les roses, mais bel et bien les pissenlits par la racine.

— Très drôle, Kate.

— Il faudra que nous nous tenions au courant, demain.

— Bien sûr. Et j'espère pouvoir vous donner des nouvelles encourageantes. Mais il y a une autre chose que je voulais vous dire. J'ai examiné de nouveau les cahiers hier. De très près, pour m'assurer que je n'avais rien négligé. Et savez-vous ce que j'ai découvert ?

— Quoi donc ?

— Je pense qu'il manque un cahier.

[1] En français dans le texte.

CHAPITRE 7

> *« Les mots me manquent pour dépeindre les rêves, les espoirs, les attentes, les surprises – et, oui, les déceptions et parfois les désespoirs – qui constituent le lot de l'hybridateur. »*
>
> Dr J.H. NICOLAS,
> hybridateur de roses

À quelque huit mille kilomètres de Steeple Tarrant, dans la ville de Lakeford, État de Washington, sur la côte ouest des États-Unis, Ira Wolff finissait sa quatrième tasse de café noir. Il était dix heures moins le quart, le jeudi 3 juillet. La porte d'acajou luisant de son bureau au siège de Baker-Reynolds était fermée. Il avait donné ordre à sa secrétaire particulière d'acheminer tous les appels sur son répondeur pendant le reste de la matinée. Si l'on exceptait un ordinateur Hewlett-Packard dernier cri, un téléphone blanc, quelques dossiers bien alignés, un classeur et un plateau supportant une carafe d'eau et un verre, rien n'encombrait sa table de travail recouverte de cuir sombre. Le désordre n'était pas admissible dans la vie d'Ira Wolff. Il avait convoqué une réunion des cadres pour dix heures ; il disposait donc de quinze minutes pour la préparer.

Sans Baker-Reynolds, la petite communauté de Lakeford serait depuis longtemps devenue l'une de ces villes fantômes qui parsèment la partie occidentale des États-Unis après épuisement des gisements d'or et d'argent qui en avaient fait l'éphémère prospérité. Wolff était l'actionnaire majoritaire et le président directeur général de la société Baker-Reynolds, fondée en 1931 par l'association de deux familles. Et B-R, comme l'appelaient les gens de Lakeford, figurait parmi les plus importantes firmes de cultivateurs et d'hybridateurs de roses du pays. À Lakeford, on pouvait dire que la rose avait remplacé l'or et promettait d'être une richesse naturelle infiniment plus durable que lui. Plus de sept millions de rosiers étaient cultivés chaque année à Roseland, une exploitation de 17 000 hectares située au fond d'une vallée fertile, non loin des frontières de l'Idaho et de l'Oregon. Aux saisons les plus importantes, un personnel de plus de douze cents personnes était requis. Chaque année, quarante-cinq milliards de litres d'eau et plus de deux milliards de litres de fertilisant étaient déversés sur le sol assoiffé de cette plantation hérissée d'épines. Dix mois de l'année, une cohorte parfaitement entraînée et équipée de deux douzaines de représentants se répandaient chez tous les pépiniéristes et dans tous les centres de jardinage des États-Unis. Dans les mois de pointe, les ventes quotidiennes montaient souvent jusqu'au million de dollars. Deux fois par an, des photographes professionnels exigeant des honoraires qui auraient pu faire passer pour modestes les vedettes du football, venaient en avion spécial de New York ou de San Francisco jusqu'à Lakeford, pour, à travers les meilleures lentilles capables d'équiper un Nikon ou un Hasselblad, fixer sur papier glacé les points culminants de l'existence de fleurs jugées assez parfaites pour figurer dans les catalogues de B-R. Plus de deux millions d'exemplaires de ceux-ci étaient expédiés trois fois par an au public grandissant des fanatiques de la rose.

Mais les activités de B-R n'étaient pas seulement commerciales. Au fil des ans, la société avait beaucoup donné à la communauté qui l'avait vue naître – l'exemple le plus remarquable étant le Lakeford Rose Garden. Ce parc d'un hectare et demi visait à illustrer l'évolution de la rose d'époque en époque et de région en région, commençant par l'Asie et la Chine avant la naissance du Christ et traversant l'Empire romain, le Moyen Âge et les Croisades pour en arriver à la célèbre collection réunie à la Malmaison par l'impératrice Joséphine et aux spécimens les plus modernes. Recevant plus de cent mille visiteurs chaque année, le parc concourait puissamment à la prospérité de l'économie locale.

La clinique et le centre médical de Lakeford figuraient parmi les autres bonnes œuvres de B-R, ainsi qu'une garderie d'enfants, un centre sportif pour les jeunes, une clinique prénatale et quelques autres institutions du même genre. Toutefois, depuis l'acquisition de la société par Wolff, on n'avait plus assisté à la moindre initiative sociale de cet ordre.

Le personnel de Baker-Reynolds et les citoyens de Lakeford auraient certainement été outrés d'apprendre exactement comment Wolff était parvenu à s'assurer le contrôle de ce qui avait été considéré par tous les économistes et les augures financiers des États-Unis comme une société modèle. Mais Wolff avait pris toutes les mesures nécessaires à s'assurer que les pressions inqualifiables qu'il avait exercées sur un certain membre de la famille Baker ne soient jamais révélées au grand jour. Certes, des rumeurs avaient circulé, au moment de la vente, quant au prix dérisoire payé par lui pour l'acquisition de la compagnie. Des lettres et des coups de téléphone de protestation avaient même été adressés au procureur général de l'État de Washington. Mais le chantage exercé par Wolff en menaçant de dénoncer certaines pratiques sexuelles et financières de l'actionnaire en question était resté un secret total.

La transition – qui n'avait fait l'objet que d'une modeste colonne en première page du *Wall Street Journal* – avait été rapide et sans histoire. Dans les années qui avaient suivi sa prise de pouvoir, Wolff s'était appliqué à perpétuer – ou à faire mine de perpétuer – la réputation d'intégrité de la société. Comme auparavant, Baker-Reynolds représentait et symbolisait Lakeford. Et, à condition que Wolff continue, comme ses prédécesseurs l'avaient fait pendant une soixantaine d'années, à mener l'affaire avec succès, rien ne pouvait changer. Les roses continueraient à fleurir. C'était du moins ce qu'il semblait.

Wolff conclut son entretien téléphonique avec son directeur financier, et, ayant raccroché, jeta de nouveau un coup d'œil rapide aux papiers se trouvant sur son bureau. Ayant le sentiment d'être totalement préparé pour la réunion, il rassembla les papiers et les plaça dans le classeur de cuir. Il consulta sa montre Breitling, cadeau de la société. Il était 9 heures 52 – huit minutes avant l'heure fixée pour la réunion de tous les chefs de service et cadres supérieurs de B-R.

Arrivé dans la salle de réunion, Wolff s'installa dans le fauteuil présidentiel, s'y renversa, les mains nouées derrière la nuque, et contempla sans le voir le plafond. Il avait investi bien des années dans Baker-Reynolds. La compagnie avait été hautement profitable lorsqu'il l'avait acquise, et il était parvenu à ce qu'il en soit toujours ainsi jusqu'à une période récente. Mais, maintenant, face à une concurrence beaucoup plus féroce, tant nationale que mondiale, il se retrouvait de nouveau en train de combattre pour sa survie. Et il semblait que rien n'allait pouvoir prévenir l'effondrement de la société.

La chose était d'autant plus ironique que, cette fois, il avait joué le coup correctement, opérant de façon agressive mais régulière, ne s'écartant jamais de la légalité. Mais, malgré tous ses efforts pour accroître les ventes et réduire les frais généraux, les bénéfices continuaient à glisser inexorablement vers le bas, tandis que les prix de revient montaient en spirale. Le rouge apparaissait insidieusement dans chaque nouveau bilan mensuel. Des emprunts supplémentaires étaient hors de question. Il était déjà incapable de rembourser ceux qu'il avait souscrits. Les banques devenaient prudentes, sinon méfiantes. Or, si la société faisait le plongeon, cela risquait de représenter pour lui beaucoup plus qu'un désastre financier. Si le procureur général de l'État ou le FBI commençaient à se montrer curieux ou si un jeune reporter ambitieux décidait de se pencher sur l'affaire, il ne faudrait pas longtemps pour que le passé de Wolff commence à remonter à la surface et mobilise les médias.

Après avoir passé sa vie à imaginer des plans de repli, il n'en avait, cette fois, aucun.

Il se demandait quelle partie de sa carrière antérieure réapparaîtrait la première. Probablement, supposait-il, ses cinq ans de prison pour fraude, assortis d'une amende de trois millions de dollars, destinée, en principe, à indemniser ses victimes. Cette condamnation était survenue dix-huit ans plus tôt, à la suite d'une combinaison qui avait dépouillé de deux cents millions de dollars cent mille investisseurs dans cinq États de l'est des États-Unis. Ayant mis en pratique ce qu'un juriste avait qualifié de « plan brillamment conçu mais légalement corrompu et moralement diabolique », Bernard Wolfenden – c'était son véritable nom – avait été reconnu coupable d'avoir monté des sociétés fantômes, utilisé des documents falsifiés et présenté de faux bilans pour abuser les investisseurs. À l'époque, même le responsable des prêts d'une banque illustre se trouvait à sa solde.

Wolff détacha finalement son regard du plafond, consulta sa montre et se leva. Il était dix heures moins deux. Il se dit qu'il était inévitable que, lorsque le nom de Wolfenden aurait été livré aux ordinateurs, d'autres phases déplaisantes de son passé reviennent à la surface – l'affaire de Dallas, entre autres. Les médias en feraient leurs choux gras. Il lui fallait donc, avant tout, maintenir Baker-Reynolds à flot. Il préférait ne plus penser à Dallas pour le moment.

La réunion commença à dix heures précises. Wolff avait toujours insisté sur la ponctualité. Dix-huit personnes étaient présentes. L'immense table de conférence, qui aurait sans doute mieux convenu à un banquet de la Maison Blanche, occupait la presque totalité de la pièce. La légende voulait que le vieux Baker, l'un des deux fondateurs de la société, l'ait achetée à une vente aux enchères, l'ait fait couper en quatre morceaux et ait fait ensuite réunir l'ensemble dans la salle. Divers diplômes et brevets encadrés, pour la plupart défraîchis, décoraient de façon passablement lugubre les murs beiges de la pièce.

Au bout de la table, Ira Wolff étudiait quelques papiers avec Jed Harmon, le directeur financier de la société. Le visage bronzé de Wolff avait une mine sévère. Toujours vêtu avec recherche, il portait un complet bleu marine à fines rayures laissant apparaître des manchettes d'un blanc immaculé. Son seul tic apparent consistait à rejeter d'un geste automatique les mèches grisonnantes qui lui retombaient sur le front.

Wolff rendit à Harmon le dossier qu'il venait d'examiner et alla jusqu'au fauteuil installé à l'extrémité de la table. Plaçant ses mains sur le dossier du siège, il parcourut la salle du regard.

— Bien, dit-il. Installons-nous confortablement. Lillian, voudriez-vous bien fermer la porte, s'il vous plaît ?

Les roulettes des fauteuils glissèrent silencieusement sur l'épaisse moquette de laine, il y eut quelques froissements de papier, et Wolff s'éclaircit la gorge.

— Bonjour, tout le monde, commença-t-il. Content de vous voir de nouveau en selle, Bill.

Il s'adressait à son directeur général des ventes, Bill Samuelson, récemment revenu de congé. Il fit une brève pause et parcourut de nouveau la salle du regard.

— Ces deux dernières semaines, reprit-il, je les ai passées presque entièrement avec Jed et nos contrôleurs financiers. À la suite de toutes ces consultations, nous avons abouti à quelques peu plaisantes conclusions dont il nous faut vous faire part. Je ne vous dorerai pas la pilule. Voici les faits à l'état brut. Il y a dix-huit mois nous avons commencé à connaître un fléchissement des ventes. Ce déclin a d'abord été relativement modeste, mais, quand nous sommes arrivés à ce qui devait être en principe notre meilleure saison, les ventes ont commencé à plonger véritablement. Au cours du premier trimestre de cette année, nous étions en baisse de vingt-neuf pour cent.

Il laissa le chiffre pénétrer dans les esprits, puis répéta lentement :

— Vingt-neuf pour cent.

Il secoua la tête et articula, plus bas encore :

— Vingt-neuf pour cent.

Autour de la table, ses collaborateurs semblaient s'être figés. Wolff reprit :

— En dépit des mesures correctives que nous avons prises, la situation a empiré. Nous sommes maintenant en face d'un problème très simple. Deux solutions : soit, par un moyen qui reste à déterminer, nous augmentons les ventes de façon spectaculaire, soit nous commençons à comprimer l'entreprise.

Il serra les lèvres et rejeta une mèche de son front, attendant un instant afin de mieux laisser pénétrer ses mots.

— Nous avons examiné de près nos frais d'opération, poursuivit-il quelques instants plus tard, et nous avons constaté qu'il y avait peu ou pas d'économies à faire de ce côté. Cela nous laisse deux options. La première, faire dès maintenant un effort d'agressivité pour vendre les produits dont nous disposons actuellement. La seconde, apporter impérativement, et je dis bien impérativement, de nouveaux produits sur le marché, et ce immédiatement. Je ne parle pas de l'année prochaine ou de la suivante – nous n'avons pas ce luxe. Soit nous sortons très vite un lapin du chapeau, soit les avis de licenciement vont commencer à pleuvoir.

Le regard froid de Wolff vint se poser un instant sur Bill Samuelson, qui s'agita d'un air gêné sur son siège.

— Les premières victimes se recruteront dans le service des ventes, précisa Wolff.

Puis, se tournant vers Steve Weber, le directeur de la recherche et de l'hybridation de B-R, il déclara :

— Il nous faut de nouvelles idées de roses. Des idées fraîches. Nous ne pouvons plus nous contenter de nos éternels vieux hybrides. Nous sommes de nouveau en guerre avec les Anglais – avec David Austin et ses productions. Les Allemands nous attaquent sur le flanc, ainsi que les Français, avec la série Romantica de Meilland. Seigneur ! Même les Canadiens s'en mêlent, s'efforçant de convaincre les acheteurs qu'on peut faire pousser des roses autour des igloos...

Un silence aussi glacial que les igloos en question s'était installé dans la salle tandis que Wolff marquait une nouvelle pause.

— Il faut, dit-il enfin, que, tous autant que vous êtes, vous vous preniez vraiment la tête à deux mains et que vous accouchiez d'idées constructives. Une nouvelle conférence aura lieu dans les cinq jours qui viennent, et j'attends de tous les chefs de service qu'ils y exposent le fruit de leurs méditations. Et je ne veux pas de bricolage ni de rafistolage. Je le répète : nous devons imaginer, entre nous, une totale innovation horticole capable d'arrêter net cette chute libre. Et cette innovation, il faut qu'elle intervienne maintenant – pas dans six mois, ni même dans trois. Je me fiche de ce que cela coûtera. Si c'est une grande idée, je trouverai de gros capitaux pour l'épauler. Réfléchissez. Réfléchissez dur. Demandez à vos familles et à vos amis d'y réfléchir aussi. Parce que, si rien ne se produit, cette société va plonger. Et nous tous avec elle.

Sur quoi, il se retourna et quitta la pièce.

CHAPITRE 8

« Les jardiniers, je pense, font des rêves plus grandioses que les empereurs. »

MARY CANTWELL

Le cottage de Thomas Farrow était situé dans une impasse à l'extrémité nord du village de Little Stanton. Kingston dut traverser deux fois la petite localité avant de le trouver. Les bruyants essuie-glaces de la TR 4 n'étaient pas de force à lutter contre une pluie battante, qui réduisait considérablement la visibilité.

Kingston finit néanmoins par apercevoir la pointe d'un toit de chaume émergeant d'une haie d'ifs taillés. C'était la seule partie de la maison visible de la rue. Descendant de voiture, le botaniste monta d'un pas prudent une volée de marches de pierre étroites et glissantes, tenant fermement son parapluie et sa serviette. Il avait apporté à tout hasard quatre des cahiers du major Cooke.

En haut des marches s'étendait une vaste pelouse encadrée d'arbustes. En une journée plus propice, la vue qu'on avait vers le sud devait être magnifique, mais à ce moment, une batterie de nuages noirs et menaçants bloquait entièrement l'horizon. Kingston s'en détourna pour se diriger vers une porte peinte en un bleu vif et joyeux.

Il leva le vieux heurtoir de cuivre terni en forme de tête de lion et le laissa retomber bruyamment. Presque immédiatement, la porte fut ouverte par une mince jeune femme, vêtue de façon sportive mais élégante.

— Bonjour, dit-il. Je m'appelle Lawrence Kingston. Dr Kingston. Je cherche un Mr Thomas Farrow. Une de ses anciennes relations m'a donné cette adresse. Je me demandais s'il habitait toujours ici.

— Oh, je suis vraiment désolée ! bégaya la jeune femme. Visiblement, vous n'êtes pas au courant. Thomas est mort il y a plusieurs années. Je suis sa nièce. C'était un de vos amis ?

— Pas exactement. Plutôt un ami d'ami, en fait.

— Et votre ami ne savait pas, lui non plus, que Thomas était décédé ?

Voyant l'expression un peu inquiète de la jeune femme, qui maintenait la porte partiellement ouverte, Kingston recula de deux pas.

— Non, dit-il. Absolument pas.

Un coup de tonnerre l'empêcha momentanément d'en dire plus. Il attendit que le grondement se fût apaisé et reprit :

— Je suis vraiment désolé d'apprendre cette nouvelle.

Une soudaine rafale de vent faillit retourner son parapluie, La pluie crépitait sur le dallage du porche, derrière lui. Il se dit qu'il devait offrir un bien triste spectacle à cette plaisante jeune femme. Celle-ci ouvrit un peu plus grand la porte et recula.

— S'il vous plaît, dit-elle. Entrez. C'est une journée tellement abominable. Au moins, vous pourrez vous sécher un peu. Et vous prendrez bien une tasse de thé ? Je m'appelle Jennifer, à propos.

— Merci, Jennifer, c'est vraiment gentil à vous. Oui, une tasse de thé serait la bienvenue...

Il entra, posa sa serviette sur le sol dallé du vestibule et ôta son imperméable trempé qu'il tendit à la jeune femme.

— Vous êtes vraiment gentille, répéta-t-il.

— Je vais mettre l'eau à chauffer, dit-elle. Pendant ce temps, réchauffez-vous un peu.

Elle laissa Kingston dans un salon au plafond bas où un maigre feu se consumait dans l'âtre.

Jennifer ne tarda pas à revenir avec le plateau à thé. Tous deux s'assirent, et la jeune femme commença à parler de son oncle. Elle précisa qu'il était mort subitement six ou sept ans plus tôt, et confirma qu'il s'intéressait passionnément aux roses et, oui, avait fait partie d'un club de jardinage. Elle ajouta qu'elle avait fait de son mieux pour entretenir le jardin qu'il avait laissé, à l'arrière de la maison, mais que, malheureusement, celui-ci était loin d'avoir gardé la belle allure qu'il avait eue lorsque Thomas Farrow était vivant.

— Vous ne m'avez pas dit pour quelle raison vous étiez venu ici, dit-elle finalement à Kingston.

— J'essaie d'établir si votre oncle était bien un ami ou une relation d'un homme nommé Jeffrey Cooke. Major Jeffrey Cooke. Il était également passionné par les roses, et j'ai récemment découvert qu'ils appartenaient au même club de jardinage.

— Vous avez dit « était ». Ce major Cooke – il est mort lui aussi ?

— Malheureusement oui.

— Vous ne m'avez toujours pas dit en quoi vous pensiez que Thomas pouvait vous aider.

— Vous avez raison. Pardonnez-moi. Eh bien, de proches amis à moi ont récemment acheté une très jolie vieille maison à la veuve du major Cooke. Il y a un grand nombre de rosiers dans le jardin – près de deux cents – et certains sont anciens et rares. Il s'agit, bien entendu, d'un très grand jardin.

— Tout cela paraît très séduisant.

— Ça l'est. Mrs Cooke a bien voulu nous prêter quelques-uns des cahiers où son mari notait ses expériences d'hybridation. Nous sommes à peu près certains que les notes sont, dans l'ensemble, celles du major Cooke, mais il est également possible que certaines aient été dues à votre oncle, car nous avons été amenés à penser que, de temps à autre, ils travaillaient ensemble sur les rosiers. Et nous essayons de déterminer exactement quelles informations sont contenues dans les cahiers.

— Je ne comprends pas très bien.

— Oh, je suis désolé ! s'exclama Kingston en portant la main à son front. J'avais oublié de vous dire qu'ils sont rédigés en une sorte de code.

Jennifer haussa les sourcils.

— C'est un peu bizarre, non ? fit-elle.

— Tout à fait.

Elle secoua la tête.

— J'ai bien peur, dit-elle, de ne pas pouvoir vous être d'un secours quelconque. J'ai hérité tous les biens de Thomas, y compris ses affaires personnelles. Je puis vous dire qu'il n'y avait ni cahiers, ni carnets de notes, ni quoi que ce soit de ce genre. Mais il y a une bonne quantité de livres concernant le jardinage dans la chambre d'amis.

— Abuserais-je terriblement en vous demandant d'y jeter un coup d'œil, à ces livres ?

— Nullement, fit Jennifer en haussant les épaules et se levant de sa chaise.

« Ils sont tous là, ajouta-t-elle en désignant une porte entrouverte à sa droite.

Kingston suivit la jeune femme dans une petite chambre claire et bien aérée, sentant bon les draps fraîchement repassés. De part et d'autre d'une fenêtre aux vitres renforcées de plomb étaient installées des étagères peintes en blanc, aux rayons chargés de livres parfaitement alignés. Comme Kingston se dirigeait vers eux pour les examiner, son regard s'arrêta sur une photographie dont le cadre ovale se dressait sur une table de chevet à dessus de marbre.

— Puis-je regarder cette photo ? demanda-t-il.

— Je vous en prie, répondit Jennifer. C'est Thomas lorsqu'il était dans l'armée. Cette autre, sur la commode, le montre avec sa femme, Cathy. Elle est morte plusieurs années avant lui.

Kingston contempla la première, une photo militaire en noir et blanc passablement tramée. Elle montrait un homme au visage mince, à l'expression sérieuse et à l'épaisse moustache sombre. Il posait d'un air martial, la pipe à la bouche. Les trois étoiles sur chacune de ses épaulettes indiquaient le grade de capitaine.

Kingston ne parvint pas à identifier l'insigne figurant sur sa casquette.

— À quel régiment appartenait-il ? demanda-t-il d'un ton apparemment détaché.

— J'avoue que je ne sais pas très bien, avoua Jennifer. C'était il y a longtemps. Thomas parlait peu de son séjour dans l'armée – ou de la guerre. Sans doute, comme beaucoup d'anciens combattants, préférait-il ne pas évoquer une époque terrible.

Kingston reposa la photographie sur la table de chevet.

— Il y a d'autres photos là-dedans, dit Jennifer, en ouvrant un coffre à linge en bois de pin, au pied du lit.

Elle tendit à Kingston deux albums reliés de cuir. Il les posa sur le lit et commença à feuilleter l'un d'eux. La plupart des clichés y figurant étaient des typiques photos de famille en noir et blanc. Deux garçons, apparaissant à des âges divers, revenaient sur nombre d'entre elles.

— L'un de ces petits garçons est votre oncle, je suppose ? demanda Kingston ?

— Oui, répondit Jennifer. Thomas est le plus petit. Son frère, Adrian, était de deux ans plus âgé. Il était dans la RAF.

— De beaux enfants, fit Kingston en refermant ce premier album.

Après qu'il eut tourné quatre pages du deuxième album, qui semblait moins ancien, il s'arrêta sur une grande photo en sépia montrant un groupe d'une douzaine d'hommes souriant à l'objectif, quelques-uns en uniforme, mais la plupart en civil. À sa moustache, il n'eut pas de mal à identifier le capitaine Farrow. De toute manière, les noms figuraient au bas de la photo. Le cinquième homme en partant de la droite était le major Jeffrey Cooke. Plus bas encore étaient imprimés les mots : *Bletchley Park, Baraquement 8. 1943.*

— Bletchley Park, murmura Kingston en relevant la tête. J'avais raison...

— Vous avez trouvé quelque chose ? demanda Jennifer.

— Oui, je le pense, dit-il en refermant l'album et le lui tendant. Quelque chose de tout à fait intéressant.

Quand Kingston arriva au « Presbytère », un peu plus tard dans l'après-midi, Kate vint l'accueillir à la porte, vêtue d'un tablier couvert de farine.

— Vous avez de la veine, Lawrence, annonça-t-elle. J'essaie une nouvelle recette d'osso buco.

— Superbe ! fit-il.

Kate fut surprise de constater qu'il avait à la main un petit sac de voyage. Elle pensait avoir clairement fait comprendre qu'il s'agissait seulement d'une invitation à dîner. Et ce n'était certainement pas Alex qui avait proposé au botaniste de rester jusqu'au lendemain. Elle eut un haussement d'épaules désabusé : il y avait sûrement une explication.

— Entrez, dit-elle avec un grand sourire. Vous trouverez Alex sur la terrasse. J'arrive dans une minute et je vous apporte à boire.

Deux heures plus tard, autour de la table de la salle à manger, Kate et Alex écoutaient en silence, se bornant à échanger de temps à autre un sourire entendu, Kingston raconter dans les moindres détails son après-midi avec Jennifer Farrow.

Ce ne fut qu'aux fraises à la crème, qu'il leur expliqua la signification de l'inscription *Bletchley Park, Baraquement 8* au bas de la photo où figuraient ensemble Cooke et Farrow.

— Au début de la Deuxième Guerre mondiale, commença-t-il, une équipe ultrasecrète de décrypteurs – de « casseurs de codes », comme on les appela – britanniques vint s'installer dans un manoir victorien du Buckinghamshire nommé Bletchley Park. On le rebaptisa « Station K ». Le but assigné à ces spécialistes était de « casser » des codes militaires allemands apparemment indéchiffrables. S'ils réussissaient, ils seraient en mesure de suivre les opérations de ravitaillement allemandes, de prévoir les activités de la Luftwaffe et, plus important encore, de localiser les sous-marins mettant à mal les convois alliés dans l'Atlantique.

— Quelqu'un, je crois, a écrit un roman là-dessus, fit remarquer Kate.

Kingston fit un signe affirmatif.

— Exact, dit-il. *Enigma* de Robert Harris. Un sacrément bon livre, d'ailleurs.

Il avala l'ultime fraise, qu'il fit suivre d'une lampée de vin et reprit :

— Les messages codés étaient transmis chaque jour sur une machine à chiffrer que les Allemands avaient appelée Enigma. Elle fonctionnait selon un système véritablement diabolique lui permettant un nombre astronomique de combinaisons, avec des clés en principe impossibles à retrouver. Pour rendre les choses encore plus difficiles, les Allemands changeaient tous les jours ces clés sur leurs émetteurs comme sur leurs récepteurs, de sorte que les messages interceptés par les nôtres restaient du chinois pour eux.

— Les chances que quiconque déchiffre le code devaient être infimes, fit Kate.

— On m'a dit, répondit Kingston, que, pour qui ne connaissait pas le dispositif, elles étaient d'une sur cent cinquante millions de millions de millions.

Kate émit un léger sifflement.

— J'ai lu quelque part, dit alors Alex, que cela a ouvert la voie à l'ère des ordinateurs.

— Cela vint, précisa Kingston, du dispositif réalisé par les nôtres pour déchiffrer les messages codés à l'aide d'Enigma. On l'appelait Colossus. Et vous avez raison, Alex, on tient cette machine pour le premier ordinateur électronique programmable du monde.

— Ces gaillards devaient être prodigieusement intelligents, fit Kate.

— Il faudrait plutôt parler de génie à l'état pur. Aidé ici et là par le contre-espionnage et quelques coups de chance.

— Mais comment, demanda Alex, a-t-on pu trouver et réunir tous ces génies dans des délais aussi brefs ?

— Au début, c'était un groupe tout à fait hétéroclite. Beaucoup d'entre eux étaient des cruciverbistes virtuoses – composant des problèmes de mots croisés pour des journaux comme le *Times* et le *Telegraph*, à ce que je crois. Il y avait aussi des champions d'échecs, des mathématiciens, des intellectuels de toutes sortes. L'un, par exemple, était un libraire spécialisé dans les éditions rares. Tous étaient appelés à prêter serment, s'engageant à garder le secret le plus absolu sur leurs activités, non seulement à l'époque, mais pendant trente ans après la fin de la guerre. Churchill appelait cette équipe « l'oie qui a pondu l'œuf d'or sans jamais caqueter ».

— Où diable avez-vous appris tout cela, Lawrence ? demanda Alex.

— À Bletchley Park même. Après avoir vu Jennifer, je m'y suis arrêté. C'est maintenant un musée, géré par une fondation charitable. Le parc est ravissant. Vous devriez aller y faire un tour, un de ces jours.

— Nous irons certainement, quand cette affaire de rose sera conclue, dit Kate.

Une pause intervint dans la conversation tandis qu'elle retirait les assiettes à dessert et les empilait au bout de la table. Après quoi, elle lissa la nappe de la main et, regardant Kingston, reprit :

— Donc, Lawrence, votre théorie est que, puisque le major Cooke et le capitaine Farrow se sont trouvés alors à Bletchley, il est presque certain qu'ils étaient, d'une façon ou d'une autre, familiarisés avec la cryptographie. C'est bien le mot qui convient, n'est-ce pas ?

— Oui, c'est le mot, fit Kingston. Eh oui, c'est bien ce que je pense, Kate. Il est tout à fait plausible qu'ils aient été associés à l'affaire Enigma. Ce qui pourrait signifier qu'au lieu d'*inventer* un code pour noter le résultat de leurs expériences botaniques, ils ont simplement utilisé un code déjà existant. Peut-être l'un des plus fondamentaux. Impossible à déchiffrer pour le commun des mortels, mais un jeu d'enfant pour tout ancien de Bletchley Park.

— Mais, en premier lieu, demanda alors Alex, pourquoi diable utiliser un code pour noter des résultats d'hybridation de roses ? Tout cela semble un peu gratuit. Est-ce que nous n'allons pas chercher midi à quatorze heures avec ces histoires de roman d'espionnage ?

— Pas nécessairement, riposta Kingston. Pas si Cooke et Farrow sentaient qu'ils approchaient d'une réalisation aussi sensationnelle qu'une rose bleue.

Kate avait trouvé l'intervention d'Alex tout à fait raisonnable, mais il était évident à son froncement de sourcils que Kingston n'était pas du même avis.

— En ces circonstances, dit-il en se redressant sur sa chaise, l'utilisation d'un code aurait été logique – et même recommandée. Ce n'est pas du tout de la fantaisie. De plus, les deux hommes étaient de vieux compagnons d'armes. Pour eux, c'était très amusant. Cela leur rappelait le bon vieux temps.

— Vous savez quoi ? fit alors Kate. Nous devrions peut-être laisser tomber tout cela au point où nous en sommes. Il me semble que, si nous continuons à creuser cette histoire de code, nous risquons bel et bien d'établir que Cooke et Farrow ont effectivement créé la rose. Cela me paraît aller en sens contraire de ce qu'Adell a entrepris de faire : essayer de nous imposer comme les propriétaires légitimes.

Alex intervint :

— Écoutez, si ma mémoire est bonne, la dernière chose que nous a dite Adell a été que nous devions agir en partant du principe que *nous* sommes les seuls propriétaires de cette fleur.

Il jeta un rapide coup d'œil à Kate, puis reporta son regard sur Kingston et dit :

— Alors, pourquoi ne pas suivre cette consigne pour le moment ?

Il y eut un silence, puis Kate déclara :

— Je pense qu'Alex a raison.

Kingston se borna à hausser les épaules.

Alex plia soigneusement sa serviette et la posa sur la table, devant lui.

— Pour revenir, dit-il, à ce que vous disiez à propos du codage, Lawrence, j'adhérerais volontiers à votre théorie. Mais qui diable serait capable de casser le code du major de nos jours ? L'affaire Enigma remonte à près de soixante ans. La plupart des participants ont dû disparaître depuis longtemps, non ?

— J'en ai bien peur, répondit Kingston. Mais j'ai fait ma petite enquête.

— Le contraire m'aurait étonné, marmonna Alex.

Kingston ignora cette remarque perfide.

— Quand j'étais à Bletchley, poursuivit-il, j'ai posé la question à la conservatrice, une dame très gentille. Comme je m'y attendais, personne, sur place, n'avait la moindre compétence en cryptographie, mais elle m'a suggéré de m'adresser aux gens du Defence Intelligence and Security Center à Chicksands, dans le Bedforshire.

Il se frotta un moment l'arête du nez puis dit :

— Si là nous faisons chou blanc, j'ai bien peur que nous n'ayons pas d'autre piste en vue.

— Si nous connaissons le code, cela voudra-t-il dire que nous pourrons reproduire la rose ? demanda Kate. En créer d'autres ?

— En toute probabilité, oui. Mais il y a un petit problème.

— Lequel ?

— Le cahier qui manque, fit Kingston.

— Comment cela ?

— Je parierais assez cher que la formule nécessaire se trouve dans ce cahier manquant. Et que c'est bien pour cela qu'il est manquant...

— Alors, quelqu'un d'autre connaîtrait l'existence de la rose bleue ? dit Kate en fronçant les sourcils.

— Je n'exclurais pas entièrement cette possibilité, fit Kingston en se renversant sur sa chaise.

CHAPITRE 9

« Mais jamais la rose sans l'épine. »
ROBERT HERRICK

Une autre semaine s'écoula en un mois de juillet qui continuait à être épouvantable. Un marchand de parapluies n'aurait pu souhaiter meilleur temps. Glissant presque sur le sol luisant de Lincoln's Inn Fields, Alex faisait de son mieux pour abriter Kate et sa propre personne des rafales de pluie qui balayaient la place et venaient marteler son grand parapluie noir. De temps à autre, il risquait un regard hors de ce relatif abri, afin de se repérer, mais ne réussissait qu'à se faire tremper le visage. Il aperçut enfin la ruelle où les attendaient les locaux accueillants de Sheridan, Adell et Broughton. Dans l'heure qui suivait, Chris Adell allait les mettre au courant des dispositions prises par lui. Trois semaines s'étaient passées depuis leur première rencontre.

— Horrible journée, fit Adell en les débarrassant de leurs imperméables, du parapluie d'Alex et du béret de Kate.

Sa secrétaire fit son entrée et plaça sur la table un plateau à thé.

— Cela vous réchauffera un peu, dit-elle avant de prendre congé.

— Servez-vous, s'il vous plaît, enchaîna Adell. Du nouveau sur Saphir ?

— Pas grand-chose, en fait, répondit Alex. À part la dernière théorie en date de Lawrence Kingston.

— Ah ? Laquelle ?

Alex entreprit de raconter à l'homme de loi la démarche de Kingston à Bletchley Park et sa visite à Jennifer Farrow.

— Il semble se convaincre de plus en plus, intervint Kate,

que Cooke et Farrow peuvent être pour quelque chose dans l'existence de cette rose.

Adell se mit à rire.

— Tout cela, dit-il, ressemble beaucoup à un roman d'espionnage – le cahier manquant, Bletchley Park, Enigma…

— Exactement ce que j'ai dit, remarqua Alex.

— Ce Kingston semble terriblement imaginatif, reprit Adell. J'aimerais bien le rencontrer un de ces jours. En attendant, laissez-moi vous mettre au courant des préparatifs de la vente.

Il décrocha le téléphone, pressa un bouton et dit :

— Martha, voudriez-vous m'apporter le dossier Sheppard, s'il vous plaît ? J'avais oublié de vous le demander avant. Désolé.

Puis, d'un tiroir de son bureau, il sortit une chemise cartonnée brune.

— Je voulais vous montrer ceci, fit-il en ouvrant la chemise et en en tirant une sorte de maquette. C'est une épreuve en couleur de la brochure que nous avons préparée pour la vente aux enchères de la rose.

Alex la prit en l'inclinant, de façon que Kate puisse la regarder en même temps que lui. Au milieu de motifs décoratifs simulant des gravures anciennes, la photo de la rose bleue triomphait, brillamment exécutée. Pas tout à fait aussi frappante que la fleur véritable, de l'avis de Kate, mais très impressionnante quand même.

— Très joli, dit Alex.

— Gardez-la. C'est pour vous. Regardez-la bien quand vous serez rentrés chez vous et faites-moi savoir si vous avez des suggestions à faire ou des modifications à proposer. Cela ne sera mis sous presse que dans quelques jours, et nous avons donc tout notre temps pour effectuer des corrections.

Pendant les cinq minutes qui suivirent, Adell exposa ses projets d'organisation de la première vente aux enchères d'une rose jamais réalisée. Il semblait assez content de lui.

— Et voilà ! fit-il en se renversant en arrière dans son fauteuil et croisant les bras. Dans une quinzaine de jours, nous procéderons aux annonces officielles, et tout sera dit !

Mais, soudain, son sourire s'évanouit.

— À propos, dit-il, il semble que la nouvelle soit déjà en circulation.

— Qu'est-ce que vous entendez par là ? demanda Kate.

— Nous avons déjà reçu deux offres préalables de cultivateurs de roses. L'une d'ici, d'Angleterre, et l'autre de Hollande. Vous voyez ce que je voulais dire quand je vous prévenais qu'il serait pratiquement impossible de garder entièrement secrète une telle découverte.

Kate fronça les sourcils.

— Mais comment, demanda-t-elle, ces gens ont-ils pu être au courant alors que la brochure n'est même pas encore imprimée ?

— Depuis notre rencontre, nous avons eu des conversations avec les gens de chez Bonham, les commissaires-priseurs. Naturellement, nous avons exigé d'eux la plus totale discrétion, mais vous savez qu'une telle chose devient vite impossible. Des faxes et des e-mails ont déjà été échangés. Nous savions depuis le début qu'il ne serait pas possible de...

On frappa très discrètement à la porte et Martha fit un pas dans la pièce. Elle avait les mains vides.

— Eh bien, Martha ? dit Adell. Où est le dossier ?

— Apparemment, nous ne le retrouvons pas. Vous êtes bien sûr de ne pas l'avoir ?

— Oui, j'en suis sûr. La dernière fois que je l'ai vu, c'était il y a deux jours environ. Je l'ai rendu à Betsy. Et je suis presque certain qu'elle l'a mis dans un classeur.

Trois paires d'yeux étaient maintenant fixées sur Martha, qui, une main toujours posée sur le loquet de la porte, semblait mal à l'aise.

— Vous ne pensez pas que cela aurait quelque chose à voir avec le cambriolage ? demanda-t-elle.

Alex lança à Adell un regard intrigué.

— Ciel ! fit-il. On a cambriolé vos bureaux ?

— Oui. Il y a deux jours... Cambriolage est un bien grand mot. C'était plutôt une fouille. On ne semblait pas avoir forcé la porte. Il y avait juste un peu de désordre, comme si quelqu'un avait cherché quelque chose. Et soigneusement. On avait également essayé d'avoir accès aux ordinateurs. Nous avons fait un inventaire et jusqu'ici, rien ne semblait avoir disparu.

— Jusqu'ici, répéta Alex. Qu'a dit la police ?

— Les policiers étaient aussi perplexes que nous. Tout ce qu'ils ont fait a été de nous demander de leur signaler toute autre anomalie.

Kate se montrait clairement inquiète.

— Si, commença-t-elle, quelqu'un a volé notre dossier…

— Écoutez, interrompit Adell d'un air de plus en plus contrarié, ne sautons pas à des conclusions prématurées. Je suis sûr qu'il y a une explication parfaitement logique. Martha, pourquoi ne pas vérifier de nouveau ? Demandez à Betsy et à Christine de chercher, elles aussi.

Il se passa cinq minutes avant que Martha revienne. Il n'y avait, selon elle, pas trace du dossier où que ce fût.

— Je suis sûr qu'il va réapparaître, affirma Adell. À la minute même où cela se produit, je vous le fais savoir.

— Et si cela ne se produit pas ? demanda Alex.

Adell se rembrunit.

— Il sera temps d'y penser à ce moment-là, déclara-t-il.

Après avoir reconduit Alex et Kate, l'homme de loi gagna le bureau où Martha et les deux autres secrétaires s'affairaient à chercher le dossier Sheppard.

— Je n'ai pas voulu alarmer les Sheppard, leur dit-il, mais c'est une affaire grave. Qu'importe si cela prend toute la journée ou toute la semaine, mais laissez tomber tout le reste et cherchez-moi ce satané dossier…

Il avait cessé de pleuvoir et la nuit était d'un noir d'encre lorsque Kate et Alex regagnèrent finalement « Le Presbytère ». Après avoir été accueillis avec un bruyant enthousiasme par Asp, ils se rendirent dans le salon pour écouter leurs messages téléphoniques, dépouiller le courrier du jour et parcourir le journal local. Comme à son habitude, Asp sauta sur les genoux de Kate et s'y agita jusqu'au moment où il eut trouvé une position confortable.

— Pas de messages, dit Alex en se laissant tomber sur le divan et s'emparant de la *Wiltshire Gazette*.

— Cela m'étonne que Kingston n'ait pas appelé, fit Kate en grattant le crâne d'Asp.

— S'il appelle, chérie, fais-moi plaisir : ne l'invite pas ici. Du moins pas immédiatement. Si fort que je l'estime et que j'apprécie tout ce qu'il fait, je ne puis le prendre qu'à doses homéopathiques.

— Il va très probablement s'inviter lui-même, rétorqua Kate. Je me demande ce qu'il va dire du dossier disparu.

Alex, le nez plongé dans son journal, se borna à émettre un vague grognement.

Kate n'arrivait pas à comprendre pourquoi la disparition du dossier ne le troublait pas plus. Ils en avaient parlé sur le chemin du retour, et, malgré tous les efforts d'Alex pour la persuader que le dossier avait simplement été égaré, elle était de plus en plus convaincue qu'il avait été volé.

— Je te promets de ne pas revenir là-dessus, Alex, dit-elle, mais ce dossier contenait certainement toute une série de renseignements sur nous, à commencer, bien sûr, par notre adresse. Toute personne capable d'additionner deux et deux en trouvant quatre n'aura aucun mal à en conclure que c'est là que se trouve la rose.

Elle saisit Asp, le posa sur le sol et se leva.

— Maintenant, reprit-elle, quiconque possède ce dossier est en mesure de venir fureter par ici – de voler la rose ou de prélever des boutures...

Se dirigeant vers la porte, elle regarda par-dessus son épaule pour voir si ses paroles avaient fait impression.

— Alex, dit-elle, tu n'as pas écouté un mot de ce que je viens de dire, n'est-ce pas ?

Alex abaissa son journal et regarda sa femme.

— Kate, dit-il, arrête un peu de te casser la tête. Nous ne savons pas encore si le dossier a vraiment été volé. Il traîne vraisemblablement quelque part dans les bureaux. Alors, ne sautons pas aux conclusions. Attendons d'avoir des nouvelles d'Adell.

— Tout cela est très joli, mais je persiste à penser qu'un cambriolage...

— Des bureaux cambriolés, il y en a tous les jours ! soupira Alex. Je ne vois pas pourquoi ce serait notre dossier qui aurait été particulièrement visé.

— Pense ce que tu veux, répondit Kate. Moi, je vais prendre un bon bain bien chaud.

Et, secouant la tête, elle quitta la pièce, Asp sur ses talons.

Alex finissait de parcourir la rubrique sportive lorsque le téléphone sonna.

— Mr Sheppard ?

La voix n'était pas familière et l'accent indiscutablement américain.

— Lui-même, répondit Alex sans enthousiasme.

Il avait immédiatement pensé à l'un de ces abominables démarcheurs téléphoniques qui n'hésitent pas à vous appeler à toute heure pour vous proposer un four à micro-ondes ou des fenêtres à double vitrage.

L'homme s'éclaircit la gorge et enchaîna :

— Je m'excuse d'utiliser le téléphone pour ce qui devrait normalement faire l'objet d'une proposition écrite, mais je préfère utiliser la voie la plus directe.

— Qui est à l'appareil ? demanda Alex, sans chercher à dissimuler son impatience.

Sa question fut ignorée.

— Je crois comprendre, poursuivit l'homme, que vous avez sur votre propriété un rosier donnant des roses bleues. Ce renseignement est-il exact ?

Alex faillit en laisser tomber le combiné.

— Comment ? haleta-t-il.

— Je parle bien à Alex Sheppard, n'est-ce pas ?

— Oui, mais comment...

— Je vous en prie, Mr Sheppard. C'est mon métier que de savoir ce genre de choses.

Alex faisait fonctionner ses méninges à toute allure. Comment diable...

— Vous n'avez pas répondu à ma question, remarqua l'homme.

— Vous savez, je ne vous entends pas très bien. La ligne est mauvaise...

Alex s'efforçait de gagner du temps pour réfléchir. Adell n'avait-il pas parlé de deux cultivateurs de roses ? Peut-être était-ce l'un d'eux. Non, il se rappelait clairement que l'un était anglais et l'autre hollandais. D'autre part, Adell ne leur aurait pas donné son nom et son numéro de téléphone. Alex commençait à se sentir inquiet.

— Comment avez-vous eu cette information ? demanda-t-il.

De nouveau, son interlocuteur ignora sa question.

— Cela a dû être un grand moment, dit-il. Découvrir ainsi une rose bleue. Je suis sûr que, maintenant, vous êtes conscient des répercussions qu'une telle chose va avoir dans le monde du commerce.

— Qui êtes-vous ? insista Alex.

L'homme eut un petit rire. Ce rire n'était pas plaisant.

— C'est sans importance, déclara-t-il. Vous ne pensiez sûrement pas, Mr Sheppard, que vous alliez pouvoir garder longtemps secrète une découverte de cette importance ? Non, ce serait par trop naïf. Écoutez, je ne vais pas tourner autour du pot. J'aimerais vous faire dès maintenant une proposition. Ensuite, vous pourrez oublier cette absurde idée de vente aux enchères.

« Ciel ! pensa Alex. Cet homme sait tout ! »

— Je ne veux pas entendre...

L'homme l'interrompit immédiatement :

— Si votre rose répond à toutes les attentes, dit-il, l'organisation que je représente est prête à vous proposer une somme importante – et je dis bien importante – en échange des droits de propriété et brevets. Naturellement, nous demanderons à l'examiner auparavant. Si le résultat de cet examen est positif – s'il s'agit d'un spécimen botanique authentique – vous bénéficierez d'un contrat en béton armé, comportant une très généreuse avance et des droits sur les ventes. Cela représentera en fin de compte, croyez-moi, plus d'argent que vous n'avez jamais rêvé d'en posséder.

— Je suis désolé, monsieur l'inconnu, répondit Alex, mais vous devrez discuter tout cela avec nos hommes de loi, Sheridan, Adell et Broughton.

— Nous savons qui sont vos hommes de loi, Sheppard. C'est à vous que je fais cette offre. Ce sera un arrangement net, simple et clair. Dans quelques jours, vous vous retrouverez, votre femme et vous, multimillionnaires. Qu'en dites-vous ?

Alex avait vite renoncé à l'idée de mentir à propos de la rose. C'eût été absurde ; l'homme était manifestement astucieux et il en savait déjà trop long.

— Laissez-moi vous donner le numéro de téléphone de Me Adell, dit-il poliment, espérant mettre ainsi fin à la conversation. Je me rangerai à ce qu'il décidera. Mais je dois vous dire que, pour le moment, les préparatifs de la vente aux enchères sont en route. Je ne puis faire mieux. Désolé.

— Laissez-moi vous dire quelque chose, Sheppard, fit l'homme d'un ton devenu froid, presque hostile. Vous faites, vous et votre homme de loi, une grave erreur avec cette vente aux enchères.

— Et vous, répondit Alex, vous faites une grave erreur en me menaçant. Je n'apprécie pas cela du tout.

L'Américain se mit de nouveau à rire. Néanmoins, lorsqu'il reprit la parole, son ton s'était fait plus conciliant.

— Entendu, Sheppard. C'est une grave décision à prendre. Je le reconnais. Pour tout vous dire, je ne m'attendais pas à ce que vous me donniez une réponse définitive au téléphone. Voici ce que je suggère. Vous pensez à ma proposition. Vous en parlez avec Kate. Et je reprends contact avec vous dans deux jours environ avec des détails plus précis. Qu'en dites-vous ?

La mention du nom de Kate eut pour effet de désarçonner complètement Alex.

— Ne me rappelez pas, bégaya-t-il. Vous comprenez ?

— Oui, je comprends. Cela doit faire un choc de recevoir un appel de ce genre de façon totalement inopinée. Mais je suis un homme d'affaires, Sheppard. Et vous avez quelque chose qui nous intéresse au plus haut point, mes associés et moi.

Sa voix se durcit de nouveau lorsqu'il ajouta :

— Alors, vous prenez mon offre en considération, votre femme et vous. S'il vous plaît.

Il y eut un silence, puis :

— Réfléchissez. Réfléchissez bien.

Et, avant qu'Alex ait pu dire quoi que ce soit, l'homme raccrocha.

À huit mille kilomètres de là, dans sa luxueuse maison de Vista del Lago, à trente kilomètres au sud de Lakeford, Ira Wolff travaillait à son bureau lorsque le téléphone sonna.

Il décrocha avant même la deuxième sonnerie.

— Oui ? dit-il.

Il écouta, en approuvant lentement de la tête.

— Excellent, fit-il enfin. Je suis d'accord, deux jours leur donneront tout le temps nécessaire. Bon travail. Tenez-moi au courant.

Il regarda un moment l'appareil téléphonique avant de raccrocher.

CHAPITRE 10

« Un jardin ne vit vraiment que dans la mesure où il est une expression de foi, l'incarnation d'un espoir et une action de grâce. »

RUSSELL PAGE, jardinier paysagiste

C'était une journée beaucoup plus digne de la mi-juillet. Peu après huit heures et demie, comme Alex venait de partir pour son travail, Kate rassembla quelques outils et se rendit dans le jardin.

Elle avait passé la nuit à se tourner et se retourner dans son lit en pensant au dossier disparu et à l'inquiétant appel téléphonique de l'Américain inconnu. Elle était convaincue que les deux choses étaient liées. Mais elle avait décidé de laisser de côté toutes pensées négatives pour profiter de la journée de congé qu'elle s'était octroyée dans son jardin.

Celui-ci était si calme qu'il semblait presque ensommeillé. Seule une petite brise faisait frémir le sommet des vieux ormes et, sous le ciel d'un bleu intense, on n'entendait que les cris des hirondelles et le faible croassement de quelques corneilles. Il était si facile d'oublier tout du monde extérieur…

Décidée à se limiter à des petits travaux, Kate s'affaira à couper les roses mortes, à étayer delphiniums et digitales et ratisser feuilles et pétales fanés. Une nouvelle fois lui revint en mémoire *Le Jardin secret* de Frances Hodgson Burnett. Elle ne l'avait pas relu depuis l'enfance, mais elle se souvenait encore de la première évocation du jardin : « L'endroit le plus délicieux, le plus mystérieux que quiconque puisse imaginer. » L'auteur aurait fort bien pu parler de cette luxuriance au sein de laquelle Kate se trouvait à ce moment précis. Tout y était, même « les hauts murs qui l'enfermaient » et « les rideaux légers et mouvants que formaient, çà et là, les roses grimpantes passées d'un rosier à l'autre pour se rejoindre ».

Les derniers temps, Kate s'était surprise à éviter autant que possible le rosier bleu. Elle n'avait pas de raison logique de le faire, mais, tout au fond d'elle-même, une voix persistante semblait l'inciter à la prudence. Ne te laisse prendre à sa captivante beauté ni aux promesses de richesses fabuleuses qu'il offre, répétait cette voix. Elle savait que, si elle laissait le moins du monde entrevoir à Alex le malaise qu'elle éprouvait, elle ne ferait qu'aggraver les choses. Elle n'était pas encore parvenue à le convaincre que leur découverte pouvait avoir un aspect dangereusement négatif.

Elle cessa de ratisser pour observer, fascinée, un bourdon costumé de velours se gorger du pollen d'une pivoine. Très vite, le bourdon s'envola vers d'autres tentations. Et tout aussi vite, les pensées de Kate revinrent à la rose bleue. Leur but premier, en remettant la chose entre les mains de l'homme de loi, avait été de se décharger de toute responsabilité et de tout souci, de s'accorder tout le temps de profiter au maximum de leur nouvelle maison. Mais rien de tout cela n'arrivait. Pire, la suite d'événements troublants qui s'était produite commençait à affecter leur mariage, faisant naître des amorces de désaccord entre Alex et elle. Et le coup de téléphone de la veille au soir venait encore ajouter à ses préoccupations. Alex se refusait à le reconnaître, mais elle savait que la chose l'avait affecté. À un tel point qu'il avait téléphoné à Adell le matin, à la première heure, pour le mettre au courant.

Midi sonnant au clocher de l'église, elle se secoua. Pourquoi s'était-elle remise à penser à cette maudite rose ? Elle s'était pourtant promis de ne plus succomber à cette tentation. Elle resta un moment sur place, essayant de se forcer à penser à quelque chose d'autre – n'importe quoi. Sans grand succès.

— Oh, la barbe ! finit-elle par dire à mi-voix.

Elle ramassa ses outils et se dirigea vers la maison. Dans la petite pièce attenante à la cuisine, elle envoya promener ses souliers et poursuivit son chemin pieds nus.

Il faisait une plaisante fraîcheur à l'intérieur de la maison, ce qui n'était guère étonnant avec des murs de pierre de plus de trente centimètres d'épaisseur et un robuste toit d'ardoises.

Tout en remplissant la bouilloire, elle repensa à leur entrevue avec Adell. Bientôt, la brochure serait mise en circulation et la terre entière connaîtrait l'existence de la rose. La nouvelle se répandrait à toute allure, et la presse et la télévision s'en mêleraient sans nul doute. Jusque-là, elle n'y avait guère pensé, mais soudain, elle commençait à se demander ce qui allait suivre.

Le temps que l'eau se mette à bouillir, elle savait ce qu'elle allait faire. Faire de nouveau part à Alex de ses angoisses risquerait seulement d'entraîner de nouvelles controverses. C'était hors de question. La solution était simple : elle allait se décharger de ses soucis sur Kingston, ce bon Lawrence...

Elle alla jusqu'au bahut rustique, s'empara du téléphone et composa le numéro. Tandis que la sonnerie retentissait au loin, elle se dit qu'il serait inopportun de trop laisser apparaître son inquiétude au cours de la conversation. Elle fut heureuse d'entendre la voix maintenant familière de Kingston.

Après un échange de plaisanteries anodines et de considérations météorologiques, elle lui parla du dossier disparu.

— Alex a de nouveau parlé à Adell ce matin, précisa-t-elle. Il n'a toujours pas réapparu.

— C'est étrange, je le reconnais, dit Kingston, mais vous savez comment les objets perdus ont le don de finalement surgir quand on ne les attend plus. Il y a probablement une explication parfaitement logique. On l'aura confondu avec un autre dossier. Quelqu'un l'aura remis dans le mauvais classeur ou emporté chez lui par erreur. Il y a nombre de possibilités.

C'étaient là des paroles rassurantes, mais Kate était bien consciente qu'il pouvait difficilement dire autre chose. Néanmoins, elle était contente de l'avoir appelé.

— Tout cela est vrai, je suppose, finit-elle par dire. Mais, Lawrence, ce n'est pas le seul élément nouveau.

— Que s'est-il passé d'autre ? demanda Kingston.

Elle lui fit alors part du coup de téléphone de l'Américain.

— Alex, dit-elle, a tout fait pour me convaincre de ne pas m'inquiéter, m'affirmer qu'il était douteux qu'il y ait une suite. Mais je savais qu'il ne le pensait pas vraiment. Il m'a avoué qu'à un moment, l'homme était devenu presque menaçant.

— Je n'aime pas cela du tout, fit Kingston. Je pense que vous avez toutes les raisons de vous inquiéter. Mais un Américain, dites-vous ? C'est intéressant. Je me demande comment il a découvert que c'était vous qui possédiez la rose.

— Ce doit être le dossier volé.

— J'en doute, Kate. Il doit y avoir une autre explication. Adell avait prévu ce genre de choses, n'est-ce pas ? Il n'est pas surprenant que des démarches de ce genre aient commencé.

— Je persiste à penser que c'est le dossier. Ce serait logique. L'homme entend parler de la vente aux enchères et apprend qui s'en occupe – l'étude d'Adell. Et s'il veut en savoir plus, tout est dans le dossier de celui-ci : adresses, numéros de téléphone, la maquette de la brochure, tout. Il est peut-être même au courant de votre intervention.

— Hum ! fit-il, prenant visiblement son temps pour choisir ses mots. S'il a – ou plus probablement s'ils ont, pluriel – le dossier, c'est un avantage considérable. Et cela n'augure rien de bon.

— Comment cela ? demanda Kate, soudain très mal à l'aise.

Comme s'il regrettait ses dernières paroles, Kingston fut lent à répondre.

— Eh bien, finit-il par dire, comme vous le souligniez, ils sauraient, en ce cas, tout sur vous. Où vous habitez – et, le plus important, où trouver la rose.

— Cela ne m'avait pas échappé, fit Kate. Ce n'est pas une pensée très agréable, n'est-ce pas ?

— Désolé, Kate. Je ne voulais pas vous alarmer. Ce qui me préoccupe aussi, c'est que l'homme ait tenu à rester anonyme. Il va sans dire que toute proposition légitime d'achat de la rose ne serait pas présentée de cette manière. Si, comme vous en êtes convaincue, le dossier a été volé, c'est vraisemblablement un travail de professionnel.

— Tout cela devient terriblement compliqué. Alex a dit à Adell… mais il n'y a pas grand-chose qu'il puisse faire…

— Eh bien, le mieux pour le moment est d'attendre en faisant votre possible pour ignorer tout ce qui peut se passer d'ici à la vente aux enchères. Mais je vous conseille quand même de surveiller de près le rosier et, d'une façon générale, de vous montrer prudents.

— Nous serons prudents, Lawrence. Rassurez-vous. Je vais faire part de notre conversation à Alex.

— Pourquoi ne lui demanderiez-vous pas de m'appeler ce

soir, Kate ? J'aimerais qu'il m'en dise un peu plus long sur ce mystérieux Américain. Tout cela est bien étrange, je le reconnais.

Ils parlèrent encore une minute ou deux avant de raccrocher.

— Allô, Lawrence, c'est Alex. Kate m'a dit que vous vouliez me parler.

— Oui, merci de m'appeler, Alex. Je voulais que vous me racontiez un peu ce coup de fil que vous avez eu de l'Américain. Kate m'en a déjà parlé. Vous avez une minute ?

— Bien sûr.

— Vous êtes sûr qu'il était américain ?

— Américain ou canadien. Je n'ai jamais pu faire la différence.

— Y a-t-il eu quelque chose dans la conversation suggérant qu'il représentait quelqu'un d'autre ?

— Oui. À un moment, il a parlé d'une « organisation ».

Alex s'interrompit un instant et reprit :

— Oh ! Et il a parlé aussi d'« associés ».

— A-t-il mentionné des sommes précises ? Dit combien il était prêt à payer ?

— Seulement en termes vagues. Je pense qu'il a dit quelque chose comme « plus d'argent que vous n'avez jamais rêvé d'en posséder »... Oh ! Et il a ajouté à un moment que Kate et moi deviendrons multimillionnaires.

— Aussi, qui que soient ces gens, ils sont pleinement conscients de la valeur commerciale de la rose.

— Il l'a bien précisé.

— En quels termes exacts ?

— Attendez... Laissez-moi réfléchir... Il a dit, à peu près, que nous devions être conscients des répercussions que cela pourrait avoir sur le monde du commerce. Je sais pratiquement qu'il a également parlé de brevets et de droits sur les ventes.

— C'est intéressant. Rien d'autre ne vous a frappé ?

— Je ne pense pas.

— Bien. Alors...

— Oh ! Attendez une minute ! Oui. Il a dit qu'il savait qui étaient nos hommes de loi.

— Hum ! En ce cas, Kate pourrait bien avoir raison. Ce

seraient eux qui auraient votre dossier. Il n'a toujours pas réapparu, à ce que je crois ?

— Non.

— Eh bien, Alex, laissez-moi réfléchir à tout cela et nous en reparlerons bientôt. Et prévenez-moi s'il appelle de nouveau... Rectification : prévenez-moi *quand* il appellera de nouveau.

Trois jours se passèrent sans nouvelles du dossier ni de l'Américain. Le quatrième jour était celui de l'anniversaire d'Alex. Pour célébrer l'événement, Kate avait prévu un dîner avec des amis dans l'un des restaurants favoris de son époux, à Shaftesbury. Le trajet étant d'une quarantaine de minutes, ils prirent le départ vers dix-huit heures trente.

— Tu as bien laissé de l'eau et de la nourriture pour Asp ? demanda Kate en bouclant sa ceinture.

— Oui. Tout est en ordre.

Kate fronça les sourcils.

— Ai-je bien laissé la lumière dans le vestibule ? fit-elle. Je ne me rappelle plus.

— Tu l'as fait.

— Et la porte de la cuisine est fermée à clé ?

— Elle l'est. De plus, j'ai abaissé la herse et je relèverai le pont-levis dès que nous l'aurons franchi.

Kate sourit.

— Bon anniversaire, chéri, se borna-t-elle à dire.

Comme ils arrivaient au portail du jardin, le facteur apparut.

— Vous êtes terriblement en retard, ce soir, Sid, lui dit Kate, comme Alex arrêtait la voiture à sa hauteur.

— C'est encore cette sacrée camionnette, marmonna le facteur. Un vrai tas de ferraille !

Et il remit un petit paquet de lettres à Kate, qui les posa sur ses genoux pendant qu'elle vérifiait l'itinéraire pour Alex dans l'atlas routier de l'Automobile Club. Lorsqu'ils furent en route, elle commença à examiner les enveloppes :

— Facture, facture, sécurité sociale, prospectus, dernier avis avant saisie...

— Comment ? s'exclama Alex. De qui ?

— Je plaisantais... Hum ! Celle-ci paraît plus intéressante.

D'un ongle agile, elle ouvrit une enveloppe d'apparence

luxueuse et en tira une lettre d'une page, qu'elle commença à lire.

— Très intéressante, même, murmura-t-elle.

— De qui est-ce ? demanda Alex.

— L'en-tête est « Trident International », avec une adresse à Londres et une à San Francisco. Je te la lis :

Chers Mr et Mrs Sheppard,

C'est avec le plus grand intérêt que j'ai appris l'existence de votre rose bleue. Ma société représente une personne – président d'une firme internationale et horticulteur distingué – qui tiendrait beaucoup à acheter une telle rose. À condition que le rosier subisse avec succès certains examens botaniques – dont nous assurerons tous les frais – mon client est prêt à vous offrir une somme substantielle pour cette rose et tous les brevets s'y attachant.

Serait-il possible d'organiser une réunion au cours de laquelle cette proposition pourrait être discutée en plus amples détails et la rose pourrait être présentée ?

Afin de gagner du temps, veuillez avoir l'obligeance de me téléphoner au numéro londonien mentionné plus haut. Une prompte réponse serait extrêmement appréciée.

Kate reposa la lettre sur ses genoux et dit :

— C'est signé Kenji Tanaka, président.

— Juste ciel ! s'exclama Alex. Nous y revoilà ! Je pense que, maintenant, l'information circule vraiment.

— Sur toute la planète, à ce qu'il semble. Je me demande comment *celui-là* a obtenu notre nom et notre adresse. Il ne peut sûrement pas avoir eu notre dossier, lui aussi.

— Pas si l'Américain a mis la main dessus.

— En effet.

— C'est probablement ce qu'Adell avait envisagé. La fuite vient de quelqu'un de chez Bonham.

— Je suppose que tu as raison, fit Kate à mi-voix.

— De toute façon, dit Alex, je vais faxer la lettre dès demain à Adell. Qu'il s'occupe de Mr Tanaka !

Ils poursuivirent leur route en silence. Une fois de plus, la rose bleue avait réussi à imposer sa noire présence. Viendrait-il jamais un moment, se demanda Kate, où elle ne rôderait plus aux limites de ses pensées conscientes, prête à faire surface comme une sournoise créature d'une autre planète ? Elle restait, silencieuse, sur son siège, regardant le paysage défiler au-delà de la portière, regardant de temps à autre Alex du coin de l'œil. Physiquement, il avait peu changé au cours des neuf années où ils s'étaient connus. Un peu de gris aux tempes – et le visage un peu plus arrondi peut-être. Mais, bien qu'ayant un appétit de terrassier, il parvenait à conserver la minceur sportive de ses photos d'université. Ces derniers temps, il avait beaucoup joué au tennis, et le bruit courait que, face à lui, les jeunes espoirs n'avaient qu'à bien se tenir.

À l'approche de Shaftesbury, Kate aperçut un panneau indiquant un village nommé Kingston Deverill. Cela l'amena à repenser à la dernière visite de Lawrence Kingston au « Presbytère ». Elle se surprit à sourire intérieurement. Ce n'était sûrement pas une simple coïncidence s'il s'arrangeait pour toujours arriver à l'heure des repas – restant invariablement toute la journée et toute la soirée. La dernière fois, son peu convaincant prétexte pour avoir avec lui un sac de voyage avait été son intention proclamée de passer la nuit au pub local, le « George and Dragon ». Bien entendu, il s'était retrouvé dans la chambre d'amis du « Presbytère ».

Ce même soir, Kingston avait commencé à évoquer longuement toute une suite de souvenirs personnels – et notamment ceux de l'époque où, servant dans l'armée comme capitaine, il avait été expédié en garnison aux quatre coins du monde. Vers dix heures et demie, Alex, qui semblait prêt à s'endormir sur place à tout moment, s'était excusé en disant qu'il avait à se lever tôt le lendemain. Kate et Kingston avaient continué à parler, surtout de jardins. Une heure de plus s'était écoulée sans que Kingston donne le moindre signe de fatigue. Cherchant à avoir un instant de répit, Kate lui avait demandé s'il aimerait un peu de café. À la seconde même où elle faisait cette proposition, elle la regrettait déjà, se disant qu'elle allait simplement retarder les choses de deux bonnes heures.

Lorsqu'elle était revenue avec le café, Kingston avait orienté la conversation vers « Le Presbytère », Alex et elle-même.

— Comment, en fin de compte, vous êtes-vous retrouvés mariés ? avait-il demandé à brûle-pourpoint.

Cette fois, Kate était résolue à répondre aussi brièvement que possible. Ses paupières à elle aussi commençaient à s'alourdir sérieusement. Mais Kingston, *lui*, n'était-il jamais fatigué ?

— Voyons, laissez-moi réfléchir un peu, avait-elle dit en se frottant le menton. Alex vous a raconté comment nous nous étions rencontrés. L'histoire du pique-nique et le reste...

— C'est exact.

— Eh bien, pendant les quelque six mois qui suivirent, je suis sortie avec un jeune officier. Un lieutenant des Coldstream Guards. James de son prénom. Puis il fut affecté outre-mer. Il voulait que je vienne avec lui, mais j'ai dit non. De toute façon, cela n'aurait pas duré entre nous. Notre liaison n'avait pas d'avenir, du moins en ce qui me concernait. Un gentil garçon, pourtant.

Elle s'interrompit pour boire une gorgée de café tiède, puis dit avec un assez pâle sourire :

— Mais je dois vous raser profondément, Lawrence. Et vous êtes certainement fatigué.

— Non, aucunement. Et vous ne me rasez pas le moins du monde. Je trouve tout cela très intéressant. Continuez, je vous en prie.

Elle étouffa de justesse un bâillement et poursuivit :

— Après cela, je n'ai plus eu de petit ami régulier. Une sortie de temps en temps, mais rien de sérieux. Puis, tout à fait par hasard, je suis retombée sur Alex. À Bath, dans ma boutique, figurez-vous.

— Cela a dû être une surprise !

— Cela, vous pouvez le dire ! C'était un samedi. Il pleuvait à verse ce jour-là. J'étais dans l'arrière-boutique, en train de montrer une grande armoire à un client. Soudain, il y a eu un horrible fracas de verre brisé. Cela semblait sérieux, alors je suis allée voir ce qui se passait. J'ai été horrifiée en découvrant un homme étalé sur le sol au milieu de débris de cristal – tout ce qui restait de huit de mes plus beaux gobelets Belle Époque. On voyait encore clairement la traînée de glace à la vanille sur laquelle il avait glissé, mais le petit garçon qui avait répandu la glace avait disparu, ainsi que sa mère.

— L'homme était blessé ?

— Seulement dans son amour-propre.

Kingston se mit à rire.

— Le pauvre ! fit-il.

— Quand il a levé la tête et que j'ai reconnu Alex, nous avons tous deux éclaté de rire, nous aussi. Je persiste à considérer cela comme une intervention du ciel.

— J'espère qu'il a proposé de payer les verres.

— Parfaitement. Il a quitté la boutique délesté de cent vingt livres mais m'ayant extorqué un dîner le week-end suivant.

— Et quand avez-vous abouti au mariage ? demanda Kingston.

— Environ trois mois après l'épisode des verres. Une simple cérémonie civile à Bath. J'ai bien peur d'avoir donné des émotions à Alex jusqu'au dernier moment : j'ai laissé tomber l'alliance dans une bouche d'aération, et il a fallu vingt bonnes minutes pour la récupérer.

Le grondement d'un camion doublant leur voiture fit revenir Kate à la réalité présente. Elle pivota sur son siège pour se tourner vers Alex.

— Qu'est-ce qui te fait sourire comme cela ? demanda celui-ci.

— Oh ! Rien en particulier... Je pensais à Kingston. Je me demande ce qu'il fait en ce moment.

— Qui sait ? Il est probablement lancé, maintenant, sur la piste du mystérieux Américain.

— Son professeur Moriarty personnel, fit Kate.

Puis elle posa la main sur le genou de son mari et lui dit :

— Tu sais, nous plaisantons toujours sur Kingston, mais je me demande parfois s'il n'en sait pas un peu plus long qu'il ne veut bien le dire.

— Un peu plus long sur quoi ?

— C'est là le problème. Je n'en sais rien, à vrai dire. Par exemple, j'en reviens toujours à sa réaction hostile lorsque nous lui avons fait part de la suggestion d'Adell de couper les fleurs du rosier. Quel inconvénient y voyait-il ?

— Je n'en ai aucune idée, répondit Alex, les yeux fixés sur la route devant lui.

— Et quand il nous conseille d'être vigilants, qu'entend-il au juste par là ? Que nous pourrions être surveillés ? Suivis ?

— J'espère bien que non. Mais étant donné tout ce qui arrive en ce moment, qui sait ? Quand on pense à tout l'argent qui semble en jeu, je suppose que ce n'est pas complètement invraisemblable.

— Je suis bien d'accord, mais cela ne semble quand même pas dans la note. N'avez-vous pas estimé, Lawrence et toi, que l'Américain était une sorte d'homme d'affaires ?

— Si tu lui avais parlé au téléphone, rétorqua Alex, tu aurais peut-être des doutes à ce sujet.

— Peut-être Kingston fait-il un drame de rien. La prochaine fois que nous le verrons, je lui demanderai tout simplement s'il nous cache quelque chose.

Rien de plus ne fut dit pendant deux ou trois kilomètres. Puis Alex rompit le silence en disant d'un ton pensif :

— Les roses.

Kate se tourna de nouveau vers lui.

— Quoi donc, les roses ? demanda-t-elle.

— Sont-elles aussi fragiles qu'on semble le dire ?

— Non, pas vraiment, répondit Kate, se demandant où il voulait en venir. On leur a fait mauvaise presse à tort depuis des années. Certains hybrides modernes sont plus sensibles aux maladies et aux insectes, mais le rosier en tant que tel est une plante remarquablement robuste. Plus robuste que la plupart, en fait.

— Excellent, dit-il.

— En réalité, poursuivit Kate, on a vu, dans le monde entier, des rosiers survivre sans le moindre soin pendant des centaines d'années. J'ai lu il y a quelque temps un article sur des fanatiques des roses qui, en Amérique, écumaient les campagnes les plus perdues en prélevant des boutures sur de vieux rosiers – pour la plupart plus que centenaires.

— Qui cela ? demanda Alex. Les rosiers ou les fanatiques ?

Kate ignora la douteuse plaisanterie de son époux.

— Parmi leurs terrains de chasse favoris, il y a les cimetières. Pas ceux de maintenant, mais ceux qui ont été abandonnés ou totalement négligés. Je crois que le groupe s'appelle les Pilleurs de Roses du Texas.

— Joli nom.

— N'est-ce pas ? Souvent, ils arrivent à dater les rosiers en regardant les inscriptions sur les pierres tombales voisines.

— Il est donc, en tout cas, raisonnable de supposer qu'un rosier peut être transplanté sans dommage pendant qu'il est en fleurs ?

— Il vaudrait mieux le faire quand il ne l'est pas. Mais oui, en fait, si l'on fait cela avec un peu de soin, c'est tout à fait possible.

— Parfait. Eh bien, transportons Saphir dans un autre jardin. À un endroit secret.

Kate remonta sa vitre et se repeigna sommairement.

— Pas une mauvaise idée, dit-elle. Mais je ne suis pas sûre...

— Non, Kate, réfléchis un moment. C'est peut-être la solution de notre problème. Si le rosier n'est plus dans notre jardin, la prochaine fois que ces voyous nous téléphoneront, nous pourrons les envoyer promener en leur disant que nous ne l'avons plus. S'ils savent que le rosier n'est plus là, ils n'auront plus aucune raison de venir fureter autour de chez nous ou de nous harceler. Nous ne dirons même pas à Adell où le rosier est caché. Tu te souviens qu'il voulait le faire garder ? Eh bien, cela ne sera même plus nécessaire. Nous serons seuls, tous deux, à savoir. Peut-être vaudra-t-il mieux ne même pas le dire à Kingston. Je te répète que c'est génial.

— Oui, mais qui prendra soin du rosier dans sa retraite secrète ? Il a besoin d'être arrosé. Tu ne peux aller le planter dans un champ, comme cela, quelque part, et tout oublier.

— Kate, je le sais fort bien. Même en horticulture, je ne suis pas un abruti complet.

Ils roulèrent en silence pendant un ou deux kilomètres. Puis Alex ralentit pour négocier un tournant. Sur leur droite apparut un groupe de petits bâtiments entourant une vieille grange passée à la chaux. Près de la grange se dressait un panneau avec une inscription en or sur fond noir : *Pépinière Pennyroyal.*

— Bien sûr ! s'exclama soudain Kate. La pépinière d'Holly Hill – Vicky !

— Comment cela, Vicky ? demanda Alex.

— Elle devrait connaître une bonne cachette.

— Excellente idée, Kate ! Pourquoi ne lui passerais-tu pas un coup de fil dès demain ? Je suis sûr qu'elle ne demandera qu'à t'aider. Vous êtes presque comme des sœurs.

— C'est ce que je vais faire, dit Kate. Et si nous pouvons sortir Saphir de notre jardin, peut-être notre vie redeviendra-t-elle normale. Ou presque normale, au moins...

CHAPITRE 11

« *Il n'est pas de cueillette de roses sans piqûres d'épines.* »

BIDAPI

Kate arrêta la Trooper sur l'aire de stationnement de la pépinière d'Holly Hill. Elle coupa le contact et resta un moment dans la voiture, savourant la vue et les senteurs de ce qui l'entourait. Cela faisait longtemps qu'elle ne s'était pas retrouvée là, et revoir Vicky allait être un grand plaisir.

Après leurs propres et précieux jardins – ainsi, peut-être, que ceux de certains autres – il est un cadre qui met à coup sûr les vrais amateurs dans l'état de douce euphorie où se trouvait présentement Kate : c'est celui d'une pépinière, d'une vraie. Pas l'un de ces supermarchés pour plantes et instruments de jardinage, avec parcs de stationnement de la taille d'une piste pour Boeing et éclairage fluorescent, où si l'on parle de *Leptospermum* à l'adolescent boutonneux de service, il vous envoie à la pharmacie la plus proche. Une vraie pépinière est accueillante, familière et sans prétention. On pourrait dire que c'est une sorte de jardin, à ceci près qu'arbustes et fleurs y poussent dans des pots et dans des bacs, avec leurs noms inscrits sur des étiquettes. L'odeur de la terre fraîchement remuée vient se mêler au parfum des branches et des fleurs. Il y a toujours une personne aimable et compétente pour répondre aux questions de botanique les plus importantes. C'est un lieu dont on ne repart jamais les mains vides.

La pépinière d'Holly Hill appartenait à cette catégorie. Un discret panneau, *Herbes et plantes odorantes d'Holly Hill*, suggérait une spécialisation, mais l'endroit était en fait bondé de plantes de toutes sortes, classées par ordre alphabétique. Les jardiniers qui s'y rendaient pour la première fois – et ils venaient de plusieurs comtés voisins – découvraient avec émerveillement, en plus de toutes ces richesses végétales, un vieux jardin clos de murs où, entre des alignements de rosiers anciens et de plantes grimpantes, se cultivaient des herbes rares.

La plupart des plantes peuplant l'ancien jardin de Kate et d'Alex, à Bath, provenaient d'Holly Hill. À un certain moment, les visites de Vicky Jamieson, la pépiniériste, étaient devenues si fréquentes qu'Alex l'avait surnommée « la petite sœur ».

Kate descendit de la Trooper, s'étira, et se dirigea vers le portail d'entrée. Elle aperçut immédiatement, au bout de l'allée centrale, Vicky chargeant des plantes en pot sur un chariot.

— Vicky ! clama-t-elle.

Vicky s'arrêta et regarda dans sa direction. Malgré la distance, Kate put distinguer l'expression de surprise qui se peignit sur ses traits. Elle retira ses gants de travail et se précipita.

— Quelle merveilleuse surprise ! fit-elle, en serrant Kate dans ses bras avec une fougue explosive.

— Attention, ma vieille ! lui dit Kate en pouffant de rire. Tu vas me casser une côte...

Un peu plus petite que Kate, Vicky était discrètement musclée et sainement hâlée par un travail régulier en plein air. Son physique aurait été anodin sans ses joues rondes et roses d'écolière et ses yeux d'un bleu intense. Elle prit un pas de recul pour regarder son amie.

— Tu as l'air en pleine forme, Kate, déclara-t-elle. Qu'est-ce qui t'amène ici un mercredi, dis-moi ? Tu n'as pas une boutique dont tu es censée t'occuper ?

— Si, mais il m'arrive de prendre un jour de congé par-ci par-là, vois-tu.

— Et comment va Alex ? demanda Vicky, en passant la main dans ses cheveux coupés court et décolorés par le grand air.

— Très bien. Il est tout à fait dans son élément avec la maison. J'en arriverais à penser qu'elle passe avant moi dans l'ordre de ses affections.

Leur conversation fut interrompue par un homme aux

cheveux gris s'enquérant de pétunias. Vicky lui répondit, puis dit à Kate :

— Allons dans le bureau. Là, nous pourrons bavarder sans être importunées. Il doit même y avoir des boissons fraîches dans le frigo, si tu en as envie. Megan peut s'occuper un moment des clients.

— Ce serait parfait, fit Kate, car ce que j'ai à te demander est assez confidentiel.

Vicky fronça les sourcils.

— Tu m'intrigues, dit-elle. Viens par ici.

Arrivée dans le bureau, Vicky se débarrassa de ses bottes et s'installa dans son fauteuil à pivot, les pieds posés sur un autre siège. Kate s'assit en face d'elle, de l'autre côté de la table, et se versa un verre d'eau minérale glacée.

— Alors, demanda Vicky, comment se porte ton fabuleux jardin ? Il doit être absolument resplendissant en ce moment.

— Il l'est. Il faut vraiment que tu viennes le voir... En fait, c'est l'une des raisons pour lesquelles je suis ici aujourd'hui, Vicky. Pour te demander quelque chose... Enfin, pour te dire quelque chose...

— Ton propos n'est pas d'une éblouissante clarté, fit remarquer Vicky. Qu'est-ce que ce « quelque chose » ?

— Désolée, Vicky, fit Kate en avalant un peu d'eau. Laisse-moi recommencer depuis le début. Alex et moi avons fait une étrange – disons plutôt une très importante découverte dans notre jardin.

Elle regarda Vicky bien en face, afin de pouvoir enregistrer sa réaction lorsqu'elle entrerait dans le vif du sujet.

— Abrège le suspense, lui dit son amie. Qu'est-ce que c'est ?

— C'est une rose bleue.

Vicky renversa la tête en arrière et éclata de rire.

— Tu te fiches de moi ! s'exclama-t-elle.

— Non, Vicky. Ce n'est pas une plaisanterie. Je suis sérieuse. Nous avons une rose bleue dans notre jardin. Nous l'avons découverte il y a plusieurs semaines.

— Bleue – tu veux dire pourpre ? *Vaguement* bleuâtre ?

— Non, c'est une rose *bleue* – vraiment bleue, Saphir, si tu préfères...

— Cela n'existe pas, Kate ! Personne n'a jamais été capable d'en faire pousser une.

— Eh bien, si ! Nous. Je devrais plutôt dire quelqu'un…

— Ciel ! Mais tu es sérieuse ! Tu ne plaisantes pas.

— Non, je ne plaisante pas. Tu veux la voir ?

Vicky leva les yeux au ciel.

— Si je veux la voir ? Tu as de ces questions idiotes ! Bien sûr que je veux la voir ! Si c'est bien ce que tu dis, Kate, c'est une gigantesque découverte. Quand puis-je venir ?

— Attends un peu, il y a plus.

Kate avala une autre gorgée d'eau et reprit :

— D'abord, tu ne dois pas en parler à âme qui vive. Je suis sérieuse, Vicky. Des choses étranges se sont produites. Si étranges, en fait, qu'Alex et moi avons décidé de sortir le rosier de notre jardin, et au plus vite. De le transporter dans un endroit où personne ne pourrait le trouver – et le voler. Nous nous demandions si tu pourrais nous aider.

— Même pas la peine de poser la question, Kate. Tu sais bien que je le ferai.

— Tu es un amour. Alex et moi avons un peu peur de transplanter nous-mêmes un rosier de la taille de celui-là. Je me demandais aussi si tu ne pourrais pas prélever quelques boutures. Moi, je suis nulle pour ce genre de choses.

— Pas de problème, Kate. Qui d'autre est au courant, alors ?

— Eh bien, nous pensions n'être que quatre. Les quatre étant Alex, moi, un type nommé Kingston – c'est un professeur de botanique en retraite, un homme intéressant, mais je te parlerai de lui plus tard – et notre homme de loi, Christopher Adell. Mais hier, nous avons reçu une lettre d'un Japonais représentant un groupe international qui veut acheter la rose, et, juste avant, un coup de téléphone d'un mystérieux Américain qui semble, lui aussi, tout savoir. Je sais que toute cette histoire semble folle, mais je te donnerai tous les détails quand tu viendras chez nous. Peux-tu demain ? Tard dans la journée, de préférence ?

— En partant d'ici ? Disons dix-huit heures quinze, à peu près.

— Parfait. Nous dînerons ensemble assez tôt.

— Entendu. J'apporte une bouteille de vin rouge.

— Tant qu'il n'est pas bleu ! fit Kate en riant.

Tout d'abord, Vicky resta bouche bée. Comme Kingston, elle se mit pratiquement à quatre pattes pour examiner le rosier sur toutes les coutures. Kate dut presque la tirer vers la maison.

Alex ouvrit la bouteille de bourgogne que Vicky avait apportée et emplit trois verres.

— Eh bien, dit Vicky en levant le sien, à Saphir !

Elle but une petite gorgée, reposa son verre et ajouta en secouant la tête :

— Je n'arrive pas encore à y croire.

— Nous avons eu le temps de nous y habituer, mais le rosier me flanque encore la frousse chaque fois que je le regarde, fit Kate en feignant un frisson.

— Je n'en suis pas surprise, répondit Vicky. Mais dites-m'en un peu plus sur ce Kingston. Il a l'air d'un sacré personnage.

— C'en est un, déclara Alex. C'est un farceur grandiose.

— Oh, Alex ! fit Kate d'un ton de reproche. Il est très gentil – et très intelligent.

Alex laissa échapper un petit soupir.

— Je suppose qu'il nous a donné jusqu'ici des conseils sensés, reconnut-il, et qu'il a consacré beaucoup de temps à notre affaire, mais tu dois avouer, Kate, que c'est Monsieur Je-Sais-Tout. Tu l'as toi-même admis à plus d'une reprise.

— À la première occasion, nous te le ferons rencontrer, Vicky. Comme cela, tu pourras te faire toi-même une opinion. En fait, vous avez beaucoup de choses en commun.

— Très volontiers, dit Vicky. Mais, au fait, pour en revenir à cette lettre et à ce coup de téléphone dont tu m'as parlé, j'espère qu'il y était question de beaucoup d'argent. De *vraiment* beaucoup d'argent.

— Oui, précisa Kate.

— Que dirais-tu d'avoir une maison à toi, Vicky ? demanda Alex avec un large sourire.

— À ce point ?

— À ce point, répondit Kate. C'est pourquoi, comme je te l'ai dit, nous voulons sortir le rosier d'ici. Nous craignons, Alex et moi, que ce qui est arrivé jusqu'ici ne soit que le commencement. Il y a des sommes ahurissantes en jeu, et nous commençons à nous rendre compte que les choses pourraient tourner carrément à l'aigre. Nous devons nous y préparer, c'est tout.

— Ce n'est pas que nous soyons paranoïaques, intervint Alex, mais, franchement, nous nous sentirions beaucoup plus en sûreté si le rosier n'était plus là.

Vicky écoutait en jouant avec son verre, l'air pensif.

— Vous savez, dit-elle finalement, je pense que j'ai peut-être l'endroit parfait pour cela.

Elle reposa le verre, claqua dans ses doigts et s'exclama :

— Oui, ce serait idéal !

— Où cela ? demanda Alex.

— Chez ma tante Nell. Là-bas, dans le Shropshire. Elle habite juste à côté de Market Drayton.

— Certainement assez loin, en tout cas, fit Kate.

— Oui, et sa maison est tout à fait isolée. Mieux encore, la dernière fois que j'y suis allée, il y a environ deux mois, le jardin était devenu une vraie jungle. On pourrait y cacher les joyaux de la Couronne et personne ne les retrouverait jamais.

— On dit toujours, déclara Alex, que le meilleur endroit où cacher un arbre est une forêt. Je crois qu'on ne pourrait trouver mieux.

— Tu ne crois pas que cela va l'ennuyer ? demanda Kate.

— Pas une minute. Elle s'en fiche complètement. Elle m'a dit qu'elle n'allait plus que rarement dans le jardin. Elle a renoncé à s'en occuper depuis des années. Et puis c'est un amour. Elle commence à se faire vieille, maintenant, mais vous allez l'adorer.

— Si tu penses que tout est en ordre, Vicky, pourrions-nous transplanter le rosier assez vite ?

— Quand tu voudras, Kate. Tout ce que j'ai à faire, c'est prévenir Nell de notre arrivée. Il faudra, toutefois, que nous nous mettions à deux pour transplanter un rosier de cette taille. Il va falloir du muscle. Penses-tu que tu pourrais venir avec moi, Alex ?

— Absolument. Nous pouvons faire cela samedi prochain, si cela te convient.

— J'aimerais pouvoir aller avec vous, intervint Kate, mais il faut que je sois sans faute à la boutique samedi. On livre des objets que j'ai achetés à une vente aux enchères la semaine dernière.

Vicky but un peu de vin, reposa son verre et dit :

— Au fait, Alex, il vaudrait mieux prévoir de passer la nuit là-bas. Cela te dérange ?

— Pas du tout, dans la mesure où Kate admet que je passe le week-end avec une autre femme. Mais tu as raison, cela fait quand même une sacrée trotte pour aller jusque dans le Shropshire.

Vicky sourit.

— Il faut aussi du temps, précisa-t-elle, pour replanter le rosier correctement. Et puis je sais d'avance que Tante Nell va insister pour que nous restions et je ne voudrais pas la décevoir. Elle aime beaucoup la compagnie, et elle a peu de visiteurs, maintenant.

Le samedi matin, Vicky s'éveilla juste avant l'aube. Elle avait passé la nuit au « Presbytère » afin qu'Alex et elle puissent partir tôt pour le Shropshire. Écartant un rideau, elle jeta un coup d'œil au-dehors et décida qu'il y avait assez de lumière pour entrer en action.

Elle voulait prélever des boutures avant qu'ils ne sortent le rosier de terre. Elle enfila un chandail et un jean et descendit en silence, prenant garde à ne pas marcher sur Asp, qui était roulé en boule au pied de l'escalier.

Avec un sécateur bien affûté, elle coupa quelques-unes des fleurs du rosier bleu. Kate allait, ensuite, essayer de les faire sécher pour les conserver. Puis, Vicky sectionna méticuleusement douze des rejetons les plus minces, à la base du rosier, en ôtant toutes les feuilles, à l'exception de deux ou trois à leur extrémité. Puis, après avoir trempé chacune de ces tiges d'une vingtaine de centimètres dans une substance hormonale particulière, elle les planta dans des pots individuels en plastique emplis d'un terreau qu'elle avait spécialement préparé. Après avoir arrosé chaque pot, elle le plaça dans un sac de matière plastique transparente simulant une serre en miniature.

Toute cette opération prit moins d'un quart d'heure.

Ensuite, elle installa les pots dans une vieille caisse en bois et transporta celle-ci dans la remise, où Kate lui avait ménagé une place. Quand elle reviendrait de chez sa tante Nell, le lendemain, elle comptait transporter les pots dans sa pépinière afin de les y mettre à l'abri.

Plaçant les fleurs coupées à l'intention de Kate dans un panier, elle se dirigea vers la maison pour y préparer un peu de thé.

Sortir de terre Saphir se révéla plus difficile que prévu. Vicky avait insisté sur la nécessité de conserver autant de terre que possible autour des racines afin d'éviter d'endommager celles-ci. Moins la plante serait bousculée, mieux iraient les choses, avait dit et répété Vicky. À cette fin – et aussi pour permettre de creuser plus facilement. – Alex avait soigneusement et abondamment arrosé le sol environnant la veille au soir.

Pour commencer, la pelle s'enfonça très facilement dans la terre encore humide. Mais plus Alex creusait, plus le sol se révélait dur. Les racines étaient anormalement épaisses et profondes, même pour un rosier ancien. Ils finirent toutefois par dégager la racine principale, avec la boule de terre qui l'entourait. Tandis que Vicky la soulevait avec sa pelle, Alex emmaillota l'ensemble dans une grosse toile, qu'il fixa à l'aide d'une ficelle nouée autour de la tige principale du rosier. À certains moments, son visage se retrouva dangereusement près des épines rouges parsemant la tige. Vues à quelques centimètres, elles prenaient une menaçante beauté.

Ils reculèrent un moment, haletant, en contemplant la fosse béante que l'opération avait laissée dans le sol. Asp saisit cette occasion pour sauter dans le trou et se mettre à en gratter frénétiquement le fond, apparemment décidé à aller plus loin encore vers le centre de la terre. Alex le sortit de la fosse, combla celle-ci et ratissa soigneusement le sol à l'endroit où elle s'était trouvée. Puis Vicky et lui soulevèrent péniblement Saphir pour l'installer sur une brouette. De l'avis d'Alex, il devait bien y avoir une quarantaine de kilos de terre dans le sac de toile.

Ils installèrent le rosier à l'arrière de la fourgonnette devant les conduire dans le Shropshire, posé sur un lit de copeaux de bois et attaché des deux côtés aux parois du véhicule afin d'éviter tout mouvement pendant le trajet. Puis ils gagnèrent la maison pour aller dire au revoir à Kate.

— Sois prudente quand nous ne serons pas là, recommanda Alex à celle-ci en la serrant dans ses bras. Si cet Américain…

— Alex, je t'en prie, ne t'inquiète pas. Dans un petit quart d'heure, je pars pour la boutique. J'y serai toute la journée. Je vais passer la soirée et la nuit chez Peg et Stuart, et demain, je retourne directement à la boutique. Si tu n'appelles pas cela être en sécurité...

Ils discutèrent brièvement pour savoir si Asp devait rester avec Kate ou aller avec Alex et Vicky. Kate l'emmenait souvent à la boutique avec elle, mais elle hésitait à l'imposer à Peg et à Stuart. Et, le voyant déjà installé dans la cabine de la fourgonnette, l'air satisfait de lui et la langue pendante, ils décidèrent qu'un petit tour dans le Shropshire aurait sans doute son agrément.

Comme ils passaient le portail pour déboucher sur la route, Alex ajusta le rétroviseur, et il y vit Kate qui les saluait de la main.

— Nous ferions mieux d'aller doucement, Alex, dit Vicky. Moins le rosier sera secoué, mieux cela vaudra. D'autre part, je ne pense pas que ce vieux tas de ferraille soit mûr pour les Vingt-Quatre Heures du Mans.

Alex se mit à dire.

— Et moi, en toute franchise, répondit-il, après tout le vin que j'ai bu hier soir, je ne crois pas l'être non plus.

Sans qu'Alex le remarque, une BMW noire prit la route derrière eux.

Le trajet fut sans histoire. Ils arrivèrent chez Tante Nell en fin d'après-midi. Située à l'extrémité d'un étroit chemin de terre formant une courbe, la maison était invisible de la route. L'herbe poussant au milieu du chemin indiquait que fort peu d'automobiles y étaient passées récemment. Les haies, de part et d'autre, n'avaient pas été taillées depuis longtemps, et quelques ronces vinrent égratigner les flancs de la fourgonnette au passage. Alex alla garer le véhicule sous un vieux pommier. Asp sauta aussitôt à terre et se mit à explorer les environs immédiats tandis qu'Alex et Vicky allaient jeter un coup d'œil à Saphir. Apparemment, le rosier n'avait nullement souffert du voyage.

Comme ils approchaient du modeste cottage de briques de Nell, Alex s'arrêta pour regarder par-dessus une barrière. Tout ce qu'il put voir fut une masse de végétation hirsute dans ce qui avait dû être autrefois un jardin.

— Tu avais raison, Vicky, déclara-t-il. Ils auront un sacré mal à trouver Saphir ici.

Une petite femme aux cheveux blancs se trouvait à la porte de la maison.

— Bonjour, Vicky, dit-elle avec un sourire plein d'affection. Et vous, vous devez être Alex ?

Avec ses cheveux couleur de neige noués en un chignon très approximatif, ses yeux bleu pervenche pétillants, ses pommettes roses et sa robe à fleurs, elle était le modèle même de la tante affectueuse et bienveillante.

— C'est bien moi, répondit Alex. C'est un plaisir que de faire votre connaissance, Tante Nell.

— J'imagine que vous apprécieriez tous deux une boisson un peu virile, dit-elle.

Alex sut immédiatement qu'il allait fort bien s'entendre avec elle.

Quelques minutes plus tard, ils étaient installés au fond de confortables fauteuils d'osier dans un petit salon rustique que réchauffait l'odorant feu de bois brûlant dans l'âtre. Alex avait opté pour du scotch, sans savoir que Tante Nell le versait comme si cela avait été de la limonade. La tante et Vicky s'en étaient tenues au thé.

— Qu'est-ce que cette affaire si secrète, Vicky ? demanda Tante Nell d'un ton joyeux.

— Désolée, mais je ne pouvais pas vous en dire plus long au téléphone, répondit Vicky. En bref, Alex, ici présent, et sa femme Kate ont découvert dans leur propriété un type de rosier extrêmement rare. Nous l'avons ici, à l'arrière de la fourgonnette. Il y a de grandes chances qu'il ait une valeur très importante.

— Mon Dieu ! Toutes ces histoires pour un rosier ! Qu'est-ce qu'il a de si particulier ?

Tante Nell regarda Alex par-dessus ses lunettes à double foyer.

— Une chose seulement, Nell, répondit Vicky. Ses roses sont d'une couleur très inhabituelle. On n'avait jamais vu cela avant. Jamais.

— C'est une sorte d'aberration botanique, renchérit Alex.

Nell lui jeta de nouveau un regard intrigué.

— C'est vrai, confirma Vicky. Et nous savons qu'il y a des gens, dans le monde des affaires, qui voudraient désespérément mettre la main dessus. En fait, la nouvelle s'est déjà répandue. Les gens qui conseillent Alex et Kate les ont adjurés d'être prudents.

— Seigneur, que tout cela est excitant ! fit Nell, les yeux brillants.

— C'est pourquoi nous avons pensé à votre jardin, ma tante. Nous avons décidé, sur la recommandation de ces conseillers, de cacher le rosier pour le moment – au moins jusqu'à ce que nous ayons décidé ce qu'il faut en faire. Seuls nous trois, Kate et un professeur, sauront où le rosier est caché. À propos, nous l'avons surnommé Saphir.

Nell haussa les sourcils.

— Il s'agirait d'une rose bleue ? fit-elle.

— Oui, croyez-le ou non, c'est exactement cela, confirma Vicky.

— Dieu du ciel ! Je suppose que c'est un peu inhabituel.

— C'est le moins qu'on puisse en dire, remarqua Alex.

— Tu as parlé d'un professeur, Vicky ?

— Oui, un professeur en retraite, en réalité. Sa spécialité est la botanique. Il l'a enseignée à l'Université d'Édimbourg. Il a examiné la rose et l'a déclarée authentique.

— Que c'est excitant ! fit de nouveau Nell. Eh bien, je crois effectivement que le rosier sera tout à fait en sûreté ici. Moi-même, je ne vais presque plus dans le jardin. Juste de temps à autre pour donner quelques miettes aux oiseaux. Je ne sais pas si vous l'avez aperçu en arrivant, mais c'est devenu un horrible fouillis. Nous n'avons jamais été très portés sur le jardinage. Même quand Ben était encore de ce monde, il ne s'y intéressait pas beaucoup. Toujours parti pour le pub dès qu'il en avait l'occasion. Je n'ai pas les moyens de m'offrir un jardinier, et, de toute manière, c'est difficile, ces temps-ci, de trouver des gens qui veulent travailler. Ils sont tous si paresseux et si tricheurs qu'il faudrait les surveiller d'un œil d'aigle…

Vicky se leva et alla poser sa tasse et sa soucoupe sur le plateau.

— Nous ne comptons pas laisser le rosier ici très longtemps, dit-elle. Quand tout sera fini, je viendrai vous donner un coup de main pour remettre un peu le jardin en état, que vous puissiez en profiter le reste de l'été. Je suis sûre qu'Alex et Kate aimeraient aussi venir.

— Kate vous plaira beaucoup, renchérit Alex, qui commençait à sentir les effets du gigantesque scotch qu'il avait ingurgité. Je reviendrai dès que vous me ferez l'honneur de m'inviter.

— Eh bien, fit Nell, vous pouvez laisser Spitfire [1] ou je ne sais plus quel est son nom aussi longtemps que vous voudrez, mon cher. Mais vous devez être tous deux affamés après ce long trajet. Est-ce que des pâtés en croûte vous iraient ? Je les ai faits ce matin même. Et vous ne direz pas non à un autre petit scotch...

Avec un sourire entendu, elle retira le verre vide de la main d'Alex avant qu'il ait eu le temps de protester.

— Spitfire, répéta Alex quand elle eut quitté la pièce. C'est drôle, mais cela pourrait bien se révéler un nom plus approprié que Saphir.

Le lendemain matin, Alex fut tiré d'un sommeil bienheureux par ce qu'il prit tout d'abord pour le bruit d'un marteau-piqueur. C'était le vieux réveil de cuisine que Nell avait déposé à la tête de son lit.

— Heureusement que je ne suis pas cardiaque ! marmonna-t-il en commençant à s'habiller.

Il descendit ensuite à la cuisine pour nourrir Asp et se mettre en quête d'un peu de café. Heureusement, Nell, pleine d'attentions, avait laissé sur la table tout le nécessaire : boîtes de café et de thé, sucre, tasses et une miche de pain frais. Moins de cinq minutes plus tard, alors qu'il avait mis le café en route, Vicky fit son apparition.

— Ce réveil a dû faire sursauter dans son lit la moitié de la population de Market Drayton, fit-elle en bâillant longuement. Nell doit avoir des boules Quies.

Au-dehors, régnait une fraîcheur peu saisonnière et une fine brume privait le jardin de toutes ses couleurs. Il paraissait encore plus à l'état sauvage que la veille. Sa plus vaste partie n'était plus qu'un entrelacs de ronces, de buissons non taillés et de plantes grimpantes devenues folles. S'y frayer un chemin

[1] Littéralement « Crache-le-feu ». Nom du plus célèbre avion de chasse britannique de la Deuxième Guerre mondiale. *(NdT)*

se révéla redoutable et épuisant. Il aurait fallu une tronçonneuse pour avancer à bonne cadence. Au bout de dix minutes, toutefois, Alex et Vicky finirent par trouver un point de chute convenable pour Saphir : un parterre en forme de croissant qui avait miraculeusement échappé à l'invasion végétale et, tout en demeurant à l'abri des regards, assurait au rosier assez d'espace et de lumière pour survivre et prospérer.

Alex commença à creuser un trou, tandis que Vicky allait chercher Saphir. Ils avaient auparavant retiré le rosier de la fourgonnette pour l'installer sur une brouette décrépite dont la roue n'avait certainement pas vu ni bu une goutte d'huile depuis vingt-cinq ans. Après plusieurs tentatives infructueuses pour mettre en route la brouette, Vicky avait dû appeler Alex à l'aide. Le rosier était trop lourd pour elle seule.

— Rappelle-toi le vieux dicton : « Il faut mieux planter un rosier à cinq livres dans un trou à dix livres que l'inverse », dit Vicky, en voyant Alex continuer à creuser.

— Tu veux dire, fit celui-ci, que le trou a plus d'importance que le rosier ?

— Tout juste.

— Si je creuse encore longtemps, je vais finir par aller chatouiller les orteils d'un Australien.

— On va mesurer, Alex. N'oublie pas qu'il nous faut beaucoup d'espace supplémentaire pour mettre le compost autour du rosier.

Vicky décida que le « cratère », comme l'appelait Alex, était assez large et assez profond. Elle y vida un grand sac de compost, qu'à l'aide de sa pelle Alex mêla à la terre lui servant à combler le trou.

— Tout se passe bien ? demanda Nell, qui arrivait avec deux bouteilles d'eau minérale. J'ai pensé que vous alliez mourir de soif, avec tous ces travaux de force.

Alex avala une grande lampée d'eau.

— Seigneur, que c'est bon ! fit-il. Merci, Nell. Je pense que le plus dur est fait, maintenant.

— Est-ce que ce n'est pas un gigantesque trou pour un petit rosier de rien du tout ? demanda Nell.

— Nous préférons voir large, répondit Vicky.

Pendant ce temps, Alex livrait un combat désespéré pour empêcher Asp de sauter dans le trou. Il finit par dire :

— Nell, pourriez-vous vous charger d'Asp en attendant que nous ayons tout fini ? Autrement, je vais finir par l'enterrer.

— Bien sûr, fit Nell en saisissant le chien et le prenant sous son bras. De toute manière, vous n'avez pas besoin de moi ici, et j'ai du repassage à faire.

Elle prit la direction de la maison, tandis qu'Alex et Vicky reportaient leur attention sur Saphir.

Au prix d'un gros effort, ils soulevèrent le rosier, qui les attendait toujours dans la brouette, et, à petits pas, l'apportèrent jusqu'au bord du trou. Comme ils allaient l'y descendre, Vicky trébucha et lâcha prise. Le rosier était trop lourd pour Alex seul, qui dut lâcher prise à son tour. Saphir heurta le sol avec un bruit sourd et ses tiges couvertes d'épines vinrent fouetter le bras de Vicky, dont la manche de chemise blanche, déchirée sur une dizaine de centimètres au moins, s'imprégna de sang comme du papier buvard.

— Zut ! fit-elle en agrippant son bras. Cela fait mal !

— Nous ferions mieux, dit Alex, de retourner à la maison, de passer ton bras à l'eau oxygénée et d'y mettre un pansement. Cela a l'air vilain et profond.

Et, la prenant par son bras intact, il la conduisit jusqu'au cottage, où Tante Nell, tranquille et efficace, nettoya et pansa les blessures en quelques minutes.

— Je vais vous laisser, fit-elle ensuite, en allant se rincer les mains à l'évier. Il faut que j'aille voir mon voisin Arthur. Je crois qu'il a des tomates pour moi.

— Reste ici, dit Alex à Vicky en se levant de sa chaise. Je vais aller finir le boulot là-bas. Je peux très bien m'en tirer tout seul.

— Non, Alex, je vais très bien, affirma Vicky.

— Tu es sûre ?

— Certaine.

Il lui posa la main sur l'épaule.

— Avant toutes ces histoires, dit-il, j'avais toujours considéré les roses comme des choses douces et belles. Mais celle-ci commence à me paraître vraiment dangereuse.

— Ne sois pas idiot ! C'était un petit accident. Et ce n'est certes pas la première fois que je me fais griffer par un rosier…

CHAPITRE 12

La rose du matin, intacte avec ses pétales
Répand une exquise odeur.
Mais plus tard cueillie par des mains brutales,
Elle perd soudain sa senteur.

SIR ROBERT AYTOUN

Kenji Tanaka – ou Ken, comme il préférait être appelé –, perdu dans ses pensées, regardait par la fenêtre de son très élégant appartement d'Hampstead Heath tout en sirotant distraitement une tasse de thé vert. Ce thé représentait l'une des ultimes japonaiseries héritées de son enfance à San Francisco, où il avait été élevé par sa grand-mère maternelle.

Ken avait cinquante-deux ans, mais il aurait facilement pu passer pour être de vingt années plus jeune. Ses cheveux meticuleusement coiffés étaient d'un noir de jais, et il n'y avait pas encore découvert – bien que cherchant consciencieusement tous les matins – un seul poil gris égaré. Ses origines asiatiques n'étaient guère apparentes à première vue. C'était dû en bonne part à la moustache bien taillée et à la barbe en collier qui garnissaient le bas de son visage, attirant l'attention sur sa bouche aux lèvres minces. Beaucoup en lui était, au contraire, très nettement occidental, de ses vêtements méticuleusement choisis dans les meilleures boutiques de Londres, à son attitude générale en passant par ses goûts et passe-temps. Il parlait un curieux mélange d'américain et d'anglais des bonnes écoles sans la moindre trace d'un accent oriental, bien que – grâce à sa grand-mère – il sût parfaitement s'exprimer en japonais.

Tanaka vivait à Londres depuis vingt ans, menant une existence beaucoup plus que confortable grâce à la vente d'objets d'art et de propriétés foncières à de riches Japonais. Bien qu'étant un *nisei* – un fils d'immigrés nippons né aux États-Unis – il s'était créé, par des relations familiales ou amicales, un important réseau de contacts dans les milieux d'affaires du Japon.

Il réfléchissait pour le moment au coup de chance qu'avait représenté pour lui une conversation téléphonique qu'il avait eue quinze jours plus tôt, avec l'une de ses relations londoniennes, Roger Maltby. Maltby était l'un des cadres de Bonham, la firme de commissaires-priseurs de Knightsbridge. Il n'était pas inhabituel qu'il donne à Tanaka un aperçu des ventes aux enchères à venir, mais, cette fois, il avait évoqué une opération tout à fait exceptionnelle. Il ne s'agissait ni de peintures ni d'antiquités ; c'était une rose qui était l'objet de la vente. Informé, Tanaka avait commencé à rire, mais il s'était arrêté net quand Maltby lui avait précisé que ladite rose était bleue.

— C'est la première rose bleue qu'il y ait jamais eu au monde, avait-il dit, et cette vente va battre tous les records. Je parle ici de sommes énormes.

Or, Ken Tanaka avait désespérément besoin d'argent.

Il y avait presque un an jour pour jour qu'il n'avait plus fait le moindre dépôt à sa banque ou chez son agent de change. Trois ans auparavant, avant l'effondrement du marché ayant fait fuir ses acheteurs japonais habituels, ses avoirs s'élevaient à plus de deux millions de dollars. Or, les derniers relevés de ses divers comptes ne totalisaient plus que 25 000 livres. Compte tenu de ses frais fixes et des dépenses de la vie quotidienne, tout serait parti en quelques mois. Emprunter était hors de question, Tanaka n'ayant rien de concret à offrir en garantie. Pour la première fois de sa vie, il allait être sans le sou. Et il refusait d'accepter cette possibilité. L'humiliation, à elle seule, serait plus qu'il ne pourrait supporter.

Immédiatement après le coup de téléphone de Maltby, Ken avait fouillé son répertoire d'adresses en procédant par élimination. Il avait rapidement établi que, parmi ses riches clients, trois seuls se qualifiaient pour cette opération. Sa première proposition – faite à un certain Mr Yasuda, président d'un grand groupe industriel – eut le don de soulever un intérêt considérable. La chance voulait que Yasuda fût un passionné d'horticulture, et que, de plus, deux des sociétés de son groupe fussent spécialisées dans des produits relatifs au jardinage. Mr Yasuda, comme on pouvait s'y attendre d'un homme aussi puissant et riche que lui, était fort jaloux de sa position et avait, en même temps, un sens sûr des affaires. Aussitôt acquis à l'idée de posséder la première rose bleue du monde, il ne jugeait nullement nécessaire d'entrer en compétition avec d'autres pour s'en assurer la propriété. En conséquence, il donna à Ken carte blanche pour explorer la possibilité d'un achat direct avec les possesseurs de la rose.

Le téléphone se mit à sonner. Ken posa sa tasse, et alla jusqu'à la table d'acajou qui lui servait de bureau et décrocha. Son correspondant se présenta comme étant Mr Moriyama, secrétaire particulier de Mr Hiroshi Yasuda. La conversation, qui se déroula en japonais, fut brève.

— Bonjour, Mr Moriyama, dit Ken. Je ne m'attendais pas à avoir de vos nouvelles si tôt.

— Mr Yasuda est très soucieux de savoir si vous avez déjà obtenu une réponse de Mr et Mrs Sheppard. S'ils sont prêts à discuter la vente de la rose. Il y a maintenant cinq jours qu'il vous a donné des instructions à cette fin. Il s'inquiète.

Tanaka se caressa la barbe avec un brin de nervosité. Il savait qu'avec Yasuda, il devait se montrer direct et pratique. Des réponses dilatoires et des promesses vagues ne seraient pas acceptées.

— Veuillez assurer Mr Yasuda, dit-il, que rien n'est compromis et que je comprends parfaitement le souci qu'il exprime. Veuillez l'informer que je n'ai pas encore reçu de réponse à ma lettre. En conséquence, j'ai tenté de joindre les Sheppard par téléphone. J'ai appelé un grand nombre de fois ces deux derniers jours sans succès. S'ils continuent à ignorer notre proposition, j'irai leur rendre visite personnellement. Je vous tiendrai au courant dès que j'aurai du nouveau.

— Très bien, Mr Tanaka. Je vais transmettre votre message. Nous attendrons de vos nouvelles. Merci et à bientôt.

Ken resta un moment assis près du téléphone, tapotant du bout des ongles la surface parfaitement astiquée du bureau. Il se disait qu'une chance comme celle-là ne se représenterait jamais de toute sa vie. Il était en passe de récolter plus d'argent en servant d'intermédiaire dans l'affaire de la rose qu'il n'en avait gagné au cours des dix dernières années. Il était prêt à tout pour amener les Sheppard à accepter l'offre de Yasuda. À les y contraindre, si nécessaire. Sa survie personnelle en dépendait.

Il but la dernière gorgée de thé, maintenant tiède, restée au fond de sa tasse. Il lui fallait soigneusement réfléchir, se préparer à toute éventualité. Il préférait ne pas envisager l'hypothèse selon laquelle son offre serait rejetée. Mais il avait, dans cette éventualité, un plan de rechange dont il reverrait tous les détails dans les heures qui venaient. Il était sûr, toutefois, qu'Alex et Kate Sheppard allaient répondre favorablement à la proposition qui leur était faite. Le chiffre que Yasuda l'avait autorisé à avancer était de beaucoup supérieur à ce que même lui avait jamais imaginé.

Kingston fixa l'objectif et attendit sagement le déclic de l'appareil photographique. Le sergent en treillis camouflé et béret noir en tira une photo format passeport qu'il fixa à un badge en matière plastique. Après un dernier coup d'œil à celui-ci, il le remit à Kingston.

— Attachez cela à votre revers de veston, s'il vous plaît, monsieur, dit-il, et gardez-le en permanence. L'un des hommes du capitaine Cardwell va vous rejoindre dehors et vous emmener à la DSSS.

Kingston obtempéra, remercia le sergent et sortit. Il se trouvait au centre d'instruction du Defence Intelligence and Security Centre, à Chicksands, dans le Bedfordshire, où siégeait également l'état-major de l'Intelligence Corps. Connaissant l'amour immodéré des militaires pour les sigles, Kingston ne s'était pas étonné d'apprendre qu'au sein du DISC figurait la DSSS – Defence Special Signal School –, l'unité dont le chef était le capitaine Cardwell.

Suivant les pistes indiquées par la conservatrice du musée de Bletchley Park, Kingston n'avait pas tardé à déterminer qu'il n'y avait que deux organismes où l'on serait capable de décoder les cahiers du major Cooke. L'un était la DSSS et l'autre le Centre de Transmissions du Gouvernement, à Cheltenham, dans le Gloucestershire. Comme la DSSS se trouvait plus près de Londres, Kingston avait choisi de commencer par elle.

En attendant le soldat qui devait l'escorter, Kingston inspecta les alentours. Juste devant lui, une formidable barrière métallique bloquait la route. Elle devait avoir près de deux mètres cinquante de hauteur. Une demi-douzaine d'hommes en tenue camouflée, le fusil d'assaut à la bretelle, montaient la garde. Il ne s'était pas attendu à un tel dispositif de sécurité, et son existence lui donna pour la première fois des doutes sur la pertinence de sa démarche, qu'il commença à trouver quelque peu frivole. Ces hommes de Chicksands travaillaient visiblement à assurer la sécurité du pays, et il allait les déranger pour une rose bleue...

— Dr Kingston ? demanda à ce moment un caporal arrivé au volant d'une Land-Rover. Si vous voulez bien monter...

Comme ils s'éloignaient de la barrière métallique et du poste de garde, le décor changea complètement. Ils se trouvaient soudain au milieu d'un superbe parc, avec de grands arbres et des pelouses fraîchement tondues.

— C'est l'ancien prieuré, là, sur la droite, dit le caporal en désignant un long bâtiment de pierres et de briques alternées avec de hautes cheminées. Construit en onze cents et quelque.

— Très impressionnant, constata Kingston.

— C'est le mess des officiers, maintenant.

— Ils ont bien de la chance, fit Kingston. Pas comme de mon temps.

Quelques minutes plus tard, le véhicule s'arrêta devant un autre bâtiment en briques.

— Vous entrez, dit le caporal. Vous prenez le grand couloir, droit devant. La troisième porte sur la droite est celle du capitaine Cardwell. Il vous attend.

Dans le couloir, Kingston repensa à sa première conversation téléphonique avec le capitaine Cardwell, une semaine auparavant. Au départ, l'officier s'était montré nettement réticent, rappelant à l'universitaire que la DSSS n'avait pas dans ses attributions habituelles ce genre de rôle, et que si un contribuable avait vent de la chose, un horrible scandale se déclencherait. Mais, devant l'insistance de Kingston, il avait fini par donner son accord.

— Nous avons encore avec nous, avait-il dit, quelques officiers ayant de nombreuses années de service. Je vais demander à l'un d'eux de jeter un coup d'œil aux cahiers du major Cooke.

Kingston les lui avait fait tenir le jour même. Lors d'une communication téléphonique ultérieure, Cardwell lui avait confié qu'il avait accepté de faire cette exception à la règle parce que tout le monde, à la DSSS, était encore fier du magnifique travail fait par les décrypteurs de Bletchley Park durant la guerre, et que le major Cooke avait été l'un d'eux. Il avait ajouté qu'il y avait une deuxième raison qu'il ne tenait pas à voir rendue publique : sa femme et lui-même étaient des jardiniers fanatiques, particulièrement portés sur les roses.

— Entrez, entrez ! tonna une voix derrière la porte close lorsque Kingston y frappa.

En entrant dans le bureau, l'universitaire fut surpris. Il ne s'était pas attendu à se trouver en présence d'un colosse à l'allure athlétique. Il se représentait un officier de l'Intelligence Corps sous les traits d'un intellectuel à l'air studieux.

Après une poignée de mains où Kingston pensa perdre tous ses doigts, les deux hommes s'assirent de part et d'autre d'un bureau sur lequel les cahiers de Cooke étaient posés en une petite pile bien nette.

— Eh bien, professeur, fit Cardwell d'une voix que les dimensions de la pièce et la hauteur du plafond rendaient plus sonore encore, il semble que vous ayez frappé à la bonne porte. Et trouvé le seul endroit où l'on pouvait décrypter vos cahiers. Nous avons quelques nouvelles intéressantes à vous donner.

Kingston ne voulait pas paraître exagérément excité.

— Excellent, se borna-t-il à dire, en se penchant légèrement en avant.

Cardwell posa une main large et épaisse sur la pile de cahiers et poursuivit :

— Comme vous l'aviez pensé, professeur, toutes les notes contenues dans ces livrets font référence à l'hybridation de roses. Nous estimons que l'ensemble des cahiers rend compte de près de cinq mille tentatives de transpollinisation effectuées par le major Cooke. Dans les premiers cahiers, tous ces croisements – comme on les appelle, je crois – sont uniquement entre roses. Mais, dans les trois derniers par ordre chronologique, les tentatives de croisement évoquées sont entre des roses et d'autres fleurs.

Il ouvrit l'un des cahiers en question et montra à Kingston une page, avec sa traduction sur un feuillet agrafé à l'intérieur.

— Dans cette page, par exemple, dit-il, il est évident qu'il utilise la même rose – une rose française ancienne appelée « Madame Plantier » – et tente de la croiser avec plusieurs sortes de géraniums particulièrement robustes. Voyez vous-même.

Il tendit le cahier à Kingston, qui le prit et lut la traduction en hochant la tête, avant de rendre le livret à Cardwell.

— Puis-je jeter un coup d'œil au dernier cahier – par ordre chronologique, s'entend ? demanda-t-il.

— Bien sûr, fit Cardwell en extrayant le dernier volume de la pile et le remettant à Kingston.

Celui-ci commença à le feuilleter.

— Saviez-vous qu'il semblait manquer un volume ? demanda Cardwell d'un ton neutre.

— Oui, je le savais.

— Notre décrypteur l'avait remarqué aussi. Un trou dans les dates.

— Je suppose, dit Kingston en refermant le cahier, qu'il y a une possibilité. C'est que Cooke ait cessé ses expériences pendant une certaine période. Qu'il soit parti en vacances, par exemple.

Cardwell secoua la tête.

— Non, répondit-il. Il n'y a pas que les dates qui ne se suivent pas, il y a aussi les numéros des expériences. S'il s'était absenté un moment, il aurait certainement repris sa numérotation là où il l'avait laissée.

— Vous avez raison.

— Et ce n'est pas tout.

— Qu'est-ce que vous voulez dire par là ?

— Il y a quelque chose d'autre que vous devez savoir, fit Cardwell, l'air perplexe.

— Mais quoi donc ? insista Kingston.

— Quelques jours après le décodage de vos cahiers, quelqu'un a apporté ici le volume manquant, et, sans que je le sache, notre décrypteur l'a décodé aussi.

CHAPITRE 13

« Naissance, vie et mort – toutes se sont produites sur la face cachée d'une feuille. »

TONI MORRISON

Avant même qu'Alex ait pu arrêter complètement la fourgonnette, Asp bondit par la portière ouverte et se précipita vers Kate, qui se tenait devant la porte de la maison. Elle l'attrapa au vol et le souleva de terre. Il se mit à lui lécher frénétiquement le cou.

— Viens dire au revoir à Vicky, lança Alex à Kate en descendant de la fourgonnette.

Kate alla vers le véhicule et demanda à Vicky, qui se glissait derrière le volant :

— Tu n'entres pas un moment ?

— Non, merci, Kate. Je ne me sens pas très bien. J'ai peur de couver une saleté quelconque. Je crois que je vais tout simplement rentrer chez moi et me reposer un peu. En partant, je vais prendre dans la remise les douze boutures que j'ai prélevées hier, et je les déposerai à la pépinière.

— Je peux faire cela demain, si tu veux.

— Non, pas de problème. La pépinière est sur mon chemin, de toute façon.

— Comme tu veux, dit Kate. Je suis vraiment désolée que tu ne te sentes pas bien. Je te passerai un coup de fil demain. Tout s'est bien passé chez ta tante ?

— Admirablement. Nous avons trouvé le parfait endroit pour Saphir. Personne ne le trouvera là. Et Alex s'est bien amusé. Nell et lui se sont entendus comme larrons en foire. Je suis sûre qu'il va t'en parler.

Sur ce, Vicky mit le moteur en route, fit faire demi-tour à la fourgonnette et s'engagea dans l'allée en agitant la main par la portière pour dire au revoir à Kate.

Arrivée à la pépinière, Vicky se gara devant la serre et descendit de la fourgonnette. En posant le pied à terre, elle ressentit un léger étourdissement, mais le mit sur le compte de la fatigue. Elle engagea sa clé dans le cadenas et ouvrit la porte de la serre. Puis, retournant à la fourgonnette, elle y prit la caisse contenant les boutures de Saphir et alla la déposer dans la serre. Elle prit un crayon feutre et écrivit sur l'un des côtés de la caisse : *Propriété personnelle de Vicky. Ne pas toucher.*

Il était plus de huit heures lorsqu'elle arriva à son cottage. Elle avait la bouche sèche et les membres douloureux. Elle se dit que c'était peut-être là la conséquence du long trajet en fourgonnette et du verre de vin qu'elle avait bu à l'heure du déjeuner. Ou du sandwich au crabe. Mais non, elle n'en avait finalement mangé que quelques bouchées...

Elle trouva dans le réfrigérateur une bouteille d'eau minérale à demi pleine, un reste de pâtes et une tranche de pizza, mais la seule idée de manger lui donna immédiatement mal au cœur. En revanche, elle était anormalement assoiffée. Ayant fini l'eau minérale, elle alla remplir de nouveau, au robinet, son verre, qu'elle vida en deux traits, debout devant l'évier.

Elle se rendit ensuite dans le salon et s'effondra sur le divan avec l'intention de lire les deux journaux qu'elle avait emportés avec elle. Mais pourquoi faisait-il si chaud dans la pièce, et, en fait, dans toute la maison, alors que les radiateurs étaient fermés depuis des semaines ? Elle ôta son pull-over à col roulé en se disant, en même temps, qu'il lui faudrait prévenir Alex qu'il avait oublié son propre chandail dans la fourgonnette.

Elle en était maintenant à son quatrième verre d'eau du robinet, et, lorsque, tentant de lire ses journaux, elle vit les caractères se brouiller devant ses yeux, elle comprit que quelque chose n'allait vraiment pas. Elle se leva en se tenant à l'un des accoudoirs du divan. Elle se sentait si mal qu'elle avait l'impression de risquer de s'évanouir à tout moment. Elle alla lentement et prudemment jusqu'au téléphone et décrocha.

Alex entoura de son bras la taille de Kate.

— Pauvre Vicky ! dit-il. J'ai l'impression qu'elle n'est pas bien du tout. Elle a dormi pendant presque tout le trajet de retour. Je lui ai promis de l'appeler dans la matinée pour prendre de ses nouvelles.

Ils gagnèrent ensemble le salon. Alex se laissa tomber sur le divan et envoya promener ses mocassins. Kate posa par terre Asp, qui sauta aussitôt sur les genoux d'Alex.

— As-tu faim ? demanda-t-elle à son mari.

— Pas vraiment. Peut-être une petite chose légère. Nous nous sommes arrêtés vers une heure pour déjeuner dans un pub. La pauvre Vicky a à peine touché à son assiette.

— Que dirais-tu d'un verre de champagne ?

— Nous fêtons quelque chose ?

Kate s'apprêtait à répondre lorsqu'on sonna à la porte.

— Sept heures et demie, fit Alex en regardant sa montre et fronçant les sourcils. Tu attendais quelqu'un ?

— Non. Reste ici, bien tranquille, et je vais voir de quoi il s'agit.

— Prions seulement le ciel que ce ne soit pas notre cher Kingston, lui lança Alex.

Kate ouvrit la lourde porte de chêne au moment précis où la sonnerie retentissait de nouveau. Sur le seuil, le pouce encore posé sur le bouton de sonnette, se tenait Graham Cooke.

— Graham, dit Kate. Qu'est-ce qui vous amène ici ?

Il portait toujours le complet de tweed fatigué qu'elle lui avait vu à leur première rencontre et tenait à la main une mince pochette de cuir.

— Je suis désolé de me présenter ainsi, sans préavis, déclara-t-il, mais je dois m'absenter pour quelques jours à partir de demain, et cela ne pouvait attendre.

— Ce n'est pas au sujet de votre tante ? demanda Kate avec une nuance d'inquiétude dans la voix.

— En un sens. Puis-je entrer ?

Son ton et ses manières étaient péremptoires et quasi hostiles.

— Bien sûr, répondit Kate avec autant de suavité qu'elle put. Par ici.

Comme elle le menait vers le salon, elle le vit regarder de tous côtés, relevant visiblement tous les changements opérés depuis le départ de sa tante.

— Puis-je vous servir quelque chose ? lui demanda-t-elle. Du thé ? Du café ? Un verre d'autre chose, peut-être ?

— Non, merci, Mrs Sheppard. Je ne resterai qu'un moment. Je ne crois pas en avoir pour longtemps.

Alex se leva à leur entrée dans le salon.

— Graham, fit-il. Qu'est-ce qui vous amène ?

Graham s'assit dans un fauteuil de cuir à oreillettes, posant la pochette sur ses genoux. Il se lécha les lèvres avant de les essuyer d'un revers de main.

— C'est à propos, dit-il, de la rose qui est dans votre jardin. Celle que mon oncle a créée. La rose bleue.

Le sursaut de Kate fut à peine perceptible.

Une expression d'incompréhension se peignit sur le visage d'Alex.

Pendant quelques secondes régna un lourd silence.

— Récemment, reprit Graham, j'ai demandé les services d'un homme de loi pour établir qui est légitimement propriétaire de la rose en question. Ma tante et moi estimons – à bon droit, à ce qu'il se révèle – que la rose nous appartient légalement. Si nous avions su, au moment où vous avez acheté « Le Presbytère », qu'une rose de très grande valeur existait dans la propriété, nous ne vous l'aurions, bien sûr, jamais vendue. Comme vous le savez sans doute maintenant, la valeur de cette rose est inestimable. Des centaines, peut-être des milliers de fois, celle de la propriété elle-même.

— Vous ne parlez pas sérieusement, répondit Alex, qui avait fini par retrouver sa voix. Qu'entendez-vous par « à bon droit » ?

— L'essentiel de l'argumentation, ici – et celle-ci a été juridiquement établie – est que ma tante et moi avons été lésés par la transaction et que, par conséquent, celle-ci doit être annulée. Ce qui signifie que les titres de propriété du « Presbytère » reviennent à notre famille. En conséquence, nous possédons la rose. Quant à vous, vous êtes simplement remboursés du prix d'achat.

Kate sentit son cœur chavirer. Perdre à la fois la rose *et* « Le Presbytère »...

Les traits d'Alex s'étaient durcis.

— Attendez une minute ! dit-il d'un ton sec. Comment savez-vous que c'est votre oncle qui a créé la rose ?

— J'en ai la preuve... Mais laissez-moi continuer.

Graham ouvrit sa pochette de cuir et en tira une enveloppe, qu'il tendit à Alex.

— Il vaudrait mieux que vous jetiez un coup d'œil à cela, fit-il. Je pense que cela précise très clairement notre position... Ah, oui ! Vous avez demandé la preuve que mon oncle avait bien réalisé la rose ?

— Exact.

— Vous vous souvenez des cahiers de mon oncle ? Ceux que vous avez empruntés ?

Kate sentit son moral sombrer un peu plus encore.

— Vous les avez toujours, n'est-ce pas ?

— Oui, répondit Alex.

— Eh bien, reprit Graham, si vous examinez les dates d'hybridations – les seules mentions qui ne soient pas en code – vous découvrirez une lacune dans leur séquence entre deux cahiers. Il y a un cahier qui manque.

Là, Graham marqua un temps d'arrêt, puis déclara :

— Ce cahier, je l'ai.

Kate se pencha en avant.

— Et alors ? fit-elle.

— La formule d'hybridation de la rose bleue figure dans ce cahier.

— Mais s'il est en code, comment pouvez-vous être aussi sûr ? demanda Kate.

— Écoutez, la façon dont j'ai découvert la chose n'est aucunement votre affaire. Mais vous pouvez me croire sur parole : la formule de création d'une rose bleue est dans ce cahier.

— À titre de curiosité, intervint alors Alex, comment saviez-vous quel cahier contenait la formule ?

Graham poussa un soupir d'impatience.

— Si vous voulez tout savoir, dit-il, le cahier en question n'a jamais été avec les autres. Selon ma tante, il se trouvait dans un coffre de banque, avec quelques objets de valeur. Après la mort d'Oncle Jeffrey, ma tante s'est demandé pourquoi il avait mis ce cahier dans le coffre. Et quand elle m'en a parlé, je n'ai pas vu non plus d'explication. Finalement, le cahier a été remis avec les autres et, comme eux, rangé et oublié. En fait, c'est un miracle qu'ils n'aient pas tous été jetés. Mais c'est quand vous êtes venus et avez commencé à poser des questions sur les roses de mon oncle et ses papiers à ce sujet que j'ai soudain compris. Compris qu'il y avait une très bonne raison pour que mon oncle ait mis ce cahier en sûreté.

Le regard de Kate se porta de Graham sur Alex et sur l'enveloppe que celui-ci tenait à la main.

— Je suppose que nous ferions aussi bien de regarder cela maintenant, fit-elle d'une voix éteinte.

Alex ouvrit l'enveloppe et en tira une lettre d'une page portant l'en-tête d'un cabinet juridique de Newbury, Stanhope, Stanhope et Crouch. Ensemble, ils entreprirent de la lire :

Chers Mr et Mrs Sheppard,

Je représente Mr Graham Cooke. Il est le neveu de Mrs Cooke, dont vous avez récemment acquis la propriété où vous résidez présentement, communément appelée « Le Presbytère ».

Mr Cooke m'informe qu'un rosier bien particulier, unique au monde, pousse en un point des terres du « Presbytère » ; que son existence était inconnue tant de sa tante que de vous au moment où furent effectuées offre d'achat, acceptation et cession de la propriété, et que, du fait de son caractère unique, ce rosier confère à la propriété une valeur excédant de très loin votre prix d'achat.

Il est donc apparent, du point de vue de la doctrine légale établie, que Mrs Cooke et vous-mêmes avez engagé cette transaction sur la base d'une « méprise mutuelle » de la plus grande importance concernant la valeur de la propriété ; que, sans cette méprise, la transaction n'aurait pas eu lieu, et que la transaction est par conséquent révocable sur demande de la partie vendeuse.

Le propos de cette lettre est de vous avertir que Mr Cooke, agissant au nom de sa tante et avec son autorisation, est prêt à engager une action légale en vue de l'annulation de la transaction. Toutefois, avant de recourir à cette mesure extrême, il propose un compromis par lequel : 1) vous conserveriez la propriété du « Presbytère », 2) la propriété du rosier en question serait rendue à Mrs Cooke, et 3) le rosier serait évacué des terres du « Presbytère » à un moment mutuellement acceptable.

Je suggère que vous m'appeliez dans les meilleurs délais en vue de l'organisation d'une rencontre, à mon cabinet, pour envisager la proposition éminemment équitable et raisonnable de Mr Cooke. Faute de nouvelles de vous à la date du 15 août, nous engagerons une action judiciaire.

Je vous mets en garde, en attendant que cette affaire trouve sa solution, contre toute initiative visant à vendre, proposer, promettre, déplacer ou toucher de quelque manière que ce soit le rosier en question.

Bien sincèrement à vous.

Alexander Q. Stanhope.

Tenant toujours la lettre de Stanhope à la main, Alex releva la tête et regarda Graham, la mine sévère.

— Graham, lui dit-il, je crois que vous feriez mieux de partir. Nous n'avons, de toute évidence, plus rien à nous dire. Nous ferons part de tout cela à notre homme de loi dès demain.

Graham prit sa pochette sous son bras et se leva, prêt à partir.

— Quand on y pense, fit-il, si je possède la formule d'hybridation et suis probablement capable de reproduire la rose bleue moi-même, la possession du rosier devient secondaire, n'est-ce pas ?

— C'est ce que nous allons voir, répondit Alex.

Graham se retourna et commença à se diriger vers la porte.

— Attendez une minute ! fit Kate, en prenant la lettre des mains d'Alex et la relisant. Il y a là quelque chose de curieux.

— Quoi donc ? demanda Graham en s'arrêtant.

— Cette lettre dit très précisément qu'« un rosier bien particulier, unique au monde, pousse en un point des terres du "Presbytère" ». Comment vous ou votre homme de loi avez-vous pu savoir cela ? Comment pouvez-vous être sûr que ce rosier pousse dans notre jardin ?

— Je suis désolé, je ne réponds plus à aucune question, déclara Graham. Il faut que je parte.

Kate l'escorta jusqu'à la porte. Il sortit sans dire un mot de plus.

Elle regagna le salon, où Alex, assis sur le divan, relisait la lettre de Stanhope.

— J'avais le sentiment depuis le début, dit-il, que Graham était un petit combinard, mais pourquoi avait-il besoin d'aller trouver directement un homme de loi ? Pourquoi ne pas nous en avoir parlé d'abord ? Quel petit putois !

— En un sens, fit Kate, je puis saisir son point de vue. C'est la création de son oncle. Pour autant que nous le sachions, du moins.

— Kate, je ne suis pas expert en droit foncier, mais j'ai lu d'innombrables fois que toute chose physiquement attachée à une maison ou plantée dans le sol est considérée comme faisant partie de la propriété quand celle-ci est vendue. Savoir qui a créé la rose n'est pas la question. Le rosier était planté sur notre terre, et, donc, il nous appartient. C'est aussi simple que cela.

Kate fit soudain claquer ses doigts.

— C'est cela ! s'exclama-t-elle.

— Quoi donc ?

— Comment Graham a su que le rosier était dans notre jardin. Il l'a vu, tout simplement.

— Comment ?

— Oui. Tu te souviens qu'il a laissé les cahiers devant la porte, sous le porche, alors que nous étions absents. Rien de plus simple pour lui que de fouiller le jardin en prenant tout son temps. Je te parie que c'est exactement ce qu'il a fait.

— Tu as raison, Kate. Le vicieux petit salaud !

— Bien. Et que faisons-nous, maintenant ?

— Nous attendons de voir ce qu'en pense Adell, à mon avis.

Kate regarda sa montre.

— Il est un peu tard pour l'appeler maintenant, dit-elle.

— Je le ferai demain à la première heure.

Alex prit une mine de dégoût.

— Perdre la rose, fit-il, serait déjà enrageant. Mais la perdre au profit de Graham…

— Nous ne l'avons pas encore perdue.

— C'est vrai.

— Tu sais, Alex, tout cela est étrange, quand on y réfléchit bien. Logiquement, on s'attendrait à ce que ce soit Mrs Cooke qui engage une action de ce genre. Après tout, c'était la création de son mari…

— Si l'on en croit Graham…

— Oui, mais, en supposant que ce soit le cas, Graham n'est même pas son fils. Je me demande si ce n'est pas lui qui l'a poussée à tout cela.

— Il n'y a qu'un moyen de le savoir, c'est de lui demander, à elle.

— Tu sais, je pense vraiment que c'est ce que nous devrions faire. Si, par hasard, elle ignore ce que Graham est en train de faire – et je t'accorde que c'est peu probable –, cela pourrait tout changer.

— Kate, elle doit être au courant. Ce serait impossible pour Graham d'agir derrière son dos. C'est beaucoup trop grave. Prendre un avocat et tout le reste…

— Tu as raison. Mais, de toute façon, il faut lui parler.

— À elle, et à elle seulement.

— Alex, je peux difficilement lui demander de tenir Graham à l'écart. Mais si je lui propose de la rencontrer un jour de semaine, disons vers le milieu de l'après-midi, il y aura toutes les chances qu'il soit au travail. Il faut jouer serré.

Alex poussa un long soupir.

— Je pense que je vais laisser tomber le champagne, Kate, dit-il. Ce qu'il me faut, c'est un grand verre de scotch…

Il se massa le front et ajouta :

— Je pensais à une chose. Kingston va vraiment être dépité quand nous allons lui dire que tout est fini. Il était vraiment jusqu'au cou dans cette histoire de code. Je vais l'appeler dès demain matin.

À ce moment précis, le téléphone sonna.

— Ciel ! fit Alex. Quoi encore ?

— Je vais répondre, dit Kate en allant décrocher. Kate Sheppard à l'appareil.

— Bonsoir, Kate. C'est Lawrence. J'ai quelques informations intéressantes.

— Vraiment ? Nous parlions justement de vous. Nous nous apprêtions à prendre un verre, Alex et moi. Nous en avons l'un et l'autre besoin. Nous venons d'avoir des nouvelles plutôt inquiétantes.

— Désolé de l'apprendre. Peut-être vaudrait-il mieux que je vous rappelle demain ?

— Non, c'est parfait maintenant, Lawrence.

— Bien. Allons-y dans ce cas. Je vous promets d'être bref. Je vous appelais pour vous dire que j'étais parvenu à faire traduire les cahiers du major Cooke. C'est exactement ce que nous avions pensé : des relevés de ses expériences d'hybridation. Mais ce n'est pas tout. Tenez-vous bien : quelqu'un a apporté le cahier manquant au même endroit que moi – le Defence Intelligence and Security Centre, à Chicksands – et l'a également fait décrypter. Qui plus est, pour des raisons dans lesquelles je n'entrerai pas, les gens du Centre n'ont pas pu retrouver les copies des pages décodées du cahier en question. Tout ce qu'ils ont pu me dire avec certitude, c'était que le cahier mentionnait bel et bien une rose bleue. Et devinez qui a apporté le cahier au Centre...

— Alors, c'est vrai ?

— Qu'est-ce qui est vrai ? De quoi parlez-vous ?

— Nous savons déjà de qui il s'agit.

— Qu'est-ce que vous voulez dire, Kate ?

— La personne qui a fait décoder le cahier manquant.

— Comment diable pourriez-vous savoir cela, *vous* ?

— C'était Graham Cooke. Il sort d'ici et il nous a tout raconté. Qui plus est, il menace de reprendre possession du « Presbytère ». Il veut que nous lui remettions la rose bleue. Il nous a laissé une lettre très déplaisante de son homme de loi. Il sait tout. Exactement tout.

— Mon Dieu ! C'est effarant. Il n'a certainement pas perdu de temps.

— Je sais, Lawrence. Cela a été un sacré choc. En fait, nous n'en sommes même pas encore revenus. Graham vient de partir – il y a juste quelques minutes. Comme je vous le disais, nous nous apprêtions, Alex et moi, à nous installer pour discuter de tout cela autour d'un verre. D'un grand verre.

— Je ne sais vraiment que dire – si ce n'est que je suis désolé. Avec tout ce qui arrive, peut-être serait-il temps que nous nous réunissions de nouveau tous trois. Quant au problème avec Graham, il me semble qu'il faudrait qu'il soit mis entre les mains des hommes de loi.

— Alex appelle Adell demain à la première heure et il lui faxe la lettre de l'avocat de Graham.

— Très bien. Vous me tenez au courant. J'aimerais savoir ce qu'en dit Adell.

— Comptez sur nous, Lawrence. Je vais dire à Alex de vous appeler demain, dès qu'il aura eu Adell.

— Quand il voudra. Eh bien, bonsoir, Kate. Je suis sûr qu'avec l'aide d'Adell, vous allez réussir à débrouiller tout cela.

— Espérons-le.

— Oh, une dernière chose ! Notre ami américain. D'après ce qu'Alex m'en a dit, il semble n'être qu'un intermédiaire. Je n'en suis pas encore tout à fait sûr, mais je crois savoir qui pourrait être derrière lui. Laissez-moi encore quelques jours pour creuser la chose un peu plus, et je vous en reparlerai.

— Je vais le dire à Alex, répondit Kate, avant de prendre congé de Kingston et de raccrocher.

Puis elle se laissa tomber sur le divan à côté de son mari et lui passa un bras autour des épaules.

— Eh bien, soupira-t-elle, nous savons au moins une chose !

— Et quoi donc, chérie ?

— Graham ne mentait pas en prétendant avoir fait décoder ce fichu cahier manquant.

— Comment cela ?

— Kingston me disait qu'il venait de rencontrer quelques gens des services de renseignement à un endroit nommé Chicksands. Ils ont décodé les cahiers du major. Et ils ont reconnu avoir également décodé le cahier manquant – pour Graham.

Alex haussa les sourcils.

— Graham et Kingston sont allés au même endroit ? fit-il.

— Ce n'est pas vraiment une coïncidence, souligna Kate. Selon Kingston, c'est le seul service qui soit encore capable de faire ce genre de travail.

Alex se prit la tête à deux mains et laissa échapper un long soupir.

— C'est vraiment fou ! dit-il. D'ici à ce que Kingston vienne nous dire que l'Américain que j'ai eu au téléphone travaille pour la CIA…

Kate gloussa de rire.

— En fait, fit-elle, il en a parlé – de l'Américain. Il dit qu'il est à peu près sûr de savoir qui est derrière lui. Il fait encore quelques recherches et il nous en parle ensuite. Je suppose qu'à l'heure actuelle, il est en train de discuter avec le MI 5 [1].

— Cela ne me surprendrait qu'à moitié.

Kate se leva et alluma une lampe sur la table voisine.

— Et si on reparlait de ce gigantesque scotch ? proposa-t-elle.

— Excellente idée, fit Alex avec un nouveau soupir. Je me demande où tout cela va finir...

La sonnerie du téléphone l'interrompit.

— En tout cas, pas encore maintenant, à ce qu'on dirait, dit Kate. Cette fois, c'est toi qui réponds.

Il se leva et alla jusqu'au téléphone.

— Alex ?

C'était une voix de femme, mais il l'entendait à peine.

— Allô ! fit-il. Parlez un peu plus fort...

— Alex. C'est Vicky.

Sa voix était aussi rauque qu'elle était faible.

— Depuis que tu m'as ramenée, dit-elle, je me sens horriblement malade. Ma température est montée en flèche et j'ai des étourdissements. Je commence à avoir un peu peur.

Il l'entendait haleter au téléphone.

— Je pense, poursuivit-elle péniblement, qu'il faudrait que je voie un médecin – vite. Tu peux t'en occuper, s'il te plaît ?

— Oui, bien sûr. J'arrive aussi vite que je le peux.

Il raccrocha et dit à Kate, qui le regardait d'un air interrogateur :

— C'est Vicky. Elle est très malade. Je vais l'emmener à l'hôpital.

Il se dirigeait vers la porte quand Kate lui lança :

— Attends un peu ! Je viens avec toi.

Une demi-heure plus tard, ils avaient pris Vicky chez elle et étaient en route pour l'hôpital John Radcliffe, à Oxford. Il y avait d'autres hôpitaux plus près, mais le Radcliffe était considéré comme le meilleur et le plus moderne de toute la région.

Enroulée dans une couverture écossaise et étendue sur le siège arrière de la voiture, la tête sur les genoux de Kate, Vicky semblait exsangue. Sa main glacée, crispée sur celle de Kate,

[1] Service de contre-espionnage britannique. *(NdT)*

tremblait de façon incontrôlable. Tout indiquait un état beaucoup plus grave que celui auquel Kate et Alex s'étaient attendus.

À leur arrivée à l'hôpital, une infirmière à l'allure efficace les dirigea immédiatement vers le service des urgences, où Vicky fut déposée sur un lit. L'infirmière lui posa de multiples questions, mais Vicky, qui tenait toujours la main de Kate, semblait à peu près hors d'état de lui répondre.

Le médecin de service, qui se trouvait être une femme, ne tarda pas à arriver.

— Je suis le Dr Hunter, dit-elle.

Elle échangea quelques mots à voix basse avec l'infirmière, puis entreprit d'examiner Vicky, commençant par lui prendre sa tension. Lorsqu'elle eut fini, elle tira le rideau fermant le petit compartiment et conduisit Kate et Alex jusqu'au bureau des infirmières. Elle avait la mine sombre, ce qui inquiéta immédiatement Kate.

— Nous l'envoyons au service des soins intensifs, annonça le Dr Hunter.

— Que pensez-vous que ce soit ? demanda Kate.

— Cela ressemble à un mauvais virus dont nous ne connaissons pas encore la nature exacte. Nous en saurons plus quand nous aurons procédé à quelques examens.

L'infirmière tendit à Alex un formulaire imprimé.

— Si vous vouliez bien remplir ceci, Mr Sheppard, dit-elle. Vous pourrez le laisser au bureau des admissions, à l'entrée principale. N'oubliez pas de mentionner votre adresse et un numéro de téléphone auquel nous pourrions vous joindre en cas de nécessité. Merci.

Kate se tourna vers le Dr Hunter.

— Quand pourrons-nous appeler pour avoir des nouvelles ? demanda-t-elle.

— Attendez demain matin, répondit le médecin avec un bref sourire. Je suis sûre que nous aurons quelques précisions à ce moment-là.

Quelques instants plus tard, les doubles portes à commande automatique s'ouvrirent presque sans bruit pour laisser passer un chariot que poussait un robuste jeune homme en tenue bleue d'infirmier. Avec l'aide de l'infirmière, il fit glisser Vicky du lit sur le chariot.

Kate jeta un rapide coup d'œil à Alex, qui se tenait de l'autre côté du chariot, une main posée sur l'épaule de Vicky. Il semblait totalement abattu. Ensemble, ils portèrent un dernier regard sur la malade. Son teint était cireux, son regard, habituellement pétillant, était vide et résigné. Pour Kate et pour Alex, Vicky avait toujours été la représentation même de la vie active en plein air. La voir ainsi était alarmant au plus haut point.

Kate lâcha la main de Vicky pour permettre au chariot de passer la porte. À ce moment, Vicky la regarda directement dans les yeux. Kate aurait désespérément voulu se pencher pour serrer son amie dans ses bras, mais il était trop tard pour cela. Elle se mordit la lèvre et regarda le plafond, tentant de refouler les larmes qui lui montaient aux yeux. Au moment précis où la double porte allait se refermer sur elle, Vicky réussit à esquisser un faible sourire. Un instant plus tard, elle avait disparu.

CHAPITRE 14

Bleue tu es, bleue d'un bleu intense !
Fleur, d'où te vient donc cette magnificence ?
Quand j'ai soudain ouvert les yeux,
Portant mon regard vers les cieux,
Me sont revenus de l'azur,
Tes reflets de saphir pur.

JAMES MONTGOMERY

Le sable et les graviers crissaient sous les semelles des pantoufles de Kate tandis qu'elle errait sans but dans les allées de son jardin. Un cardigan de laine épaisse jeté sur sa chemise de nuit de coton la protégeait de la fraîcheur du petit matin. Mais même la calme beauté de son jardin bien-aimé ne parvenait pas à apaiser son chagrin. L'écrasante réalité avait fini par lui apparaître pleinement. Elle ne reverrait jamais Vicky.

Très tôt le matin, trois jours après l'hospitalisation de Vicky, le téléphone les avait réveillés, Alex et elle. Elle avait eu immédiatement l'intuition que c'était l'hôpital. Depuis trois jours, Alex et elle avaient appelé fréquemment pour prendre des nouvelles. L'état de Vicky ne s'améliorait pas. Il tendait plutôt, au contraire, à empirer.

Le médecin qui leur avait téléphoné ce matin-là pour les informer de la mort de Vicky avait plus ou moins confirmé ce à quoi ils s'attendaient, à savoir que le décès était attribuable à un virus inconnu. Il avait ajouté qu'il espérait, lorsque les examens ultérieurs auraient été effectués – dans les vingt-quatre heures qui venaient – être en mesure de se montrer plus précis. Il avait remercié Kate d'avoir mis l'hôpital en contact avec le père de Vicky, qui avait été ainsi averti et arrivait d'Écosse.

Dans le jardin, les dernières ombres commençaient à se dissiper comme un soleil encore brumeux apparaissait au-dessus du mur, à l'est. Kate respira profondément et regarda autour d'elle. Elle avait encore les yeux rouges à force d'avoir pleuré. À sa droite, les longues et hautaines tiges des digitales oscillaient doucement sous l'effet d'une légère brise. Elle en effleura une en passant. Elle leva la tête en s'essuyant les yeux pour la centième fois. Au-dessus d'elle, des roses grimpantes ceignaient les arbres, formant comme un liseré d'écume autour d'eux. Elle vit passer, à la périphérie de son champ de vision, un éclair bleu. Un martin-pêcheur, peut-être. Elle arriva jusqu'à un banc en fer forgé où elle s'assit. Le regard perdu dans l'espace, elle laissa les images de Vicky lui revenir à l'esprit. Elles semblaient incroyablement réelles.

La mort de Vicky avait jeté une grande ombre sur toutes choses. Le service funèbre, à Aberdeen, avait été simple et bref. Kate y avait finalement fait la connaissance de Tante Nell, la grande amie d'Alex. Jill, l'associée de Vicky à la pépinière, avait également fait le déplacement. Dans la petite église, serrant très fort la main d'Alex, Kate avait réussi à refouler ses larmes. Celles-ci allaient venir plus tard.

Kate se leva, nouant ses bras autour d'elle pour se réchauffer. Elle remonta l'allée en tentant de se forcer à concentrer son esprit sur des pensées plus heureuses : sa maison, son jardin, son amour pour Alex qui s'était fait plus profond encore. Durant ces derniers jours, elle avait pu voir d'autres côtés de lui. À travers la façon dont il avait réagi devant le mal affectant Vicky, à travers le calme et le dévouement avec lesquels il avait assumé les responsabilités qui en avaient résulté.

Ils n'avaient jamais eu, auparavant, à affronter une telle épreuve ensemble. Elle avait remercié le ciel d'avoir quelqu'un ayant la force morale et la faculté de compassion d'Alex pour l'aider à la surmonter.

Puis il y avait « Le Presbytère » et, bien sûr, le problème de la rose bleue et de l'immense richesse qui pouvait – ou, depuis la bombe récemment lancée par Graham Cooke, pouvait ne pas – leur échoir. Au cours des derniers jours, elle était finalement parvenue à surmonter la panique qui l'avait initialement saisie à l'idée de perdre « Le Presbytère ». Malgré toute sa méfiance et son mépris à l'égard de Graham, Alex avait réussi à la persuader d'écarter de son esprit la venimeuse menace formulée par celui-ci. Alex maintenait que le paragraphe de la lettre de Stanhope proposant un compromis était tout à fait clair et précis. Les Cooke étaient prêts à renoncer à l'annulation de la transaction concernant la maison si on acceptait de leur livrer la rose bleue.

Il était certes dur d'accepter le fait que des millions de livres étaient sur le point de leur glisser entre les doigts. Alors que Kate avait toujours du mal à relier, dans son esprit, une simple fleur et une telle fortune, Alex prenait la chose de façon très naturelle. Au cours des semaines précédentes, il était apparu qu'il s'habituait de plus en plus à l'idée de devenir immensément riche. La question de savoir si la chose pouvait se réaliser était maintenant en suspens – entre les mains des hommes de loi.

Mais « Le Presbytère » était une tout autre affaire. Quoi qu'il arrive, ils ne devaient pas le perdre. En attendant l'issue de l'action engagée par Graham, elle ne pouvait placer ses espoirs que sur la conviction, exprimée par Alex, que leur maison n'était pas réellement dans la ligne de mire.

— Ne t'inquiète pas, lui répétait-il, les hommes de loi vont arranger cela.

Cela l'amena à repenser à Adell. Il avait appelé immédiatement après avoir reçu copie de la lettre de Stanhope pour dire qu'étant souffrant, il n'avait pu encore l'examiner que sommairement. Et quand Kate avait insisté pour avoir son opinion sur les revendications des Cooke, sa réponse avait été ambiguë et peu convaincante. Il lui avait simplement dit qu'à première vue, il les trouvait dérisoires, mais qu'il avait besoin de plus de temps pour les étudier sérieusement.

Adell s'était montré plus formel sur la question du cahier manquant que Graham affirmait posséder et de la possibilité qu'existe une formule permettant de reproduire la rose. Il avait souligné que la formule d'hybridation ne pouvait être acceptée comme valable sans vérification – sans, en fait, la création effective d'une rose bleue par application de la formule. Dans l'hypothèse où l'expérience serait positive, cette validation prendrait au moins trois ans. Et il avait ajouté qu'il comptait présenter une requête en bonne et due forme visant à ce que le cahier manquant soit soumis à leur inspection.

Avec la mort de Vicky et le problème créé par Graham, elle avait presque oublié le mystérieux Américain. Elle s'étonnait qu'il n'ait pas cherché à reprendre contact. Et puis, il y avait l'homme qui leur avait écrit – Tanaka. L'un et l'autre avaient-ils disparu définitivement de leur horizon ? Au fond d'elle-même, elle en doutait fortement.

— Quel fichu bordel ! marmonna-t-elle, en expédiant un coup de pied furieux dans le gravier de l'allée.

Puis ses pensées dérivèrent vers des thèmes plus agréables. Elle avait une idée. Avant de ramener Nell à Market Drayton, ce jour même, ils feraient halte à Marlborough. Ils feraient un plaisant déjeuner au salon de thé de Polly. Elle en profiterait aussi pour rendre ses livres de bibliothèque et prendre, chez l'encadreur, le tableau d'Alex.

Lors de la petite réception ayant suivi les obsèques de Vicky, Kate et Alex avaient proposé à Nell de venir passer quelques jours chez eux avant de regagner le Shropshire. Ayant téléphoné à son voisin pour lui demander de s'occuper de son chat, Nell avait accepté et avait passé avec eux trois jours dont Kate avait apprécié chaque minute. Elle était vraiment désolée de voir partir la tante de Vicky.

L'air devint parfumé autour d'elle, comme si quelqu'un avait soudain utilisé un atomiseur. Kate avait effleuré au passage un buisson de lavande grouillant d'abeilles. Cette senteur fit remonter en elle le souvenir de ces jours de pluie où, petite fille, elle allait en cachette fouiller les tiroirs de commode de sa mère, à la recherche de vêtements et de souliers à essayer.

C'était à des moments de ce genre que sa mère manquait terriblement à Kate. Son père également, mais d'une façon totalement différente. Elle n'avait jamais eu l'occasion de bien le connaître. Il était toujours sur la route, travaillant comme directeur régional des ventes pour une société industrielle. Il avait été tué dans un accident d'automobile alors qu'elle était encore au lycée. Elle n'oublierait jamais ce jour pluvieux où elle était revenue de classe pour apprendre la nouvelle. Sa mère ne s'était jamais complètement remise de cette perte. C'était comme si une partie d'elle-même était morte avec son mari. Elle vivait maintenant en Amérique, dans la banlieue de Boston, avec sa plus jeune fille. Elle était allée s'y installer peu après le mariage de Kate avec Alex. Kate aurait tant aimé avoir sa mère auprès d'elle en ce moment précis, qu'elle puisse voir la maison et le jardin dans toute leur splendeur. Peu après qu'Alex et elle eurent emménagé au « Presbytère », Kate en avait envoyé des photos, mais aucune ne rendait vraiment justice à l'endroit. Elle se promit d'appeler sa mère dans la journée. Il y avait au moins quinze jours qu'elles ne s'étaient pas parlé. Cette perspective la réconforta.

Elle fit halte devant un vieux rosier couvert de fleurs, et, se penchant, lut l'étiquette qui y était accrochée : *La Reine Victoria*. Les roses étaient superbes et leur senteur extraordinairement puissante.

— Les roses dominent vraiment la scène, n'est-ce pas ? murmura-t-elle.

Elle se demanda ce que le défunt major Cooke dirait s'il savait tout ce qui s'était passé depuis qu'Alex et elle étaient devenus les gardiens et conservateurs de son cher jardin et de ses roses bien-aimées. Et, à bien y réfléchir, pourquoi, s'il était le créateur de la rose bleue, n'avait-il pas annoncé au monde ébahi le petit miracle qu'il avait réalisé ? Étrange, se dit-elle.

D'après son compte le plus récent, il existait, dans le jardin, deux cent dix types différents de rosiers. À quelques rares exceptions, il s'agissait de variétés anciennes : Gallica, Damas, Alba, Bourbon et ainsi de suite. Les plus « jeunes » remontaient au dix-neuvième siècle et quelques-unes, comme les roses Gallica, avaient plusieurs centaines d'années. Kate se rappelait très bien qu'un jour, à la pépinière, Vicky lui avait raconté que la plus ancienne et la plus célèbre des roses Gallica était appelée *Officinalis*, ou Rose de l'Apothicaire en raison de ses utilisations médicinales. C'était aussi la rose rouge choisie par la Maison de Lancastre – en opposition à la rose blanche de la Maison d'York – au début de la guerre des Deux Roses, en 1455.

— Kate ! Téléphone pour toi... Kate !

Dirigeant son regard vers la maison, elle aperçut Alex en robe de chambre sur la véranda.

— Ah, te voilà ! fit-il. C'est Peg. Elle voudrait savoir si elle doit aller travailler demain.

— J'arrive, dit-elle.

C'était Peg qui tenait le magasin d'antiquités quand Kate n'était pas disponible. Fort heureusement, elle avait été en mesure de le faire les quelques jours précédents.

Arrivant près d'Alex, Kate lui déposa un baiser sur la joue.
— Tu vas bien ? lui demanda-t-il.
— Oui, fit-elle avec un sourire mélancolique. Où est Nell ?
Alex fit un signe de tête en direction de la maison.
— Dans la cuisine, dit-il. Dieu sait ce qu'elle y concocte. Quand j'y ai jeté un timide regard, j'ai vu qu'elle avait pratiquement mobilisé toutes les poêles et toutes les casseroles de la maison. Cette femme devrait ouvrir un restaurant.
Kate parvint à sourire. La veille au soir, Alex et elle avaient tenté de persuader Nell de rester encore quelques jours, mais elle insistait pour rentrer chez elle.
— Les invités, avait-elle proclamé, c'est comme le poisson. Pendant deux ou trois jours, c'est très bon, mais ensuite, cela commence à sentir.
Ce matin-là, elle préparait pour eux trois ce qu'elle appelait « un vrai petit déjeuner anglais ». Le soir précédent, elle avait confectionné « un vrai dîner anglais » – à ceci près que le dessert était écossais – et auparavant « un vrai déjeuner anglais ».
Après avoir bavardé au téléphone avec Peg pendant quelques minutes, Kate fit son entrée dans la cuisine pour trouver Alex déjà attablé, contemplant avec une évidente satisfaction une assiette fumante.
— Seigneur ! fit-il en regardant Kate. Quel festin !
Il avait devant lui un formidable amoncellement de saucisses, d'œufs, de bacon, de champignons, de pommes de terre sautées, de tomates frites – et même de rognons grillés.
— J'avais aussi des harengs fumés, lança Nell des profondeurs de la cuisine, mais j'ai pensé que cela serait peut-être un peu trop.
— Dieu merci ! murmura Kate en s'installant en face d'Alex, apparemment fascinée par l'assiette de celui-ci.
Nell arriva avec le petit déjeuner de Kate et une grande théière.
— Un peu de bon thé bien fort, annonça-t-elle en s'asseyant à son tour.
— Eh bien, je dois dire, Nell, que vous vous êtes encore surpassée, déclara Kate en saisissant son couteau et sa fourchette. Il y a longtemps que je n'avais pas...
Elle fut interrompue par la sonnerie du téléphone.

— Je vais répondre, fit Alex en se levant. J'attends un coup de fil d'une cliente, Mrs Hendrickson. Je vais la prendre dans le salon.

— La dame-pipi ! lança Kate.

Alex décrocha, persuadé qu'il allait entendre une fois encore Mrs Hendrickson lui expliquer l'emplacement souhaitable de ses multiples toilettes.

— Allô ? fit-il.

— Mr Sheppard ?

Ce n'était à coup sûr pas Mrs Hendrickson. La voix, masculine et aux accents châtiés, était totalement inconnue d'Alex.

— Oui, dit-il. Qui est à l'appareil ?

— C'est Ken Tanaka, Mr Sheppard. Je vous appelle au sujet de la lettre que je vous ai adressée.

Malédiction ! se dit Alex. C'était l'autre homme à la rose. Avait-il bien transmis sa lettre à Adell ? Oui, il en était sûr.

— J'avais bien besoin de cela ! marmonna-t-il en aparté.

« Oui, Mr Tanaka, reprit-il. J'ai votre lettre en mémoire. Mais vous avez sûrement dû avoir des nouvelles de mon homme de loi, maintenant ?

— C'est exact, monsieur. Mais ce qui intéresse mon client n'est pas de participer à une vente aux enchères. Ce qu'il voudrait…

— Excusez-moi, Mr Tanaka, coupa sèchement Alex. Ce que voudrait votre client ne m'importe pas. Ce n'est pas nous qui vendons la rose, c'est notre homme de loi. Et j'ai bien peur que ce ne soit là mon dernier mot.

— C'est inacceptable pour mon client.

— Eh bien, c'est dommage pour lui.

— Je ne pense pas que vous compreniez. Vous laissez passer là une incroyable occasion – une offre de plusieurs millions. Pourquoi ne pas nous rencontrer pour en discuter en plus amples détails ? Je serais très heureux de venir vous voir chez vous, si vous le préférez.

— Non, absolument pas ! Nous avons une invitée en ce moment précis. Et je n'apprécie pas d'être importuné à domicile.

— Je vous dédommagerai largement de votre temps.

— Mr Tanaka, j'apprécie votre offre généreuse, mais j'ai peur…

— Est-ce que mille livres pour quinze minutes de votre temps vous feraient changer d'avis ?

— Mr Tanaka, je dois vraiment refuser.

— Malheureusement, dit alors Tanaka, mon client ne prendra pas non pour une réponse. Je ne lésinerai pas, monsieur. Deux mille.

Pour cette somme, Alex aurait facilement pu engager quelqu'un pour exécuter les plans demandés par Mrs Hendrickson.

— Arrêtez, s'il vous plaît, Mr Tanaka, fit-il. Il faut que je m'en aille.

— Non, je vous en prie, attendez…

— Je vous dis qu'il faut que je m'en aille ! Discutez avec Me Adell. Au revoir.

Et il raccrocha sans laisser Tanaka faire monter ses tarifs à un point où il n'aurait pu faire autrement que de l'écouter.

Il revint dans la cuisine, où Kate et Nell bavardaient avec animation.

— Tu ne devineras jamais qui c'était, dit-il à Kate.

— Pas Kingston ?

— Non. C'était notre ami Mr Tanaka.

— Celui qui nous a écrit ?

— En personne.

Kate fronça les sourcils.

— Et pourquoi téléphonait-il ? demanda-t-elle.

— Il voulait venir ici discuter personnellement avec nous. Il a proposé de nous payer deux mille livres rien que pour écouter sa proposition. Incroyable, hein ?

Kate parut vivement troublée.

— Quel culot ! s'exclama-t-elle.

Puis, portant sa main à sa bouche, elle demanda :

— Il ne vient pas, au moins ?

— Non, bien sûr que non. Il a insisté et insisté, mais je lui ai fait savoir que cela ne l'avancerait à rien.

— Eh bien, dit Kate, espérons que cela y mettra un point final.

Alex alla se rasseoir à table.

— Je me demande si Graham aura quelque chose à me dire, cet après-midi, fit-il en piquant sa fourchette dans une chipolata à la graisse déjà figée.

Il en coupa un petit morceau et profita de ce que Kate et Nell ne le regardaient pas pour le glisser sous la table à Asp, lové près de sa chaise.

— Cela m'étonnerait, répondit Kate.

Quelques jours plus tôt, une secrétaire du cabinet de Stanhope avait appelé pour demander la restitution des cahiers prêtés par Graham. Il avait été convenu qu'ils seraient déposés au domicile de celui-ci, près de Bath. Rendez-vous avait été pris pour cet après-midi-là à trois heures, Graham devant se trouver chez lui pour prendre livraison des cahiers en personne et s'assurer de leur état.

Laissant échapper un soupir, Alex posa son couteau et sa fourchette dans son assiette vide et regarda sa femme avec une grimace.

— Tu sais, Kate, la perspective de revoir ce petit salaud n'est vraiment pas enchanteresse.

— Il faut que ce soit bref et digne. Tu déposes les cahiers, et c'est tout. Dieu merci, tu auras ce bon vieux Lawrence avec toi.

Alex soupira de nouveau.

— Ne t'inquiète pas, dit-il. Je ne vais pas casser la figure de Graham.

Il saisit Asp et l'installa sur ses genoux.

— À propos, Kate, comme tu reviendras sans doute tard, après avoir reconduit Nell, j'ai dit à Lawrence que nous dînerions tous ensemble au Royal Oak, ce soir, si cela te convient.

— Parfaitement, Alex. Cela me fera plaisir de revoir Lawrence.

— Je suppose que je vais l'avoir toute la journée sur le dos, grogna Alex.

— Oh, allons, Alex ! Tu ne peux pas te montrer un peu plus tolérant en ce qui concerne Lawrence Kingston ?

— Ce n'est pas que je le trouve antipathique, Kate – vraiment pas. Mais, à certains moments, il peut être si... condescendant, si pompeux. C'en est presque gênant.

Il vit sa femme sourire et ajouta.

— Ce n'est pas drôle, Kate.

Elle étendit le bras à travers la table, posa sa main sur celle de son mari et la pressa doucement.

— J'ai l'impression, dit-elle, que – que nous le voulions ou non – nous sommes appelés à voir Kingston pendant un certain temps encore. Alors, essaie simplement d'être un peu plus gentil avec lui – un peu plus reconnaissant de ce qu'il fait, c'est tout.

— J'essaierai.

— Tu dois reconnaître, ajouta Kate, qu'il nous a aidés très efficacement dans l'affaire de la rose et qu'en plus, il est amusant. À sa manière, je te l'accorde. Mais je vote pour que nous le gardions encore un peu auprès de nous.

— Comme tu le disais à l'instant, soupira Alex, nous n'avons pas tellement le choix.

— Nous y sommes, dit Nell. À une centaine de mètres, vous allez voir, sur la droite, le chemin qui mène chez moi.

Kate mit son clignotant et ralentit pour tourner dans le chemin. À son insu, à une soixantaine de mètres derrière elle, une Jeep noire ralentissait également.

— J'imagine que, maintenant, vous allez faire une bonne petite sieste, dit Kate en regardant Nell.

— Un peu plus tard peut-être. Mais il faut d'abord que j'aille chez Arthur pour chercher Buttons, mon petit chat, ainsi que le courrier et les journaux. Arthur s'est vraiment montré un amour pendant toute cette période. Je pense que je vais lui mijoter un bon petit dîner, un soir de cette semaine. Il adore le foie de veau au bacon.

— Quant à moi, fit Kate, j'aimerais bien jeter un rapide coup d'œil au rosier avant de repartir. Avec toute la pluie que nous avons eue récemment, je suis sûre qu'il s'est très bien porté. De toute manière, nous allons bientôt l'enlever d'ici. Comme cela, vous n'aurez plus à vous en inquiéter, Nell.

Kate gara la Trooper devant la porte d'entrée du cottage, et aida Nell à en sortir sa valise. Dès qu'elles furent à l'intérieur, Nell brancha la bouilloire électrique.

— Vous prenez bien une petite tasse de thé, fit-elle.

— Très volontiers. Pendant que l'eau chauffe, je vais peut-être aller voir Saphir.

Voyant la mine intriguée de Nell, elle précisa en hâte :

— La rose. La rose bleue, Nell.

— Oui, bien sûr – suis-je bête ! Oui, je vais venir avec vous pour vous montrer exactement où ils ont planté le rosier. Par ici, c'est plus facile...

Elles longèrent pendant une vingtaine de mètres une palissade montant à peu près à hauteur d'épaule, tournèrent à angle droit. Et se figèrent toutes deux sur place. Devant elles, un pan de palissade de près de trois mètres de longueur avait été abattu et presque réduit en morceaux, et l'on voyait, à partir de la brèche ainsi ménagée, de larges traces de pneus et des légumes écrasés. Une véritable piste avait été ainsi ouverte dans la végétation. Kate porta sa main à sa bouche.

— Mon Dieu ! s'exclama-t-elle. Que s'est-il passé ?

— Là ! fit Nell, en pointant un index tremblant vers un parterre. C'est là qu'Alex et Vicky avaient replanté le rosier...

Trébuchant dans les ornières, Kate se précipita vers l'endroit désigné par Nell. Devant elle s'ouvrait un trou d'un bon mètre vingt de largeur et de presque autant de profondeur. Nell la rattrapa et lui saisit le bras, contemplant également le trou d'un air incrédule.

— Seigneur ! fit-elle. Quelqu'un a pris le rosier. Qui donc a pu faire cela ?

— D'emblée, Nell, je peux penser à trois personnes au moins, répondit Kate en secouant la tête. C'est terrible.

— Est-ce que nous ne devrions pas appeler la police ?

— Probablement. Mais il faut d'abord que je téléphone à Alex.

Kate prit le bras de Nell et elles se mirent en marche vers la maison. Ajouter la police à l'équation représentait une complication que Kate se refusait à envisager immédiatement.

Après avoir laissé sonner un certain temps, Kate raccrocha, consulta sa montre, puis regarda Nell.

— Personne, dit-elle. Alex et Kingston sont sans doute encore chez Graham. Je pense que le mieux est que je parte, Nell.

— Vous ne voulez pas prendre au moins une tasse de thé ? L'eau est bouillante.

— J'aimerais bien, Nell, mais le fait qu'on ait volé le rosier change tout. Cela me fait peur. Je ne peux l'expliquer à l'instant, mais c'est beaucoup plus grave qu'il ne semble. Je me demande ce qu'Alex va dire...

Elle entoura Nell de ses bras et la serra contre elle.

— À la première occasion, assura-t-elle, je vous dirai tout. Cela ne vous ennuie pas de rester seule ?

— Mais pas du tout ! Et puis Arthur est à deux maisons d'ici. De toute manière, celui qui a volé la rose ne reviendra certainement pas sur les lieux de son crime, n'est-ce pas ?

Elle souriait, d'un sourire qui faisait ressortir plus encore le rose de ses joues.

— J'en doute effectivement, Nell, dit Kate.

— Alors, en route, ma chère !

— Entendu. Désolée pour le thé. Je vous appellerai dès que je serai arrivée.

Elle fit signe de la main une dernière fois, comme la Trooper s'éloignait du cottage. Debout sur le pas de la porte, agitant elle aussi la main, Nell semblait si petite et vulnérable. Kate se mordit la lèvre et remonta le chemin.

À une quinzaine de mètres de la maison de Nell, le chemin s'incurvait avant d'arriver à la grande route. Comme elle sortait du virage, Kate faillit heurter une Jeep noire arrêtée au milieu du chemin, en une position telle qu'elle rendait le passage impossible. Kate freina de toutes ses forces, et la Trooper dérapa sur le gravier et les feuilles humides avant de s'arrêter à moins de deux mètres du pare-chocs arrière de la Jeep.

Kate klaxonna longuement, mais sans résultat apparent.

— J'avais bien besoin de cela ! marmonna-t-elle entre ses dents.

Il ne semblait y avoir personne dans la Jeep. Elle avait dû tomber en panne ou se retrouver à court d'essence. L'impatience de Kate tourna à l'irritation pure et simple. Elle envisagea de pousser la Jeep hors du chemin, mais renonça aussitôt à cette idée, se disant qu'elle risquait d'endommager en vain les deux véhicules.

Apparemment, la seule chose qu'elle pouvait faire était retourner à la maison de Nell et téléphoner pour appeler une dépanneuse. Mais, avant, elle décida d'aller regarder la Jeep de plus près. Peut-être avait-on laissé un message sur le pare-brise. Elle coupa le moteur de la Trooper et descendit sur le sol boueux du chemin. En approchant de l'autre véhicule, elle vit que la vitre teintée du côté du conducteur était à demi baissée. Elle regarda à l'intérieur. Tout semblait normal. Comme elle s'y était attendue, la clé de contact était absente. Sur le siège arrière, elle vit une carte routière, deux blousons, un livre de poche à la couverture fatiguée, quelques magazines et une pomme dans laquelle on avait mordu.

Comme elle se retournait, elle le vit arriver sur elle.

Il portait un masque de ski noir qui ne laissait voir que ses yeux. Avant qu'elle ne puisse se mettre à hurler, une main gantée vint se plaquer brutalement sur sa bouche. Un deuxième homme masqué, petit et trapu, apparut. Un bras musclé lui encercla la taille. Elle lutta férocement, mais en vain. Son agresseur était trop fort pour elle. Une bande adhésive fut plaquée sur sa bouche.

Terrifiée, respirant à toute allure par le nez pour ne pas être asphyxiée, elle fut soulevée de terre et jetée sur la banquette arrière de la Jeep. Sa tête heurta violemment le plafond du véhicule, et elle crut, pendant quelques secondes, qu'elle allait perdre connaissance. Le plus grand des deux hommes monta derrière elle et la poussa en travers de la banquette. Il lui lia les poignets devant elle à l'aide d'une cordelette blanche en nylon, qu'il lui passa ensuite autour de la taille avant de la nouer derrière son dos, lui interdisant tout mouvement.

L'homme la fit se retourner sur la banquette et, soudain, tout son monde devint noir. Il lui avait appliqué sur les yeux des lunettes de ski méticuleusement obscurcies, qu'il fixa à l'aide d'une autre bande adhésive. Elle ne put réprimer une grimace de douleur lorsque la bande vint lui tirer les cheveux, à l'arrière de la tête.

Elle entendit l'homme descendre de la Jeep en claquant la portière derrière lui, puis remonter sur le siège avant. Il verrouilla toutes les portes, mit le contact et démarra en douceur. Kate entendit, derrière, le bruit caractéristique du moteur de la Trooper. Le deuxième homme les suivait dans l'autre voiture – sa voiture. Des larmes roulèrent sur les joues de Kate et jusque dans son cou.

CHAPITRE 15

« Nous rêvons tous de quelque roseraie magique au-delà de l'horizon – au lieu de profiter des roses qui s'épanouissent aujourd'hui sous nos fenêtres. »

DALE CARNEGIE

Assis près d'une fenêtre ouverte, dans le salon, savourant la chaleur du soleil d'après-midi, Alex relisait une fois encore l'ultimatum juridique envoyé par Alexander Stanhope. Il venait de terminer sa lecture lorsqu'il entendit le grondement du moteur de la TR 4 de Kingston remontant l'allée. Il regarda sa montre. Deux heures moins quelques minutes. Il sourit. Kingston était ponctuel, comme à son habitude. Trois heures plus tôt, Kate était partie pour le Shropshire afin de reconduire Nell chez elle. Cet après-midi, Kingston et lui devaient rencontrer Graham.

Quand il avait dit à Kingston au téléphone qu'il devait aller voir Graham Cooke pour lui remettre les cahiers, l'universitaire avait insisté pour l'accompagner, bien que cela supposât qu'il vienne de Londres en voiture. Alex savait fort bien qu'il s'agissait, pour Kingston, d'un prétexte opportun mais transparent pour venir camper un ou deux jours au « Presbytère ». Kate avait chaleureusement accueilli cette idée. Plus que jamais, Alex était convaincu que soit Kingston ne savait que faire de son temps, soit il était un incorrigible curieux. Il n'aurait jamais consenti à l'avouer à Kate, mais, en un sens, il était content que Kingston l'accompagne chez Graham.

En faisant son entrée dans le salon – Alex avait laissé la porte principale ouverte à son intention – Kingston apparut comme le parfait prototype du gentilhomme campagnard britannique : veston pied-de-poule, chemise blanche avec foulard à pois noué dans le col, souliers de daim – et une pipe, même, qu'il tenait à la main.

— Superbe parcours ! déclara-t-il en passant la main dans son toupet de cheveux argentés. Je n'aurais pas pu choisir une plus belle journée.

Alex s'apprêtait à sourire, mais il changea d'avis en voyant Kingston traverser le salon à grandes enjambées, se laisser tomber dans « son » fauteuil et tenter d'allumer sa pipe.

— Je ne vous avais encore jamais vu avec une pipe, Lawrence, dit-il simplement.

— C'est surtout pour la galerie, mon vieux. Je fumais réellement ce truc autrefois, jusqu'au moment où je me suis cassé une dent dessus. Maintenant, c'est surtout de la comédie. En fait, ces satanés trucs sont plus une source d'ennuis qu'autre chose. Cela s'éteint tout le temps. Et puis il y a tout le bazar qu'il faut transporter avec soi : le tabac, les allumettes, le cure-pipe et tout le saint-frusquin...

Alex regretta à l'instant d'avoir fait mention de la pipe. Il savait d'expérience combien Kingston aimait à traiter un sujet dans ses plus infimes détails, et il se dit que s'il ne changeait pas immédiatement de cap, il allait avoir droit à un cours ex cathedra de dix bonnes minutes sur les mœurs et usages des fumeurs de pipe. Il brandit la lettre de Stanhope.

— J'ai mémorisé chaque mot et chaque virgule de cette fichue lettre, affirma-t-il. Kate refuse maintenant d'en parler.

— Toujours pas de nouvelles d'Adell, à ce que je crois comprendre ?

— Non. Mais si vous voulez mon avis, il va recommander une sorte de compromis.

— Tel que ?

Kingston craqua une allumette et la porta à sa pipe en émettant d'étranges bruits de succion.

— Eh bien, probablement quelque forme de partage des revenus. De l'avis général, même la moitié de ceux-ci se chiffreraient certainement en millions. Il est permis de penser que Graham serait déjà ébloui par une aubaine de ce genre.

— Je suis bien d'accord. Mais l'avidité fait parfois faire aux gens de drôles de choses.

— Et même des choses outrageantes…

Alex posa la lettre sur la table, se leva et traversa la pièce pour aller fermer la fenêtre.

— Vous savez, Lawrence, dit-il, en dépit de tout ce que je peux lui dire pour la rassurer, Kate est toujours angoissée à propos de la maison. Elle a peur de la perdre.

— Je ne vois pas pourquoi. La lettre de Stanhope spécifie bien qu'ils accepteraient, à titre de compromis, que vous gardiez la maison si vous renoncez à la rose. À moins qu'ils ne reviennent là-dessus pour une raison ou pour une autre, Kate n'a pas à s'inquiéter. À votre place, Alex, je laisserais tout bonnement Adell s'en occuper. Cela ne sert à rien que vous vous cassiez la tête à ce sujet.

— C'est exactement ce que je lui ai dit.

Kingston sourit et secoua la tête.

— C'est effarant quand on y pense, dit-il. Renoncer à une telle masse d'argent… C'est un peu comme si on gagnait à la loterie et on perdait le billet.

— J'ai dit à Kate qu'avec l'argent de la rose, nous pourrions acheter n'importe quelle propriété en n'importe quel endroit des îles britanniques, mais elle est folle de cet endroit.

Kingston retira sa pipe de sa bouche avec une expression de léger dégoût et, visiblement las d'essayer de l'allumer, la mit dans la pochette de son veston.

— En un sens, dit-il, je peux la comprendre.

Alex se leva, enfila son blouson de cuir et tapota ses poches de pantalon pour s'assurer qu'il avait bien ses clés.

— À propos, demanda Kingston, vous n'avez plus eu de nouvelles de l'Américain ?

— Non, Dieu merci. Et Adell non plus, apparemment. Je pense qu'il a renoncé à son idée.

— J'en doute.

— Pourquoi dites-vous cela ?

— Parce que, comme Kate vous l'a peut-être dit, je suis à peu près sûr de savoir qui il représente.

— Oui, elle m'a dit que vous travailliez en ce sens. Mais comment diable avez-vous pu trouver ?

— Ce n'était pas aussi impossible que cela pouvait le sembler de prime abord. De ce que vous m'aviez dit, on pouvait déduire qu'il avait accès à de l'argent – à beaucoup d'argent. Ensuite, si je me rappelle bien, il a parlé des « répercussions que cela pourrait avoir sur le monde du commerce » et il a parlé de droits et de brevets. Cela tendrait à suggérer qu'il représente une société ou une organisation opérant dans le monde de l'horticulture.

— Même en ce cas ! Il doit bien y avoir, aux États-Unis, des centaines de milliers de sociétés de ce genre !

— Pas si nous parlons de roses, mon vieux. Même en considérant le monde entier, il n'y a pas tellement de sociétés capables d'aligner les millions nécessaires à l'acquisition d'une rose bleue.

— Alors, de qui s'agit-il ?

— Tout ce que nous avons appris – ce que vous m'avez vous-même dit et ce que j'ai pu recueillir auprès d'informateurs américains – suggère que l'homme qui se trouve derrière cette démarche est un nommé Ira Wolff. Il est à la tête d'une très grande exploitation de roses dans l'État de Washington. Je vous en aurais volontiers parlé plus tôt, mais j'attendais quelques autres informations d'un de mes collègues de la côte ouest des États-Unis. J'ai reçu une communication de lui il y a deux jours, et il m'a appelé hier pour de plus amples explications. Alex, c'est beaucoup plus compliqué que vous ne pourriez l'imaginer, et, de l'avis général, ce Wolff est un homme totalement implacable dans le domaine des affaires. Je ne vais pas entrer dans les détails maintenant, car il nous faut partir. Je vous en reparlerai quand nous reviendrons. C'est une longue histoire et, ajouterai-je, une histoire qui a de quoi faire réfléchir.

Alex se leva.

— Lawrence, fit-il, vous raisonnez chaque jour un peu plus comme Hercule Poirot. Tout ce qui vous manque est l'accent.

— « *Il n'y a pas de roses sans épines, mon ami* [1] », proclama-t-il avec une petite mimique.

— De toute manière, dit Alex en jetant un coup d'œil à la pendule posée sur la cheminée, je pense qu'il vaut mieux y aller. Ne faisons pas attendre ce petit salaud opportuniste.

— Vous avez les cahiers ? demanda Kingston.

[1] En français dans le texte.

— Ils sont dans la voiture.

Tout en bouclant sa ceinture, Kingston regarda Alex et lui dit d'un ton quasi paternel :

— Vous savez, Alex, nous aurions peut-être intérêt à ce que vous vous comportiez avec la plus grande correction envers Graham. Manifester votre colère ne serait d'aucun bénéfice.

— Seigneur, Lawrence, je crois entendre Kate. C'est exactement ce qu'elle m'a dit.

Alex et Kingston attendaient sous le porche de briques du pavillon rouge et blanc de Graham. Alex posa à terre le carton contenant les cahiers du major Cooke et pressa pour la quatrième fois le bouton de sonnette. On pouvait entendre la sonnerie retentir à l'intérieur. Kingston regarda sa montre.

— Trois heures dix, fit-il. Nous ne sommes vraiment pas très en retard.

En désespoir de cause, Alex se mit à frapper vigoureusement à la porte. Il n'y eut pas de réponse pour autant.

— Il n'y a personne, c'est sûr, déclara-t-il. Il a peut-être oublié que nous devions venir.

— J'en doute quand même, dit Kingston.

Alex frappa une nouvelle fois à la porte, et, regardant Kingston, lui demanda :

— Que pensez-vous que nous devrions faire ? Nous ne pouvons pas laisser les cahiers comme cela, sur le seuil.

Kingston jeta un regard furtif de part et d'autre, vers la rue déserte.

— Attendez un instant, fit-il.

Il enjamba une étroite plate-bande de fleurs et fit quelques pas sur une maigre pelouse, jusqu'à une baie vitrée. Là, les mains plaquées de chaque côté du visage et le nez collé à la vitre, il regarda à l'intérieur de la maison.

— Aucun signe de vie, dit-il en revenant vers la porte d'entrée.

— Nous ne pouvons pas rester là toute la journée, grommela Alex. Les voisins vont commencer à se poser des questions.

— Allons jeter un coup d'œil par l'arrière. Peut-être est-il dans le jardin.

— Attendez une minute, Lawrence. Je peux difficilement me promener avec ce carton entre les bras. Laissez-moi le déposer dans la voiture.

Alex ouvrit le coffre de l'Alfa, y déposa le carton et le referma d'un coup sec. Quand il se retourna, Kingston avait déjà remonté la moitié de la rue. Alex dut se mettre à courir pour le rattraper.

— Il y a une ruelle par là, fit Kingston. Je l'ai remarquée en arrivant. Je suis certain qu'elle passe à l'arrière de toutes ces maisons. Il y a peu de chances, toutefois, que celles-ci soient numérotées de ce côté. Nous ferions donc mieux de les compter soigneusement pour trouver la bonne.

— Je ne suis pas sûr que ce soit une si bonne idée, Lawrence. Vous ne croyez pas...

Les paroles d'Alex furent perdues pour Kingston, qui marchait déjà à grandes enjambées dix pas devant son compagnon. Au moment où Alex rattrapait l'universitaire, les violents aboiements d'un gros chien les firent tous deux sursauter. Les pattes posées sur une palissade, l'animal avait l'aspect général d'un paillasson tombé dans une flaque de boue. Plus Alex et Kingston avançaient, plus le paillasson aboyait, le bruit semblant se répercuter dans toute la ruelle.

— C'est un schnauzer géant, proclama doctement Kingston.

— Ce n'est pas son pedigree qui m'intéresse, rétorqua Alex. C'est plutôt le fait que, s'il n'a pas déjà alerté tout le voisinage, je me demande ce qui le fera...

L'aboyeur s'étant finalement décidé à regagner sa niche, ils parvinrent à localiser, deux maisons plus haut, la demeure de Graham. La peinture blanche et rouge des murs ne laissait aucun doute à cet égard. Sa clôture était plus haute que celles des voisins, et aucun loquet n'était visible sur la porte. Après de vaines recherches, Alex était prêt à s'avouer vaincu et à retourner à la voiture, mais Kingston n'était pas si facilement découragé. Alex, bouche bée, le vit se hisser tant bien que mal en haut de la clôture et ouvrir la porte en étendant le bras à l'intérieur.

— Ciel, Lawrence ! fit-il. C'est du cambriolage !

Kingston haussa les épaules, remonta son pantalon et emprunta calmement la petite allée pavée de briques conduisant à l'arrière de la maison. Alex commença à le suivre, puis s'arrêta à mi-chemin. Il attendit nerveusement, s'attendant à entendre à tout moment hurler des sirènes de police, pendant que Kingston frappait à la porte arrière.

— Eh bien, Alex, il semble que vous ayez eu raison, en fin de compte, lança Kingston en pressant le nez contre la vitre d'une fenêtre située à la gauche de la petite porte.

— Pas si fort, Lawrence, pour l'amour du ciel !

— Laissez-moi simplement regarder si... Oh, mon Dieu !

— Qu'est-ce qu'il se passe ?

Kingston se retourna, la mine changée.

— Il y a un corps qui gît sur le sol, là-dedans ! dit-il.

— Ne me racontez pas d'histoires, Lawrence !

— Non, c'est vrai. Il y a le corps d'un homme... D'ailleurs, venez voir.

Alex arriva à la hauteur de Kingston et regarda à son tour.

— Oh, merde ! fit-il en portant la main à son front. C'est Graham...

CHAPITRE 16

« En un sens, personne ne voit vraiment une fleur ; elle est si petite et nous avons si peu de temps. Et voir prend du temps, tout comme avoir un ami prend du temps. »

GEORGIA O'KEEFE

Le corps de Graham gisait face contre le sol sur le tapis oriental, la tête proche du foyer dallé de la cheminée. Une petite table avait été renversée, ainsi qu'une lampe et une photographie encadrée. Divers livres et magazines étaient répandus sur le sol.

Autrement, l'ordre régnait dans la pièce.

Kingston était sur un genou, cherchant le pouls de Graham. Alex attendait, souhaitant de tout son cœur qu'ils ne soient jamais entrés dans la maison.

Après quelques secondes qui semblèrent des minutes entières à Alex, Kingston reposa à terre le poignet de Graham et, levant la tête, dit :

— Il est mort, j'en ai peur.

— Nom de Dieu !

Kingston se redressa, continuant à regarder le cadavre de Graham.

Il resta un instant à réfléchir, se triturant le menton du pouce et de l'index, puis déclara :

— Alex, cherchez un téléphone et appelez la police. Dites ce qui est arrivé.

C'était plus un ordre qu'une requête.

— Pendant que vous vous en occupez, ajouta-t-il, je vais jeter un rapide coup d'œil aux alentours pour voir si je trouve trace du cahier manquant.

— Bon Dieu, Lawrence ! Ce type est mort et tout ce qui vous préoccupe, c'est le cahier ? De toute façon, Graham n'était pas stupide au point de l'avoir laissé traîner dans la maison. Il doit être bien en sûreté quelque part. Et puis, vous ne pouvez quand même pas mettre à sac cette fichue baraque. Nous avons déjà assez d'explications à fournir comme cela.

— Un peu de calme, Alex, fit Kingston en parcourant la pièce des yeux. On ne sait jamais. Et, de toute manière, je ne vais pas mettre l'endroit à sac, comme vous dites. Juste un rapide coup d'œil...

Secouant rageusement la tête, Alex partit à la recherche d'un téléphone.

Le « Coach and Morses », à quelque huit kilomètres à l'extérieur de Bath, se révéla un pub aussi plaisamment accueillant à l'intérieur qu'il semblait engageant à l'extérieur. Confortablement installés dans la salle, des pintes de bière devant eux, Alex et Kingston s'efforçaient de se remettre du choc que leur avait causé leur macabre découverte.

Quelques minutes après le coup de téléphone d'Alex, la police était arrivée à Manor Close, rapidement suivie d'une ambulance. Après avoir été longuement interrogés par le sergent de service et lui avoir donné, outre l'adresse de Mrs Cooke, leurs adresses et numéros de téléphone personnels, Alex et Kingston avaient été autorisés à partir.

La pendule murale derrière le bar sonna six heures.

— Pauvre garçon, répéta Kingston pour la troisième ou la quatrième fois en secouant la tête et avalant une gorgée de bière. Je me demande comment sa tante prend la chose.

— Pauvre Graham, c'est bien vrai ! fit Alex. En dépit de tout, je ne lui aurais jamais souhaité cela.

— Je me demande ce qui est arrivé. Exactement, veux-je dire.

De l'index, Alex traça un point d'interrogation dans un peu de bière renversée sur la table.

— Qui le sait ? murmura-t-il.

— Nous avons de la chance que le sergent ait cru à notre histoire, lui fit remarquer Kingston.

— Je sais. Pendant un moment, j'ai été presque certain que

nous allions être jetés dans le panier à salade et emmenés tout droit au commissariat. Kate aurait adoré ! Revenir pour nous retrouver tous deux en taule !

— Vous savez, Alex, nous ne sommes peut-être pas encore complètement tirés d'affaire.

Il s'interrompit, puis dit :

— Vous, du moins.

— Qu'est-ce que vous voulez dire ?

— Eh bien, si la police déniche – ce qui est hautement probable – une copie de la lettre de Stanhope et additionne deux et deux...

— Je fais un suspect de première grandeur.

— Assurément. Quel plus beau mobile ?

Alex contempla d'un air sombre la mousse qui subsistait dans son verre et dit :

— Je me demande si les policiers nous ont vraiment crus. Je suis surpris qu'ils ne nous aient pas demandé pourquoi nous n'avions pas tout simplement laissé les cahiers sous le porche, ce qui pouvait paraître la chose évidente à faire.

— Difficile à dire. Au moins, nous avons pu leur montrer les cahiers dans le coffre de la voiture et nous leur avons précisé qu'ils avaient de l'importance pour Graham.

Il regarda Alex droit dans les yeux et ajouta :

— S'il se révèle que Graham a été assassiné, ils vont certainement vouloir nous interroger de nouveau.

Il s'interrompit pour boire un peu de bière.

— Mais ne sautons pas à des conclusions prématurées, reprit-il. Il n'est aucunement sûr que quelqu'un lui a fait passer l'arme à gauche. Le pauvre diable a peut-être simplement eu une crise cardiaque.

— Il y a toujours cette possibilité, je suppose, fit Alex.

Il s'éclaircit la gorge et marqua une pause, comme s'il répugnait à dire la suite.

— Mais ne nous leurrons pas, finit-il par dire. Il est beaucoup plus probable que tout cela est lié à l'affaire de la rose.

— Je ne puis vous dire le contraire. En ce cas, le scénario le plus plausible est que quelqu'un soit venu dans la maison avant nous et que ce quelqu'un se soit battu avec Graham et l'ait tué accidentellement ou bien qu'il l'ait fait délibérément.

— Oui, mais pourquoi – et qui ?

— Les deux seules personnes qui viennent à l'esprit sont Wolff et Tanaka.

— Mais nous n'avons rien qui les relie à Graham.

— Je sais. Même s'ils ont épié vos moindres mouvements, je ne vois pas comment ils auraient pu apprendre que Graham détenait la formule.

— Moi non plus, répondit Alex en secouant la tête.

Ils restèrent un moment muets, tandis qu'un jeune couple fort bruyant venait s'installer à la table voisine. Alex fit grincer sa chaise sur le parquet en tournant ostensiblement le dos aux nouveaux venus.

— Je me demande, dit-il, ce que va devenir maintenant la revendication de Graham à l'égard de la rose. Pensez-vous que Mrs Cooke va poursuivre l'action ?

— Difficile à dire. Vous allez devoir le lui demander, je suppose. Ou, sinon, appeler Stanhope. Dans un cas comme dans l'autre, il serait décent d'attendre quelques jours.

Les clients commençant à arriver en plus grand nombre dans le pub, les voix et les rires se firent plus bruyants.

— Kate devrait maintenant être rentrée, fit Alex en regardant sa montre.

— Vous devriez lui passer un coup de fil, dit Kingston.

Et, tapotant son verre, il demanda :

— Vous en voulez un autre ?

— Non, pour moi, ça va, merci, répondit Alex en bâillant. Seigneur ! J'en arrive presque à avoir peur de rentrer chez moi, ces jours-ci. Je me demande ce qui va me tomber dessus, qui va téléphoner...

Kingston changea de position sur son siège et croisa les jambes.

— Je vous avais promis, Alex, commença-t-il, de vous en dire plus au sujet de ce Wolff.

— Le cultivateur de roses américain ?

— Exactement.

— Alors, allez-y, dit Alex. Je vous écoute.

— Eh bien, peu après le premier coup de téléphone reçu par vous, j'ai appelé l'une de mes relations vivant maintenant en Californie. Un nommé Bob Jackson. Il occupait naguère une position très importante dans l'une des principales sociétés de matériel et fournitures de jardinage de la côte ouest des États-Unis. J'ai demandé à Bob de fouiner un peu pour savoir quelles organisations ou quels personnages pourraient avoir le plus de raisons de s'intéresser à une rose bleue. Bob a fait un travail titanesque. Non content de reprendre contact avec beaucoup de ses vieux amis dans la partie, il m'a dit avoir passé d'innombrables heures sur Internet et dans les bibliothèques, à revoir des articles de journaux et de publications spécialisés.

— Et toutes les routes mènent, non à Rome, mais à Wolff, à ce que je crois comprendre ?

Kingston ne répondit pas directement à la question.

— C'était la bonne nouvelle, poursuivit-il. Mais vous n'allez pas aimer ce que je vais vous dire ensuite, parce que c'est assez inquiétant.

— À vous entendre, on se croirait dans un mauvais film noir.

— On pourrait l'être. Tout d'abord, laissez-moi vous dire un petit mot du monde dans lequel cet homme, Wolff, opère – le monde de l'horticulture commerciale. À première vue, ce n'est que nature, jolies fleurs, beaux jardins et tout le reste. Mais avant tout, c'est affaire d'argent. C'est un monde dur, compétitif, impitoyable, où le gros poisson avale le petit poisson avant d'être lui-même dévoré par les requins. Et, croyez-moi, Wolff est un requin. Je parierais qu'en ce moment, il tourne autour du « Presbytère » en attendant le moment propice pour frapper.

— Oh, allons, Lawrence ! Ce n'est quand même pas *Les dents de la mer* !

— Ne prenez pas cela à la légère, Alex. Les documents que m'a envoyés Jackson peignent un portrait véritablement accablant de notre Mr Ira Wolff, celui d'un personnage avec des traits quasi pathologiques.

Sur quoi Kingston entreprit de résumer ce que Jackson lui avait révélé de l'histoire personnelle de Wolff et de ses douteuses entreprises.

Il apparaissait que l'ascension de Wolff dans le domaine de l'horticulture commerciale avait commencé avec l'acquisition par lui de Baker-Reynolds. Jackson avait été incapable de dénicher le moindre article de presse ou la moindre information sur les activités du personnage avant cela. C'était comme si, jusqu'à ce qu'il achète Baker-Reynolds, Wolff n'avait pas existé. L'article de première page publié à l'époque par le *Wall Street Journal* sur la reprise de B-R était concis et objectif. Certes, son auteur avait exprimé quelques réserves quant au prix ridiculement bas payé par Wolff, mais il ne semblait pas mettre en doute la légitimité de la transaction. Le même sentiment semblait prévaloir dans d'autres coupures de presse.

Les opinions personnelles exprimées au sein du monde de l'horticulture rendaient, toutefois, un son de cloche fort différent. Les personnages joints par Jackson se déclaraient presque tous convaincus que Wolff avait eu recours à des procédés défiant l'orthodoxie pour acquérir la société. L'un d'eux écrivait que, de l'avis général des hauts cadres de B-R à l'époque, la menace de divulgation de secrets extrêmement gênants pour la famille alors propriétaire avait conduit à la vente forcée de la société. Un autre parlait également de chantage, mais d'une autre nature, concernant des délits d'initiés et des fraudes fiscales impliquant plus d'un membre du conseil d'administration d'alors. Cette situation aurait été exploitée par Wolff de façon machiavélique.

Un troisième recommandait que des recherches soient entreprises dans les archives des services du procureur général de l'État de Washington pour la période s'étant écoulée durant et immédiatement après la vente de Baker-Reynolds, affirmant qu'il serait ainsi montré que la transaction avait été farouchement contestée, non seulement par des actionnaires de B-R suspicieux, mais aussi par de nombreuses personnalités du monde de l'horticulture. Malgré un flot de plaintes véhémentement formulées, rien n'avait été fait par les autorités judiciaires ou administratives pour enquêter sur l'affaire ou suspendre la transaction. Ultérieurement, le bruit avait couru que Wolff avait acheté plusieurs membres importants des services du procureur général.

Quant à la vie personnelle de l'homme, elle aurait fait la joie d'un journal à scandale. Wolff avait été marié – et divorcé – quatre fois. Chaque épouse s'était révélée encore plus coûteuse que la précédente. En plus des deux millions de dollars dépensés en résidences et automobiles de luxe, sa première femme, Mary Jo, était partie avec la bagatelle de douze millions de dollars. La deuxième épouse, qui avait accusé entre autres choses, dans sa demande divorce, Wolff de violences physiques extrêmes, était devenue du jour au lendemain plus riche de quinze millions de dollars. Un mois plus tard, elle avait épousé le propriétaire de l'un des principaux restaurants de Seattle.

Deux mois après, le corps mutilé de ce nouveau mari avait été repêché dans le lac Washington. L'enquête qui avait suivi n'avait jamais abouti. Les épouses numéros trois et quatre avaient allégé le compte en banque de Wolff de quelque trente millions de dollars de plus.

D'autre part, une coupure d'une colonne de la *Tacoma News Tribune* rapportait en quelques détails les exploits de Wolff dans une boîte de nuit locale. Après un vif échange d'insultes, Wolff avait sauvagement frappé un autre client, offusqué par les commentaires du patron de B-R sur la femme qui l'accompagnait. Aucune autre coupure n'indiquait la conclusion de l'affaire.

— Pas très joli, tout cela, n'est-ce pas ? soupira Kingston.

Alex repoussa son verre vide.

— Ciel ! fit-il. Quel aimable personnage !

— Mais le pire reste à venir.

— Je n'aurais pas cru qu'il puisse y avoir pire.

— C'est pourtant le cas. D'après toutes les informations recueillies, Wolff est dans une situation très difficile, à l'heure actuelle. À moins d'un miracle, sa société est sur le point de faire la culbute. Si cela se produit – si elle est déclarée en faillite – un certain nombre de crimes et délits graves perpétrés par Wolff vont certainement être découverts. Selon Bob Jackson, il pourrait se retrouver en prison pour très, très longtemps. Et là, je cite directement Bob : « Wolff est le dos au mur, et il est très dangereux. Il ne reculera devant rien pour se procurer de quoi sauver sa peau. »

— Lawrence, si vous cherchez à me terroriser, arrêtez tout de suite ; c'est gagné.

— Je voudrais simplement que vous sachiez le genre de personnage auquel vous avez affaire, Alex. C'est tout. L'homme est un psychopathe.

— Je n'aurai pas affaire à lui, Dieu merci. Vous pouvez en être certain.

Avant de quitter le pub, Alex appela « Le Presbytère ». Il n'y eut pas de réponse.

— Kate sera probablement là le temps que nous arrivions, dit Alex, comme ils montaient en voiture.

Moins de vingt minutes plus tard, ils arrivaient. Comme il descendait de la TR 4, Alex entendit le téléphone sonner dans le vestibule.

— Je parie que c'est Kate, dit-il à Kingston.

Et il se précipita vers la porte, l'ouvrit et alla décrocher le téléphone.

— Allô, fit-il, légèrement essoufflé.

— Alex Sheppard ?

Il eut l'impression de recevoir un coup à l'estomac. C'était l'Américain.

— Je vous avais demandé de ne pas rappeler, déclara-t-il.

— Qu'est devenue la traditionnelle politesse anglaise, Mr Sheppard ? Pas très amical, comme accueil, non ?

— Je ne me sens pas d'humeur amicale.

— C'est bien malheureux. D'autant que nous avons une affaire à traiter ensemble.

— Je n'ai pas d'affaire à traiter avec vous. Je croyais vous l'avoir déjà dit assez clairement. Donc, si vous vous voulez bien m'excuser...

— Vous avez bel et bien une affaire à régler avec moi, Sheppard, répliqua l'homme. Vous avez quelque chose que nous voulons – la rose. Et nous avons quelque chose que vous voulez.

— Vraiment ? Je ne crois pas. Je ne pense pas que...

— Nous avons votre femme.

— Quoi ! hurla Alex.

— Nous avons votre femme. Et si vous voulez la récupérer...

— Où est-elle ? Qu'est-ce que vous lui avez fait ?

— Calmez-vous un peu.

— Vous... vous êtes fou, ou quoi ? Vous avez vraiment enlevé ma femme ?

De multiples et incontrôlables pensées assaillaient soudain Alex. Tout ce que Kingston lui avait dit peu avant lui revenait en mémoire.

— Calmez-vous et écoutez, Sheppard. Prenez un crayon et un morceau de papier, car je veux que vous écriviez ce que je vais vous dire.

— Allez au diable ! Je ne vais pas...

— Faites ce que je dis, Sheppard, sinon vous rendrez les choses pires pour votre femme. Bien pires.

— Espèce de salaud ! Dès que j'aurai raccroché, j'appelle la police !

— Ce serait une terrible erreur, croyez-moi. Vous ne semblez pas comprendre une chose : ce n'est pas un jeu de société. Vous n'avez pas le choix. Alors, écrivez.

Alex ne répondit pas.

— Mercredi, c'est à dire après-demain, reprit l'Américain, je veux que vous vous rendiez à l'adresse suivante à Oxford. Venez seul et soyez là à dix heures du matin précises. Un homme vous attendra. Il aura quelques papiers que vous devrez signer.

— Et si je refuse de signer ? Que sont ces papiers, de toute manière ?

— Ne posez pas de questions. Faites seulement ce qu'on vous dit.

Alex écrivit en silence l'adresse indiquée.

— Je répète, dit l'homme. Juste pour être sûr.

Il répéta l'adresse, puis ajouta :

— Dix heures après-demain. N'amenez personne avec vous et n'en parlez à personne non plus. Compris ?

— Oui, répondit Alex.

— OK, vous faites ce que je vous dis, vous signez ces papiers, et vous récupérez votre charmante femme. C'est clair ?

— Salopard ! Vous n'avez pas intérêt à toucher à elle, sinon…

— Sheppard, répondez seulement à la question.

— Entendu.

— Faites ce que je demande et rien n'arrivera à votre femme. Elle est en très bonne santé, actuellement. Une chose encore. N'ayez pas l'idiotie d'appeler la police. Ne parlez à personne de tout cela. À personne, vous m'entendez. Ce serait regrettable. Et je veux dire *très* regrettable.

Il s'interrompit et reprit presque aussitôt :

— En attendant, prenez bien soin de cette rose. Vous m'entendez ?

— Vous êtes malade ! Complètement fou !

Kingston, qui venait d'entrer, regardait Alex d'un air étonné.

— Je serai encore plus fou si vous ne signez pas ces papiers, répliqua l'Américain. Le plus tôt vous le faites, le plus tôt vous verrez votre femme – en un seul morceau.

Alex entendit un déclic, puis la tonalité. Il resta un moment, le combiné à la main, tremblant de tous ses membres.

Kingston lui posa la main sur l'épaule.

— Ciel, Alex ! fit-il. Vous êtes blanc comme un linge. Que diable se passe-t-il ? Qu'est-ce qui ne va pas, mon vieux ?

Alex se laissa tomber sur le divan, courba la tête et commença à se masser le front.

— C'était l'Américain, dit-il. Je n'arrive pas à y croire. Ces salauds ont enlevé Kate.

— Oh, mon Dieu ! Oh, non !

Alex, les yeux fixés sur le tapis, entendit Kingston aller jusqu'au buffet. Peu après, il sentit qu'on lui mettait entre les mains un verre à demi plein de cognac. Entre deux gorgées, il relata exactement à Kingston sa conversation avec l'Américain. L'universitaire écoutait, la mine sombre.

— Alex, dit-il enfin, je pense que la première chose à faire est de s'assurer que Wolff – car, maintenant, je suis sûr à quatre-vingt-dix-neuf pour cent que c'est lui qui est derrière tout cela – ne bluffe pas.

— Bluffer ? s'exclama Alex en se couvrant le visage de ses mains. Ce salaud au téléphone ne bluffait pas, croyez-moi.

Kingston hocha la tête et avala une gorgée du scotch qu'il s'était servi.

— Tout ce que je dis, précisa-t-il, c'est que nous devons être sûrs. D'abord, appelons Nell – pour savoir quand Kate est partie de chez elle. C'est un début. Ensuite, je pense que nous devrions alerter la police. Les policiers savent comment...

— Mais, je vous l'ai dit, il m'a ordonné de ne pas le faire. C'est la vie de Kate qui est en jeu !

Alex se renversa en arrière sur le divan et se mit à regarder le plafond.

— Lawrence, fit-il, il y a une demi-heure, vous me disiez quel homme extrêmement dangereux est Wolff. Maintenant, vous voulez que j'appelle la police et coure le risque très réel qu'il se venge sur Kate ? Ce risque, je ne peux pas le prendre...

Il poussa un soupir et ajouta :

— Je n'ai pas le choix. Il n'a qu'à prendre cette foutue rose.

— Ce n'est peut-être pas aussi simple que cela paraît, dit alors Kingston. Vous oubliez la requête de Graham et la vente aux enchères. Je pense que nous ferions mieux d'appeler Adell.

La sonnerie du téléphone fit sursauter Alex.

— Bon Dieu ! fit-il en se penchant pour décrocher l'appareil. Qu'est-ce qu'il se passe encore ?

— Allô, Alex, dit Nell d'un ton joyeux.

— Oh, bonsoir, Nell ! Nous étions justement sur le point de vous appeler. Pouvez-vous ne pas quitter une minute ?

Écartant le combiné, il regarda Kingston et lui dit à voix basse :

— Je ne vais rien lui dire au sujet de Kate. Elle appellerait la police.

Kingston eut un hochement de tête approbateur. Alex revint en ligne et enchaîna :

— Désolé de vous avoir fait attendre, Nell. Comment allez-vous ?

— Très bien, merci. Kate m'avait dit qu'elle m'appellerait dès qu'elle serait rentrée. Cela fait maintenant très longtemps qu'elle est partie – plus de cinq heures. J'appelais pour savoir si elle était bien arrivée. Elle est là, n'est-ce pas ?

Alex eut l'impression qu'il se décomposait sur place.

— Elle ne se sentait pas très bien en arrivant, bredouilla-t-il. Elle est montée se reposer.

Sa voix était faible et son ton peu convaincant – même à ses propres oreilles.

— C'est curieux, fit Nell. Elle était vraiment affectée, pour la rose – et effrayée, a-t-elle dit – mais elle paraissait en excellente santé. Enfin, j'espère qu'elle va se remettre très vite. Voudriez-vous lui demander de m'appeler demain ?

— Je n'y manquerai pas, Nell.

— Et vous, Alex, vous allez bien ? Vous avez une drôle de voix.

— Je vais bien, mentit Alex. Vraiment.

— Je sais que c'est vraiment choquant, ce qui est arrivé à la rose, mais je suis sûre…

Alex sentit soudain tout son être se tendre.

— Que dites-vous ? demanda-t-il. Qu'est-il arrivé à la rose ?

— Kate ne vous l'a pas dit ?

Alex ne sut d'abord que répondre.

— Non, fit-il enfin. Elle est allée directement au lit, mais…

— Le rosier est parti, dit Nell. Il ne reste rien qu'un grand trou dans le sol. Et ils ont tout saccagé autour…

— Seigneur !

— Je suis sûr que tout va s'arranger, Alex. Vous le retrouverez.

Il saisit l'extrémité de son nez et ferma les yeux.

— Il vaudrait mieux, soupira-t-il. Il vaudrait mieux.

— Vous êtes sûr que vous allez bien, Alex ?

— Oui, je vais très bien. Mais il faut que je vous quitte, Nell.

— Alex ?

— Oui.

— Vous demanderez à Kate de m'appeler ?

— Bien sûr, bien sûr, bégaya-t-il. Au revoir.

— Au revoir.

Alex raccrocha et se tourna vers Kingston.

— Selon Nell, lui dit-il, Kate allait très bien quand elle est partie. Mais ce n'est pas tout. Le rosier est parti. Quelqu'un l'a pris.

— Ciel ! Que peut-il bien se passer ?

— Au diable le rosier ! Tout ce qui m'importe, c'est Kate.

Il se tut un moment, la tête entre les mains, puis déclara subitement :

— Peut-être est-elle simplement tombée en panne sur la route… C'est une possibilité.

Kingston secoua la tête.

— Si c'était le cas, dit-il, elle vous aurait sûrement téléphoné pour vous prévenir.

Alex accusa le coup et récapitula :

— Nell a dit que Kate était partie il y a plus de cinq heures. Elle a également dit que tout ce qui restait maintenant là-bas était un trou béant là où nous avions replanté le rosier, Vicky et moi.

— Qu'est-ce qui peut encore arriver de plus ? Si nous n'avons plus le rosier…

— Nous ne pouvons plus l'échanger contre Kate.

— Exactement.

Alex s'enfouit de nouveau le visage entre ses mains.

— Je préfère ne pas penser, fit-il d'une voix tremblante, à ce que ce salaud risque de faire quand je vais lui dire que nous n'avons plus la rose.

— Est-ce qu'il vous croira ? C'est encore une autre question.

Alex leva la tête et vit que Kingston se tirait le lobe de l'oreille, signe certain qu'il réfléchissait intensément. Il avala une gorgée de cognac.

— Et les boutures, Alex ? demanda soudain l'universitaire. Est-ce qu'elles ont été prélevées, finalement ?

Alex soupira.

— Je sais pas. Pourquoi ?

— Eh bien, si nous pouvions mettre la main dessus, cela risquerait de tout changer.

— Je me rappelle avoir entendu Kate dire qu'elle voulait que Vicky le fasse, car elle-même n'était pas très douée pour ce genre de choses. Mais c'était il y a une éternité.

— Si Vicky a bien prélevé ces boutures – et supposons pour le moment qu'elle l'a fait –, où les aurait-elle gardées ?

— Je l'ignore, Lawrence. Je ne pense pas qu'elle les aurait laissées ici, chez nous. L'endroit le plus probable serait la pépinière.

— Alors, il faut appeler tout de suite là-bas et en avoir le cœur net.

— Vous pensez que Wolff accepterait les boutures au lieu du rosier ?

— Non, je ne le crois pas un instant. Le rosier est encore quelque part dans la nature. Et, pour compliquer encore les choses, il y a la formule d'hybridation dont, pour autant que nous le sachions, Wolff ignore encore l'existence.

— Et alors ?

— À un moment ou à un autre, nous devrons parler à Wolff des boutures. Il n'est pas naïf à ce point. Il pensera bien que la première chose que nous avons faite est d'en avoir prélevé.

— Donc, il voudra et le rosier et les boutures pour nous rendre Kate ?

— Prenons les choses dans l'ordre, Alex. Commençons par demander si les boutures sont à la pépinière.

— Entendu.

Alex prit le petit carnet d'adresses posé auprès du téléphone, le feuilleta et composa le numéro d'Holly Hill.

— Allô, c'est Jill ?

Il y eut une courte pause.

— Oui, lui-même. Je suis surpris que vous reconnaissiez ma voix. Oui, cela été terrible... J'ai une question à vous poser, Jill.

C'est vraiment important... Je suis en ce moment avec l'un de mes amis, Lawrence Kingston... Oui, lui-même. Jill, nous sommes presque sûrs que, peu avant sa mort, Vicky a prélevé quelques boutures d'un rosier dans notre jardin. Kate le lui avait demandé... Non, elle n'est pas là pour le moment. Elle est partie passer quelques jours chez une amie. De toute manière, nous ne retrouvons pas ces boutures. Il est assez probable que Vicky les gardait à la pépinière.

Alex écouta un moment ce que lui disait Jill, puis déclara :

— Ce serait très gentil à vous. Rappelez-moi dès que vous le pourrez. Vous êtes un ange, Jill. Merci encore.

Il reposa le combiné et regarda Kingston.

— Elle se souvient vaguement des boutures, lui précisa-t-il. Apparemment, Vicky avait parlé de les mettre en lieu sûr. Jill dit qu'elle va essayer de les retrouver.

— Cela semble prometteur.

— Et Wolff, Lawrence ? Nous allons bien devoir dire à son représentant que nous n'avons plus le rosier.

— Peut-être que non – pas encore, au moins. À propos, qu'est-ce qu'il a dit de ces papiers que vous êtes censé signer mercredi ?

— Rien. Il a seulement parlé de papiers. Mais vous savez bien que cela ne peut concerner que la cession de la rose.

— Bien entendu.

— Oh, mon Dieu ! Pauvre Kate ! gémit Alex en saisissant à deux mains son verre de cognac.

Kingston se leva, s'étira et commença à arpenter la pièce.

— Une petite chose en notre faveur, dit-il. Nous avons un peu de temps pour manœuvrer avant qu'il ne demande à voir le rosier.

— Pas beaucoup, à mon avis. Mais qui diable a pu le voler ?

— Je n'en ai aucune idée, fit Kingston en secouant la tête. Nombre de gens connaissaient son existence, tout bien considéré. Les Cooke, leur homme de loi, le vôtre, Tanaka, Wolff – tout agent de Wolff.

— Mais Wolff n'aurait pas à la fois pris le rosier et enlevé Kate. Cela n'aurait pas de sens.

— Je suis d'accord, répondit Kingston. À moins qu'il n'ait pris le rosier à titre d'assurance supplémentaire. Je ne sais vraiment pas quoi penser, Alex. Rien ne semble logique.

Alex avala le reste de son cognac d'un seul trait. Son visage était décomposé, ses yeux rouges et gonflés.

— Quel horrible pétrin ! soupira-t-il.

Kingston s'arrêta dans ses déambulations, l'œil fixé sur Alex.

— Si – et je reconnais que c'est un énorme « si » – Kate est vraiment libérée par eux mercredi, quand vous aurez signé...

La sonnerie du téléphone vint interrompre sa phrase. Alex décrocha.

— Oui, c'est Alex. Oh, Jill ! Vous avez fait vite...

Puis, à mesure qu'il écoutait, il se mit à pâlir plus encore.

— Mon Dieu ! Vous êtes sûre ?... Combien y en avait-il ? Je vois. Eh bien, ce n'est pas la réponse que nous espérions, mais merci infiniment, Jill. Il se peut que je vienne vous voir dans le courant de la semaine. Cela serait possible ? Entendu...

Il rapprocha d'un geste lent.

— Qu'a-t-elle dit ? demanda Kingston.

— Apparemment, toutes les boutures sont mortes. Il semble qu'avec le décès de Vicky, les funérailles et tout le reste, on n'ait jamais mis en place le système d'arrosage.

— C'est la déveine complète ! fit Kingston. Maintenant, il faut à toutes forces retrouver le rosier.

CHAPITRE 17

« Cueille par conséquent la rose quand elle est encore dans sa fraîcheur. »

EDMUND SPENSER

Le cœur de Kate avait finalement retrouvé un rythme normal. Elle continuait à trembler, mais le choc initial de l'agression dont elle avait été victime s'était en grande partie dissipé. Il avait cédé la place à la colère, au besoin de riposter, à l'envie pressante de s'échapper. S'appliquer à remuer constamment la mâchoire et les lèvres n'avait rien fait pour desserrer la bande adhésive plaquée sur sa bouche. Le seul résultat avait été de rendre ce bâillon plus pénible encore à supporter. Toute tentative pour se débarrasser des lunettes de ski l'aveuglant s'était révélée tout aussi futile.

Dans cette enrageante situation d'impuissance totale, Kate ne cessait de revenir mentalement sur ce qui s'était passé depuis qu'elle avait quitté la maison de Nell. Qui étaient ces hommes ? Étaient-ce ceux qui avaient pris le rosier ? Si tel était le cas, pourquoi l'avaient-ils enlevée, elle aussi ? De toute manière, la chose avait manifestement trait à Saphir, mais comment ?

Un crissement de pneus, un coup de klaxon de la Jeep et un juron de son conducteur vinrent ramener brutalement Kate à la réalité présente. De toute évidence, on venait d'éviter de justesse une collision. Elle se cala dans un coin du véhicule et ferma les yeux, mais elle ne put s'endormir. Pour la première fois de sa vie, elle se sentait réellement terrorisée. Non seulement par ce qui était arrivé, mais aussi par ce qui risquait de venir. La chair de poule persistait sur ses bras et sa nuque.

Finalement, elle entendit le moteur s'arrêter et perçut le bruit du frein à main que l'on tirait. Le conducteur descendit de voiture et claqua la porte. Ses pas s'éloignèrent, et, pendant un moment, le silence régna. Puis, Kate entendit deux hommes parler non loin du véhicule, mais elle ne put distinguer leurs paroles. Une ou deux minutes plus tard, la porte la plus proche d'elle s'ouvrit, et une main vigoureuse lui saisit le bras juste au-dessus du coude. On la tira brutalement hors de la voiture, et elle put sentir du gravier sous ses pieds. Des oiseaux chantaient tout autour. Au loin, on entendait le ronflement d'un tracteur ou d'une moissonneuse. Plus près, un chien aboyait de temps à autre.

Encadrée par deux hommes qui lui tenaient les bras, Kate remonta une allée. Peu après, on la fit s'arrêter et elle entendit le bruit d'une clé tournant dans une serrure, puis le grincement d'une porte qu'on ouvrait. Après la douceur des senteurs champêtres qu'elle venait de respirer, une âcre odeur de fumée vint lui soulever l'estomac. Des braises devaient achever de se consumer dans une cheminée. Puis, guidée par l'un des hommes, elle marcha sur un tapis. Jusqu'au moment où elle trébucha sur quelque chose.

— Un escalier, annonça l'homme en la soutenant toujours par le bras.

En haut de l'escalier, ils firent de nouveau halte. Elle entendit une autre clé tourner dans une serrure, puis le bruit d'un verrou qu'on tirait. Ils firent trois pas dans une pièce, s'arrêtèrent une fois encore, et l'homme lui lâcha le bras. Elle avait le cœur qui battait à tout rompre. La pièce était froide et sentait le moisi. Le frottement de la cordelette avait fini par lui entamer les poignets et la bande adhésive lui tirait douloureusement la peau du visage. Dans l'obscurité totale où elle se trouvait, elle se sentait terriblement vulnérable.

Elle sentit que l'homme, derrière elle, desserrait puis dénouait la cordelette lui liant les poignets. Après quoi, il entreprit d'ôter la bande adhésive autour des lunettes de ski. Ce fut péniblement lent. Quelques mèches de cheveux s'étaient collées à la bande adhésive, mais, au moins, l'homme n'arracha pas celle-ci d'un seul coup, brutalement. Cela donna à Kate un petit espoir d'être traitée dorénavant avec quelques égards.

Quand on lui retira les lunettes, Kate s'attendit à être

aveuglée par la lumière. Il n'en fut rien, et elle comprit vite pourquoi. D'épais rideaux de velours garnissaient les fenêtres, maintenant la pièce dans une semi-obscurité. Se tenant toujours derrière Kate, l'homme retira avec une certaine douceur la bande adhésive qui lui couvrait la bouche. Avant qu'elle ait pu dire un mot ou lui jeter un regard, il s'était éclipsé silencieusement de la chambre en fermant la porte derrière lui. Elle entendit le verrou tourner à l'extérieur.

Kate frotta doucement ses poignets et se toucha les joues de l'extrémité des doigts. Elle avait le visage très endolori. Elle inspira profondément par la bouche, et sa cage thoracique se fit douloureuse quand l'air pénétra dans ses poumons.

Ses yeux s'étaient maintenant adaptés à la maigre lumière. Regardant autour d'elle, elle distingua un lit à deux places, une grande penderie et quelques autres meubles en bois sombre. Non loin d'elle, à sa droite, deux chaises de tapisserie encadraient une petite table sur laquelle était posé un plateau supportant une théière, une tasse blanche, du lait, du sucre et une assiette garnie de biscuits. Pendant un instant fugitif, elle fut étrangement touchée de cette attention, puis elle se rappela le caractère angoissant de sa situation.

Le thé était bon, et elle dévora à la file les huit biscuits posés sur l'assiette. Elle alla ensuite jusqu'à la fenêtre et écarta le rideau. À l'extérieur, le jour tombait et elle ne distinguait que fort peu de choses. Ce qui était sûr, c'est qu'on ne voyait aucune lumière indiquant d'autres maisons à proximité. Son lieu de détention avait dû être choisi pour son isolement.

Elle s'assit sur le lit pour réfléchir, mais ne tarda pas à sentir l'assoupissement la gagner. Après tout ce qu'il avait subi, son corps n'en pouvait plus. Elle sentit ses paupières s'alourdir et se renversa sur le lit. Quelques secondes plus tard, elle dormait.

Alex laissa échapper un sourd gémissement. Il avait les oreilles qui bourdonnaient et les tempes douloureuses. Il se passa la langue sur les lèvres. Celles-ci étaient desséchées et même craquelées, parcheminées. Le radioréveil affichait en chiffres verdâtres 10 heures 14.

Soudain tout lui revint en bloc : l'affreux coup de téléphone de l'Américain à propos de Kate, le vol du rosier, le cognac...

Il se souvenait être tombé, à un moment, endormi sur le divan. Il n'avait rien dû manger, mais avait simplement bu encore un peu plus de cognac. Pas étonnant qu'il se sente aussi mal. Rejetant les draps, il sortit péniblement du lit, passa sa robe de chambre, mit ses pantoufles et descendit dans la cuisine.

Se dressant, vide, à côté de l'évier, la bouteille de Rémy-Martin vint confirmer ses pires suppositions ; elle avait été à moitié pleine la veille.

Il alla jeter un coup d'œil dans le salon. Pas de Kingston.

— Ciel ! marmonna-t-il. J'espère qu'il n'a quand même pas tenté de reprendre le volant hier soir !

Ouvrant la porte d'entrée pour prendre l'exemplaire du *Times* régulièrement déposé sur le seuil, il fut soulagé de constater que la TR 4 était toujours là où Kingston l'avait garée la veille. Il saisit le journal et rentra dans la maison.

L'angoisse le tenaillait au sujet de Kate. Il se torturait en se demandant où elle était, ce qu'elle faisait, comment elle était traitée. Machinalement, il emplit la bouilloire électrique, la brancha et alla jusqu'à la table de la cuisine. Il s'assit, regardant sans le voir le journal toujours plié. Il repensa à ce que Kingston avait préconisé – appeler la police – et secoua la tête.

— Je ne peux pas faire cela, murmura-t-il pour lui-même. C'est impossible.

Des coups violemment frappés à la porte le firent sursauter.

— Merde ! fit-il. Je dois lui avoir fermé la porte au nez !

Et, se levant, il cria :

— Du calme, Kingston ! Nous avons une sonnette !

Il ouvrit la porte. Au lieu de Kingston, deux inconnus se tenaient devant lui. À côté de la TR 4 était garée une voiture beige d'apparence très anonyme.

Le plus âgé et le plus grand des deux hommes avait assez belle allure, dans un complet bleu marine très classique accompagné d'une cravate rayée aux couleurs d'un régiment. Il avait le front dégarni, des yeux bleus porcelaine au regard triste, des rides et une moustache grise bien taillée. La cinquantaine très avancée, estima Alex. Il aurait pu passer pour un industriel ou un cadre supérieur.

Son compagnon était beaucoup plus jeune, mince et revêtu d'un blouson de cuir. Beau garçon mais avec un physique assez rude, encore accentué par une cicatrice lui barrant le front des cheveux à l'un des sourcils. Aucun des deux n'avait l'air menaçant, ce qui soulagea Alex.

— Mr Sheppard ? Alex Sheppard ? demanda le plus âgé des deux hommes.

— Lui-même. Que puis-je faire pour vous ?

— Nous enquêtons sur la mort, hier, d'un Mr Graham Cooke et nous nous demandions, monsieur, si vous seriez en mesure de répondre à quelques questions.

Il s'interrompit, le regard posé sur Alex, dont il guettait visiblement la réaction.

— Je suis l'inspecteur Holland, précisa-t-il. Et voici le sergent-détective Taylor.

Alex, pris de court, hésita un peu.

— J'ai dit hier au sergent de service tout ce qui était arrivé, finit-il par répondre.

— Oui, nous avons lu votre déposition, Mr Sheppard. Vous n'avez pas à vous inquiéter. C'est juste une enquête de routine, une petite vérification – afin de nous assurer que nous n'avons rien négligé.

— Le connaissiez-vous – le mort ? demanda le sergent-détective Taylor avec un accent du nord de l'Angleterre.

— Graham ? Non, pas très bien. Je ne l'avais rencontré que deux fois.

Alex se sentait un peu gêné d'avoir cette conversation sur le pas de la porte – même si, à coup sûr, nul ne pouvait l'entendre.

— Cela m'a fait un certain choc, hier, dit-il. Entrez donc un moment, s'il vous plaît.

Il s'effaça pour laisser passer les deux policiers et ajouta :

— La première porte sur la droite. Excusez le désordre ; ma femme est absente pour quelques jours.

Confortablement installé sur le divan, l'inspecteur Holland reprit son très courtois interrogatoire :

— Quelles étaient, donc, vos relations avec Graham Cooke, monsieur ?

— Eh bien, il est – il était – le neveu de l'ancienne propriétaire de cette maison. Nous l'avons achetée cette année à cette dame.

— Il n'était donc pas ce que vous appelleriez un ami ?

— Certes pas.

À l'instant même, Alex sut que l'expression choisie par lui était malheureuse. Holland la releva immédiatement.

— Vous ne l'aimiez pas ? demanda-t-il.

— Non, ce n'est pas du tout cela que je voulais dire. Ce que j'entendais, c'est que je le connaissais à peine.

— Donc, vous n'aviez rien à voir dans ses affaires ? Les produits pharmaceutiques, je crois ?

— Non, certes non.

De temps à autre, Taylor prenait une note sur son bloc, léchant toujours, auparavant, la pointe de son crayon. Alex ne put s'empêcher de penser qu'il avait vu des centaines de scènes analogues au cinéma et à la télévision.

— Pourriez-vous me dire, demanda alors Holland, pourquoi vous vouliez rencontrer Mr Cooke hier ?

La question prit Alex par surprise, et Holland insista aussitôt :

— Quel était l'objet de la rencontre ?

— Nous étions venus restituer quelques cahiers que Graham nous avait prêtés.

— Quel genre de cahiers ?

— C'étaient des registres qui appartenaient à l'oncle de Graham.

— Des registres ?

— Ayant trait à l'hybridation des roses.

— Vraiment ?

— Oui.

Holland ne semblait pas convaincu.

— Nous les avons montrés à votre sergent, précisa Alex. Je les ai toujours dans la voiture, si vous voulez y jeter un coup d'œil.

— Des roses, hein ? fit Holland. Curieux...

Puis il reprit :

— Vous avez dit « nous ». L'autre était-il ce Kingston, qui est mentionné dans le rapport de police ?

— Oui, c'est un de mes amis, Lawrence Kingston.

Et Alex ajouta, dans l'espoir que cela ferait quelque effet :

— C'est un professeur d'université.

Un court dialogue à mi-voix des deux policiers donna à Alex l'occasion de se remettre en mémoire les détails de la brève entrevue que Kate et lui avaient eue avec Graham au « Presbytère ». Holland et Taylor allaient certainement poser des questions à ce sujet.

— À titre d'information, demanda-t-il ensuite, comment Graham est-il mort ?

— La thèse encore officieuse est qu'il a eu une crise cardiaque.

— Mon Dieu ! Il était terriblement jeune. Une crise cardiaque ?

— Eh bien, il pourrait y avoir d'autres éléments. Le corps portait des contusions, et il y avait des signes évidents d'une lutte dans la maison. Ce qui aurait fort bien pu entraîner la crise cardiaque en question.

Alex secoua la tête d'un air étonné.

— Seigneur ! fit-il. C'est affreux.

— Oui, monsieur, c'est le mot.

Holland se pencha en avant comme s'il s'apprêtait à se lever du divan. Puis il interrompit son mouvement et, posant le menton sur sa main, déclara d'un ton égal :

— Oh, une autre chose, monsieur ! Nous avons trouvé sur la personne de Mr Cooke copie d'une lettre adressée à vous et à votre femme. Une lettre d'un homme de loi nommé…

Il jeta un regard à Taylor, qui feuilleta rapidement son bloc.

— Alexander Stanhope, dit le sergent.

Holland le remercia d'un signe de tête, puis se retourna vers Alex pour lui demander :

— Pourriez-vous nous parler un peu de cela, Mr Sheppard ?

Alex se sentir pâlir ; il voyait déjà les implications de cette découverte.

— Ah, oui, fit-il. Nous avons reçu cette lettre il y a quelques jours, ma femme et moi. Graham est venu nous la remettre en main propre.

— Selon ce qu'écrit Mr Stanhope, il apparaît que votre femme et vous risquiez de perdre une somme très importante si la propriété de cette rose revenait à Graham et à sa tante. Est-ce exact ?

— C'est exact, confirma Alex.

— Il y a un moment, vous avez parlé de « roses » au pluriel, mais il s'agissait d'une rose en particulier, non ?

— C'est vrai. Je pense que je me suis simplement mal exprimé.

Holland secoua la tête.

— Je n'arrive vraiment pas à imaginer, dit-il, comment une rose pourrait avoir une telle valeur. On en apprend tous les jours.

Il se leva, défroissant son pantalon puis redressant son nœud de cravate. Alex restait silencieux.

— Nous allons peut-être devoir, déclara-t-il, vous demander ultérieurement de venir au commissariat faire une déposition complète, Mr Sheppard. Je vous téléphonerai pour vous donner toutes précisions à cet égard. Il faudra éventuellement que vous disiez à votre ami…

Il regarda de nouveau Taylor.

— Kingston, précisa le sergent.

— Oui, Kingston. Il se peut que nous souhaitions un bref entretien avec lui.

— En fait, il est ici avec moi jusqu'à demain. Et il devrait être de retour d'un moment à l'autre. Si vous voulez l'attendre ? Je peux faire un peu de thé, si vous en avez envie.

— Non, c'est très bien comme cela, Mr Sheppard. Nous ne voulons pas vous retenir plus longtemps que nécessaire. Nous allons vous laisser… Oh ! Une dernière chose : vous ne comptez pas quitter la région dans l'immédiat, je suppose ?

— Non, répondit Alex. Écoutez, je vous l'ai dit : je ne suis absolument pour rien dans la mort de Cooke. *Pour rien* !

Holland frotta de l'index sa lèvre inférieure.

— Alors, dit-il, vous comptiez céder la rose à Cooke ?

— En fait, oui. Je sais que cela peut paraître stupide de rejeter une chance unique de récolter une masse d'argent absolument indécente, mais il se trouve que nous ne voulons plus de cette rose. Elle ne nous a causé que d'horribles problèmes. Cela a été affreux d'un bout à l'autre. Tout ce qui nous intéresse, c'est de conserver notre maison, notre propriété. Je sais que c'est difficile à comprendre, et que la situation peut paraître suspecte. Avec la mort de Graham, mon arrivée au mauvais moment et le reste… Mais je puis vous assurer que je n'ai rien à y voir.

— Ce n'était qu'une question de pure routine. Je vous ai demandé si vous comptiez vous éloigner durant la semaine qui vient, n'est-ce pas ?

— Oui, vous me l'avez demandé. Et non, je ne compte pas m'éloigner.

— Bien. Très bien. Je vous suggère de rester chez vous jusqu'à ce que je vous aie fait signe.

— Bien sûr, dit Alex.

En plus de tout ce qui était déjà arrivé, il se retrouvait en position de principal suspect dans ce qui risquait de devenir une affaire de meurtre.

Holland se mit en marche vers la sortie, puis, brusquement, tourna de nouveau la tête vers Alex.

— Vous avez dit, fit-il, que votre femme était absente. Où se trouvait-elle hier ?

— Mon Dieu ! Vous n'êtes pas sérieux ? Vous ne suggérez pas…

— Non, non. Simple curiosité, c'est tout.

— Elle était chez une amie à Market Drayton, dans le Shropshire.

Alex fut dangereusement près de laisser échapper que Kate avait été enlevée. S'il y avait un moment opportun pour le faire, c'était bien celui-là. Il était sur le point de succomber à cette tentation mais le souvenir des menaces de Wolff l'en empêcha.

— Demandez-lui, reprit Holland, de nous appeler dès qu'elle sera de retour, voulez-vous ? Nous pouvons avoir besoin de lui parler.

— Bien sûr, fit Alex en hochant la tête.

— Bien, je pense que ce sera tout pour le moment, Mr Sheppard. Si vous pensiez à quelque chose d'autre qui puisse nous aider dans notre enquête, nous apprécierions beaucoup que vous nous le fassiez savoir.

Taylor remit sa carte à Alex, puis tout le monde se serra la main. Après quoi Alex, debout sur le seuil, regarda démarrer dans un état de quasi-hébétude la voiture des policiers.

CHAPITRE 18

« Qui étend une main maladroite vers une rose ne doit pas se plaindre si les épines le piquent. »

HEINRICH HEINE

Quand Kingston fit son entrée, Alex était assis à la table de la cuisine, contemplant d'un œil morne un bol de céréales resté rigoureusement intact. Moins de dix minutes s'étaient écoulées depuis le départ des deux policiers. L'exemplaire du *Times* gisait sur la table dans sa bande.

Kingston tira à lui une chaise et s'assit en face d'Alex.

— Comment vous sentez-vous, mon vieux ? demanda-t-il.

— Sacrément mal, Lawrence. Où étiez-vous passé ?

— J'étais parti faire ma petite marche matinale. Je suis allé jusqu'au village. J'ai passé vingt bonnes minutes à expliquer à une brave dame comment débarrasser ses rosiers du mildiou. Mais la plupart du temps, je dois le dire, j'ai repensé à la journée d'hier.

— Et il vous est venu des solutions à l'esprit ?

— Pas des solutions, j'en ai bien peur. Mais quelques idées quand même.

Kingston prit soudain l'air inquiet.

— Vous paraissez bizarre, Alex, dit-il. Est-ce que quelque chose s'est produit ? Qu'est-il arrivé ?

— Pas grand-chose, vraiment. Seulement la Brigade criminelle m'interrogeant comme suspect probable de meurtre.

— La police était ici ? Un meurtre ?

— Un inspecteur et un sergent-détective. Ils sont partis il y a dix minutes à peine. Graham est peut-être mort d'une crise cardiaque, mais ils disent que celle-ci a été provoquée par une bagarre. Ils ont trouvé des ecchymoses sur son corps.

Kingston fronça les sourcils.

— Intéressant, fit-il. Qu'ont-ils dit d'autre ?

— Ils ont posé des quantités de questions et m'ont conseillé de ne pas quitter l'endroit. Ils se sont même enquis de ce qu'avait fait Kate hier. Cela m'a flanqué une trouille bleue, Lawrence. J'ai été à un millimètre de leur parler de l'enlèvement de Kate.

Il saisit une cuiller et commença à faire tourner distraitement les céréales dans le bol posé devant lui.

— Ils vont probablement entrer également en contact avec vous, ajouta-t-il.

— Eh bien, dit Kingston, il est facile de voir pourquoi Kate et vous pouvez être considérés comme suspects. On sait que vous risquiez de perdre une énorme somme d'argent. C'est le parfait mobile.

Il se mit à se triturer le lobe de l'oreille d'un air pensif.

— Ce serait un peu trop gros comme coïncidence, marmonna-t-il au bout d'un instant.

— Quoi donc ?

— Que la mort de Graham ne soit pas liée à la formule.

— Seigneur, Lawrence ! En plus de tout le reste, il nous faudrait maintenant trouver qui a tué Graham ? Pas question. C'est *Kate* dont nous devons nous inquiéter pour le moment. Je suis mort de peur en pensant à ce qui risque de se passer demain.

— Alex, je comprends…

— Je sais et j'apprécie tout ce que vous faites, Lawrence. Mais parlons de demain. Tout dépend maintenant de cette entrevue. Il est sûr qu'on va me demander de signer la cession d'une rose que nous n'avons pas – que nous ne sommes peut-être même pas en mesure d'avoir. C'est ce qui va se produire, n'est-ce pas ?

— J'imagine que c'est ce que Wolff a en tête, oui. Je ne vois pas d'autre raison possible.

— Mais s'il a, entre-temps, découvert que nous n'avons pas la rose, que nous n'en sommes peut-être pas propriétaires ? Qu'est-ce que je fais, en ce cas, Lawrence ?

Kingston baissa la tête, pesant visiblement les termes de sa réponse. Puis il regarda Alex droit dans les yeux.

— Je sais, fit-il, que vous n'allez pas apprécier ce que je vais dire, mais il faut que nous prévenions la police. Il n'est pas trop tard pour cela, et les policiers pourraient vous accompagner demain.

— Pour l'amour du ciel ! cria Alex.

Kingston haussa les épaules.

— Entendu, entendu ! dit-il. Mais, en ce cas, il va vous falloir tout raconter à cette personne – qui qu'elle soit – en espérant de tout votre cœur qu'elle vous croie, ce dont je doute fortement.

— C'est fou ce que vous êtes encourageant, Lawrence ! soupira Alex.

— Au moins, vous aurez l'occasion de parler à quelqu'un face à face, même s'il ne s'agit que d'un intermédiaire.

— Ce ne peut être autre chose. Je ne vois pas Wolff disposé à montrer sa triste figure.

— Ce que je me demande, c'est où aura lieu la réunion. Sûrement pas chez un homme de loi. Wolff ne prendrait pas ce risque. Il serait trop facile à la police de suivre la piste.

— Lawrence, je vous en prie, arrêtez de remettre la police sur le tapis ! Je ne vais pas l'appeler, et vous non plus. Vous connaissez déjà mon sentiment à cet égard.

Il se leva et se frotta le menton.

— Écoutez, dit-il à Kingston, j'ai besoin de me secouer un peu, de me raser et de prendre une douche. Pourquoi n'iriez-vous pas faire un tour dans le jardin ? Il a l'air de faire un temps superbe dehors.

— Bonne idée. Cela fait un certain temps, maintenant, que je ne l'ai pas vu, ce jardin.

Kingston se leva à son tour et se dirigea vers la porte. Arrivé à celle-ci, il s'arrêta et se retourna.

— Écoutez, Alex, déclara-t-il, nous allons trouver un moyen de reprendre Kate. Je suis catégorique à cet égard.

Puis il sortit. Alex le regarda un moment s'éloigner par la fenêtre de la cuisine et murmura :

— Comme je voudrais partager ce bel optimisme !

Ce soir-là, après avoir dîné de sandwiches, Alex et Kingston revinrent pour la énième fois sur les événements des dernières semaines, recherchant l'infime détail qu'ils auraient pu négliger jusque-là.

Comme la soirée se prolongeait, Alex se surprit à parler de moins en moins lui-même, se contentant simplement d'écouter Kingston. Ce faisant, il se rendit compte qu'il s'efforçait presque machinalement de guetter un signe pouvant suggérer que – comme Kate en avait eu l'impression – son interlocuteur en savait un peu plus long qu'il ne voulait bien le dire. Mais il renonça, au bout d'un certain temps, à ce petit jeu, l'idée lui paraissant de moins en moins vraisemblable. De plus, il en venait à apprécier Kingston – et même à bien l'aimer.

Lorsqu'ils se séparèrent pour la nuit, il fut convenu que l'universitaire allait rester quelques jours de plus. C'était Alex qui l'avait proposé, mais il savait que, tôt ou tard, Kingston l'aurait suggéré lui-même.

Le lendemain matin, l'universitaire partit pour Londres afin d'y aller chercher quelques vêtements de rechange et autres accessoires. Il devait revenir dans la soirée, de façon à être là quand Alex serait de retour d'Oxford.

Il était sept heures et demie du matin et Alex s'apprêtait à passer sous la douche lorsque le téléphone se mit à sonner en bas. Il ferma les robinets de la douche, s'enroula une serviette autour de la taille et dévala l'escalier.

— Pourquoi ne fais-je pas tout simplement couper cette saleté de téléphone ? maugréa-t-il entre ses dents. Ces temps-ci, il n'apporte que de mauvaises nouvelles…

Il décrocha toutefois.

— Mr Sheppard ?

Alex sentit sa bouche se dessécher subitement. C'était de nouveau l'Américain. Il tenta de garder son calme.

— Quoi encore ? demanda-t-il.

— Je téléphonais pour vous rappeler votre rendez-vous de ce matin.

— J'aurais eu du mal à l'oublier.

— Très bien. Ayez seulement soin de venir seul.

— Et Kate ? J'exige de savoir comment elle va.

— Ne recommencez pas, Sheppard. Nous nous sommes déjà tout dit à ce sujet. Jusqu'à maintenant, votre femme va bien. Elle se repose. Vous n'avez qu'à signer les papiers ce matin – et vous la retrouverez. En un seul morceau.

— Bon Dieu, vous pensez vraiment vous en tirer comme cela ?

L'homme ne répondit pas immédiatement, et Alex décida de pousser une pointe.

— Comment pouvez-vous savoir que je ne vais pas arriver avec la police ? demanda-t-il.

L'homme dit alors d'un ton égal, sans trace d'émotion ni nuance de menace :

— Vous aimez votre femme ?

Alex ne répondit pas.

— J'en déduis, fit alors l'Américain, que la réponse est oui.

Alex continua à garder le silence.

— Très bien, reprit son interlocuteur. Je ne vous le dirai qu'une fois, Mr Sheppard. Ne parlez de cette conversation à personne. Si la moindre chose vient indiquer que vous êtes entré en contact avec la police ou avec tout autre service officiel, vous reverrez votre femme. Vous la reverrez, mais vous ne la reconnaîtrez pas. Me suis-je bien fait comprendre ?

— Espèce de brute sadique !

— Bon. Alors, c'est réglé.

Alex sentit la bile lui remonter jusque dans la gorge. Il s'efforçait de réfléchir à toute allure. Il avait projeté de dire à l'homme, quand il le rencontrerait à Oxford, que le rosier avait été volé et qu'une formule d'hybridation existant, il pouvait être cloné. Devait-il attendre le moment initialement prévu ou parler immédiatement ? Il respira profondément et dit :

— Il y a un petit problème.

— Un problème ?

— Nous n'avons pas le rosier. Qui plus est, je n'ai pas la moindre idée de l'endroit où il se trouve ni de l'identité de qui l'a volé. Alors, laissez partir Kate. Il n'y a plus aucune raison de la garder.

L'homme éclata d'un rire cynique.

— C'est la pure vérité, fit Alex d'un ton sec.

— Pour qui me prenez-vous, Sheppard ? Pour le dernier des crétins ? Vous avez le culot de me dire que quelqu'un est tout simplement allé dans votre jardin, a déterré le rosier et s'est esbigné avec lui ?

— Je vous dis que je ne l'ai pas ! hurla Alex. Et c'est la vérité. Je ne mens pas.

— Arrêtez vos conneries ! Cette conversation est terminée. Vous signez les papiers ce matin. Un point, c'est tout.

— Combien de fois faudra-t-il que je vous le dise ? Je n'ai pas ce foutu rosier !

— Eh bien, vous feriez mieux de vous débrouiller pour l'avoir !

Et, avant qu'Alex ait pu répondre, la communication fut coupée.

Quand Alex arriva à Oxford, une pluie fine mais persistante avait commencé à tomber. La ville était tout entière enveloppée d'une sorte de brume grise et humide, qui étouffait partiellement le bruit de la circulation et celui des éternels marteaux-piqueurs. De multiples parapluies avaient envahi les rues bondées, où persistaient les embouteillages matinaux.

Alex avait quitté « Le Presbytère » bien avant neuf heures, afin de se donner amplement le temps de gagner Oxford. Il eut la chance de trouver une place de stationnement payant à peu de distance de l'adresse qui lui avait été communiquée. Il vérifia une nouvelle fois les indications qu'il avait notées, et remit le papier dans sa poche.

Au bout de cinq minutes à peine, il arriva à sa destination, un vieil immeuble en pierre ocre dans Beaumont Street, en face du nouveau siège de l'Ashmolean Museum. Alex connaissait bien le musée, qu'il avait maintes fois visité. Il s'arrêta un instant pour en contempler l'élégante façade, pensant à l'ironie de la situation. Le musée avait été créé à l'origine pour abriter les collections de John Tradescant l'Aîné, le botaniste et maître jardinier du dix-septième siècle, et c'était là que lui, Alex Sheppard, s'apprêtait à signer la cession des droits de la plus grande découverte botanique du siècle.

Il se détourna et monta les marches de l'immeuble georgien dont l'adresse lui avait été indiquée. Dans un vestibule faiblement éclairé, il parcourut la liste affichée et découvrit que l'ensemble de bureaux 36 était occupé par un certain Alexander Lithgow, notaire. Il prit un ascenseur poussif jusqu'au troisième étage, et, suivant des flèches peintes sur les murs, arriva devant une porte portant le numéro 36 sur son panneau de verre dépoli. Il frappa sèchement, tourna le vieux bouton de cuivre cabossé et entra.

Le premier bureau sortait presque d'un roman de Dickens. Des piles de livres et de dossiers débordant de papiers d'apparence vétuste jonchaient les bureaux, les chaises et le plancher. Sur le mur de gauche étaient accrochés trois ou quatre diplômes jaunis par les ans. Sur un autre mur, une pendule affichait dix heures moins cinq.

Au fond de la pièce, une porte s'ouvrit et un homme apparut. Pendant un instant, Alex resta saisi ; l'homme ne correspondait pas du tout à ce qu'il attendait. Il avait plus d'un mètre quatre-vingts, une coupe de cheveux de style militaire et une mâchoire carrée. Le visage bronzé et les yeux abrités par des lunettes teintées, il portait un complet noir aux formes amples et une chemise noire à col ouvert. Il tenait à la main un dossier en carton brun.

— Alexander Lithgow ? demanda Alex.

— Non, il n'est pas là pour le moment, répondit l'homme d'un ton brusque.

À la différence du personnage ayant téléphoné au « Presbytère », il avait l'accent anglais.

— Qui êtes-vous, alors ? demanda Alex.

— Aucune importance. Je pense que vous êtes Alex Sheppard ?

— C'est exact.

L'homme désigna de la main le plus grand des bureaux encombrant la pièce.

— Asseyez-vous, dit-il.

Alex tira à lui une chaise de bois, s'assit et croisa les bras. L'homme s'installa de l'autre côté du bureau, face à lui. Il posa sur la table le dossier qu'il tenait à la main et l'ouvrit, faisant apparaître une mince liasse de papiers. Puis il sortit de la poche intérieure de son veston un stylo, qu'il fit glisser sur le bureau en direction d'Alex, qui le regardait en silence.

— Bien, fit-il en posant les mains sur le dossier ouvert. Ceci est un contrat de vente. Un document juridique qui transfère la propriété de la rose actuellement en votre possession à une autre partie. Il n'est pas nécessaire que vous le lisiez. Signez simplement au bas de la dernière page, à l'emplacement marqué d'une croix, et inscrivez la date. Faites de même sur les deux copies qui sont au-dessous.

Sur ce, il fit pivoter le dossier ouvert et le poussa vers Alex.

— Si je signe, demanda celui-ci, quand me rendra-t-on Kate ?

— Désolé, je ne suis pas ici pour répondre à des questions. Mon travail est simplement de m'assurer que vous signiez ces papiers.

Et il commença à tapoter le dessus de la table avec ce qui ressemblait à de l'impatience. Alex le regarda, puis regarda le stylo posé devant lui.

— Allez-y, fit l'homme. Qu'est-ce que vous attendez ?

— Cela ne marchera pas. Vous perdez votre temps. J'ai tenté de le dire à votre ami, mais il n'a pas voulu écouter.

— Quoi donc ?

— Nous n'avons pas le rosier. Il a été volé.

Alex s'attendait à voir la surprise apparaître sur le visage de son interlocuteur, mais il n'en fut rien. Son air d'exaspération devint simplement une expression de colère. Les lunettes teintées empêchaient Alex de voir son regard, mais ses lèvres s'étaient pincées et sa mâchoire contractée. Il poussa le dossier de quelques centimètres de plus en direction d'Alex et lui dit :

— Signez seulement ces papiers, bon Dieu !

Alex saisit le stylo et demanda :

— C'est Ira Wolff qui est derrière tout cela ?

L'homme ignora la question.

— Vous savez parfaitement ce qui se passe, n'est-ce pas ? insista Alex. Vous savez ce qui arrive à ma femme ?

L'homme se contenta de désigner le dossier d'un mouvement de menton.

— Signez ! aboya-t-il.

— Si je signe, quand la retrouverai-je ?

L'homme asséna un grand coup de poing sur le bureau.

— Signez ce foutu papier ! hurla-t-il.

Alex signa et data l'original et les deux doubles, ferma le dossier et le repoussa brutalement sur la table. C'était la seule chose qu'il pouvait faire. Il se leva d'un bond, renversant presque sa chaise.

— Bande de salauds ! clama-t-il.

Sa voix se brisait, et il avait les poings si serrés qu'ils lui faisaient mal.

— Vous ne vous en tirerez pas comme cela !

L'homme se leva lui aussi et fit le tour du bureau. Avant qu'Alex ait pu réagir, il le saisit par les revers de son veston et l'attira à lui. Si près de lui, en fait, qu'Alex vit ses yeux se refléter dans les verres teintés de l'autre.

— Enfoncez-vous bien cela dans le crâne, dit-il d'une voix sifflante. Je ne vais pas le répéter. Si vous voulez récupérer votre femme en un seul morceau, vous tenez ce rosier prêt à être livré dans quarante-huit heures. Compris ? Quarante-huit heures, cela veut dire deux jours à partir de maintenant.

Sur quoi, il lâcha les revers d'Alex et repoussa celui-ci si violemment qu'il alla heurter la porte.

— Et maintenant, foutez le camp ! cria l'homme.

Alex se redressa et regarda son vis-à-vis, évaluant ses chances dans un combat singulier. Décidant qu'elles seraient faibles, il se retourna, ouvrit la porte et sortit en la claquant derrière lui aussi fort qu'il le put.

CHAPITRE 19

« La nature reprend vite le dessus si le jardinier est absent. »

PENELOPE HOBHOUSE

Tenant une grande valise d'une main et un sac de voyage de l'autre, un gros étui d'appareil photographique accroché à une épaule et une raquette de tennis sous un bras, Kingston revint au « Presbytère » assez tard le mercredi soir pour trouver un Alex plus abattu que jamais.

Dès le moment où il avait ouvert la porte, Kingston avait pu constater que les événements des derniers jours commençaient à avoir un effet physique manifeste sur lui. Il avait les yeux terriblement cernés, et un regard terne et vide dû au souci et, sans nul doute, au manque de sommeil. Même dans son maintien, il semblait ployer sous le poids de la frustration et du désespoir. Cela se reflétait aussi dans sa mise. Il portait un sweat-shirt de l'Université d'Oxford plein de taches, un blue-jean déchiré au genou et avait omis de mettre des souliers.

Dans le salon, Kingston se versa une généreuse dose de scotch et alla installer sa grande carcasse dans « son » fauteuil. Alex était effondré sur le divan, en face de lui, Asp roulé en boule à ses côtés. Une seule lampe était allumée, ce qui rendait plus sinistre encore le climat régnant dans la pièce.

— Vous tenez le coup, Alex ? demanda Kingston.

La réponse fut longue à venir.

— Pas très bien, finit par dire Alex d'une voix morne.

L'universitaire regarda les yeux injectés de sang de son vis-à-vis, ainsi que le reste de liquide ambre au fond d'un verre de cristal couvert de traces de doigts.

— Vous ne forcez pas trop sur le scotch, j'espère, Alex.

— Non, ne vous inquiétez pas, Lawrence. Je ne m'abrutis pas d'alcool pour oublier, si c'est cela que vous redoutez. Du moins pas encore.

Alex baissa un instant la tête, puis reporta son regard sur Kingston.

— Wolff, fit-il, nous a donné quarante-huit heures pour produire la rose, sinon ces salauds vont s'en prendre à Kate.

Il laissa échapper un long soupir et ajouta :

— Je ne crois pas pouvoir supporter cela beaucoup plus longtemps, Lawrence.

Kingston fit tourner les glaçons dans son verre, et ce petit bruit vint encore renforcer la tension ambiante.

— Peut-être, déclara-t-il, y a-t-il un moyen de prouver à Wolff que nous n'avons pas la rose, que vous lui avez dit la vérité.

— Lequel ?

Kingston avala une gorgée de whisky.

— Je n'ai pas de réponse immédiate à cela, fit-il, mais tout vaut maintenant la peine d'être essayé.

Alex se leva et dit :

— Allez, viens, Asp. J'ai encore oublié de te donner à manger. Désolé, mon vieux.

Et il se dirigea vers la cuisine, suivi par le chien.

Quelques minutes plus tard, il revint s'asseoir en face de Kingston.

— Maintenant, dit celui-ci, racontez-moi en détail ce qui s'est passé à Oxford.

— Il n'y a pas grand-chose à dire. C'était comme nous le pensions. Et j'ai fini par signer un accord de cession de la rose.

— Rose que vous n'avez pas.

— Exactement.

— Vous leur avez bien dit que vous ne l'aviez pas – qu'il était même discutable que vous en ayez été jamais propriétaire ?

— Bien sûr que je l'ai dit, Lawrence ! Et cela n'a pas fait l'ombre d'une différence. Le type est devenu fou de rage. Il m'a projeté contre la porte, ce salaud ! J'en ai encore l'épaule endolorie.

— J'aurais dû venir avec vous, fit Kingston.

Alex ne dit rien. Il semblait perdu dans de fort sombres pensées.

— Ce type, demanda alors Kingston, c'était un homme de loi ?

Alex eut un petit rire de dérision.

— Un homme de loi ? Il ressemblait plus à un maquereau.

— Mais à qui était le bureau ?

Alex baissa de nouveau la tête et se massa les tempes.

— À un notaire nommé Lithgow, précisa-t-il.

— Eh bien, vous pouvez être sûr qu'ils avaient emprunté le local pour une ou deux heures. Wolff ne laisserait jamais de traces de ce genre. C'est l'enfance de l'art que d'éloigner quelqu'un de son bureau pour quelques heures.

— Lawrence, avec ces types-là, cela ne m'étonnerait pas que Lithgow ait été ligoté et bâillonné dans un placard.

Un silence prolongé vint indiquer qu'Alex ne souhaitait pas s'étendre plus avant sur les événements de la matinée. Kingston se leva, fit quelques pas pour se dégourdir les jambes, puis alla allumer un lampadaire qui se dressait entre les deux fenêtres du salon. Il voulait, quant à lui, continuer à parler de la rose dans l'espoir de faire jaillir quelque indice contribuant à déterminer qui avait volé le rosier et où il pouvait avoir été transporté. Mais il pouvait clairement voir qu'Alex en avait assez.

— Oh, j'oubliais de vous dire, fit-il de son ton le plus naturel, dans l'espoir de sortir Alex de sa torpeur, que j'avais eu un coup de fil de Cardwell aujourd'hui.

— Cardwell ?

— Oui, vous savez, le capitaine Cardwell. Le cryptographe, le chef de la DSSS de Chicksands. Il m'a téléphoné pour me dire qu'il s'était livré à une petite enquête sur l'affaire du cahier décodé à la demande de Graham. Eh bien, il apparaît que le cryptographe ayant effectué le travail avait bel et bien fait des copies du texte, en définitive, mais que Graham a dû s'arranger pour les subtiliser pendant que le type avait le dos tourné.

— Logique, remarqua Alex. Ce petit malin ne voulait certainement pas que traînent un peu partout des copies de la formule. Mais ce qui me surprend encore, c'est qu'il ait pu faire décoder le cahier.

— Ce n'est pas si étonnant si l'on y réfléchit un peu. Apparemment, le nom du major Jeffrey Cooke ouvre encore des portes dans les milieux spécialisés cinquante ans après. Il semble qu'il ait été, à Bletchley Park, dans la même catégorie qu'Alan Turing, Sir Harry Hinsley et quelques-uns des virtuoses de la cryptographie. Quand les gens de Chicksands ont appris que Graham était son neveu, ils n'ont été que trop heureux de lui rendre service.

— De toute façon, je suppose que tout cela n'a plus guère d'importance, dit Alex. Je doute fort que nous revoyions un jour cette rose. Autant nous faire tout de suite à cette idée.

— Je ne pense pas qu'on puisse en être aussi sûr, Alex. Pas encore.

— J'aimerais pouvoir le croire, grogna Alex.

Kingston décida d'attaquer sur un autre front.

— Adell est-il entré en contact avec vous ? demanda-t-il. À propos des revendications de Graham ?

— Non, en fait. Bon Dieu ! Je voulais l'appeler aujourd'hui. Je le ferai demain.

— En parlant de demain, je pense que vous n'irez pas à votre bureau ?

— Je ne crois pas. Mais, d'un autre côté, si je reste ici à ruminer toute la journée, je vais devenir fou...

— À partir de maintenant, Alex, il va nous falloir nous racler les méninges en permanence. Il faut que nous trouvions ce fichu rosier. Nous commencerons à réfléchir ensemble demain à la première heure et nous continuerons pendant le déjeuner.

— Pour moi, pas question, répliqua Alex. Pas question de déjeuner, veux-je dire. J'ai l'appétit coupé, ces temps-ci.

— Allons, Alex ! Je parierais que vous n'avez pas fait un repas convenable depuis des jours. Il faut réagir. Et cela ne vous prendra qu'une petite heure dans la journée.

Alex secoua la tête.

— Lawrence, dit-il, comment pouvez-vous penser à manger en un moment pareil ?

Kingston leva les mains en le regardant.

— Je vais devoir insister, fit-il. Quelle différence cela fait-il que nous réfléchissions ici ou au restaurant, dans la mesure où nous réfléchissons ?

Alex soupira.

— Très bien, Lawrence. Mais seulement une heure, entendu ?

— C'est promis ?

— Oui, je suppose, marmonna Alex, en haussant les épaules d'un air accablé.

— Il faut continuer, déclara Kingston sur un ton qui se voulait aussi réconfortant que possible. Il faut continuer à méditer, continuer à imaginer, continuer à examiner les moindres détails, continuer à parler. C'est tout.

Il détourna son regard d'Alex pour le porter, à travers les vitres, sur les ténèbres du jardin. Il pensait au rosier. Où pouvait-il bien être ? Peut-être déjà hors du pays, au moment où ils parlaient.

Quelle extraordinaire découverte cela avait été et que de malheurs elle avait apportés avec elle. De quoi évoquer la malédiction de Toutankhamon. Le major Cooke avait-il pressenti que quelque chose de ce genre arriverait ? Lui et Farrow – si celui-ci avait bien participé à l'opération – devaient avoir beaucoup pensé à l'effet que l'apparition d'une rose bleue aurait sur le monde de l'horticulture. Était-il possible qu'ils aient eu la lucidité de prévoir le sinistre revers d'une si superbe création ? Les moyens ignobles que certains groupes ou individus ne manqueraient pas d'employer pour tenter d'en acquérir le résultat ? Était-ce pourquoi ils avaient utilisé un code secret et n'avaient soufflé mot à personne – pas même à Mrs Cooke – de leurs entreprises ? Avaient-ils eu, dès le départ, l'intention de ne jamais révéler leur secret ? Cela semblait bien être le cas.

— À quoi pensez-vous, Lawrence ?

Kingston se retourna et vit Alex debout près du divan, les deux verres vides dans les mains, comme s'il s'apprêtait à se retirer.

— Oh ! fit-il. Tout simplement à Cooke et à Farrow, en essayant de me représenter la façon dont ils avaient réagi lorsqu'ils s'étaient rendu compte qu'ils avaient réalisé l'impossible. J'aurais vraiment aimé être là à ce moment. Oh, et il m'était venu aussi une autre idée ! À propos de Mrs Cooke. Mais je ne vais pas vous embêter avec cela maintenant. Je vous en parlerai demain.

Alex approuva d'un signe de tête.

Kingston se leva de son fauteuil, s'étira en étouffant un bâillement et se dirigea vers le vestibule où il avait laissé ses bagages. Ayant éteint les lumières du salon, Alex vint l'aider à monter ceux-ci à l'étage.

Sur le palier, Kingston s'arrêta devant la porte de sa chambre et se retourna vers Alex :

— Merci de m'héberger ainsi, lui dit-il. À propos, vous jouez au tennis, je suppose ?

— Oui. Pas aussi souvent que je l'aimerais, j'en ai bien peur. Mais vous, je parierais que vous avez joué avec Rod Laver dans votre jeunesse, n'est-ce pas ?

— C'est extraordinaire ! Comment l'avez-vous su ?

Le lendemain matin, peu après huit heures, les deux hommes s'installèrent à la table de la cuisine avec des blocs-notes et des crayons à bille et entreprirent – une nouvelle fois – de reconstituer, événement par événement, propos par propos, détail par détail, tout ce qui s'était produit depuis la découverte par Alex et Kate de la rose bleue. À midi, deux douzaines de feuillets étaient déjà couverts de notes, mais aucune solution n'était en vue.

Le petit restaurant français que Kingston avait choisi se trouvait dans une rue tranquille de Cirencester. Dès qu'Alex et lui furent installés, l'universitaire se lança dans une grande conversation en français avec le garçon. Une bonne partie des propos échangés échappèrent à Alex, mais il put se rendre compte quand même que Kingston connaissait parfaitement la cuisine provençale.

Kingston commanda un verre de vin, Alex se contentant d'eau minérale. On leur servit des salades niçoises, et pendant les dix minutes qui suivirent, ils se restaurèrent sans cesser pour autant de parler.

— Comme je vous le disais, Alex, fit Kingston en s'essuyant le coin de la bouche de sa serviette, je pense que nous devrions rendre une petite visite à Mrs Cooke – aussi vite que possible. J'ai le sentiment que cela pourrait être fructueux. De toute manière, vous devez lui rendre les cahiers du major.

— Et aussi lui présenter mes condoléances.

— C'est exact.

— Peut-être pourrions-nous y aller dès cet après-midi ?

— C'est mon avis.

— Je lui passerai un coup de téléphone dès que nous serons rentrés. J'imagine qu'elle est chez elle la plus grande partie de l'après-midi.

— Il y a aussi, souligna Kingston, une autre raison, plus importante, pour laquelle cette visite pourrait se révéler utile.

— Laquelle ?

— Puisque c'est probablement Mrs Cooke qui détient maintenant le cahier manquant, ce serait l'occasion idéale de l'interroger sur l'affaire avec Stanhope. De voir si elle compte poursuivre l'action engagée par Graham. Nous aurions même peut-être une chance de mettre la main sur le fameux cahier, encore que la chose soit peu plausible, je le reconnais.

— Peu plausible, c'est le moins qu'on puisse dire. Maintenant qu'elle sait ce qu'il représente, pensez-vous sérieusement qu'elle s'en dessaisirait ?

— J'en doute, effectivement, mais il nous faut bien voir, non ? Il est également possible qu'elle n'ait pas su ce que faisait Graham.

— Fort peu probable à mon avis, dit Alex. Et si, par hasard, elle était dans l'ignorance, elle ne l'est certainement plus maintenant. Vous savez bien, de plus, que la police a été, elle aussi, en contact avec elle, et les policiers lui ont à coup sûr parlé de la revendication de Graham. Vous pouvez même parier qu'ils lui ont montré la lettre de Stanhope.

— Vous avez évidemment raison, fit Kingston après avoir pris une gorgée de vin. Il y a aussi la possibilité que le cahier manquant ait fini par se retrouver entre les mains de Stanhope.

— C'est à considérer.

— Oui, et si nous pouvions mettre la main sur ce cahier – simplement l'emprunter un moment – nous pourrions prouver à Wolff que, même s'il s'empare du rosier bleu, il aura de la concurrence.

— Exactement.

Ils s'interrompirent pour laisser le garçon leur servir une superbe bouillabaisse fumante.

— Je me demande, reprit quelques instants plus tard Alex, comment Wolff va réagir quand nous lui parlerons de la formule – si tant est que nous puissions le faire, bien sûr.

— Pas trop favorablement, j'imagine. Mais nous devons quand même essayer de le mettre au courant.

— À ceci près que nous n'avons aucun moyen de le joindre.

— Est-ce que l'homme d'Oxford vous a dit quand lui et ses complices allaient reprendre contact avec vous ?

— Ce salaud ? Non, il n'a rien dit du tout. Seulement que nous disposions de quarante-huit heures. Point final.

— De toute évidence, il faudra bien qu'ils le fassent, Alex. Je ne pense pas qu'ils vont libérer Kate juste comme cela.

— Dieu seul sait ce qu'ils feront. Tant qu'on ne fait pas de mal à Kate, je me contrefiche du reste.

Kingston ne répondit rien, se bornant à finir à grandes cuillerées sa bouillabaisse. Alex, fronçant les sourcils, dit alors :

— Je continue à me demander qui pouvait avoir intérêt à tuer Graham.

— Difficile à dire, Alex. Nous n'avons pas tellement de suspects sous la main.

— Selon vous, Wolff est parfaitement capable d'une chose de ce genre, n'est-ce pas ?

— Je suppose que nous ne pouvons l'exclure de la liste. Mais si c'était lui le responsable, cela indiquerait indiscutablement qu'il savait Graham détenteur de la formule. Est-ce vraiment possible ?

Alex secoua la tête.

— Dieu seul le sait, fit-il. Tout est possible... Écoutez, Lawrence, ne nous leurrons pas. Nous savons l'un et l'autre que la mort de Graham est liée, d'une façon ou d'une autre, à la rose. Il ne peut en être autrement. Toute autre explication semble hors de question.

Kingston laissa échapper un long soupir.

— Vous avez probablement raison, dit-il. Dieu sait que j'aimerais pouvoir penser différemment, mais il me semble aussi que tout cela se rapporte à la rose bleue.

Il fit un geste pour appeler le garçon.

— Un petit dessert, Alex ? demanda-t-il.

— Non, merci, pour moi, juste un café.

Lorsqu'ils sortirent du restaurant, une dizaine de minutes plus tard, le trottoir était assez luisant de pluie pour refléter leurs silhouettes.

— Après le soleil culinaire de la Provence, dit Alex en remontant son col, retour au bon vieux climat anglais. Et, bien sûr, le parapluie est resté dans la voiture...

Trois nuits s'étaient écoulées depuis l'enlèvement de Kate. En y repensant, elle était maintenant certaine que, le premier jour, on avait mis quelque chose dans son thé. En s'éveillant, le lendemain matin, elle n'avait aucune idée du temps qu'elle avait passé à dormir. Elle avait simplement l'impression que ce sommeil avait été anormalement prolongé. Elle avait encore les paupières lourdes et ressentait une sourde migraine. Il lui fallut un certain temps avant qu'assise sur le lit, dans la demi-obscurité, elle finisse par se rendre compte d'où elle était. Puis tout lui revint en vrac.

Les rais de lumière poussiéreuse entrant par les interstices des lourds rideaux de velours lui permettaient tout juste d'explorer la pièce du regard. Quelques meubles de pacotille la garnissaient parcimonieusement. Taché et passé, l'antique papier mural se détachait par endroits, révélant d'autres couches, plus anciennes encore. À une extrémité de la chambre, un vieux lavabo aux robinets de cuivre oxydés se dressait à côté d'une porte entrouverte, par laquelle on percevait l'extrémité d'une baignoire.

Kate se passa la main sur le bras. Il était encore endolori et elle put y voir des traces de meurtrissures. Tourner la tête, même lentement, restait douloureux. Pendant quelques instants, elle ferma les yeux pour tenter d'oublier cette douleur aussi bien que le caractère sordide du décor.

Puis elle se leva, les jambes tremblantes, et alla jusqu'à la porte. Celle-ci était massive et, bien sûr, fermée à clé. Kate revint vers le lit, s'y étendit et se mit à contempler le plafond. Celui-ci était craquelé en maints endroits et marqué de nombreuses plaques d'humidité. Il rappela à Kate celui d'un petit cottage de bord de mer qu'Alex et elle avaient loué en Cornouaille plusieurs étés plus tôt. En repensant à ces jours merveilleux, ses émotions prirent soudain le dessus, et elle se mit à pleurer. Doucement d'abord, puis avec de gros sanglots. Elle mesurait l'énormité de sa situation. Finalement, elle retourna son oreiller mouillé de larmes et retomba dans un sommeil profond.

Depuis son enlèvement, d'ailleurs, elle n'avait guère fait que dormir. C'était à peine si elle parvenait à rester éveillée quelques heures d'affilée – heures qu'elle passait à essayer d'imaginer qui pouvait l'avoir kidnappée et pourquoi. Tout ce qu'elle savait, c'était que la rose était à l'origine de tout cela. Elle pensait aussi à Alex. Il devait être fou d'inquiétude.

Pour elle, le seul fait nouveau s'était produit ce jour – jeudi. Quand elle s'était éveillée, elle avait aussitôt tendu le bras pour allumer la lampe de chevet. À côté de celle-ci se trouvaient une assiette avec une sorte de gâteau aux raisins et une banane trop mûre, et, à côté de l'assiette, une grande enveloppe en papier brun et un crayon à bille.

Elle se dressa, s'assit au bord du lit et s'empara de l'enveloppe, qui portait son nom, Shepard, écrit avec un seul « p ». Elle l'ouvrit et en tira le contenu : un document dans une chemise cartonnée. Une courte lettre était attachée à la chemise par un trombone :

> *Mrs Shepard,*
>
> *Veuillez lire, puis signer et dater l'original et les doubles de l'accord ci-joint assurant la cession de la rose bleue actuellement en possession de vous-même et de votre mari. Vous remarquerez que celui-ci a déjà signé.*
>
> *Lorsque vous aurez signé aux emplacements indiqués, veuillez remettre l'accord, ses doubles et cette lettre dans l'enveloppe et placer celle-ci près de la porte. Ne faites rien de plus ; la récupération en sera assurée.*

Kate s'appliqua à relire la lettre. Sentant venir les larmes, elle porta sa main à sa bouche. À défaut d'autre chose, elle savait maintenant de façon certaine pourquoi elle avait été enlevée. La lettre lui confirmait également qu'elle était surveillée. Cette pensée la fit frissonner. Cela voulait-il dire qu'il en était de même pour Alex et « Le Presbytère » ?

Posant la lettre sur le lit, elle ouvrit la chemise cartonnée et examina les documents qu'elle contenait. Elle s'arrêta à la vue de la signature d'Alex, accompagnée de la date de la veille. S'il avait signé, cela voulait dire qu'elle devait faire de même. Elle n'avait pas le choix.

Un grondement de tonnerre retentit au loin, et des gouttes de pluie vinrent subitement frapper les vitres. Kate alla poser le document de cession sur une table, prit le crayon à bille et signa l'original et les copies. Puis elle remit le tout dans la grande enveloppe brune ainsi qu'on le lui avait commandé.

Après avoir dévoré le gâteau aux raisins et la moitié de la banane, Kate avait encore faim. Elle savait au moins qu'une théière pleine n'allait pas tarder à arriver. Il en avait été ainsi, jusqu'à présent, tous les jours de sa détention. Elle alla jusqu'à la porte et plaça, toujours conformément aux instructions contenues dans la lettre, l'enveloppe sur le sol.

Puis elle gagna la fenêtre et tira les lourds rideaux. Dehors, la pluie s'étaient mise à tomber régulièrement, et le ciel avait pris une couleur de plomb. À la lumière du jour, la chambre semblait plus minable encore. De la fenêtre, on avait vue sur une cour au sol recouvert de graviers, close d'une haie d'ifs mal taillés. Au-delà s'étendait une campagne déserte. Aucune habitation n'était en vue.

Regardant ce paysage déprimant, Kate se mit à repenser à la rose bleue. Celle-ci ne leur avait finalement apporté qu'ennuis et malheur. Était-il possible que, l'accord de cession signé, tout cela soit fini ? Soudain, elle éprouva, pour la première fois depuis des jours, un sentiment de soulagement, une vague d'optimisme. Peut-être Alex et elle allaient-ils être débarrassés à jamais de la rose...

CHAPITRE 20

« Il est curieux, quand on y pense, de constater quelle place importante l'idée même de la rose occupe dans le monde. La rose y a une sorte de monopole de l'admiration. Un élément mystérieux de sa nature – un pouvoir de fascination, de subtil envoûtement, un charme caché qu'elle aurait et que les autres fleurs ne posséderaient point – vient capter et conserver l'amour du monde entier. »

CANDACE WHEELER

Quand Alex et Kingston arrivèrent à la petite maison de St Margaret's Mews, Mrs Cooke, contre toute attente, ouvrit la porte peu après leur premier coup de sonnette. Dès qu'il fut à l'intérieur, Alex déposa le carton contenant les cahiers sous la table du vestibule. Après les salutations d'usage et la présentation de Kingston par les soins d'Alex, Mrs Cooke les conduisit au salon. Cette fois, Alex eut soin d'éviter le divan-piège et vit avec amusement Kingston y sombrer lentement et inexorablement.

— Installez-vous confortablement, dit Mrs Cooke. Puis-je vous servir quelque chose à boire ?

Alex et Kingston refusèrent dans l'immédiat, se bornant à dire qu'ils prendraient peut-être un peu de thé ultérieurement.

Pendant quelques minutes, Mrs Cooke leur parla de façon très directe de Graham. Alex fut fort surpris – et, en fait, soulagé – qu'elle ne semble manifester aucune réticence à évoquer la mort de son neveu. Il s'était attendu à la trouver beaucoup plus affectée. Ce détachement l'amena à se demander si une grande affection régnait vraiment entre les deux.

Mrs Cooke s'interrompit un moment, détourna quelque peu le regard, puis reprit d'un ton égal :

— Ces histoires avec la police, Alex, la lettre de l'avocat. Je ne crains pas de vous dire que tout cela a représenté pour moi un choc épouvantable.

Alex lança un rapide coup d'œil à Kingston, puis reporta son regard sur Mrs Cooke.

— La police est donc venue vous voir ? demanda-t-il.

— Oh, oui ! Les policiers sont bien restés une heure ici, mercredi – un inspecteur et un sergent.

— Était-ce l'inspecteur Holland ?

— C'est cela, Alex. Un homme fort gentil.

— Oui, je suppose, fit Alex. C'est lui qui m'a interrogé.

Il marqua une pause, puis ajouta :

— Je ne suis pas sûr qu'il m'ait cru quand je lui ai dit que la seule et unique raison pour laquelle nous nous étions trouvés là cet après-midi, Lawrence et moi, était de déposer chez Graham les cahiers de votre mari.

Il jeta un autre regard de côté à Kingston et poursuivit :

— Je ne sais pas si les policiers vous en ont parlé ou non, Mrs Cooke, mais j'ai la nette impression que l'inspecteur Holland pense que Lawrence et moi avons, d'une façon ou d'une autre, quelque chose à voir dans la mort de Graham ?

— Oui, ils en ont parlé. Inutile de vous dire que j'ai été stupéfaite. Ils ont paru très surpris d'apprendre que je savais déjà que c'était vous qui aviez trouvé Graham. Que vous me l'aviez déjà dit quand vous aviez téléphoné. Ils voulaient savoir ce que vous faisiez chez Graham. S'il y avait eu des désaccords ou des querelles entre vous trois – vous, Kate et Graham.

Elle s'interrompit, l'air un peu gêné, se passa la langue sur les lèvres, et reprit :

— Bien sûr, je leur ai dit que Kate et vous aviez acheté « Le Presbytère », mais que je ne vous connaissais pas très bien, que je ne vous avais rencontrés qu'une fois. Ils m'ont alors demandé de quoi nous avions parlé à cette occasion, et je leur ai dit qu'il avait surtout été question des roses de mon mari... Oh, et j'ai ajouté que je vous avais prêté les cahiers de jardinage de Jeffrey. Ils ont paru très intéressés par cela et par le fait que Graham se trouvait là à ce moment et que c'était lui qui avait déposé les cahiers chez vous.

Il y eut un moment de silence. Puis Kingston se racla la gorge et dit :

— La lettre. Vous avez dit que vous aviez été surprise et choquée quand ils vous l'avaient montrée.

— Oui. J'y arrivais.

Elle plissa les lèvres et détourna le regard quelques secondes.

— Cela a été un choc, fit-elle, les larmes lui montant aux yeux. Un véritable choc.

Kingston décroisa ses longues jambes et s'efforça de changer de position sur le divan.

— Alors, dit-il, vous n'aviez aucune idée de ce que voulait faire Graham ? De l'action qu'il avait engagée ?

Elle secoua la tête.

— Je savais, précisa-t-elle, ce que Graham avait en tête, mais je n'imaginais nullement qu'il irait si loin. Qu'il agirait derrière mon dos, contre tous mes vœux.

Elle tira un mouchoir de la manche de son cardigan et commença à s'essuyer les yeux. Alex et Kingston attendirent qu'elle se reprenne.

Elle baissa les yeux, triturant nerveusement son mouchoir entre ses doigts couverts de bagues. Puis elle releva la tête et reporta son regard sur Alex et Kingston.

— Il est venu me voir il y a quelque temps, reprit-elle, pour me dire qu'il pensait qu'une des roses de Jeffrey avait de la valeur et qu'il en aurait bientôt la preuve formelle.

— Vous a-t-il précisé quelle valeur ?

— Non, pas du tout. Je lui ai dit d'oublier tout cela. Comme je l'ai déjà mentionné, je savais, grosso modo, ce qu'il voulait faire – quelles étaient ses intentions. Mais je n'imaginais pas qu'il allait vraiment passer à l'action. Nous avions eu une violente discussion à ce sujet. Pour être tout à fait honnête, je dois vous dire que, ces dernières années, Graham a manqué de franchise à mon égard en un certain nombre d'occasions. La plupart du temps, il s'agissait de choses de peu d'importance – toujours des questions d'argent, toutefois – mais, cette fois-là, c'était grave. Cela provoqua une véritable algarade entre nous. J'étais furieuse contre lui. Je lui ai dit très clairement que j'étais formellement opposée à toute action de ce genre et que s'il s'y engageait, je ne voulais rien avoir à faire avec tout cela. Et qu'en plus, je ferais tout ce qui était en mon pouvoir pour bloquer la chose.

Mrs Cooke reprit sa respiration et poursuivit :

— J'ai été atterrée quand ce policier m'a dit ce qui se passait – atterrée d'apprendre que Graham avait été assez rapace et sournois pour donner suite à sa méprisable petite entreprise. J'avais pensé qu'après notre altercation, il y avait complètement renoncé. De toute manière, tout cela ne le regardait pas. Mais il ne cessait de me répéter que, puisque son oncle avait créé cette rose, en tant que seul membre survivant de la famille du côté de mon mari, il avait droit à une part de l'argent. Il rappelait aussi que c'était lui qui avait découvert la valeur de la rose.

— J'imagine ce que vous avez pu ressentir, fit Kingston, devant un comportement aussi honteux.

— Oui, dit Mrs Cooke en approuvant de la tête. Je lui ai rappelé que lorsque la maison avait été vendue, l'homme de l'agence immobilière m'avait demandé s'il y avait dans le jardin quelque chose que je voulais garder – chaises, tables et le reste –, et que j'avais répondu que non, que tout devait demeurer à sa place, comme il convenait. J'ai dit à Graham qu'il en était de même pour la rose. Mais, lui, il pensait de toute évidence qu'il avait des droits sur elle.

Elle se tut quelques secondes, regardant dans le vide, puis déclara, comme si cette pensée venait soudain de lui venir :

— Il avait dû dire à son homme de loi de ne me parler de rien.

— Graham vous a-t-il donné des précisions sur la rose en question ? demanda Kingston.

— Pas vraiment, sinon que, comme je vous l'ai déjà dit, elle avait de la valeur.

— Vous pouvez imaginer, j'en suis sûr, poursuivit Kingston, quel choc cela a également été pour Alex et pour Kate quand Graham s'est démasqué.

— C'est encore sensible, enchaîna Alex sur un coup d'œil en coin de l'universitaire. Particulièrement pour Kate. Elle est toujours morte de peur à l'idée de perdre la maison.

— Quoi qu'il advienne finalement de la rose, reprit Kingston, nous aimerions pouvoir lui dire que cela n'arrivera pas.

— Cela ne se produira pas, je le promets, affirma Mrs Cooke. La vente de la maison est une chose acquise.

— Elle sera très soulagée de l'apprendre, fit Alex.

— Cet avocat, Stanhope, est-il entré en contact avec vous, Mrs Cooke ? demanda Kingston.

— Non, absolument pas. Et, avec la mort de Graham, la police et tout le reste, je n'ai pas non plus eu le temps de lui téléphoner. Mais si vous vous adressez à lui, dites-lui d'oublier tout ce que Graham lui a demandé. Je ne veux pas avoir cela sur la conscience. Non, pour moi, c'est fini – terminé. À mon âge, l'argent ne m'intéresse plus. Faites ce que vous voulez de cette satanée rose.

Kingston vit une expression de soulagement se peindre sur les traits d'Alex.

— Merci pour tout, Mrs Cooke, dit-il.

— Oh ! fit-elle en se plaquant les mains sur la poitrine. Veuillez bien m'excuser. J'ai complètement oublié le thé.

— Pas pour moi, merci, dit Alex.

Elle se tourna vers Kingston.

— Non, merci, Mrs Cooke, déclara celui-ci. De toute façon, nous n'allons pas tarder à vous laisser.

Il se pencha en avant, le menton posé sur ses deux mains jointes, la mine grave.

— Mrs Cooke, fit-il, la principale raison de notre venue – en plus de notre désir de vous présenter nos condoléances – était d'éclaircir la situation en ce qui concerne cette affaire de rose. De vous faire savoir exactement ce qui s'était passé ces dernières semaines. Depuis que Kate et Alex ont découvert la rose dans votre ancien jardin, un certain nombre d'incidents déconcertants se sont produits – certains d'entre eux très graves. Je n'entrerai pas immédiatement dans les détails, mais je ne crois pas exagérer en vous disant que cette rose est devenue une sorte de malédiction.

— De malédiction ? répéta Mrs Cooke, le sourcil froncé.

— Je sais que cela paraît mélodramatique, mais oui, une malédiction. Alex et moi sommes convaincus que la mort de Graham peut être, d'une façon ou d'une autre, attribuée à la rose. Oh ! Et Graham avait raison, à propos : cette rose a beaucoup plus de valeur qu'il ne vous avait amenée à le croire. Quiconque en détiendra finalement les droits d'exploitation et de reproduction deviendra très, très riche.

Mrs Cooke, qui s'était soudain immobilisée, le regardait d'un air de doute.

— Doux Jésus ! fit-elle.

Kingston haussa les épaules et poursuivit :

— Toutefois, cette question de propriété est devenue caduque, j'en ai peur, car c'est maintenant quelqu'un d'autre qui détient le rosier. Il va sans dire que celui, quel qu'il soit, qui l'a pris n'est que trop conscient de sa valeur.

— Vous voulez dire qu'il a été volé ?

— J'en ai peur. À titre de précaution, nous avions retiré le rosier du jardin du « Presbytère » pour aller le replanter en un coin bien caché du Shropshire. Mais cette précaution a été vaine. Le rosier a quand même été volé. Il est certain que « Le Presbytère » était sous surveillance. C'est la seule explication.

— Mon Dieu, comme c'est étrange ! s'exclama Mrs Cooke.

— Étrange est le mot, fit Alex.

Continuant à triturer ses bagues d'un air pensif, Mrs Cooke déclara :

— Donc, toute cette affaire d'homme de loi est maintenant dépassée. Ce qu'avait imaginé Graham n'aurait finalement abouti à rien.

— Dans une large mesure, oui, répondit Kingston.

— Dans une large mesure ?

— Peut-être Graham ne vous l'avait-il pas dit, et il n'en était pas fait mention dans la lettre de Stanhope, mais il semble qu'il soit aussi parvenu à décrypter la formule d'hybridation par laquelle votre mari avait créé la rose à l'origine. Elle figurait en code dans l'un des cahiers.

— Mais Graham m'avait affirmé qu'il vous avait remis tous les cahiers, Alex...

— Tous sauf un, précisa celui-ci.

Mrs Cooke fronça les sourcils et secoua la tête.

— Tout cela commence à devenir très difficile à suivre, observa-t-elle.

Alex acquiesça d'un signe de tête.

— Ça l'est, je dois le reconnaître. Graham nous a dit qu'il y a très longtemps, juste après la mort de votre mari, vous aviez trouvé l'un des cahiers dans son coffre de banque. C'était celui qui contenait la formule permettant de reproduire la rose. Celui que Graham avait gardé.

— Je vois, dit Mrs Cooke.

Mais il était clair que ce n'était que partiellement vrai. Kingston lui adressa un de ses regards les plus charmeurs.

— Nous nous demandions, fit-il, si vous ne pourriez pas faire quelque chose pour nous, Mrs Cooke. Si ce cahier est retrouvé parmi les affaires de Graham, nous aimerions, si vous en êtes d'accord, y jeter un coup d'œil. Cela pourrait nous être très utile.

— Parfaitement, mais il va me falloir un certain temps pour explorer toutes ses possessions. Il avait terriblement tendance à accumuler les choses, vous savez.

— Quand vous aurez le temps, dit Alex. Oh, n'oubliez pas ! Les autres cahiers de votre mari sont sous la table, dans le vestibule. Nous sommes désolés de les avoir gardés si longtemps. Merci encore de nous les avoir prêtés.

Mrs Cooke changea brusquement de sujet.

— Je suis navrée, fit-elle, que Kate n'ait pu venir avec vous. J'aurais beaucoup aimé la revoir. Vous avez de la chance, Alex, d'avoir une femme aussi jolie et intelligente.

— J'en suis bien conscient. Malheureusement, elle est absente pour le moment. Elle est allée voir une amie dans le Shropshire. Ce bon vieux Lawrence reste avec moi en son absence. C'est vous dire que je ne gagne pas au change – encore que ce soit un homme de bonne compagnie.

— Et comment vont les choses au « Presbytère », Alex ? Vous réussissez à remettre un peu en état le jardin ? J'étais terriblement gênée de vous laisser cette horrible jungle…

— Nous y travaillons. Kate y consacre tous ses moments libres. Et Lawrence l'aide également. Il n'aime pas qu'on le dise, mais il était professeur de botanique à l'Université d'Édimbourg. C'est aussi un expert en roses.

— Rien qu'en parcourant ses cahiers, intervint alors Kingston, je puis vous dire, Mrs Cooke, que votre mari était un homme très compétent. Et, ayant vu le jardin, je sais qu'il avait un profond amour des roses. Quant à moi, j'ai été conquis par elles il y a bien des années. Je n'ai jamais cessé d'être ébahi par l'influence que les roses peuvent avoir sur les gens. L'emprise qu'elles exercent.

— En ce cas, répondit Mrs Cooke, vous vous seriez fameusement entendu avec Jeffrey. Il ne pensait pratiquement qu'à cela. Il passait le plus clair de son temps dans sa serre. Il y est plus ou moins mort, également…

Elle eut un petit rire nerveux, sans joie, et ajouta :

— C'était approprié, non ?

— Plus ou moins ? demanda Alex, intrigué.

— Oui, je l'y ai trouvé, un soir. Dieu sait combien de temps il était resté ainsi, gisant à plat ventre sur le sol. En tout cas, une ambulance est venue et on l'a transporté à l'hôpital à Bath.

Kingston s'agita sur le divan.

— Peut-être, dit-il, préféreriez-vous ne pas...

— Non, fit Mrs Cooke en levant la main, tout va bien, rassurez-vous. Il m'est maintenant facile d'en parler... Il est resté deux jours en réanimation. J'étais en permanence à l'hôpital. La plupart du temps dans la salle d'attente. On ne me laissait pas très souvent le voir. Non que ce fût vraiment important : il était rarement conscient. Le matin du troisième jour, il est mort. On a dit que c'était une sorte d'infection virale particulièrement pernicieuse.

Sa voix se mit à trembler en prononçant ces mots. De pénibles souvenirs revenaient à la surface.

— Avant cette syncope, demanda Alex le plus doucement qu'il le put, votre mari avait-il été malade ?

— Pour autant que je le sache, il se portait admirablement. En fait, il venait juste de se faire examiner des pieds à la tête par le vieux Dr Hearst. Celui-ci lui avait dit qu'il était en grande forme pour son âge et qu'il pouvait continuer à boire sans se gêner. Un numéro, ce Hearst. Il est maintenant parti, lui aussi.

Elle se mordit la lèvre, regardant d'abord Alex, puis Kingston.

— Ce que vous venez de nous dire, fit Alex, pourrait commencer à expliquer des tas de choses.

— Comment cela ?

— Votre mari et une personne que nous connaissions. Les symptômes étaient pratiquement identiques.

— Et votre ami ? Il est mort, lui aussi ?

— « Elle ». C'était une jeune femme nommée Vicky.

Alex se leva et commença à marcher de long en large.

— Oui, elle est morte, Mrs Cooke, précisa-t-il. Tout est arrivé si rapidement. On n'a pas su exactement ce qui l'avait tuée, elle aussi. La mention sur l'acte de décès a été « infection virale non identifiée ». Quand j'ai demandé au médecin si cela pouvait avoir un rapport avec le fait que Vicky s'était égratignée sur le rosier, il m'a pratiquement ri au nez. Hautement improbable, a-t-il dit. Ou quelque chose de ce genre.

Il s'arrêta et regarda Kingston.

— Qu'en pensez-vous, Lawrence ? lui demanda-t-il.

Avant que Kingston ait pu répondre, Mrs Cooke, s'humectant nerveusement les lèvres, intervint :

— Vous pensez qu'un rosier aurait pu être responsable de la mort de mon mari ?

— Cela peut sembler un peu extravagant, je vous l'accorde, déclara Kingston, mais il faut vous rappeler que de nombreuses plantes sont toxiques. Même une simple digitale peut vous tuer. Ou une pomme de terre, si vous ingérez trop des parties vertes. Des feuilles de rhubarbe, aussi. Ce rosier dont nous parlons est le produit d'une mutation quelconque. Il est donc plausible que si la plante avec laquelle il a été croisé comportait des parties toxiques, celles-ci se soient transmises à lui.

Mrs Cooke avait incontestablement pâli.

— Oh, mon Dieu ! fit-elle. Mon Dieu !

— Qu'y a-t-il, Mrs Cooke ? demanda Alex. Vous vous sentez bien ?

Elle se leva et alla jusqu'au bahut, sur lequel elle posa les deux mains, comme pour se soutenir. Puis, face au mur, tournant le dos à Alex et à Kingston, elle se mit à parler. À parler comme si les mots qu'elle se décidait à prononcer avaient été longtemps refoulés.

— Au fil des ans, dit-elle, il y a eu des accidents dans le jardin. Oh, vous savez, des choses comme Jeffrey se coupant, un jardinier tombant d'une échelle et se retrouvant une semaine à l'hôpital, des petites blessures et ainsi de suite...

Puis, soudain, elle se retourna, les mains jointes devant elle et poursuivit :

— Mais, compte tenu de ce que vous venez de dire, je pense que, peut-être, je dois vous mettre au courant des deux décès.

— Deux décès ? fit Alex, en la regardant d'un air ahuri.

— Mon Dieu ! murmura Kingston.

Les mains toujours crispées devant elle, Mrs Cooke fit un signe affirmatif.

— Oui, dit-elle, le premier est survenu quelque temps après celui de Jeffrey.

— Qu'est-il arrivé ? demanda Alex en se penchant en avant, redoutant visiblement ce qu'il allait entendre.

— Eh bien, fit Mrs Cooke, nous avions un jardinier à temps partiel nommé Doakes – Walter Doakes. Jeffrey l'avait embauché... oh, il doit bien y avoir plus de quinze ans. Il savait tout sur le jardinage. Un bel homme, aussi.

Elle laissa échapper un soupir avant de poursuivre :

— Environ deux ans après la mort de Jeffrey, je tombai sur Doakes dans le jardin, un après-midi. Il était étendu sur un banc. D'abord, j'ai cru qu'il faisait une petite sieste. Mais ce n'était pas dans son style, et je l'ai appelé. Il n'a pas bougé. Il restait là, immobile, le visage tourné de l'autre côté. Alors, j'ai commencé à m'inquiéter. Je suis allée jusqu'à lui et je lui ai saisi le bras. Sa chemise était moite et froide au toucher. Quand soudain, il a bougé, j'ai failli faire un bond de saisissement. Il a tourné le visage vers moi, et j'ai vu immédiatement qu'il était malade. Son teint, habituellement un peu rougeaud, était devenu d'un gris affreux, et il transpirait abondamment. Il a marmonné quelque chose à propos d'un médecin, puis son bras est retombé, inerte, la main touchant le sol. Je n'ai pas attendu plus longtemps. Je me suis précipitée dans la maison et j'ai téléphoné pour demander une ambulance. Puis je me suis munie d'une couverture de laine et d'un verre d'eau et je suis retournée auprès de lui jusqu'à l'arrivée de l'ambulance. Je ne sais plus à quel hôpital ils l'ont transporté – ils ne me l'ont peut-être même pas dit sur le moment. Mais quelqu'un m'a appelée deux jours plus tard – sa sœur, je crois – pour me dire qu'il était mort. Elle a ajouté qu'on ne connaissait pas la cause du décès. Deux ans après, environ, elle est morte aussi. Liz, la postière, m'a dit que c'était d'un cancer. Il y avait une annonce dans le journal local. Elle s'appelait Euphemia – Euphemia Doakes... Quelle idée d'appeler une enfant Euphemia !

— Ciel ! murmura Alex.

— Tout concorde, fit Kingston à mi-voix.

De nouveau, Mrs Cooke secoua la tête.

— Pauvre vieux Doakes ! dit-elle.

— Vous avez parlé de deux décès. Qui était l'autre personne ? demanda Alex. Ce n'était sûrement d'Euphemia qu'il était question ?

— Oh, non ! C'était un petit garçon, un ami du fils de nos voisins, Mark. Lui-même s'appelait Nicholas. Ce fut tragique. Les deux se trouvaient au « Presbytère » pendant que nos voisins et les parents de l'autre garçon étaient partis à une réunion d'affaires, quelque part dans le nord. Je m'étais portée volontaire pour les garder deux jours. Ils devaient avoir environ sept ans. Ils ont joué dans le jardin tout l'après-midi du premier jour. Le soir, Nicholas a commencé à se sentir malade. J'ai pris sa température. Elle était élevée, mais pas à un point inquiétant. Alors, je l'ai mis au lit et ne m'en suis plus occupée. Mais, le lendemain matin, son état s'était considérablement aggravé, pauvre garçon. Je me suis alors vraiment inquiétée. Je l'ai habillé, j'ai dit à Mark de se lever et d'en faire autant, et je les ai mis tous deux dans la voiture. Je suis allée directement à l'hôpital de Bath et j'ai conduit Nicholas aux urgences. On l'a examiné et hospitalisé immédiatement. J'ai alors appelé les parents à la conférence où ils se trouvaient pour leur dire ce qui était arrivé. Quelques heures plus tard, ils étaient à l'hôpital, au chevet de leur fils.

Elle poussa un long soupir, comme si elle se sentait incapable de continuer. Elle se passa la main sur les yeux et dit :

— Je pense que vous connaissez déjà la fin de l'histoire.

— Le petit garçon est mort ? déclara Kingston d'un ton grave.

— Oui. Et, toutes ces années, j'ai été taraudée par un obscur soupçon. Par l'impression que ces morts étaient liées d'une façon ou d'une autre. Là, il semble que vous m'en apportiez la confirmation.

— Cela paraît effectivement être le cas, fit Alex. Quand ce petit garçon est-il mort ? Vous vous souvenez de l'année où cela s'est produit ?

— Pas exactement. Il doit bien y avoir trois ans, maintenant. Peut-être plus.

— Nous devrions essayer de vérifier à l'hôpital de Bath, Alex, intervint Kingston.

Alex acquiesça de la tête.

Mrs Cooke semblait épuisée et au bord des larmes.

— Je suis désolée, dit-elle. Je suppose que j'aurais dû vous parler de tout cela quand vous avez acheté la maison. Mais, à l'époque, je n'ai pas pensé que c'était important. J'ai estimé que cela appartenait au passé.

— Cela n'aurait, de toute manière, fait aucune différence pour nous, affirma Alex en s'efforçant de la réconforter.

— Mais tout est venu de cette rose si spéciale ? Celle que mon mari a créée ?

— Cela y ressemble, répondit Kingston.

Alex se leva et prit entre ses mains celle de Mrs Cooke.

— Eh bien, dit-il, nous avons déjà pris beaucoup trop de votre temps, Mrs Cooke. Je vous renouvelle nos condoléances pour la mort de Graham. Promettez-moi d'appeler si vous avez besoin de quoi que ce soit.

— Je n'y manquerai pas. Merci, Alex. Vous direz à votre Kate que j'aimerais vraiment beaucoup la revoir.

Puis elle se tourna vers Kingston.

— J'ai été réellement ravie de faire votre connaissance, professeur, affirma-t-elle. Dommage que les circonstances aient dû être si déprimantes.

— Oui, fit l'universitaire, ce sont de tristes moments. Vous avez été d'une grande gentillesse et votre aide nous a été précieuse. Alex et moi avons beaucoup apprécié votre franchise et votre hospitalité.

Souriant, il la gratifia d'une très solennelle poignée de mains, puis ajouta :

— Oh ! Et si, par hasard, vous tombez sur ce cahier, peut-être pourriez-vous nous le faire savoir…

— C'est promis, professeur.

Les adieux se prolongèrent jusque sous le porche. De toute évidence, Mrs Cooke aurait aimé qu'Alex et Kingston restent plus longtemps encore. Finalement, ils gagnèrent la voiture et Kingston s'installa au volant. Il mit le contact et passa en première. Comme ils s'éloignaient, ils aperçurent dans le rétroviseur la silhouette, maintenant minuscule, de Mrs Cooke agitant la main. Kingston abaissa sa vitre et répondit à ce salut.

— Je puis vous dire une chose, fit-il ensuite en se tournant vers Alex. Quiconque a piqué ce rosier va avoir une sacrée surprise si le rosier le pique à son tour…

CHAPITRE 21

« *Tant qu'il y a un jardin, il y a de l'espoir.* »

GRACE FIRTH

Kate avait espéré qu'ayant signé l'accord de cession, elle allait être libérée incessamment. Mais ses ravisseurs n'avaient pas encore donné signe de vie. Ils avaient eu bien soin de ne pas montrer leurs visages pendant tout le temps où elle avait été tenue captive.

La nourriture et les objets nécessaires lui étaient glissés par l'entrebâillement d'une porte vite ouverte et plus vite encore refermée. Cela se produisait à des heures irrégulières, le plus souvent pendant qu'elle dormait. Fort heureusement, ces gardiens avaient fait preuve de quelques attentions, lui fournissant notamment des livres et des magazines. Un soir, elle avait trouvé, en s'éveillant, une boîte de chocolats près de la porte.

Elle passait la majeure partie de son temps à lire, à penser à Alex et à la maison ou à imaginer ce qu'elle ferait lorsque le cauchemar aurait pris fin.

Parfois, elle construisait mentalement de véritables scénarios, se situant pour la plupart dans l'avenir, lorsqu'elle aurait retrouvé Alex et « Le Presbytère ». Elle émergeait de ces rêves diurnes en faisant vœu d'être plus attentive, plus compréhensive, plus aimante quand les choses seraient revenues à la normale. Mais elle commençait à oublier ce qu'était la normale. Si même il existait vraiment un tel état.

De plus en plus, son jardin bien-aimé venait jouer un rôle de premier plan dans ses rêveries. Elle se représentait les roses commençant à se faner. À l'heure qu'il était, la plupart des variétés anciennes avaient sans nul doute cessé de fleurir. Les asters, les anémones du Japon, les chrysanthèmes et les autres fleurs automnales allaient prendre le relais. Les hortensias aussi. Elle se rappelait les avoir vus épanouis sur certaines des photos que lui avait montrées Mrs Cooke. Faire sécher des échantillons de ces fleurs figurait parmi ses projets.

Elle eut soudain un sourire empreint de remords. Peut-être aurait-elle dû écouter Alex lorsqu'il avait suggéré qu'ils détruisent la rose bleue. Elle se rappela ses propres inquiétudes lors de la découverte de celle-ci, sa crainte qu'elle ne vienne changer leur vie pour le pire et mettre en péril leur mariage. Mais, même dans ses pires cauchemars, elle n'avait rien envisagé qui puisse ressembler à l'horreur présente. Tout en s'efforçant de ne pas s'attarder sur sa misérable situation, elle ne pouvait éviter de s'interroger sur l'issue de celle-ci.

Elle se demandait comment allait Asp. Cher petit Asp. Elle chérirait toujours le souvenir du jour où il était entré dans leur vie, un an plus tôt à Bath. Ç'aurait pu être la veille. C'était un samedi, et Alex avait disparu très tôt ce matin-là sans la réveiller. Quand elle s'était levée et s'était rendue dans la cuisine, elle avait trouvé un petit mot sur la table : « Reviendrai vers midi. Mets une bouteille de champagne au frigo. Baisers. Alex. »

De fait, peu avant midi, elle avait entendu l'Alfa d'Alex se garer devant la maison, avec son habituel coup de klaxon. Penchée à la fenêtre, elle avait vu son mari descendre de voiture avec un petit panier d'osier sous le bras.

Quand il entra dans la cuisine, il souriait largement.

— Tiens, Kate, lui dit-il en lui remettant le panier comme s'il contenait des œufs d'un volatile rare.

En le prenant, elle crut voir quelque chose bouger sous le tissu écossais qui en recouvrait le contenu. Elle jeta un regard intrigué à Alex, écarta l'étoffe et vit, roulé en boule, un minuscule chiot. Comme elle caressait du bout des doigts son pelage velouté, il s'étira, bâilla et commença à lui lécher le bout de l'index. C'est alors qu'elle sentit des larmes lui couler le long des joues.

— Qu'en penses-tu ? lui demanda Alex, qui continuait à sourire de toutes ses dents. C'est un garçon, au fait.

— Je ne sais pas quoi dire, Alex, fit-elle en s'essuyant les yeux. Il est adorable. A-t-il un nom ?

— Pas encore.

— Qu'est-ce qui t'a amené à...

— J'ai beaucoup pensé à notre conversation de mercredi soir : tu sais, à propos de vendre la maison et d'aller nous installer hors de la ville. Pour une raison ou pour une autre, je ne nous imaginais pas vivant à la campagne sans un chien. J'avais d'abord décidé d'attendre ton anniversaire, mais je me suis résolu à sauter le pas tout de suite. J'ai vu l'annonce il y a deux jours, et j'ai donné suite. Mais si tu crois la chose prématurée, nous avons la possibilité de le rendre.

— Oh, non, Alex ! Il est si mignon ! On le garde.

Le bruit de la porte qui s'ouvrait la ramena au présent. Elle tourna la tête juste à temps pour voir une petite pile de magazines être glissée sur le plancher. La porte se referma aussi vite qu'elle s'était ouverte, et Kate entendit le verrou extérieur tourner. Elle espérait que la sélection serait meilleure que la fois précédente, où prédominaient des revues de chasse et de pêche.

Elle s'était longuement et profondément interrogée sur ses ravisseurs. Qui étaient-ils ? À sa connaissance, les seules personnes extérieures connaissant l'existence de la rose étaient l'Américain et Tanaka. Cela venait-il de l'un des deux ? Et quelle importance cela avait-il de toute manière ?

Elle se demandait si Alex avait appelé la police. Elle savait la chose très improbable. Ceux qui l'avaient enlevée avaient certainement trouvé des moyens de dissuader Alex de le faire. Elle préférait ne pas y penser. Elle ne savait que trop bien que la méthode la plus courante en pareil cas était de menacer de torturer physiquement la personne enlevée. Il était donc très douteux que la police vienne à son secours. Et elle était arrivée à la conclusion qu'à moins de récupérer miraculeusement Saphir, Alex était dans l'impossibilité de l'aider. Il avait bel et bien signé l'accord de cession. En tout cas, il n'avait aucun moyen de savoir où elle se trouvait. Elle non plus, d'ailleurs.

En repensant à la rose bleue, elle se rappela les boutures que Vicky avait prélevées, mais n'arriva pas à déterminer exactement quel rôle elles pourraient éventuellement jouer dans l'affaire. À coup sûr, les gens tentant de mettre la main sur la rose bleue connaissaient parfaitement l'horticulture et n'accepteraient pas des boutures sans le rosier lui-même. Elle avait, certes, assez étudié la reproduction d'après des boutures pour savoir que les plantes qui en résultaient étaient, en règle générale, conformes à l'original, donnant les mêmes fleurs que celui-ci. Mais ce rosier-là n'était pas un rosier ordinaire. C'était un mutant. Et qui pouvait savoir si les boutures, une fois plantées, allaient produire des roses bleues ? De toute manière, il s'écoulerait un certain temps avant qu'elles ne soient en fleurs.

De toutes ces réflexions, Kate avait conclu que ses espoirs d'évasion ne pouvaient être réalisés que par elle-même. Elle seule pouvait se tirer de sa prison. Et, deux jours encore auparavant, elle voyait fort peu de chances d'y parvenir. Elle savait maintenant que ses ravisseurs n'étaient pas des amateurs. Ils étaient sérieux, compétents et méticuleux. Ils avaient su transformer la vieille ferme où ils se trouvaient en une véritable prison, et la chambre de Kate en l'équivalent d'une cellule. Mais, il y avait deux jours, elle avait découvert un détail qu'ils avaient négligé. Un détail qui semblait lui procurer une mince chance de s'échapper.

Les bruits assourdis de crissements de pneus et de coups de feu provenant du poste de télévision d'en bas commencèrent à filtrer dans la chambre de Kate, interrompant le cours de ses pensées. Mais elle ne s'en plaignit pas, bien au contraire. Le bruit signifiait qu'elle allait pouvoir se remettre au travail en toute sécurité. Et le refus de ses ravisseurs d'entrer dans sa chambre jouait, cette fois, en sa faveur.

Si les hommes avaient eu l'idée d'examiner avec soin la minuscule salle de bains attenante à la chambre, ils auraient très certainement remarqué que les deux tiers du cadre de bois entourant la petite vitre fixe située au-dessus du siège des toilettes avaient disparu. À coup sûr, dans leur hâte d'obturer les ouvertures, ils avaient tendu un rideau sur la lucarne sans se préoccuper de l'état de celle-ci. Un petit problème se posait toutefois à Kate : elle n'était pas sûre que, lorsqu'elle aurait fini, à force de gratter, d'éliminer le reste du cadre de la lucarne, celle-ci se révélerait assez grande pour lui permettre de s'y glisser. Ce serait sans doute de justesse qu'elle finirait par y parvenir, si la chance était de son côté.

En bas, dans le vieux salon aux poutres de chêne, les deux ravisseurs de Kate étaient en bras de chemise. Billy, le plus grand et le plus jeune, lisait un livre de poche, étendu sur un divan trop rembourré. Son visage blafard était semé de boutons suggérant une hygiène médiocre et un régime alimentaire discutable. Marcus, à peu près chauve et tout de noir vêtu, se tenait près de la fenêtre, où il poursuivait une conversation avec un téléphone sans fil. Son accent était américain, mais trahissant des origines européennes.

— Non, disait-il. Elle se porte bien. Elle dort et elle lit presque tout le temps... Bien sûr que nous lui donnons à manger... Entendu, onze heures et demie. British Airways. Ne vous inquiétez pas, je serai là. J'appellerai avant pour savoir si le vol est à l'heure.

Il s'interrompit pour écouter plus attentivement ce que lui disait sont interlocuteur.

— Sheppard ? fit-il. Non. Rien de particulier, à part que ce type, le professeur, habite pour le moment avec lui. Ne vous en faites pas, Billy les a à l'œil...

Il s'interrompit de nouveau, bâilla et reprit :

— Bien sûr. Pas de problème... Entendu, à bientôt... Oui, je le lui dirai...

Il reposa le téléphone et alla jusqu'au petit téléviseur posé dans un coin de la pièce, qu'il ouvrit manuellement. Ils n'avaient pas trouvé de télécommande, et, de l'avis de Billy, l'appareil était si vieux qu'il n'avait jamais dû en avoir. Marcus s'installa dans un vaste fauteuil, posa les pieds sur la table basse et se mit à regarder distraitement un programme consacré aux ours polaires.

Billy leva la tête de son livre.

— Alors, dit-il, avec un accent traînant du Texas, Wolff se décide finalement à venir ?

— Oui, il est sur le départ. Je dois aller le chercher à Heathrow demain matin. Maintenant que l'accord est signé, Ira veut voir la rose.

— Je croyais qu'Ira t'avait dit que Sheppard ne savait pas où était cette foutue rose ?

— Exact. Mais Ira est convaincu que Sheppard amuse le

tapis. Que c'est lui, en fait, qui a transplanté le rosier dans un autre endroit.

— Oui, mais qu'est-ce qu'il se passe si Sheppard dit la vérité ?

— Là, je n'en sais foutrement rien. Laissons Ira se démerder. Ce qu'il me dit, c'est qu'il a fini de jouer au plus fin avec Sheppard, que maintenant, il va serrer la vis. Il est sûr que Sheppard va maintenant craquer d'un jour à l'autre. Il veut, en tout cas, que nous continuions à le surveiller, ainsi que sa maison. Il pense que, tôt ou tard, Sheppard se laissera aller et nous conduira jusqu'au rosier.

— Tu sais, Marcus, cela commence à tourner au boulot à plein temps, cette histoire ! J'avais imaginé qu'on en avait pour dix jours au maximum. Je crève d'ennui dans ce trou à rats. Avec ce temps pourri pour tout arranger. Quand est-ce qu'on va en sortir ?

— Bon Dieu, Billy ! Arrête de poser des questions aussi idiotes ! Comment veux-tu que je sache ? Demande à Wolff demain. Demande-le lui toi-même…

— D'accord. D'accord.

— Oh, à propos ! Ira te remercie.

— Pourquoi ?

— Pour avoir si joliment fauché le dossier des Sheppard. Il dit que cela lui a bien facilité la tâche et lui a apporté des précisions qui lui manquaient.

— Il n'y a vraiment pas de quoi, fit Billy de sa voix traînante. Un gosse de dix ans aurait pu le faire.

De nouveau, Kingston se retrouva debout dès l'aube. Depuis l'enlèvement de Kate, il n'avait pas eu une nuit entière de sommeil, et les effets commençaient à s'en faire sentir. Il fit sortir Asp dans le jardin par la porte de la cuisine, puis s'en alla chercher le journal à l'entrée principale. Après quoi, il se prépara du thé.

Il bâilla et plaça sur la table devant lui le journal plié et son crayon de prédilection – celui qui avait une petite gomme rose à l'une de ses extrémités. Il prenait toujours un crayon pour faire les mots croisés du *Times*. Les corrections étaient trop fréquentes pour qu'il s'y attaque directement à l'encre. Il n'aurait pu dire exactement quand il avait commencé à les faire – et à s'y habituer au point de ne pratiquement plus pouvoir s'en passer. Commencer la journée avec un peu de thé et les mots croisés du *Times* était devenu pour lui un rite. Il était rare, très rare, qu'il ne le respecte pas. Mais, ces derniers jours, ç'avait pourtant été le cas. Et il s'en inquiétait de plus en plus ; il n'arrivait tout simplement plus à se concentrer.

Toutes ses heures de solitude étaient maintenant consacrées à penser aux malheurs que la rose bleue avait introduits dans tant de vies. Et plus il s'efforçait d'y trouver un sens, plus insondables semblaient devenir les mystères entourant toute cette affaire.

Dans des rêves de plus en plus fréquents, ils lui apparaissaient sous la forme de serpents ondulant et se tordant autour de lui, presque à portée de main un instant, puis se dérobant, se métamorphosant de terrifiante façon et finissant par disparaître à travers des portes closes.

Avec le refus d'Alex de faire intervenir la police – refus dont il comprenait bien la cause –, c'était maintenant à lui qu'il revenait de trouver un moyen d'assurer la libération de Kate et d'expédier ses ravisseurs derrière les barreaux. Et, à moins qu'il ne retrouve la rose, rien de tout cela ne risquait d'arriver. Pire encore, qu'allait pouvoir faire Wolff à Kate si la rose n'apparaissait pas ? Il préférait ne pas envisager cette éventualité.

Il jeta un coup d'œil à la pendule de la cuisine. Six heures quarante-cinq. Dans quelques heures, le délai qui leur avait été imparti allait expirer, et il faudrait s'attendre à un nouveau coup de téléphone du complice de Wolff. Quels drames en résulterait-il ?

Il s'empara de l'exemplaire, toujours plié, du *Times*, et, machinalement l'ouvrit à la page des mots croisés. Il se mit à contempler l'entrelacs de petits carrés noirs et blancs, en pensant aux milliers de grilles de ce genre qui avaient, au fil de bien des années, défié son sens de la logique et de l'analyse.

Avec les subtils problèmes de ce genre, contrairement aux mots croisés conventionnels, une bonne gamme de connaissances générales n'était que d'une faible utilité ; c'était d'abord la *définition* que l'on devait interpréter correctement, dont on devait trouver le sens véritable sous un adroit camouflage verbal. Ce qui rendait ces problèmes si excitants et souvent si frustrants, c'était que toutes les définitions se présentaient sous la forme d'anagrammes, de cryptogrammes, d'astuces phonétiques et de jeux sur les mots. S'attaquer à ce genre de grilles était un travail exigeant un esprit analytique plutôt qu'une grande réserve de connaissances factuelles.

Il se mit à fixer celle-là, ne cherchant pas à la déchiffrer mais la regardant simplement. Il se reporta par la pensée au jour où, pour la première fois, il avait vu la rose. Qu'elle était belle, qu'elle était séduisante ! Et, en peu de temps, si peu de temps, que de malheurs et de drames elle avait apportés !

Or, après toutes les heures passées à revenir sur les moindres faits, à reconstituer les moindres actes et les moindres propos, on n'était pas plus près de trouver les clés du problème. Il devait avoir, à un moment ou un autre, négligé quelque chose – un minuscule indice, une parole mal comprise. Ou était-il simplement, en se torturant trop les méninges, en train de ne pas voir ce qui était évident ? Il se dit qu'il lui fallait penser à l'énigme de la rose bleue comme à une définition de ces mots croisés savants auxquels il était habitué. Puis il trouva l'idée absurde. Mais son esprit s'était déjà mis en mouvement, stimulé à l'instant par cette simple pensée.

Travaillant avec méthode, il commença par les « acteurs ». Il prit un bloc-notes et y inscrivit leurs noms – chacun au sommet d'une page blanche. Cela ressemblait beaucoup à l'exercice auquel Alex et lui s'étaient longuement livrés la veille, mais Kingston était décidé à essayer de nouveau, et à continuer d'essayer si besoin était. Il y avait neuf noms en tout : lui-même, Kate, Alex, Vicky, Tanaka, Adell, Mrs Cooke, Graham et Wolff. Avait-il oublié quelqu'un ? Il ne voyait pas qui. Les policiers, peut-être ? Non, ils étaient trop occupés à chercher un tueur pour s'intéresser à un rosier volé.

De plus, ils ne savaient même pas que Kate avait disparu.

Partant du jour où Kate lui avait donné son premier coup de téléphone, il inscrivit sous chaque nom la liste la plus détaillée possible des faits et incidents reliant l'« acteur » en question à la rose bleue. Il lui fallut, pour cela, près d'une heure. Puis, ce travail accompli, il revint sur chaque élément de chaque page, l'analysant méticuleusement et tentant d'y découvrir un sens qui lui aurait précédemment échappé. Éplucher ainsi les neuf pages lui prit encore une heure, et, quand il eut terminé, il n'eut pas conscience d'avoir avancé d'un pas.

— Bon Dieu ! fit-il entre ses dents.

Totalement absorbé par cette tâche, il avait complètement oublié Alex. Que diable pouvait-il bien faire ? Il décida de lui laisser encore dix minutes avant d'aller tambouriner à la porte de sa chambre.

Il se leva, alla jusqu'à l'évier et y remplit la bouilloire afin de préparer un peu plus de thé. Revenu à la table, il reprit ses notes et les parcourut de nouveau, mais tout aussi vainement. Il finit par reposer les papiers et monter réveiller Alex.

Dix minutes plus tard, tous deux se retrouvaient de part et d'autre de la table de cuisine.

— Vous avez pu un peu dormir ? demanda Kingston.

— Pas beaucoup.

— Il va falloir penser, aujourd'hui, à se procurer quelques somnifères.

— Qu'est-ce que c'est que tout ce fatras ? demanda Alex, en continuant à se frotter les yeux et désignant les pages de notes griffonnées qui gisaient sur la table.

— Si vous voulez le savoir, ce fatras, comme vous dites, est le résultat de deux bonnes heures de cogitations intenses, de déduction et de raisonnement analytique.

— Et vous êtes arrivé à quelque chose ?

— J'ai bien peur que non, répondit Kingston en secouant la tête d'un air las.

Alex regarda Kingston avec des yeux toujours injectés de sang et soulignés par des cernes noirs. Sa peau avait la couleur et semblait avoir la texture du mastic. Ses cheveux mêmes, habituellement bien lustrés, étaient devenus ternes.

— Nous avons probablement jusqu'à midi, et ensuite, c'est fichu, dit-il, du ton d'un condamné à mort attendant, à la dernière minute, une grâce très hypothétique.

L'air absent, il retourna machinalement le journal toujours posé sur la table et jeta, tout aussi machinalement, un coup d'œil à l'un des titres de la première page : *« Le scandale des maisons de retraite de Brighton rebondit ».*

— Brighton ! s'exclama-t-il soudain.

— Comment ? fit Kingston, totalement déconcerté par le propos.

— C'est cela, marmonna Alex, le regard lointain.
— Quoi donc ?
— C'est quelque chose qu'Adell a dit. La première fois que nous l'avons rencontré. Peut-être ne vous en ai-je pas parlé à l'époque...
— Mais de quoi, Alex ? De quoi ?
— Il nous a dit que son cabinet représentait un cultivateur de roses installé près de Brighton.
Kingston était déjà sur pied.
— Sacrebleu ! fit-il. C'est peut-être l'ouverture que nous attendions, Alex. La coïncidence est trop grande. Adell a-t-il cité des noms. Réfléchissez, Alex. Réfléchissez bien...
— Je ne me rappelle plus. Je ne crois pas.
— Alex, il y a plus d'une chance sur deux pour que ce soit là que se trouve le rosier au moment même où nous parlons. La corrélation est parfaite.
— Qu'est-ce qui vous fait dire cela ?
— Pensez-y un peu, dit Kingston en pointant l'index vers Alex. Kate et vous, et Vicky, bien sûr, avez constamment, et pour des raisons évidentes, dorloté Saphir comme un nouveau-né.
— Vrai, reconnut Alex.
— Nous savons que quiconque a pris le rosier en connaît l'extraordinaire valeur.
Alex opina du bonnet.
— En conséquence, poursuivit Kingston, il va s'assurer qu'il continue à recevoir tous les soins attentifs dont il avait bénéficié auparavant. Il est certain qu'il ne tient surtout pas à le voir péricliter et mourir, non ?
— Juste.
— Je me demande comment je n'y ai pas pensé plus tôt. Le rosier est obligatoirement gardé dans un endroit où il peut recevoir des soins compétents...
— Comme chez un spécialiste des roses. Chez le client d'Adell...
— Exactement, Alex.
Kingston s'était mis à marcher de long en large dans la cuisine.
— Il faut aller trouver Adell immédiatement, déclara-t-il.
Alex fronça les sourcils.

— Ce n'est quand même pas lui qui a volé le rosier, dit-il. Un homme de loi ?

— Oh, il y a des hommes de loi qu'on a vus commettre les crimes les plus graves – meurtre compris ! De toute façon, je ne veux pas dire qu'il a volé lui-même le rosier. Mais je puis presque garantir qu'il est impliqué d'une manière ou d'une autre dans l'affaire. Tout tend à l'indiquer.

Alex prit soudain une mine féroce.

— Si vous avez raison, dit-il, et si Adell est directement ou indirectement coupable, je veillerai à ce que cet enfant de salaud soit radié de l'ordre ! Quelle ordure !

— Un peu de calme, Alex ! Ce n'est qu'une théorie, souvenez-vous-en. Il ne faut surtout pas foncer dans le brouillard.

Kingston jeta un coup d'œil à la pendule.

— Si nous partons immédiatement, déclara-t-il, nous pourrons être à Londres vers onze heures. Nous avons une chance de le trouver à son bureau. Je ne crois pas souhaitable de traiter de cette affaire au téléphone.

— Et si Wolff appelle pendant ce temps-là ?

— Il faudra qu'il laisse un message.

— Et pourquoi n'en laisserions-nous pas un ?

— Un message ?

— Oui, sur le répondeur. Nous n'avons qu'à enregistrer un nouveau texte. Au lieu de dire désolé, nous ne sommes pas là pour le moment, veuillez laisser votre nom après le signal sonore et tout le reste, nous enregistrons un nouveau message disant que nous croyons savoir où est la rose et que nous rappellerons dans l'après-midi. Cela aura au moins l'avantage de nous faire gagner du temps.

— Très bonne idée, Alex. Espérons seulement que nous ne nous trompons pas sur Adell et son copain horticulteur.

— Espérons. Oh oui, ciel, espérons…

Adell fut très clairement déconcerté lorsque Alex et Kingston se présentèrent à son cabinet sans s'être fait annoncer.

— C'est une véritable surprise, Alex, fit-il en reportant son regard de celui-ci sur Kingston. Qu'est-ce qui vous amène ?

— Nous avons besoin de parler de quelque chose qui ne peut attendre. De quelque chose de grave.

Sur ce, Alex se tourna lui aussi vers Kingston et dit :
— Oh, à propos ! Un ami à moi, le Dr Lawrence Kingston.
— Ah, oui, votre expert en roses, dit Adell en tendant la main. Très heureux de faire enfin votre connaissance, professeur.
— Moi de même, répondit Kingston en lui serrant la main.
— Eh bien, entrez donc ! J'ai un client qui doit arriver sous peu, mais je puis vous consacrer quelques minutes.
Il les emmena dans son bureau, où il les fit asseoir.
— Eh bien, quel est donc ce problème qui ne peut attendre ? demanda-t-il en s'installant dans son fauteuil de cuir noir.
Puis il regarda successivement Alex et Kingston et ajouta :
— Vous paraissez très soucieux. Y a-t-il quelque chose qui ne va pas, messieurs ?
— Il y a quelque chose qui ne va pas du tout, répondit Alex.
— Et de quoi s'agit-il ?
Adell avait chaussé ses lunettes et regardait alternativement ses deux vis-à-vis, de l'autre côté du bureau.
— Eh bien, pour commencer, lui déclara alors Alex, vous pouvez oublier la vente aux enchères.
— Comment ?
— Nous n'avons plus la rose bleue. Elle a été volée.
— Volée ! Ciel, c'est un désastre ! La vente…
— Vous allez devoir l'annuler.
— Mais je ne peux pas, pour l'amour du cicl ! C'est trop tard…
Adell porta la main à son front et ferma un instant les yeux.
— Je n'en crois pas mes oreilles, fit-il.
— Eh bien, dit Alex, vous feriez mieux de les croire. Et ce n'est pas tout. Dernièrement, les choses ont pris une tournure très dangereuse.
— Qu'est-ce que vous entendez par dangereuse ?
— Vous êtes déjà au courant du sort tragique de Graham Cooke. En conséquence, je ne reviendrai pas là-dessus. Mais d'autres incidents liés à la rose, incidents que vous ignorez encore, en sont venus à poser une menace grave pour un certain nombre de gens. Au point que la vie de ces personnes pourrait être en jeu.
— Une grave menace pour des vies humaines ? De quoi parlez-vous, Alex ?

— Je vais vous le dire, de quoi je parle ! Depuis que cette rose a fait son entrée dans nos vies, il ne s'est plus produit que des ennuis – de graves ennuis. Si je vous disais, par exemple, connaître quatre personnes qui sont mortes à cause de cette satanée rose ?

— Mortes ? Oh, allons donc...

— Oui, mortes, répéta Alex. Mortes et enterrées. Et nous sommes convaincus que d'autres vont suivre. Nous avons, Lawrence et moi, tourné et retourné, examiné sur toutes les coutures, à maintes reprises, le problème de cette rose, et nous ne cessons de revenir au même point de départ...

Il regarda Adell fixement, sans un battement de cils, puis il plaqua violemment les deux mains sur le bureau et ajouta, en martelant les mots :

— Nous revenons ici. À votre bureau.

— Attendez une minute...

Kingston ne laissa pas l'homme de loi continuer.

— Nous pensons, dit-il calmement, que c'est vous qui, dès le début, avez été l'auteur de la fuite, en ce qui concerne la rose bleue. Vous en avez parlé à quelqu'un pouvant tirer parti commercialement de l'opération.

Adell se contorsionna, l'air gêné, dans son fauteuil. Son regard fuyant indiquait qu'il était dorénavant sur la défensive.

— Peut-être, dit-il enfin, en un effort pour regagner du terrain, n'êtes-vous pas au courant du privilège de confidentialité d'homme de loi à client...

Alex l'interrompit plus que sèchement :

— Je n'ai rien à foutre de votre privilège ! Il est trop tard pour ces arguties. Pour l'amour de Dieu, à qui avez-vous parlé de la rose ? Qui a notre dossier ? Qui était-ce ?

— Essayez de vous calmer, Alex. Je ne sais pas *qui* a volé votre dossier. Il a simplement disparu... Alors, inutile de nous mettre tous à hurler. Parlons-en de façon civilisée, si cela ne vous fait rien.

— Allez-y, alors, dit Alex. Nous vous écoutons.

Adell se lécha nerveusement les lèvres.

— Vous vous souviendrez, fit-il, que je vous avais dit dès le départ qu'il serait impossible d'empêcher la nouvelle de l'existence de cette rose de filtrer dans les milieux de l'horticulture et finalement dans la presse. Je dois dire que je suis très surpris que les médias n'aient pas encore réagi.

— Je sais très bien ce que vous avez prédit, dit sèchement Alex. Mais la question n'est pas là. À qui en avez-vous parlé, vous ?

— Laissez-moi finir…

Adell se massait les tempes. Il cherchait visiblement ses mots.

— Je vais essayer de vous expliquer, Alex, reprit-il. C'est cette lettre que vous m'avez transmise qui m'a donné à réfléchir…

— La lettre de Tanaka ? demanda Alex.

— Oui, le type qui voulait la rose pour son client au Japon. J'étais sur le point de lui répondre en lui disant poliment de ne plus vous importuner, qu'il allait lui falloir attendre la vente aux enchères comme tout le monde. Puis il m'est apparu…

Il retira ses lunettes, les posa sur son bureau et se frotta les yeux.

— Il m'est apparu, poursuivit-il, que cela pouvait m'offrir une excellente occasion de rendre un service à Charlie Compton. C'est un de mes clients. Il dirige une importante roseraie dans le Sussex, Compton et Fils. Je vous ai parlé de lui quand vous êtes venus la dernière fois, Kate et vous. Vous vous en souvenez ?

— Oui. Près de Brighton, avez-vous dit ?

— Exact. Notre cabinet a traité des affaires pour son père, avant mon époque. Des problèmes de brevets, surtout. La société n'est en aucune façon une grande entreprise – tout à fait modeste, au contraire. Charlie a connu des difficultés depuis l'an dernier. Tout à fait entre nous, il a eu récemment du mal à faire face à ses échéances. Comme dans nombre d'autres industries, les gros deviennent plus gros, et la concurrence plus impitoyable…

Adell s'interrompit et reprit sa respiration, avant d'enchaîner :

— C'est alors qu'est arrivée la lettre de Tanaka.

Kingston lança un regard de côté à Alex et lui expédia un léger et discret coup de pied sous la table.

— Continuez, fit Alex. Que s'est-il passé ensuite ?

Adell, la tête baissée, se mit à jouer avec ses lunettes.

— Je me suis dit, reprit-il, que si Tanaka obtenait la rose à l'issue de la vente aux enchères, il aurait besoin de quelqu'un pour s'occuper de la logistique : transplantation, expédition et tout le reste. Compte tenu de tout ce qui serait en jeu, ces opérations ne pourraient être effectuées que par un homme connaissant parfaitement les roses. Il était hors de question que la société de Charlie se mette sur les rangs lors de la vente aux enchères, mais je n'ai pas vu d'inconvénient à dire à Tanaka d'entrer en contact avec lui. Cela ne revenait pas à donner à Charlie un avantage déloyal. Il ne pouvait pas se porter acquéreur. Mais il pouvait éventuellement être fort utile à Tanaka et gagner, par la même occasion, une somme rondelette.

Il s'éclaircit une fois encore la gorge.

— Bref, j'ai envoyé un fax à Tanaka pour attirer son attention sur Charlie. Je suggérais que tous deux pourraient sans doute arriver à un arrangement qui serait à l'avantage de l'un comme de l'autre. À condition que Tanaka parvienne à acheter la rose, bien sûr. Naturellement, je ne pouvais avoir aucune participation directe. Je l'ai très clairement précisé. C'est à peu près tout, je pense...

— Et ils sont entrés en contact ?

— Oui, Charlie m'a appelé ensuite pour me le dire. C'est tout ce que je sais.

— Tanaka ayant notre adresse, il y a toutes les chances qu'il l'ait communiquée à Compton.

— Euh...

Adell hésita un instant, puis se jeta à l'eau :

— Je pense que oui... Oui, je me souviens, maintenant : Compton m'a dit qu'il désirait vous rencontrer, Kate et vous. Cette perspective l'excitait beaucoup.

— Donc, résuma Alex, Compton savait presque d'entrée de jeu que nous possédions la rose, où nous habitions – à peu près tout, en bref.

Adell ne releva pas le propos, mais se hâta de déclarer :

— J'ai bien précisé à Charlie que j'étais allé au-delà des limites de l'éthique professionnelle en lui parlant de cette affaire. Qu'il devait en tenir compte et ne pas revenir sur le sujet. Et, à ma connaissance, il a tenu parole.

Il se redressa dans son fauteuil et remit ses lunettes dans leur étui, comme pour indiquer que la conversation était arrivée à son terme.

— En tout cas, ajouta-t-il, le simple fait que Charlie ait eu connaissance de l'existence de la rose n'implique nullement qu'il l'ait volée.

— Excusez-moi, coupa alors Kingston, mais votre Mr Compton me semble être de très loin notre suspect numéro un. Il n'y a qu'un seul autre candidat au titre, mais, pour des raisons sur lesquelles je ne m'étendrai pas, nous l'écartons pour le moment.

— Il faut que nous parlions à Compton, intervint à son tour Alex. Des vies peuvent être en jeu.

— Y compris même la sienne, souligna Kingston.

— Allons ! fit Adell. Vous n'exagérez pas un peu ?

Alex et Kingston échangèrent un regard entendu.

— J'ai bien peur que non, répondit Kingston, et je vais vous dire pourquoi. Alex et moi avons découvert quelque chose qui se cache derrière l'éblouissante beauté de cette rose. Un horrible petit secret.

Adell semblait maintenant complètement perdu.

— Un horrible petit secret ? fit-il, avec un petit rire nerveux. Lequel ?

— Il semble, dit alors Alex, que le rosier soit hautement toxique. Mortel. Je vous ai déjà dit qu'il a été responsable de la mort de quatre personnes, à notre connaissance. Il pourrait y avoir d'autres victimes si nous ne trouvons pas vite, très vite, ce rosier.

— Si l'on est piqué jusqu'au sang par ses épines, précisa Kingston, la mort s'ensuit dans les soixante-douze heures.

— Comment diable l'avez-vous découvert ?

— C'est une trop longue histoire pour que nous la racontions maintenant, j'en ai peur. Mais, croyez-nous, ce rosier peut tuer. Et vite.

Adell resta un moment silencieux, comme s'il absorbait lentement les paroles de ses deux interlocuteurs.

— Vous voyez maintenant, dit Kingston d'un ton mesuré, pourquoi nous devons trouver le rosier ? Pourquoi vous devez nous aider à le faire ?

CHAPITRE 22

> *« Je n'ai jamais eu, jour après jour, autant de bonnes idées qu'en travaillant dans le jardin. »*
>
> JOHN ERSKINE

Installé dans son siège de classe affaires du vol 48 Seattle-Heathrow de la British Airways, Ira Wolff regardait par le hublot se dérouler sous lui un tapis de vertes prairies bien dessinées, parfois piqué de maisons aux toits rouges. Comparé à l'archipel déchiqueté et aux pentes montagneuses couvertes de conifères du Puget Sound de Seattle, ce paysage paraissait étrangement sage et un peu vieillot, comme un jeu d'enfants en miniature. C'était la première fois que Wolff se rendait en Angleterre, et, malgré la déplaisante besogne qui l'y attendait, il comptait profiter de son séjour.

Marcus devait venir l'attendre à l'aéroport. De là, ils se rendraient directement à la ferme où Kate Sheppard était gardée prisonnière.

La faire enlever avait été pour lui une solution ultime. Ce n'était pas du tout ce qu'il avait souhaité au départ. Mais, en pesant bien les choses, il n'avait pas eu le choix. Il devait constamment garder à l'esprit que sa position, sa société et son existence même étaient en jeu. Des mesures extrêmes étaient parfois inévitables. Encore quelques jours seulement, se répétait-il. Encore quelques jours, et ses problèmes seraient résolus.

À la demande de l'hôtesse de l'air, il redressa le dossier de son siège et rangea ses lunettes et son livre dans sa serviette. Il vit défiler derrière la vitre des lambeaux de nuages ; le Boeing 747-400 s'apprêtait à atterrir.

Comme prévu, Marcus l'attendait après la douane. Il leur fallut environ une heure et demie pour gagner la ferme, près de Steeple Tarrant. La fraîcheur de l'air était plaisante par contraste avec la chaleur torride régnant à Lakeford.

— D'après Jake, dit Marcus d'un ton détaché, Sheppard continue à prétendre qu'il ne sait pas où est le rosier. Jake lui a donné quarante-huit heures, comme vous l'aviez dit.

Jake Doyle était l'un des « permanents » que Wolff rétribuait sur son budget personnel. C'était lui qu'il avait choisi pour entrer en contact avec Alex Sheppard. Il s'était trouvé en Angleterre, avec Marcus et Billy, depuis le début de l'opération.

C'était également lui qui avait embauché le petit malfrat londonien ayant rencontré Alex à Oxford pour lui faire signer l'accord de cession.

— Quand j'aurai eu affaire à lui, il retrouvera la mémoire, affirma Wolff en étouffant un bâillement.

— Billy a continué à le surveiller de près, dit Marcus. Il est terré dans sa maison avec l'un de ses amis.

— Très bien. J'espère seulement qu'il a maintenant fini par comprendre qu'il ne pouvait pas gagner à ce petit jeu. Je ne tiens pas à avoir à lui dire ce qui risquerait d'arriver à sa femme s'il ne revenait pas à la raison. Pour dire la vérité, j'en ai assez d'Alex Sheppard. Comment va sa femme, à propos ? Elle se tient tranquille ?

— Jusqu'ici, elle s'est montrée douce comme un agneau – vraiment coopérative, en fait. L'autre soir, Billy, qui avait quelques bières de trop, a voulu aller lui dire deux mots, mais j'y ai mis aussitôt bon ordre.

— Bien, fit Wolff.

Puis il ajouta en secouant la tête :

— Ce crétin ne tourne pas rond. Il faudra vous en débarrasser dès que ce sera fini. En le gardant, nous priverions quelque village, quelque part, de son idiot traditionnel…

Pendant plusieurs kilomètres, Wolff se contenta d'admirer le paysage. Puis, remontant sa vitre pour atténuer le bruit venu de l'extérieur, il se tourna vers Marcus afin de lui exposer son plan d'action pour les quarante-huit heures à venir.

Il fallut à Alex et à Kingston près de trois heures pour regagner « Le Presbytère », tant la circulation était intense. Il y avait un message sur le répondeur. C'était l'Américain : « Le temps est dépassé, Sheppard. Je vous donne une dernière chance. Je vais vous rappeler ce soir à dix-huit heures, mais après cela, c'est fini. Si, à ce moment, vous ne nous dites pas où est la rose, nous commencerons à nous occuper de votre femme. »

Il y eut une pause, puis la voix ajouta : « Ce sera vraiment dommage. On me dit qu'elle est vraiment jolie. Dix-huit heures, compris ? »

Une minute après dix-huit heures, le téléphone sonna. Alex décrocha d'une main tremblante. Kingston se tenait à côté de lui.

— Alex Sheppard, dit-il.

— Vous avez quelque chose à me dire, Sheppard ?

Alex inspira profondément. Kingston lui avait dit et répété de bien garder son calme et de s'en tenir à ce qu'ils avaient décidé ensemble.

— Oui, fit-il simplement.

— Eh bien, ce n'est pas trop tôt ! D'accord. Où est le rosier ?

— Si je vous le dis, quand me rendez-vous Kate ?

— Le plus urgent d'abord. Où est le rosier ?

— Désolé, il faut que je sache, pour Kate.

— Écoutez, Sheppard, je ne vais pas continuer à jouer à ces jeux de cons avec vous ! Vous allez me dire tout de suite où est le rosier. S'il est bien là où vous le dites, et si c'est bien l'authentique, alors nous vous rendrons votre femme. Pigé ?

Alex masqua l'appareil de la main et murmura à Kingston :

— Je vais devoir lui dire où est le rosier. Il ne veut pas libérer Kate avant de l'avoir vu.

Kingston manifesta son accord d'un hochement de tête.

— Sheppard, vous êtes toujours là ?

— Oui.

— Alors, dites quelque chose.

— Prenez de quoi écrire, car je vais vous donner une adresse dans le Sussex où vous pourrez me retrouver après-demain. Soyez là à midi. Et ne manquez pas d'amener Kate. Quand j'aurai Kate, vous aurez le rosier. Cela vous va comme cela ?

— Vous avez intérêt à ne pas me mener en bateau, Sheppard, car ma patience commence à s'épuiser sérieusement.

Durant la courte pause qui suivit, Alex put entendre sa respiration à l'autre bout du fil.

— Vous êtes prêt ? demanda-t-il.

— D'accord. Mais rappelez-vous que c'est la vie de votre femme qui est en jeu. Faites la moindre bêtise ou amenez la police avec vous, et vous assisterez à son enterrement dans les jours qui viennent. Vous comprenez ce que je vous dis ?

— Oui.

— Très bien. Où est cet endroit ?

Alex lui donna l'adresse de Compton.

— Bien, dit l'Américain. Entendu pour dimanche, en ce cas. Avant midi.

— C'est d'accord. Mais une dernière chose. Si, par hasard, l'idée vous venait d'arriver en avance, n'y comptez pas. Cela ne vous avancera à rien. Vous ne trouverez pas le rosier, et, de toute façon, nous serons déjà là.

— Nous ?

— J'aurai un ami avec moi, c'est tout.

— Cet ami a intérêt à ne pas ressembler en quoi que ce soit à un flic car, dans le cas contraire, vous passerez le reste de votre vie à le regretter.

— Ne vous inquiétez pas, il n'a rien d'un flic.

— Bien. Alors, dimanche à midi, Sheppard. Et pas d'entourloupe.

— Je serai là.

— Vous avez intérêt à l'être.

Et l'Américain raccrocha sans un mot de plus.

La matinée du samedi se révéla claire, avec une assez jolie brise. Peg était venue chercher Asp vers neuf heures. Quand Alex lui avait ouvert la porte, elle avait eu un haut-le-corps qu'elle s'était hâtée de réprimer. Alex en connaissait fort bien la cause ; il s'était attendu à une réaction de ce genre à sa vue. Il lui expliqua qu'il avait été victime d'une grave intoxication alimentaire et avait été souffrant toute la semaine. Elle parut le croire, et, à son grand soulagement, ne l'interrogea pas sur l'absence de Kate comme il l'avait redouté le plus.

Quand ils sortirent de la maison, il lui présenta Kingston, qui attendait près de l'Alfa, un sac de voyage à la main et son étui d'appareil photographique pendu à l'épaule. Peg posa Asp sur le siège arrière de sa Volvo, embrassa de nouveau Alex et s'installa derrière le volant. Elle agita la main, expédia un baiser puis démarra.

Alex ouvrit le coffre de l'Alfa pour y déposer les sacs et son blouson de cuir.

— Bien, dit-il en refermant le coffre. On y va.

— Et prions le ciel pour que Saphir soit bien là-bas, fit Kingston en montant en voiture.

— Ne dites pas des choses comme cela, Lawrence !

— Il est bien là, Alex, se hâta d'affirmer Kingston. J'en suis certain.

Alex monta à son tour dans l'Alfa et mit le moteur en route. Se contorsionnant en même temps pour trouver une position confortable, Kingston s'efforçait de boucler sa ceinture.

— Heureusement que je suis pas claustrophobe ! grogna-t-il. Dans ma TR 4, on a l'impression d'être en Rolls, à côté de cette boîte à sardines italienne.

Alex ignora le propos et concentra son attention sur les petites routes sinueuses les menant de Steeple Tarrant à la nationale puis à l'autoroute.

Plus pour faire un brin de conversation que pour toute autre raison, Alex commença à émettre des suppositions sur le sort qui serait réservé à la rose quand tout serait fini. Kingston avait, quant à lui, estimé depuis le début qu'elle devrait être livrée aux chercheurs scientifiques. Il s'accrochait obstinément à cette idée. Se lançant dans l'une de ces interminables tirades dont il avait le secret, il rappela à Alex que toutes sortes de plantes, même vénéneuses, jouaient un rôle toujours croissant dans le traitement de certaines affections humaines.

— La digitoxine, utilisée médicalement pour traiter l'arythmie cardiaque et les défaillances cardiaques congestives, est extraite, déclara-t-il, de la digitale. De petites fleurs ressemblant à des marguerites combattent la migraine, les douleurs arthritiques et la nausée. Et l'if anglais, *taxus baccata*, produit le taxol, un élément chimique qui semble se révéler efficace dans la lutte contre le cancer. Ce serait vraiment une ironie du sort si la rose bleue, mortelle comme elle apparaît, devait engendrer un médicament miracle.

— Compte tenu de toutes les bizarreries entourant Saphir, fit Alex, je ne serais pas le moins du monde surpris si c'était le cas.

— D'une manière ou d'une autre, Alex, il nous faudra nous assurer que, quoi qu'il advienne de la rose – et quel qu'en soit finalement le propriétaire –, elle soit mise à la disposition des chercheurs.

— Vous risquez d'avoir quelque mal à convaincre Wolff.

— Je sais.

Il attendit un moment que passe un long camion à dix roues, et, quand le bruit se fut apaisé, reprit :

— C'est un fort satisfaisant paradoxe que nombre de plantes capables de tuer soient également capables de sauver des vies. Alex, j'ai une conviction tenace, en ce qui concerne cette rose. Je pense qu'au-delà de sa couleur et de sa toxicité, elle pourrait offrir la clé d'informations génétiques que recherchent depuis très longtemps botanistes et biochimistes.

Kingston regarda pensivement le paysage pendant un moment, puis se tourna de nouveau vers Alex et lui dit en souriant :

— Il y a une autre plante que j'oubliais. La bonne vieille jusquiame, *hyosoyamus niger*. Elle est utilisée comme sédatif, parfois comme analgésique et montre quelque efficacité dans le traitement de la maladie de Parkinson. Elle peut être parfaitement mortelle, toutefois. La preuve ? C'est ce qu'au dix-neuvième siècle le Dr Crippen a utilisé pour tuer sa femme.

— Charmant.

— Une affaire intéressante. Il a été arrêté à bord d'un navire. C'était la première fois qu'un criminel était appréhendé grâce à la radio. Scotland Yard avait été alerté par le commandant du navire, dont les soupçons avaient été éveillés lorsqu'ils avaient vu deux hommes s'embrasser.

— Vraiment ?

— Il s'est révélé que l'un des deux était la maîtresse de Crippen, déguisée en homme.

— Vous me racontez des histoires !

— Pas du tout, mon vieux. Je crois me souvenir qu'elle s'appelait Ethel.

Ils roulèrent en silence pendant quelques kilomètres, Kingston étudiant la carte.

— À propos, finit-il par dire en relevant la tête, je ne vous ai pas parlé de ma petite ruse.

— Votre petite ruse ?

— Oui, je pense que vous apprécierez. C'est tout à fait ingénieux.

— Lawrence, toute cette affaire Compton me fait déjà une frousse bleue. Supposez que nous débarquions là-bas pour découvrir que Compton ne sait strictement rien du vol du rosier – et que celui-ci brille par son absence ? Pourquoi n'avons-nous pas d'abord téléphoné ?

— Alex, nous avons déjà discuté de tout cela. Vous ne pouvez pas croire une minute qu'il aurait admis quoi que ce soit au téléphone. Il s'agit de recel de bien volé, vous savez. Quant à mon idée…

— Si c'est encore une de vos « initiatives créatrices », je ne pas sûr de vouloir la connaître. J'espère que ce n'est pas une opération de commando, que vous envisagez ? Et que vous n'avez pas une tenue camouflée planquée dans votre sac de voyage ?

Kingston parut légèrement offusqué.

— Ce n'est pas la peine de monter sur vos grands chevaux, dit-il. C'est tout à fait simple. Un peu sournois peut-être, mais sans danger réel. Voici de quoi il s'agit…

CHAPITRE 23

« La rose qui vit sa modeste petite heure est plus appréciée que la fleur sculptée dans la pierre. »

William Cullen Bryant

Le bruit d'une porte claquant bruyamment réveilla Kate en sursaut. De furieuses vociférations suivirent. De toute évidence, une violente querelle avait éclaté en bas. Kate se glissa hors du lit, en fit le tour à tâtons, se guidant sur le contour de la couette, tandis que ses yeux s'habituaient à l'obscurité. Atteignant la porte, elle colla l'oreille au lourd et froid panneau de chêne. Elle n'entendit rien de plus. La discussion devait avoir cessé. Le seul bruit qui lui parvenait était le coassement monotone des grenouilles à l'extérieur.

Elle avait déjà presque regagné le lit lorsqu'elle entendit l'un des hommes reprendre la parole. Sa voix n'était pas assez forte pour qu'elle puisse distinguer les mots prononcés. Elle resta figée sur place, l'oreille tendue. Jusque-là, les voix qu'elle avait pu entendre avaient toujours été étouffées, impossibles à différencier et à comprendre. Ce soir-là, c'était différent. Les hommes devaient être dans le vestibule. Sur la pointe des pieds, elle regagna la porte et, de nouveau, colla son oreille au panneau.

— Pour l'amour du ciel, ferme-la un peu ! Je ne veux rien entendre de plus là-dessus.

La voix était certainement américaine, mais Kate y trouva trace d'un autre accent, vaguement italien, lui sembla-t-il.

— J'attends encore un ou deux jours et je fous le camp d'ici ! fit l'autre.

— Va donc le dire à Wolff.

C'était de nouveau la voix italienne. Un silence suivit. Puis Kate entendit craquer une marche d'escalier.

— Où crois-tu que tu vas ?

— Merde ! Calmos, Marcus. J'allais seulement voir comment la petite dame se portait.

Son accent était très américain, avec des intonations paresseuses, comme s'il avait été légèrement ivre. Kate sentit un frisson la parcourir.

— Veux-tu bien descendre immédiatement, espèce de foutu connard ! clama alors l'homme à l'accent italien.

Il semblait être le chef. Kate pressa plus encore l'oreille contre le panneau de la porte. Une ou deux marches craquèrent dans l'escalier. Elle espérait que l'homme ne montait pas mais descendait.

— C'est moi qui décide qui monte et quand, reprit la voix italienne avec des accents de colère. Moi. C'est compris ?

Il n'y eut pas de réponse perceptible.

Kate pensait que les deux hommes avaient regagné l'une des pièces du rez-de-chaussée quand elle les entendit de nouveau.

— Combien de fois faut-il que je te le répète, Billy ? Tout ce que je sais, c'est qu'Ira a finalement fait un marché avec ce type, Sheppard. Il n'est pas vraiment…

Kate ne réussit pas à saisir les mots qui suivaient. Elle eut l'impression que l'un des deux hommes était encore dans le vestibule alors que l'autre était rentré dans l'une des pièces, ce qui ne lui permettait d'entendre qu'une partie de la conversation.

— Ne continue pas à me poser toujours la même question idiote ! Ils se rencontrent dimanche chez un certain Compton. C'est tout ce qu'il m'a dit. C'est tout, je te dis. Il veut que je…

De nouveau, Kate ne parvint pas à entendre la fin de la phrase. Un bref silence suivit. Puis la discussion reprit, mais avec moins de véhémence. Il devenait plus difficile de percevoir ce qui était dit. Kate n'en saisissait que des bribes.

— Je ne sais pas. Ira ne l'a pas dit.

Un nouveau silence.

— Eh bien, tu diras à Ira que j'en ai marre. Je…

Une porte claqua.

— D'accord, vas-y. Va lui parler, pauvre con ! Tu l'as probablement réveillé, de toute façon.

La discussion céda soudain la place à de faibles accents de musique. Puis Kate entendit une voix de femme. Elle comprit que quelqu'un avait dû ouvrir la radio ou la télévision.

Une porte se ferma. Et tout devint silencieux.

Kate garda l'oreille collée à la porte quelques minutes encore, pour le cas où les hommes se remettraient à parler. Mais il n'en fut rien. De faibles bruits de coups de feu et d'explosions parvenaient à la chambre. De toute évidence, les deux hommes regardaient la télévision.

Kate resta encore une minute l'oreille tendue, puis elle retourna se coucher. Étendue, elle se mit à réfléchir à ce qu'elle avait entendu. Elle se demanda qui était cet Ira. Était-ce Wolff ? Et quelle sorte de marché avait-il conclue avec Alex ? La seule chose qu'elle pouvait imaginer était qu'Alex avait, d'une façon ou d'une autre, récupéré la rose bleue et l'échangeait contre sa libération. Cela paraissait extraordinaire. Mais si Alex n'avait pas retrouvé la rose, que pouvait-il bien échanger ?

Elle ferma les yeux. Mais pas pour dormir. Il n'était pas question de dormir à ce moment. Elle se demanda qui était ce Compton et où il pouvait bien résider. Elle se demanda aussi dans combien de temps était dimanche. De multiples questions venaient l'assaillir, mais il lui fallait n'y pas penser pour le moment. Elle devait rester concentrée sur une seule chose.

Dans quelque six heures, à son avis, le jour allait se lever. Il fallait que, d'ici là, elle ait démonté la fenêtre de la salle de bains.

À l'entrée des établissements Compton et Fils, Alex et Kingston furent accueillis par un rottweiler visiblement décidé à prendre sa mission au sérieux et grognant de façon menaçante en montrant de redoutables crocs. Ils s'arrêtèrent net et restèrent à distance respectueuse, derrière le précaire abri fourni par la barrière de bois.

— Juste une minute ! lança une voix venue d'un hangar voisin. Je viens chercher Tyson. Vous savez, il est très gentil quand il connaît...

— Mais moi, souffla Alex, je n'ai pas tellement envie de le connaître plus.

Du hangar sortit un robuste jeune homme au teint fleuri et aux cheveux longs. Il portait un gilet de cuir, un blue-jean déchiré et des bottes en caoutchouc noires couvertes de boue. Il saisit le chien par son collier renforcé de métal et le fit asseoir.

— Vous pouvez entrer, dit-il à Alex et à Kingston. Il ne bougera pas.

Kingston souleva le loquet rouillé de la barrière et ouvrit celle-ci juste assez pour lui permettre de se glisser à l'intérieur. Alex, lui, ne bougea pas. Kingston alla vers le jeune homme aux bottes de caoutchouc et esquissa le geste de lui tendre la main, mais l'interrompit en remarquant les taches brunes qui recouvraient les avant-bras du personnage. Solidement maintenu par son collier, Tyson se remit à grogner sourdement.

— Bonjour. Je m'appelle Lawrence Kingston, et voici mon photographe, Alex Sheppard.

Alex fit le signe de tête de rigueur, le Nikon 35 mm pendant sur la poitrine. Cette mascarade le rendait mal à l'aise. Il se demandait comment il avait pu accepter la « ruse » suggérée par Kingston dans la voiture.

— Enchanté, fit le jeune homme. Moi, c'est Reggie.

— Un magazine m'a commandé un article sur les grands cultivateurs de roses d'Angleterre, déclara Kingston avec son plus bel accent d'Oxford. Nous sommes déjà allés à Albrighton, où nous avons interviewé David Austin – remarquable gaillard – et nous avons rendez-vous avec Peter Beales la semaine prochaine. Nous aimerions dire un mot de Compton et Fils. C'est une excellente publicité, vous savez.

Tyson se mit soudain à aboyer férocement, et Alex sursauta.

— J'en suis sûr, dit le jeune homme en faisant taire son chien. Mais j'ai bien peur que C.C. ne soit pas là pour le moment. C'est de Charlie Compton, le propriétaire, que je veux parler. Le mieux, c'est que vous alliez jusqu'au bureau voir Emma – c'est sa secrétaire. Elle tient la comptabilité et tout le reste. Dites-lui que c'est de la part de Reggie.

— Nous y allons, répondit Kingston. Merci.

Il fit signe d'entrer à Alex, qui, l'œil toujours fixé sur le rottweiler, restait prudemment au-delà de la barrière.

— Allons donc, Alex ! dit-il. Ce n'est jamais qu'un chien.

— Non, Lawrence. Erreur. Un labrador est un chien. Un épagneul, un corgi, un chihuahua sont des chiens. Cette brute, là-bas, est purement et simplement un tueur…

Comme Reggie le tirait au loin, Tyson avait la tête complètement retournée, ses yeux injectés de sang fixant obstinément Alex et Kingston, qui se dirigeaient vers le bureau.

— Vous avez quand même un sacré culot, Lawrence, dit Alex. Je prie le ciel qu'ils ne découvrent pas tout de suite que nous sommes deux imposteurs.

— Arrêtez de vous casser la tête, Alex. Je leur dirai la vérité quand le moment viendra.

Emma était petite, vive et bien tournée. Quand on la voyait de près, il devenait évident qu'une partie de ses loisirs et de son argent de poche étaient consacrés à enrichir Estée Lauder, Clairol et la Body Shop.

Elle accueillit Alex et Kingston comme des sauveurs, visiblement ravie d'avoir deux hommes au lieu d'un avec qui flirter. Avec un sourire éclatant de dentifrice et un petit trémoussement visant à rajuster sa jupe étroite, elle se leva à leur entrée. Alex lui trouva un regard plein de gentillesse – et semblant refléter plus de maturité que le reste de sa personne.

Elle ouvrit des yeux admiratifs lorsque Kingston, déployant tout son charme et toute son élégance, lui exposa les raisons dc leur soudaine visite.

— Ooh ! fit-elle. C.C. sera tout à fait enchanté de vous parler. Il est allé dix jours en vacances en Floride, mais il est censé rentrer ce soir. La publicité sera certainement la bienvenue. Vous pensez, *Jardins illustrés* ! Vous avez une carte à me donner pour lui ?

Kingston réussit à gratifier Alex d'un clin d'œil complice pendant qu'Emma ne regardait pas et tendit à celle-ci deux cartes.

— Voici, dit-il. Je sais que le délai est affreusement court, mais nous aimerions interviewer Mr Compton demain, si c'est possible.

« Mon Dieu, se disait Alex. Il avait tout préparé. Il a même fait imprimer de fausses cartes ! »

— J'imagine, répondit Emma, qu'il sera un peu fatigué

après un vol aussi long, mais je suis sûre qu'il voudra bien vous recevoir. Il admire beaucoup votre revue.

Elle se retourna et, désignant d'un ongle laqué de rouge cerise des magazines alignés sur une étagère, ajouta :

— D'ailleurs, voyez. Il a toute la collection. Et il a été récemment le voisin de table de votre rédactrice en chef au banquet du Royal Horticultural Club. Une dame très gentille, m'a-t-il dit.

— C'est exact, répondit Kingston.

— Je n'arrive pas à me rappeler son nom, fit Emma, un doigt perplexe posé sur les lèvres. Il y a toujours sa photo en tête de la revue...

Alex sentit son estomac se contracter légèrement, tandis que Kingston continuait à promener un regard distrait autour de lui.

— Rosie Atkins, fit l'universitaire avec un bon sourire.

— C'est cela ! s'exclama Emma en claquant des doigts.

Alex était confondu. Il regarda Kingston en secouant imperceptiblement la tête. Les doutes qu'il avait eus sur les chances de succès de leur plan s'étaient maintenant évaporés.

— Visitez les lieux autant que vous voudrez, dit Emma. Et si le personnel ne peut pas répondre à vos questions, revenez me voir. De toute manière, C.C. sera là demain. Je sais qu'il sera ravi de vous voir.

Avant qu'ils ne quittent le bureau, Emma leur dessina un plan sommaire de l'endroit et le remit à Kingston en lui disant d'un air engageant :

— Vous reviendrez ici avant de partir, n'est-ce pas ? Je vous ferai un peu de thé.

Ils lui assurèrent qu'ils n'y manqueraient pas, la remercièrent et sortirent, avec une détermination et une assurance renouvelées. Alex éprouva un certain soulagement en constatant que Tyson n'était pas en vue.

Après avoir étudié le plan d'Emma, ils longèrent la clôture pendant près de quatre cents mètres pour gagner l'extrémité de l'exploitation. Vingt vastes parterres plantés, à intervalles réguliers, de rosiers s'étendaient devant eux. Kingston estima qu'il y avait là entre deux et trois mille pieds. Certains des rosiers étaient en fleurs et d'autres non. Des petites pancartes en métal galvanisé indiquaient les diverses sections, mais avec des numéros au lieu de noms. Se partageant les travées, ils se mirent à la recherche de Saphir.

— Je doute fort qu'il soit là, dit Kingston. Je ne vois guère que des roses thé hybrides. Saphir ressortirait immédiatement au milieu du lot.

Ils explorèrent d'autres parterres sans plus de succès.

— Allons voir dans les serres, fit Kingston. Je ne vois vraiment pas pourquoi on l'aurait mis sous vitrage, mais on ne sait jamais...

Au bout de dix minutes, ils émergèrent de la troisième et dernière des serres sans y avoir vu trace de Saphir. Passant devant trois vieilles granges presque en ruines, ils y jetèrent à tout hasard un coup d'œil, mais n'y aperçurent que du matériel.

— Il n'est sûrement pas là, déclara Kingston en secouant la tête. Et si le plan d'Emma est exact, nous avons inventorié tout ce fichu endroit...

Au bout de leurs possibilités, ils allèrent s'asseoir sur un banc de bois brut recouvert d'excréments d'oiseaux séchés. Derrière le banc, le long d'une grande haie, était garé un camion sans ridelles.

— Eh bien, bravo pour mes brillants pouvoirs de déduction ! grogna Kingston, l'air abattu.

Alex, triturant la courroie de l'appareil photographique, gardait le silence.

Kingston avait roulé en un mince tube le plan d'Emma et s'en tapotait nerveusement le genou.

— J'aurais pourtant parié tout ce que j'ai au monde que cette satanée rose était ici, reprit-il. Je le sentais jusque dans mes os.

— Apparemment, les os aussi peuvent se tromper, fit Alex. C'est un désastre total.

Tout ce à quoi il pouvait penser était ce qui arriverait le lendemain quand les hommes de Wolff viendraient et ne trouveraient pas de rose. À ce moment, une violente explosion d'aboiements les fit sursauter tous. Le bruit venait de derrière les granges.

— À en juger par ce qu'on entend, dit Alex, Tyson est bien parti pour assassiner quelqu'un.

Reggie apparut à côté d'une des granges, poussant une brouette chargée de compost qui grinçait à chaque tour de roue. Il s'arrêta devant Alex et Kingston et essuya ses grosses mains sur son jean.

— Ce vieux Tyson, fit-il, devient enragé quand tous ces chats viennent le narguer. Un de ces jours, il y en aura un qui s'approchera un peu trop et pourra dire adieu à sa neuvième vie…

— Et où est le chien ? demanda Alex, en mesurant machinalement la distance qui le séparait de l'Alfa.

— Là-bas, derrière les vieux hangars. Nous le gardons là quand il y a des visiteurs, comme vous. Le reste du temps – et surtout la nuit – il a tout le terrain pour lui.

Reggie, reprenant sa brouette et commençant à s'éloigner, ajouta avec un petit rire satisfait :

— Et comme cela, nous n'avons pas encore eu de cambriolages.

Comme Reggie s'éloignait, Kingston se leva d'un bond, laissant tomber à terre le plan d'Emma.

— Des hangars ! dit-il à Alex. Emma n'a pas indiqué de hangars sur son plan.

Il se tira le lobe de l'oreille, signe certain qu'une idée lui venait à l'esprit.

— Venez, fit-il en ramassant le plan.

Alex suivit Kingston qui s'était engagé en petites foulées dans l'étroit espace séparant deux des granges. À l'extrémité, ils se heurtèrent à un haut grillage délimitant un enclos de verdure d'une dizaine de mètres de largeur sur lequel ouvraient des hangars.

— Eh bien, le diable m'emporte ! haleta Kingston. Elle est là ! Incroyable !

Il désignait un caisson de bois carré d'un mètre de côté installé dans un coin de l'enclos, près des portes cadenassées de celui-ci.

— Il y a encore quelques fleurs sur le rosier, constata Alex.

Kingston secoua la tête.

— Ce sont en fait des fleurs nouvelles, précisa-t-il. Encore plus effarant. Il est non seulement bleu mais remontant…

— Remontant ?

— Cela veut dire fleurissant à plusieurs reprises. La plupart des rosiers ne fleurissent qu'une fois par saison. Je supposais que c'était le cas de Saphir.

Même vu de loin, de derrière le grillage, le rosier dégageait une impression de beauté presque irréelle. Mais il y avait quelque chose de nettement troublant, presque inquiétant, dans sa perfection même. L'éclat presque lumineux de ses fleurs couleur de saphir contrastait avec les teintes sombres de son feuillage et le rouge de ses épines. Et, maintenant qu'Alex et Kingston connaissaient son mortel et terrible secret, cette beauté qui venait provoquer leurs regards leur paraissait encore plus impressionnante et insolite qu'auparavant. Frissonnant, Alex détourna les yeux.

Ce qu'il vit alors lui arracha une sourde exclamation et lui fit faire deux pas en arrière. De l'autre côté du grillage, Tyson fonçait vers eux avec la puissance et le halètement d'une locomotive lancée à pleine vitesse. Tous deux sautèrent instinctivement en arrière lorsque le rottweiler vint s'écraser contre la clôture juste devant eux. Alex devait jurer ensuite que, sous le choc, le grillage s'était enfoncé d'une bonne vingtaine de centimètres. Toujours est-il qu'il plia comme s'il allait céder puis reprit brutalement forme, catapultant dans l'air l'infortuné Tyson, qui alla s'écraser dans la poussière cinq ou six mètres plus loin avec un glapissement de douleur.

— Bien fait pour toi ! marmonna Alex.

— Prenons quelques photos du rosier, Alex, dit alors Kingston.

Alex hocha la tête, s'efforçant toujours de se remettre de toutes les émotions successives qu'il venait de connaître. Quelques minutes plus tôt, effondré sur le banc, il avait senti son estomac se tordre de frayeur à la pensée de ce qui allait arriver à Kate quand les hommes de Wolff découvriraient que le rosier n'était pas là. Puis, soudain, la situation s'était inversée : l'intuition de Kingston ne l'avait finalement pas trahi. Une euphorie telle qu'il n'en avait jamais connue auparavant l'avait envahi. Il lui fallut quelques secondes pour s'apercevoir qu'il tremblait de tous ses membres.

— Alex, insista Kingston.

Pensant toujours à Kate, Alex n'émit pas un son. Il sortit simplement l'appareil photographique de son étui et retira le cache de l'objectif. Puis, utilisant le zoom, il prit plusieurs photos du rosier, et, avec un plaisir sadique, une ou deux de Tyson pour faire bonne mesure. Le chien lui montra complaisamment les dents. Alex remit soigneusement le Nikon dans l'étui.

En refermant celui-ci, il pensa soudain à Emma et se demanda comment elle allait réagir quand lui seraient révélés à la fois la petite ruse de Kingston et le passé homicide du rosier. Elle allait certainement penser qu'elle avait affaire à deux évadés de l'asile d'aliénés le plus proche. Il pouffa de rire à cette idée.

— Qu'est-ce que vous trouvez de si drôle ? lui demanda Kingston en s'éloignant du grillage pour prendre le chemin du bureau.

— J'essayais d'imaginer la tête d'Emma quand vous lui apprendrez que ce rosier est un tueur en série. Vous voulez que je la prenne en photo à ce moment-là ?

— Pas de facéties. Nous n'allons pas le lui dire. Ou du moins pas encore.

— Vous ne parlez pas sérieusement, Lawrence ? Nous devons au moins la prévenir de ne laisser personne toucher le rosier.

— Pas pour le moment, Alex.

— Et pourquoi pas, pour l'amour du ciel ? Ce fichu rosier est une vraie bombe à retardement !

— Je vois très bien ce que vous voulez dire, mais laissez-moi vous expliquer deux ou trois choses. Premièrement, nous savons que Compton ne rentre pas de vacances avant ce soir. D'ici là, il est hautement improbable que quelqu'un s'approche du rosier. De plus, c'est le week-end. Si le rosier ne se trouvait pas dans un endroit bien clos et cadenassé, je penserais peut-être différemment. Mais si nous disons la vérité à Emma, la première chose qu'elle fera sera certainement de prévenir Compton ce soir ou demain matin à la première heure, et je veux garder le bénéfice de la surprise. Enfin, elle pourrait appeler la police. Nous sommes, après tout, des imposteurs.

— Un point pour vous, fit Alex en haussant les épaules.

— Cela dit, allons prendre une tasse de thé avec elle avant de partir.

Il le regarda et lui demanda :

— Vous ne vous sentez pas un tout petit peu mieux maintenant, Alex ? Maintenant que nous avons trouvé le rosier ?

Alex ne répondit pas. Son expression était éloquente.

Il était seize heures trente lorsqu'ils quittèrent finalement les établissements Compton. Ils se rendaient à Lewes, où Kingston avait retenu des chambres au « Cross Keys », un hôtel trois étoiles situé au centre de la ville.

Alex quitta un moment des yeux la route pour porter son regard sur Kingston, qui étudiait un guide touristique Egon Ronay.

— Lawrence, dit-il, je retire tout ce que j'ai dit l'autre jour – vous savez, sur vos théories que je trouvais fumeuses et tout le reste.

Il recommença à fixer la route et ajouta :

— En fin de compte, vous aviez raison. C'était diablement astucieux et… Bon, tout ce que j'essaie de dire, c'est : merci.

— Pas besoin de me remercier, mon vieux. Pas encore, en tout cas. Peut-être demain, quand vous serrerez votre Kate dans vos bras.

— Dieu, que j'attends ce moment ! soupira Alex.

Un quart d'heure plus tard, ils faisaient halte dans le parc de stationnement de l'hôtel. Alex serra le frein et, comme il s'apprêtait à descendre de voiture, s'arrêta et se tourna vers Kingston, la mine perplexe.

— Au fait, j'oubliais de vous poser la question : comment diable saviez-vous le nom de la rédactrice en chef de *Jardins illustrés* ? Pendant un moment d'angoisse, j'ai vraiment pensé que nous allions être démasqués.

— Mais je disais simplement la vérité, mon vieux : il y a longtemps que je la connais. En fait, j'ai déjeuné avec elle il y a moins de deux mois.

— J'aurais dû m'en douter, fit Alex en secouant la tête.

CHAPITRE 24

« Les roses tombent, mais les épines restent. »
Proverbe hollandais

La fenêtre était presque carrée et avait à peine une trentaine de centimètres de largeur. Avec une petite lime à ongles, Kate en avait gratté et raboté presque complètement le cadre. Fort heureusement, le bois était pourri à l'un des angles, ce qui lui avait permis de prendre un bon départ. Elle avait effectué la plus grande partie de ce travail juste avant l'aube, en ayant soin de faire le moins de bruit possible et en évacuant les débris dans la cuvette des toilettes.

La fenêtre donnait sur un terrain nu s'étendant derrière la maison. Plus loin, à peut-être trente pas, se dressait une vieille construction de bois entourée d'herbes folles et de débris divers. Par la porte ouverte, Kate avait pu repérer une vieille bicyclette appuyée contre une pile de bûches. De la salle de bains, par la vitre poussiéreuse, elle n'avait pas été en mesure de voir si les pneus étaient gonflés ou non. Elle priait pour qu'ils le fussent.

Assise sur le siège des toilettes, elle regardait le plafond dans la demi-obscurité de la petite pièce. Elle n'avait nulle idée de l'heure exacte, mais estimait qu'au moins quatre heures s'étaient écoulées depuis le moment où, en bas, on avait éteint la télévision. Elle avait décidé arbitrairement que ce moment avait dû se situer entre onze heures et minuit. En supposant que ce soit à peu près juste, il devait être entre trois et quatre heures du matin. Elle décida de ne pas attendre plus longtemps.

Glissant sa lime à ongles sous un coin du panneau de verre, elle s'efforça de soulever celui-ci en faisant levier. Elle espérait qu'en se délogeant, il n'allait pas éclater à grand bruit. Ce serait la catastrophe.

Elle pesa encore sur la lime, l'autre main plaquée contre le verre. Celui-ci ne craqua pas et n'éclata pas. Mais il ne bougea pas non plus.

Kate avait beau redoubler d'efforts, la vitre ne voulait pas sortir de son logement. Les bords en étaient bien dégagés de tous côtés, mais, apparemment, les années et les intempéries avaient solidement collé le verre au mastic à l'extérieur.

— Saleté ! murmura-t-elle entre ses dents. Saleté de vitre.

Elle gratta un peu plus, s'arrêtant de temps à autre pour guetter les bruits pouvant venir de la maison. Elle glissa la lime à ongles sous le coin où l'état de pourriture du cadre lui donnait le plus de prise et tenta de nouveau de tirer la vitre à elle. Elle se rendit alors compte que ses doigts se trouvaient à dangereuse proximité de l'arête du verre. Un faux mouvement, et elle risquait de se couper gravement. Elle imagina un court instant ses ravisseurs suivant sa trace sanglante.

Elle s'arrêta de nouveau, inspira profondément et tira encore, mais d'un geste plus vif. Elle crut voir la vitre bouger.

— Saleté ! haleta-t-elle une fois de plus. Tu vas sortir, oui ou non ?

Mais, en fait, la vitre refusait toujours obstinément de bouger. Kate décida que la seule solution qui s'offrait à elle était de briser le panneau de verre. Mais elle ne disposait de rien d'assez dur pour le faire, et, de toute manière, le bruit réveillerait sûrement toute la maisonnée.

Se mordant la lèvre, elle glissa de nouveau l'extrémité de la lime sous le verre, mais d'un ou deux centimètres seulement, pour obtenir un meilleur effet de levier. Elle ferma les yeux et appuya des deux mains sur l'autre extrémité de la petite lime. Soudain, avec un léger craquement, un coin de la vitre se brisa. Le morceau de verre triangulaire vint tomber sans bruit sur le vieux tapis usé qu'elle avait tiré à cet effet sous la fenêtre. Elle s'arrêta quelques secondes, l'oreille tendue, à l'affût du moindre son venant du reste de la maison. Elle n'entendit strictement rien. Un souffle d'air frais, passant par l'ouverture ménagée dans la vitre, vint lui caresser le visage. Il lui fallut encore une minute pour dégager le reste de la vitre, qui lui vint entre les mains en un seul morceau. Elle posa délicatement le panneau de verre contre le mur, tout en inhalant le vivifiant air du petit matin. Il apportait quelques relents de fumier, mais, pour elle, il avait la qualité d'un parfum de grand luxe.

Elle monta sur le siège des toilettes et posa un genou sur le rebord de la fenêtre. Elle était sur le point de tenter sa sortie lorsqu'elle décela un mouvement près de la vieille grange. Elle tenta, dans l'obscurité, d'en distinguer la nature, tandis que la brise lui ramenait les cheveux devant les yeux. Elle ne vit rien, et se dit que ce devait être simplement un effet du vent. Une girouette grinçait de l'autre côté de la maison. Autrement, tout était tranquille et silencieux.

— Allons-y ! se murmura-t-elle. Pour passer, cela va être de justesse...

Elle se hissa jusqu'à l'étroite ouverture – et soudain se figea.

De l'autre côté de la cour, elle apercevait le petit point lumineux d'une cigarette. Pendant quelques secondes, ce petit point s'agrandit, illuminant le visage de l'homme pendant qu'il tirait sur sa cigarette.

Alex avait passé une nuit très agitée. Quand il s'éveilla, il était enroulé tout habillé dans une couette froissée. L'exemplaire de *Country Life* qu'il avait tenté de lire la veille au soir était encore ouvert sur l'un des oreillers. Il se rappelait l'avoir feuilleté sans autre but que de chasser de son esprit les événements de la journée et les angoissantes incertitudes qui continuaient à entourer la suite.

Le « Cross Keys » avait dû changer de mains depuis qu'avait été publié le glorieux compte rendu que Kingston avait lu à haute voix dans la voiture. Les lieux n'étaient en rien à la hauteur de la flatteuse description figurant dans le guide, et l'indigeste dîner de la veille continuait à peser douloureusement sur l'estomac d'Alex.

— Trois étoiles, vraiment ! maugréa-t-il.

Il referma les yeux et se retourna sur un matelas aussi bosselé qu'un sac de balles de golf en écoutant, grâce au radio-réveil en plastique blanc, une dame à l'accent écossais donner les prévisions météorologiques pour le sud de l'Angleterre : brouillards matinaux avec des passages ensoleillés suivis d'un temps nuageux avec des risques d'averses intermittentes.

— En d'autres termes, grogna-t-il, une autre journée d'été typiquement anglaise.

Il alla se doucher dans une étroite cabine qui avait dû valoir à celui qui l'avait conçue un prix spécial d'économie d'espace. Pour tout arranger, la gargouillante et crachotante plomberie n'offrait le choix qu'entre de l'eau bouillante et de l'eau glaciale. Renonçant à d'autres ablutions, il revêtit un chandail noir à col roulé, un pantalon de velours et un anorak doublé de peau de mouton. Se rappelant les prévisions de la dame à l'accent écossais, il enfouit également un foulard dans l'une des poches de l'anorak. Puis il alla se contempler dans le miroir ornant la porte de la penderie et s'estima habillé de façon à faire face à toute éventualité. Il préféra ne pas regarder de trop près ses paupières gonflées.

Wolff s'éveilla en respirant l'odeur âcre et tenace de feu de bois mort d'épuisement qui imprégnait toute la maison. C'était l'une des premières choses qu'il avait remarquées en arrivant la veille. Pendant plus d'une centaine d'années, cette fumée rance avait imprégné chaque poutre, chaque panneau et chaque planche de la vieille ferme.

Il avait besoin d'un peu d'air frais. Il se demanda quelle heure il pouvait bien être, alluma, sur la table de chevet branlante, une lampe confectionnée à l'aide d'une ancienne bouteille de vin et consulta sa montre. Il n'était pas tout à fait cinq heures. Il avait au moins réussi à dormir un peu. Il se leva, s'habilla, se coiffa d'une casquette de base-ball portant l'emblème des Seattle Mariners, ramassa ses cigarettes et quitta la chambre en fermant silencieusement la porte derrière lui.

Dans l'obscurité précédant l'aube, une petite brise faisait frémir les feuilles d'un élégant bouleau planté près de la porte d'entrée avec un son analogue à celui de vaguelettes venant lécher les galets d'une plage. Abritant son briquet du vent, Wolff alluma une Marlboro. De temps à autre, lorsque la brise s'apaisait, lui venaient des odeurs de fertilisant. Il resta une ou deux minutes sur place, savourant sa solitude. Ses yeux s'étaient maintenant adaptés à l'obscurité et il arrivait à distinguer les formes qui l'entouraient.

Sans raison particulière, il commença à contourner la maison. Il pensait à la journée qui s'annonçait et à ce qu'il ressentirait lorsqu'il verrait finalement cette rose qui allait le sauver. La masse noire d'une construction – une grange, probablement – apparut sur sa gauche. Le bruissement de quelque créature nocturne dans les buissons vint interrompre un instant le cours de ses pensées.

Le vent soufflait plus fort. Entre l'espèce de corridor s'étendant entre la maison et la grange, il faisait voler poussière et feuilles séchées. Quelque part, une porte ou une fenêtre battait. Tout en avançant, Wolff devait baisser la tête pour empêcher la poussière de lui emplir les yeux. Il se réfugia dans la grange. Là, à l'abri du vent, finissant de fumer sa cigarette, il remarqua sans y prêter immédiatement attention, des rideaux flottant par une fenêtre ouverte au premier étage de la maison. Puis il se dirigea vers celle-ci. Ce ne fut qu'au bout de trois pas qu'il se rendit compte de ce que pouvait vouloir dire cette fenêtre ouverte.

S'étant mis à courir, il se rappela soudain qu'il ignorait quelles chambres occupaient respectivement Marcus, Billy et Kate. Il commença à frapper à toutes les portes, hurlant le nom de Marcus. Ce fut finalement Billy qui apparut dans le vestibule, enfilant son jean.

— Billy, clama Wolff, dans quelle chambre est la femme ?

— Celle qui est de ce côté, répondit Billy le bras tendu. En haut.

Il était à moitié endormi et complètement ahuri.

— Merde ! cria Wolff. C'est bien ce que je pensais ! Cette foutue fenêtre grande ouverte !

Marcus apparut à son tour, se frottant les yeux.

— Qu'est-ce qu'il se passe ? marmonna-t-il.

— Il se passe que la Sheppard s'est apparemment échappée, fit sèchement Wolff. Vous m'aviez dit qu'il était totalement impossible qu'elle sorte de cette foutue chambre. Et maintenant, Dieu sait l'avance qu'elle a prise sur nous ! Marcus, vous prenez la Jeep et vous allez jusqu'à la grande route. Comme elle est sûrement à pied, surveillez les champs autour. Si vous ne la trouvez pas, allez directement au « Presbytère ». J'ai l'impression que c'est là qu'elle va d'abord se précipiter. Mais elle n'y restera évidemment pas longtemps, alors, vous feriez mieux de vous dépêcher. En chemin, surveillez aussi les cabines téléphoniques. La première chose qu'elle essaiera de faire sera d'appeler la police…

Il se tourna ensuite vers Billy et lui dit :

— Vous, vous venez avec moi. Il faut fermer boutique ici et dégager en quatrième vitesse.

CHAPITRE 25

> *« Pour moi, la plus modeste fleur qui s'épanouit peut engendrer des pensées qui amènent souvent bien au-delà des larmes. »*
>
> WILLIAM WORDSWORTH

Kate était restée assise, hors de vue, sur le siège des toilettes pendant ce qui lui avait semblé une éternité. De temps à autre, elle levait la tête pour risquer un rapide regard au coin de la fenêtre afin de voir si le mystérieux fumeur était toujours là. Qui diable était-il ? Certainement l'un des deux hommes qui l'avaient enlevée. Mais que pouvait-il bien faire là, fumant hors de la maison à cette heure indue ? Elle regarda pour la quatrième – ou peut-être la cinquième ? – fois et laissa échapper un petit soupir de soulagement. L'homme était parti. Mais il devait avoir remarqué la fenêtre ouverte. Comment la chose aurait-elle pu lui échapper ? Les rideaux volant au vent suffisaient. Kate se maudit de ne pas les avoir retirés avant de s'attaquer à la vitre. Devait-elle ou non risquer maintenant sa sortie ? Ils allaient probablement être à sa porte dans quelques minutes. Mais, d'un autre côté, si l'un d'eux allait se poster à l'extérieur, elle lui sauterait directement dans les bras. Devait-elle y aller ou non ? C'est alors qu'elle entendit hurler dans la maison.

Elle décida d'y aller.

Elle se hissa jusqu'à la fenêtre et, au prix d'un certain effort, glissa la tête et les épaules dans l'étroite ouverture. À sa grande horreur, elle s'y trouva soudain bloquée, les bras collés au corps et totalement immobilisés. Elle était ainsi coincée, la moitié du corps à l'extérieur et l'autre à l'intérieur. Puis elle entendit quelqu'un qui, au rez-de-chaussée, criait « Marcus ! Marcus ! » C'est ce qui emporta la décision. Tous les muscles bandés, ruant et se tordant sur elle-même, elle força lentement le passage, et, finalement, se retrouva à l'extérieur, la tête en bas.

Luttant désespérément, elle réussit à opérer un rétablissement, regarda le sol une fraction de seconde, puis se laissa tomber, atterrissant sur des hautes herbes qui amortirent un peu sa chute. Elle se ramassa sur elle-même, prit son élan et traversa la cour à toutes jambes en direction de la grange.

Dans la maison, des cris retentissaient de plus belle. S'emparant de la vieille bicyclette Raleigh toute rouillée et boueuse, Kate put constater avec soulagement que le pneu avant était convenablement gonflé et que, bien qu'en piteux état, le pneu arrière semblait devoir tenir. La selle étant réglée pour un homme, elle dut se résigner à pédaler debout. Elle fit en zigzaguant les premiers mètres, mais prit de la vitesse en quittant le terrain bosselé de la cour pour gagner une allée de gravier.

Le jour n'était pas encore levé, mais un rayon de lune apparaissant de temps à autre entre les nuages apportait à Kate assez de lumière pour pouvoir se guider. Elle ne tarda pas à atteindre la route. Ne voyant pas de panneau indicateur, elle tourna instinctivement à gauche, profitant d'une pente descendante. Il lui fallait très vite mettre entre la ferme et elle le plus de distance possible.

Penchée en avant sur le guidon, elle prit la descente en roue libre, le vent lui sifflant aux oreilles. Puis elle pédala le plus vigoureusement qu'elle put pendant cinq minutes. Elle commençait à se sentir plus en sécurité lorsqu'elle perçut un son régulier dominant celui du vent. Se retournant, elle aperçut la lueur de phares approchant rapidement, à quelques centaines de mètres derrière elle. Il lui fallait quitter la route au plus vite.

Approchant du bas de la colline, elle distingua les contours sombres d'un groupe de bâtiments, probablement une ferme. Elle serra doucement les freins. Un grincement métallique vint percer l'air du petit matin et la vieille Raleigh ralentit suffisamment pour permettre à Kate de bifurquer, quittant la route pour un étroit chemin de terre. Elle descendit de la bicyclette, l'appuya à une haie et s'accroupit à côté, le cœur battant à tout rompre et les yeux fixés sur la route. Quelques secondes plus tard, une voiture passa à toute allure. Elle avançait si vite que Kate n'eut pas le temps d'en repérer la marque ou même la forme, mais elle ne douta pas qu'elle appartînt à ses ravisseurs. Entendant le bruit du moteur décroître au loin, elle respira plus paisiblement.

Laissant sa bicyclette contre la haie, elle descendit le chemin, à la recherche d'une maison où elle pourrait téléphoner à la police et à Alex. Après avoir exploré l'endroit pendant plusieurs minutes, elle constata qu'il n'y avait pas là d'habitation, mais simplement des granges et des hangars pleins de matériel agricole. Consciente d'avoir perdu un temps précieux, elle rebroussa chemin, reprit sa bicyclette et regagna la route.

Pendant une vingtaine de minutes, elle pédala très dur sur cette route déserte. C'était d'autant plus épuisant et pénible qu'elle ne pouvait s'asseoir sur la selle. Régulièrement, elle devait s'arrêter pour se reposer. Elle estima qu'elle devait maintenant se trouver à sept ou huit kilomètres de la ferme, mais il n'y avait encore aucun téléphone en vue. Elle savait toutefois que, tôt ou tard, elle arriverait dans un village. Là, elle ne manquerait pas de trouver une cabine téléphonique, faute de quoi elle attendrait l'ouverture des magasins pour pouvoir appeler. Elle souhaitait simplement que cela se produise rapidement, car ses jambes commençaient à lui faire horriblement mal.

L'aube était maintenant arrivée, annonçant une assez triste journée. Mais les oiseaux n'en avaient pas moins commencé à chanter. Bien qu'elle ait, du même coup, perdu le bénéfice de l'obscurité, ce son la réconforta.

Après un tournant, elle arriva à un carrefour. Elle s'arrêta un instant pour regarder les panneaux indicateurs. À cinq kilomètres sur sa droite, elle trouverait le village de Little Charwell et, quatre kilomètres plus loin, Steeple Tarrant. Soudain, elle comprit tout. La ferme où elle avait été détenue n'avait pas été seulement choisie pour son isolement mais aussi pour sa proximité du « Presbytère », ce qui facilitait considérablement la surveillance de celui-ci. Mais, quant à elle, elle n'avait aucune intention de rentrer chez elle. C'était le premier endroit où ses ravisseurs viendraient la chercher. Lorsqu'elle aurait appelé la police et Alex, elle irait directement chez Peg.

Peg et son mari habitaient un village situé à huit kilomètres au-delà de Steeple Tarrant.

Une longue côte lui fit comprendre combien elle était épuisée. L'adrénaline qui lui avait donné l'énergie de réaliser son évasion commençait à se dissiper. Tout son corps lui faisait mal. Elle était couverte de sueur et les effets de vingt-quatre heures passées sans sommeil commençaient à se faire sentir. Et elle avait encore du chemin à parcourir. Elle en arrivait à se demander si elle aurait la force d'atteindre la maison de Peg.

En dix minutes, elle parvint au village de Little Charwell. À une quinzaine de mètres devant elle se dressait une vieille église. Les aiguilles dorées de sa pendule noircie par les ans indiquaient un peu plus de sept heures du matin. Mais où étaient passés tous les habitants ? Même à une heure aussi matinale, elle aurait dû rencontrer quelques personnes – livreurs, villageois promenant leur chien – mais elle n'avait encore vu âme qui vive. Peut-être était-on dimanche...

Traversant lentement le village, elle passa devant le pub et la boulangerie, fermés l'un comme l'autre. De l'autre côté de la route, un petit chien se mit à aboyer derrière la grille d'un jardin. Elle était maintenant arrivée au centre du village et, devant elle, soudain, devant la boutique d'un marchand de journaux, apparaissait ce qu'elle avait appelé de tous ses vœux : une cabine téléphonique rouge.

Elle pédala jusque-là, descendit de la Raleigh et l'appuya à la paroi de la cabine. Une fois à l'intérieur de celle-ci, la lourde porte refermée, elle éprouva, pour la première fois depuis le moment où elle s'était échappée de la ferme, un bref sentiment de sécurité. Tout en fouillant dans sa poche à la recherche de pièces de monnaie, elle se regarda dans le petit miroir surmontant l'appareil téléphonique. Elle s'était attendue à pire. Ses cheveux étaient humides et emmêlés, ses yeux un peu rouges, mais, autrement, elle ne portait guère trace de son épreuve.

Sa main se posait déjà sur le combiné, prête à décrocher, lorsqu'elle aperçut dans le miroir la réflexion d'un homme debout à l'extérieur. Il était tout de noir vêtu et portait des lunettes fumées.

Kate laissa échapper une exclamation étouffée et ôta sa main du téléphone pour la plaquer sur sa bouche. Elle sentait les battements de son cœur s'accélérer follement. Soudain, la porte fut ouverte d'un mouvement brutal et l'homme dit d'une voix rauque :

— OK, salope ! Sors de là !

L'accent apprit immédiatement à Kate qu'il s'agissait de l'un des personnages qui lui avaient servi de gardiens à la ferme.

Elle sortit et la porte se referma derrière elle. Elle faisait maintenant face à son ravisseur, un petit homme trapu avec des poils de barbe noirs entourant une bouche aux lèvres minces. Le capuchon de son anorak noir était tiré sur son front. Dans l'une de ses mains se trouvait un pistolet noir prolongé par un silencieux, qu'il agitait légèrement afin que Kate le remarque bien.

Avant même qu'elle ait eu le temps de bouger, il lui agrippa le bras si fermement qu'elle en eut mal et elle sentit le canon du pistolet pressé au creux de son dos. Il lui souffla à l'oreille :

— Un seul son et tu es morte, ma petite. Fais signe si tu as compris.

Kate hocha la tête.

— OK, reprit l'homme. Maintenant, tu vas aller bien gentiment à la voiture, là-bas.

Arrivé à la Jeep, il ouvrit la portière du côté du passager et, avec une petite poussée dans le dos, Kate se glissa sur le siège. L'homme prit le volant, son pistolet posé sur les genoux.

Kate se renversa en arrière et ferma les yeux. Elle avait une envie folle de pleurer, mais elle n'était pas disposée à donner cette satisfaction à son ravisseur.

CHAPITRE 26

C'est la dernière rose de l'été,
Restée seule en fleur,
Alors que ses charmantes sœurs
Sont mortes ou fanées.

THOMAS MOORE

Entrant pour le petit déjeuner dans la salle à manger de l'hôtel, Alex aperçut Kingston installé avec un journal à une table d'angle. Il tira une chaise et s'assit face à lui. Kingston se tapotait la lèvre inférieure avec un crayon, l'œil rivé sur les mots croisés. Il ne parut pas même remarquer l'arrivée d'Alex.

— Très astucieux, marmonna-t-il en inscrivant un mot dans la grille.

— Qu'est-ce qui est astucieux ? demanda innocemment Alex.

Kingston leva la tête et parut presque surpris de voir Alex assis en face de lui.

— Oh, bonjour ! fit-il. Désolé, mais cette définition-là m'a donné du fil à retordre.

— N'oublions pas d'appeler Compton, dit Alex.

— J'ai essayé il y a environ un quart d'heure. Pas de réponse chez lui et un répondeur à son bureau. Revenant des États-Unis, il doit être encore au lit.

— C'est peut-être un peu tôt, effectivement. Nous essayerons de nouveau juste avant de partir.

— Et si nous n'arrivons pas à le joindre, nous allons tout simplement là-bas. Selon Emma, il s'y montrera tôt ou tard.

Alex approuva de la tête et déclara d'un ton pénétré :

— Espérons que ce sera la dernière fois que nous verrons cette maudite rose. D'une manière ou d'une autre, il faut que nous en finissions aujourd'hui. Une fois pour toutes.

Kingston plia son journal et s'empara du menu. Par-dessus la feuille, il se mit à observer attentivement Alex.

— Qu'y a-t-il ? demanda celui-ci.

— On dirait que vous n'avez guère dormi la nuit dernière.

— Exact.

— Je dois dire que, moi aussi, il m'a fallu un certain temps pour m'assoupir. Je continuais à penser à cette satanée rose. Je ne crois pas que l'état du matelas ait non plus arrangé les choses.

Alex regarda quelques secondes le menu, le reposa sur la table et dit à Kingston :

— Je ne pouvais m'empêcher de songer à tout ce qui pourrait mal tourner aujourd'hui. J'ai envisagé tous les scénarios possibles. Et pas une fois, mais constamment.

Kingston prit un ton quasi paternel.

— Écoutez, Alex, fit-il, nous n'avons absolument aucune raison de penser que quelque chose soit arrivé à Kate, et je ne doute pas que nous l'aurons récupérée saine et sauve avant la fin de la journée.

— J'admire votre confiance, Lawrence.

— D'après ce qu'il a dit au téléphone, nous pouvons être certains d'une chose, c'est que Wolff *va* l'amener ici. Et nous, nous *savons* que le rosier est là. Alors, où est le problème ? Il prend le rosier, et nous prenons Kate.

Alex eut un sourire contraint.

— Je suppose que vous avez raison, dit-il. Mais parfois, je ne puis m'empêcher d'imaginer le pire.

Une serveuse arriva avec un percolateur fumant et versa du café dans leurs tasses. Kingston en prit une petite gorgée, puis déclara :

— La nuit dernière, tandis que je me tournais et me retournais dans mon lit, j'ai repensé à notre conversation au pub – quand nous tentions de déterminer qui avait pu tuer Graham. Je pense que j'ai peut-être une réponse à cette question.

— Vraiment ?

— Tout cela est hypothétique, bien sûr.
— Et de qui s'agit-il, en ce cas ?
— Je pense que c'est Tanaka.
— Et pourquoi donc ?
— Ce qui m'a tracassé depuis le début, c'était le fait que, pour que Tanaka soit impliqué dans cette affaire, il lui aurait fallu connaître l'existence du cahier et de la formule. Ce que vous et moi considérions comme fort douteux, vous vous en souvenez.

Alex approuva de la tête. Pendant quelques secondes, Kingston se caressa le menton d'un air pensif en fixant son interlocuteur. Puis, l'index levé, il reprit :

— Voici ce qui, je pense, est arrivé. Suivez-moi bien.

Alex hocha de nouveau la tête. Il lui semblait soudain voir Kingston avec le fameux chapeau à oreillettes et la pipe courbe du grand Sherlock Holmes.

— Allez-y, fit-il.
— Très bien. Quand vous avez faxé la lettre de Stanhope à Adell, celui-ci l'a qualifiée de « dérisoire ». C'est, selon ce que m'a dit Kate, l'expression qu'il a employée. Mais, en même temps – arrêtez-moi si je me trompe –, vous l'avez informé de l'existence du cahier manquant et de la formule de croisement que Graham affirmait détenir, du fait qu'il était hautement probable que la rose puisse être reproduite.
— C'est exact.
— Bien. Pensez un instant à ce que cela voulait dire pour Adell. La vente aux enchères était presque imminente et, tout à trac, il apprenait que la rose n'était plus une exclusivité. Qu'au bout d'un certain temps, il risquait d'y avoir des milliers de roses bleues sur le marché. Cela bloquerait tout en ce qui concernait la vente qu'il avait envisagée. Il lui fallait donc faire quelque chose pour reprendre la situation en main, et très vite. N'oubliez pas qu'Adell avait un énorme intérêt financier en jeu dans cette vente aux enchères, et que, soudain, il voyait s'évanouir à l'horizon les grasses commissions sur lesquelles il avait compté.
— Vous avez raison ! J'oubliais totalement tout ce qu'Adell allait lui-même tirer de la vente…
— Une somme énorme, confirma Kingston.

Il se gratta la tempe et fit :

— Où en étais-je, déjà ? Ah, oui ! Donc, Graham entrant brusquement en scène avec la formule porte à coup sûr un coup très grave à qui possède la rose bleue – ou, pour être plus direct encore, réduit de façon dramatique la valeur de celle-ci. La rose et la formule s'annulent mutuellement, si vous voyez ce que je veux dire.

— Parfaitement. Je vous suis jusqu'ici.

— Entendu. En conséquence, Adell décide que la seule façon de sortir du pétrin est de dire à Tanaka que la valeur de la rose est notablement inférieure à ce qui avait été imaginé et que sa possession n'est plus exclusive, car elle peut être reproduite. Vu ?

Alex fronça les sourcils et dit :

— Je pense que je vois où vous voulez en venir. Adell prévient Tanaka, et Tanaka n'est pas fou. Il comprend immédiatement qu'il doit posséder non seulement la rose, mais aussi le code d'hybridation. Avoir l'un n'avance à rien si l'on n'a pas aussi l'autre. Ce qui est exactement la réaction qu'escomptait Adell.

— Bien vu, fit Kingston avec un bon sourire. Mais ce n'est pas tout.

— Vraiment ?

— Non, il y a plus. Et ce plus est capital. Notre Mr Tanaka est très malin. Il se rend compte que posséder l'une ou l'autre des deux choses est toujours acceptable – si l'autre est détruite. Et c'est ce que, je pense, il décide de faire. En conséquence, il est probablement entré en contact avec Graham en lui disant qu'il serait disposé à acheter la formule. Puis il est allé chez Graham, en principe pour conclure le marché, demandant, en tout cas, à voir le cahier contenant le code d'hybridation. À partir de là, ce qui s'est passé exactement est du domaine de la supposition. Mais, apparemment, il y a eu lutte et Graham s'est retrouvé mort. Pensant qu'il l'avait tué, Tanaka a sans doute déguerpi à toute allure.

— Dieux du ciel, vous avez reconstitué tout cela la nuit dernière ?

Kingston haussa les épaules et sourit.

— Ce n'est qu'une hypothèse, vous savez, fit-il.

Alex eût été incapable de dire si ce fut à dessein que Kingston évita de reparler de Saphir pendant tout le petit déjeuner, abordant les sujets les plus divers sans que son commensal, totalement préoccupé par le sort de Kate et par ce qui risquait de se passer chez Compton, y prête d'ailleurs la moindre attention.

Kingston, ayant terminé son pamplemousse, prit une dernière gorgée de café et se retourna pour observer, par la fenêtre, le ciel sombre et menaçant.

— Eh bien, dit-il, il semble que l'été soit fini. Prêt à y aller ?

— Je suppose.

— Alors, allons-y ! déclara Kingston, son exemplaire du *Times* sous le bras.

Alex secoua la tête. Kingston se comportait comme s'ils allaient simplement faire neuf trous de golf plutôt que de tenter de persuader un parfait étranger – et un cultivateur de roses, de surcroît – que son client et lui devaient renoncer, au nom de l'humanité et de la science, à une rose d'un milliard de dollars présentant un danger mortel. Pour ne pas parler d'une confrontation avec un redoutable psychopathe américain qui ne reculerait devant rien pour mettre la main sur la rose en question. Alex ne pouvait s'empêcher d'admirer son compagnon.

Une dernière tentative pour joindre Compton au téléphone se révéla vaine.

Ils quittèrent donc la confortable chaleur de l'hôtel pour affronter la brise plus que fraîche du matin. Le ciel était uniformément gris au-dessus d'eux. Le seul bruit qui leur parvenait était le ronronnement d'une balayeuse automobile remontant l'artère principale. Il était trop tôt pour que la circulation vienne embouteiller les antiques rues de Lewes. Kingston s'inséra comme il put dans l'Alfa, referma la porte et regarda Alex.

— Baldie, dit-il. C'était bien le nom du gardien ?

— Exact, répondit Alex.

Emma leur avait dit la veille de s'adresser au gardien de jour, Archibald – Baldie pour les intimes. Elle avait promis de lui laisser un mot l'avertissant de leur venue le dimanche matin.

L'Alfa s'arrêta en dérapant sur le gravier devant l'entrée des établissements Compton. Alex regarda sa montre. Il était neuf heures quarante-cinq. Le parcours leur avait pris plus de temps que prévu. Kingston s'apprêtait à descendre de voiture, mais Alex insista pour qu'ils attendent quelques instants. Pendant le trajet, il avait bien précisé à Kingston qu'il ne ferait un pas hors de la voiture que s'il était absolument, positivement certain que Tyson était solidement attaché ou en congé pour la journée. Il avait été mordu durant son enfance, disait-il, et avait encore la cicatrice pour le prouver.

Ils attendirent donc quelques minutes. Les seuls sons qui leur parvenaient étaient le mugissement de vaches dans le lointain et le chant incessant des oiseaux. Le ciel semblait de plus en plus sombre et menaçant. Alex se demanda ce qu'il était advenu des « passages ensoleillés » promis par la dame à l'accent écossais.

— Cette fois, on y va, déclara Kingston, en descendant de la voiture et allant ouvrir la lourde porte de bois brut.

Alex alla se garer au même endroit que la veille. Deux autres véhicules étaient déjà là : une Land-Rover boueuse et une BMW noire à la carrosserie étincelante. Kingston referma la porte derrière lui.

— Dix contre un que la Land-Rover est à Compton, dit Alex en regardant de plus près les voitures. Pour une raison ou pour une autre, je ne le vois pas du genre à posséder une BMW.

— Alors, à qui appartient la BMW ?

Haussant les épaules, Kingston ajouta aussitôt :

— Après tout, nous allons vite le savoir…

Alex prit l'appareil photographique dans l'Alfa.

— Vous croyez vraiment que nous en aurons besoin ? demanda-t-il à Kingston.

— Vous aurez peut-être envie d'avoir deux ou trois photos souvenirs pour votre album, répondit celui-ci. Allons voir si Compton est à son bureau. Mais il est plus probablement chez lui, après ce long voyage. Emma n'a-t-elle pas dit que c'était tout près ?

— Si, dit Alex. Mais j'aurais peut-être dû garer la voiture dans l'autre direction, pour le cas où nous devrions nous replier à toute vitesse. Et aussi laisser la porte ouverte. .

— Non, on ne laisse jamais les portes ouvertes à la campagne. Et, de toute façon, ce gardien, Archibald, l'aurait refermée.

— En parlant de Baldie, ce doit être lui qui arrive, fit Alex en indiquant du menton la direction des vieilles granges, à une douzaine de mètres d'eux.

Un vieil homme approchait. Il portait une veste Barbour avachie dont les pans lui tombaient jusqu'aux genoux, et de part et d'autre de sa casquette à carreaux s'échappaient des touffes de cheveux blancs. Il était sec et maigre, avec un visage évoquant un vieux gant de cuir tout usé, et marchait en claudiquant légèrement. Comme il arrivait près d'eux, Alex et Kingston s'aperçurent qu'il portait un fusil de chasse sous le bras.

— Voilà bien tout ce qu'il nous fallait ! maugréa Alex entre ses dents. Un garde armé !

— Vous n'avez pas besoin de murmurer, mon vieux. Emma a dit qu'il était sourd comme un pot.

— Vous êtes sans doute Archibald, hurla Alex.

— C'est bien moi. Mais vous n'avez pas besoin de crier comme cela. Je ne suis pas sourd, vous savez.

Alex lança un regard noir à Kingston.

— Vous devez être ces types de Londres, fit alors Baldie en désignant l'appareil photo que portait Alex.

Son accent de terroir ne manquait pas d'un certain charme.

— Oui, c'est bien nous, répondit Alex de son ton le plus urbain.

— Emma a dit que vous viendriez voir le patron. C'est sa voiture, là.

Il désigna la Land-Rover et ajouta :

— Mais je ne l'ai pas encore vu dans les parages.

Puis, se frappant la tempe d'un index osseux, comme pour réveiller sa mémoire :

— Ça y est, voilà ce que je cherchais ! Emma m'a dit de vous prévenir qu'elle prenait le chien avec elle. Donc, personne ne viendra vous embêter.

— Et qu'est-ce que vous faites avec ce fusil ? demanda Alex, beaucoup plus à l'aise en apprenant l'absence de Tyson.

Baldie mit la main en cornet derrière son oreille.

— Hein ? Quoi donc ?

— Le fusil, insista Alex en articulant le mieux possible. Pourquoi le fusil ?

— Je vais voir si je peux me faire quelques lapins, là-bas, derrière le village, expliqua Baldie. Vous en voudriez peut-être aussi ?

— Ce serait très gentil, répondit Kingston. Mais, en attendant, nous allons voir au bureau s'il y a quelqu'un.

— Entendu, fit Baldie en esquissant un salut et se dirigeant vers la porte.

Alex et Kingston allèrent jusqu'au bureau et frappèrent à la porte. Il n'y eut pas de réponse. Ils attendirent un moment, puis Alex tourna le bouton de la porte. Celle-ci était fermée à clé. Portant ses mains à ses tempes en viseur, Kingston regarda par une vitre.

— Personne, dit-il. Allons jeter un coup d'œil à Saphir.

Une légère brume s'était levée. Alex frissonna, heureux d'avoir pensé à prendre un foulard. La barrière donnant accès à l'enclos était fermée à l'aide d'un cadenas tout neuf. Alex se sentit, en fait, soulagé de ne pouvoir approcher plus près, mais Kingston lui fit un signe impératif en lui demandant :

— Passez-moi l'étui de l'appareil, voulez-vous.

Alex s'exécuta et vit Kingston ouvrir l'une des petites poches ménagées dans le cuir de l'étui pour en sortir un couteau suisse. Avec un clin d'œil, l'universitaire proclama :

— L'une des plus grandes inventions de ce monde, mon garçon !

Il dégagea du couteau à multiples lames et instruments le plus petit tournevis qu'Alex ait jamais vu et en introduisit l'extrémité dans la serrure du cadenas.

— Très bien, marmonna-t-il en travaillant de son minuscule outil. C'est un modèle tout simple. Ce ne devrait pas être un véritable problème...

Il y eut un déclic, et le cadenas s'ouvrit. Kingston replia le tournevis dans son logement et remit le couteau dans sa pochette.

— Je n'aurais jamais cru, dit Alex, que l'art du cambriolage figurait parmi vos très multiples talents, Lawrence. Vous ne cesserez décidément pas de m'étonner.

La barrière s'ouvrit silencieusement et ils pénétrèrent dans l'enclos servant de sanctuaire à Saphir. Un lapin surgit et détala, cherchant une voie d'évasion. Ce mouvement soudain fit sursauter Alex.

Ils avaient maintenant atteint le caisson où était planté le rosier. Alex posa doucement sur le sol l'appareil photographique dans son étui, tandis que Kingston faisait lentement le tour du caisson, étudiant le rosier sous tous les angles et se penchant de temps à autre pour l'observer de plus près. Puis il recula, croisa les bras et dit à Alex :

— Cela ne semble pas croyable, n'est-ce pas ? Pas croyable qu'une chose d'apparence aussi séduisante et aussi innocente puisse être capable de faire autant de mal, de porter en elle le mal. Je ne suis pas certain que nous en ayons besoin, mais nous ferions aussi bien de prendre quelques photos en attendant.

— La lumière est très mauvaise, fit remarquer Alex. Mais pourquoi pas ?

Sortant le Nikon de l'étui, il porta le viseur à son œil et régla la distance. Juste au moment où il s'apprêtait à actionner le déclencheur, Kingston alla ramasser quelque chose dans le caisson de Saphir.

— Vous êtes dans la photo, lui dit Alex. Qu'est-ce que c'est que cela ?

— Une sorte d'étiquette métallique, fit Kingston, tenant l'objet à bout de bras en tentant d'en déchiffrer l'inscription.

— Qu'est-ce que vous fichez là, vous deux ? tonitrua alors une voix furieuse.

Alex se retourna, abaissant l'appareil, et vit deux hommes traverser l'enclos dans leur direction. Le plus petit des deux avait des cheveux noirs luisants, une barbe bien taillée et portait un long imperméable. Comme il approchait, Alex put constater qu'il y avait quelque chose d'asiatique dans ses traits.

— Je vous parie n'importe quoi que c'est Tanaka, souffla-t-il à Kingston.

Celui-ci approuva d'un hochement de tête imperceptible.

L'autre homme avait un début de calvitie, des favoris grisonnants et le teint rougeaud. Il portait un gilet de cuir sans manches sur un pull-over kaki à côtes, un pantalon de velours et des bottes.

— Je suis Charlie Compton, déclara-t-il d'un ton plus mesuré. Vous devez être les deux personnes dont Emma m'a parlé – de la revue ?

— C'est exact, fit Kingston en avançant d'un pas. Elle vous a dit que nous comptions vous interviewer ?

— Oui, répondit Compton.

— Eh bien, j'ai bien peur que ce ne soit pas le cas.

— Qu'est-ce que vous voulez dire par là ? demanda Compton, l'air intrigué.

— Je suis désolé d'avoir à vous dire, répondit Kingston, que rien de tout cela n'est vrai. Nous avons raconté cette histoire à Emma pour avoir accès à votre propriété et y rechercher ce rosier.

Il désigna du menton Saphir et ajouta :

— À propos, je suis le Dr Kingston et mon ami, ici présent, est Alex Sheppard.

— Fouiller ma propriété ? fit Compton en croisant les bras d'un air furieux. Vous avez un sacré culot ! C'est tout ce que je puis vous dire.

— Pardonnez-nous cette petite duperie, dit Kingston, mais nous n'avions aucun autre moyen d'agir.

— Votre explication a intérêt à être bonne, gronda Compton.

— Ne vous inquiétez pas, elle va l'être, assura Kingston.

Il s'interrompit et reprit :

— En fait, ce n'est pas entièrement vrai, car vous n'allez guère aimer ce que je vais vous dire.

Il reporta son regard sur Tanaka et précisa :

— Particulièrement vous. Vous êtes Kenji Tanaka, n'est-ce pas ?

Le regard de Tanaka se durcit et il clama :

— Cela ne vous regarde pas !

Puis, se tournant vers Compton, il lui dit :

— Ces deux hommes n'ont rien à faire ici. Ce sont des intrus. Faites les partir.

Kingston ignora totalement cette intervention et poursuivit :

— Compton, il faut que vous sachiez que ce rosier a été volé. Il a été volé dans le jardin d'une de nos amies à Market Drayton il y a plus d'une semaine.

Il désigna Tanaka et ajouta :

— Par lui.

— Vous mentez ! affirma Tanaka. J'ai acheté ce rosier pour l'un de mes clients. Légitimement. Mr Compton…

Kingston ne le laissa pas finir sa phrase.

— Ce rosier, dit-il, appartient à Alex Sheppard, et vous le savez fort bien.

Ne sachant plus, de toute évidence, où il en était, Compton jeta un regard effaré à Tanaka puis à Kingston.

— Tout cela est vrai, fit tranquillement ce dernier.

Tanaka, les traits crispés, clama à Compton :

— Vous n'allez quand même pas croire cela ! Vous voyez bien ce qu'ils essaient de faire. Ils veulent s'approprier le rosier !

Compton reporta son regard sur Tanaka.

— À bien y réfléchir, Ken, fit-il, vous ne m'avez jamais dit à qui vous aviez acheté le rosier.

Les yeux noirs de Tanaka vinrent fixer successivement Kingston, Alex et de nouveau Compton. Pas un muscle de son visage ne bougeait, et c'est d'une voix étonnamment calme qu'il déclara :

— J'ai acheté ce rosier à un nommé Graham Cooke. En fait, c'était son oncle qui l'avait créé par hybridation. Pas vrai, Sheppard ? Vous le savez bien, n'est-ce pas ?

Alex jeta un rapide regard à Kingston et commença :

— Nous pensons que cela pourrait être le cas, mais…

Tanaka ne le laissa pas finir.

— Vous voyez, Compton, affirma-t-il, il le reconnaît. Ils n'ont rien à voir dans cette affaire.

Compton paraissait plus perdu que jamais.

Le ton de Tanaka était maintenant rageur.

— Écoutez, Compton, fit-il, nous avons du travail en perspective. Je commence à en avoir assez. Flanquez ces deux types à la porte avant que je me fâche vraiment…

Compton, qui se frottait nerveusement le menton, garda le silence.

— Faites quelque chose, hurla Tanaka. Ne restez pas là comme cela !

Une voix nouvelle s'éleva alors :

— Au contraire, restez tous où vous êtes. Je dis bien tous. Et que personne ne bouge.

Alex se retourna. Cette voix. Américaine. De prime abord, il crut la reconnaître. Mais non, ce n'était pas celle de l'homme qui lui avait téléphoné. Un homme de haute taille vêtu d'un anorak sombre et d'un chandail noir à col roulé se tenait à l'entrée de l'enclos. Il avait à la main un petit pistolet automatique noir d'aspect sinistre.

— Ce rosier n'appartient à aucun d'entre vous, proclama-t-il en avançant vers le groupe. Ce rosier est à moi.

CHAPITRE 27

« Quelqu'un a dit que Dieu nous avait donné la mémoire pour que nous puissions avoir des roses en décembre. »

SIR J. M. BARRIE

Quand Marcus et Kate arrivèrent à la ferme, deux voitures étaient garées dans la cour, mais il n'y avait pas trace d'autres hommes. Marcus enferma immédiatement Kate dans une chambre beaucoup plus petite que la précédente.

Peu de mots avaient été échangés entre eux depuis qu'il l'avait rattrapée à la cabine téléphonique. Durant le trajet, elle s'était efforcée de garder son calme et de tenter de convaincre Marcus qu'Alex et elle ne possédaient plus le rosier, que celui-ci avait été volé. Puis, perdant patience, elle l'avait interrogé avec colère, mais il s'était montré aussi peu prolixe que possible.

Elle était restée étendue sur le lit de la nouvelle chambre pendant un peu moins d'une heure avant que Marcus ne revienne. Sans mot dire, il l'avait emmenée en bas, dans la cuisine, et lui avait donné un sandwich au jambon et au fromage, une bouteille d'eau minérale et une pomme talée.

— Essaie de nous refaire ce coup-là, et tu finiras dans un fauteuil roulant, lui avait-il dit avant de quitter la pièce.

Il revint dix minutes plus tard. Kate sentit son estomac se contracter lorsqu'elle vit qu'il tenait à la main un foulard sombre et une cordelette de nylon. Lui ordonnant de rester assise, il lui noua le foulard sur les yeux et lui lia de façon experte les poignets à l'aide de la cordelette. Puis, la conduisant hors de la maison, il la fit monter dans la Jeep, dont elle reconnut aussitôt l'odeur, et claqua la porte derrière elle.

Peu après, elle entendit des pas sur le gravier. Deux personnes prirent place sur les sièges avant. Les portes claquèrent et le moteur se mit en route.

— Nous avons un long trajet devant nous, dit Marcus. Autant vous installer convenablement.

— Je crois qu'on y est, patron, fit Marcus en ralentissant à la vue de l'enseigne vert et or « Compton's Roses ».

Il arrêta la Jeep sur un terre-plein herbeux, à quelques mètres de la porte de l'établissement.

— Très bien, dit Wolff. Jusqu'ici, Sheppard n'a pas menti.

Assise sur la banquette arrière et dans l'incapacité de rien voir, Kate écoutait attentivement. Elle était déjà arrivée à la conclusion que l'Américain se trouvant avec Marcus devait être le fameux « Ira » dont elle avait entendu parler à la ferme – l'homme qui avait « passé un marché » avec Alex. Le frottement de la cordelette, attachée à l'une de ses extrémités des poignées de porte intérieures lui avait fortement irrité la peau. Le trajet avait été long, mais, fort heureusement, son état d'épuisement l'avait fait succomber au sommeil pendant une partie de celui-ci.

Elle entendit la porte du passager avant s'ouvrir et se refermer, puis elle perçut le bruit d'un verrou qu'on tirait et celui d'une porte raclant le sol tandis qu'on l'ouvrait. La Jeep parcourut encore lentement quelques mètres avant de s'arrêter de nouveau. Le conducteur – Marcus – coupa le moteur et descendit à son tour en claquant très fort sa portière.

Kate entendit les deux hommes parler à l'extérieur, mais ne put distinguer leurs paroles. Puis on ouvrit la porte de son côté, on détacha la cordelette de la poignée pour la ramener et la nouer autour de sa taille, lui immobilisant totalement les mains.

— Descends, ordonna Marcus.

Kate glissa sur le siège et sortit de la voiture sans qu'on l'aide. Elle sentit de l'herbe sous ses pieds et une brume humide sur ses joues. Une forte odeur de fumier imprégnait l'air, et on entendait faiblement, dans le lointain, des moutons bêler. Marcus lui agrippa le haut du bras et ils se mirent en marche.

Au bout d'une minute peut-être, ils s'arrêtèrent. Malgré le foulard qui lui couvrait les oreilles en même temps que les yeux, Kate entendait faiblement des bruits de voix. Il semblait qu'une violente discussion avait éclaté. Elle n'arrivait pas à déterminer si celle-ci impliquait deux personnes ou plus ni quel pouvait en être le thème.

Sa concentration fut rompue par la voix de l'Américain s'adressant à Marcus :

— Vous restez ici avec elle pendant que je vais voir ce qu'il se passe. Et, pour l'amour de Dieu, arrangez-vous pour que personne ne la voie.

La tenant toujours par le bras, Marcus fit faire à Kate quelques pas de plus jusqu'à la proximité d'un bâtiment dont elle ne put déterminer la nature. La discussion devait avoir cessé, car elle n'entendait plus de bruits de voix. Pour la première fois depuis sa sortie de voiture, elle ressentit vraiment le froid.

Elle frissonna, regrettant de ne pas porter une veste plus épaisse. Tout, autour d'elle, était devenu terriblement silencieux. Les moutons avaient cessé de bêler et même les oiseaux semblaient muets.

Kate entendit Marcus se racler la gorge et cracher. Elle était heureuse de ne pas voir ce méprisable individu. Elle repensa à la discussion dont elle avait perçu les échos. Il était plus que possible qu'Alex y participait. Elle se sentait de plus en plus inquiète pour lui. Ces hommes étaient dangereux et résolus. La seule idée d'Alex entrant en conflit avec eux d'une manière ou d'une autre était effrayante. Elle se réconforta un peu en se disant que Kingston était probablement avec lui. Elle doutait fort qu'Alex soit venu seul.

Il lui sembla entendre un léger bruit derrière elle. Ce ne pouvait être Marcus, car elle le savait sur sa droite. Peut-être un chien ou un chat. Puis, soudain, un voix vint rompre le silence. Une voix totalement inattendue, avec un accent de terroir :

— Vous, là-bas, restez bien tranquille et retournez-vous lentement. Vous, mademoiselle, reculez de quatre pas.

Kate obéit et sentit, derrière elle, une main dénouer le foulard lui enserrant la tête et le retirer. Quand elle ouvrit les yeux, ceux-ci lui firent mal. Elle les referma aussitôt ; la lumière lui semblait trop violente. Après avoir ouvert et refermé plusieurs fois les paupières, elle parvint à voir clairement autour d'elle. Le foulard noir gisait sur le sol, devant elle. Et, lui faisant face, à une dizaine de pas, se tenait Marcus, portant toujours ses lunettes noires malgré la totale absence de soleil. Il restait immobile, la mine sombre, les yeux fixés sur ce qui se trouvait derrière elle. Elle regarda par-dessus son épaule et vit, à moins de deux mètres, un vieil homme au visage buriné portant une veste de chasse fatiguée et une casquette. Il tenait à la hauteur de sa hanche un fusil de chasse pointé directement sur l'estomac de Marcus. Et il avait tout l'air de savoir s'en servir.

— Qu'est-ce qu'il se passe, ici ? demanda-t-il.

Kate se retourna complètement vers lui afin qu'il puisse voir ses poignets liés.

— Cet homme m'a kidnappée, déclara-t-elle en désignant Marcus d'un signe du menton. Il faut appeler la police.

— Ciel ! fit l'homme au fusil. Qu'est-ce qu'il vous a fait ?

Kate alla se placer derrière le nouveau venu.

— Faites attention, dit-elle. Il a peut-être une arme.

Le vieil homme braquait toujours son fusil vers Marcus.

— Si tu bouges une oreille, lança-t-il à celui-ci, tu te retrouves plein de trous, mon salaud.

— Il y a un autre homme ici avec lui, précisa Kate. Je pense qu'il est allé à la recherche de mon mari.

— Il faut vous sortir d'ici, dit le vieil homme à Kate.

— Je dois d'abord retrouver mon mari.

— Le plus urgent d'abord, jeune dame. Dans ma poche droite, il y a un couteau. Vous le prenez, vous pressez le bouton pour faire sortir la lame et nous allons vous détacher les mains.

Kate trouva le couteau, en fit jaillir la lame après quelques tâtonnements et le tendit au vieil homme. Celui-ci, maintenant son fusil à la hanche d'une main en gardant le regard fixé sur Marcus, prit le couteau et, d'un geste expert, trancha la cordelette. Kate palpa prudemment ses poignets rouges et meurtris.

— Très bien, petite madame, fit le vieil homme en continuant à surveiller Marcus. Maintenant, vous suivez ce chemin jusqu'à un croisement. Là, vous tournez à gauche et vous continuez pendant une centaine de mètres. Vous verrez la maison de Mr Compton, là-haut, sur la colline. Vous y allez et vous appelez la police. Si Mr Compton est là, vous lui demandez de venir ici en vitesse. Oh ! Et vous lui dites que Baldie – c'est moi – voudrait qu'il prenne son Purdey avec lui.

— Son Purdey ?

— Son fusil.

— Et mon mari ?

— J'ai les choses en main ici. Ne vous en faites pas.

— Vous ne comprenez pas. Ce ne sera pas si facile. Ce sont des professionnels. Ne prenez pas le moindre risque avec eux. Ils n'hésiteraient pas une seconde à vous tuer.

— C'est ce qu'on va voir.

— Je vous en prie, soyez prudent.

Kate s'engagea dans le chemin indiqué. Elle ne pouvait penser à rien d'autre qu'Alex. Était-il là ou non ? Il était certainement là. Elle se rappelait très précisément avoir entendu, dans la ferme, Marcus dire qu'Ira devait rencontrer Alex le dimanche. Mais était-on dimanche ? Tout indiquait que oui : le village désert et cet endroit aussi, quel qu'il fût.

Quant à la nature de celui-ci, la réponse lui vint dès qu'elle eut tourné à gauche, après une grange. De part et d'autre du chemin, sur des centaines de mètres, s'étendaient des rangées de rosiers plantés à intervalles réguliers. Il devait bien y en avoir des milliers. Elle ralentit un moment pour regarder autour d'elle, puis la lumière se fit. Bien sûr, ceux qui avaient volé le rosier bleu l'avaient apporté ici, où il pouvait être à la fois bien caché et bien soigné.

Une violente explosion venant de l'arrière la fit s'arrêter en sursautant. Ce devait être Baldie. Ciel ! Avait-il abattu Marcus ? Elle se représenta la scène : des membres épars, du sang partout... Elle se surprit à espérer que Marcus n'avait pas été tué – seulement grièvement blessé. Mais elle n'allait certainement pas s'en assurer pour le moment.

Au détour d'un grand hêtre rouge, elle aperçut la maison, un modeste bungalow aux murs blanchis à la chaux et au toit de tuiles. Moins d'une minute plus tard, elle se retrouvait à la porte, essoufflée, attendant qu'on réponde à son coup de sonnette. En vain. Elle sonna de nouveau. Toujours pas de réponse. À tout hasard, elle essaya de tourner la poignée de la porte, et, à sa grande surprise, celle-ci s'ouvrit. Elle n'eut pas à chercher longtemps le téléphone. Il était devant elle, sur la table du vestibule. Elle décrocha et composa le numéro de Police-secours.

Marcus avançait sur le chemin de terre longeant la vaste grange. Rien dans son attitude n'indiquait qu'il se considérait comme vaincu. Baldie le suivait à quelques pas, son fusil braqué sur le dos de son prisonnier. On entendait de nouveau des voix venant de l'enclos.

— Avance en douceur, mon gars, dit Baldie. Quand tu arriveras au coin de la grange, tu tourneras à droite.

Ils approchaient, à ce moment, de l'entrée de la grange, assez large pour permettre aux machines agricoles d'entrer et de sortir. Tout se passa en moins de deux secondes. Ce fut comme un tour de magie : à un moment, Marcus se trouvait là, le suivant, il avait disparu, plongeant dans l'obscurité de la grange.

Baldie pressa la détente, mais pas assez vite. La détonation se répercuta partout alentour et un nuage de poussière et de terre s'éleva et retomba à l'endroit où Marcus s'était trouvé quelques secondes plus tôt. Baldie avança jusqu'à l'entrée de la grange, mais ne vit pas signe de l'Américain. Il fit quatre pas à l'intérieur, puis s'arrêta, guettant le moindre son. Tout ce qu'il entendit fut le bruit du vent s'insinuant entre les vieilles planches des parois. Il ne tenait pas à aller plus loin, car il savait combien il faisait sombre en cet endroit qu'on n'utilisait plus que comme entrepôt.

— Salopard ! murmura-t-il.

Ses yeux s'étant un peu adaptés à la quasi-obscurité, il resta sur place, immobile, à l'affût du plus léger mouvement. Il n'en perçut aucun. Puis il se rappela ce que la jeune femme avait dit : « Il a peut-être une arme » et « Ils n'hésiteraient pas une seconde à vous tuer ». Il se rendit soudain compte de la cible qu'il offrait. Il lui fallait se mettre à couvert. Il y avait, contre le mur à sa gauche, un vieil établi sur lequel s'étalaient quelques outils et des pièces détachées. Près de l'établi était garé un petit tracteur qu'il avait vu maintes fois utiliser dans les roseraies. Il s'apprêtait à se poster à genoux derrière celui-ci lorsqu'un éclair fulgurant vint l'aveugler un instant et tout devint noir.

Marcus, tenant toujours un maillet à la main, retourna du

pied le corps inerte de Baldie et se pencha pour prendre son pouls le long du cou. S'étant ainsi assuré que le vieil homme était toujours vivant mais inconscient, il se releva et vit ce qu'il cherchait : un rouleau de ruban adhésif sur l'établi. Il traîna Baldie jusqu'à l'un des piliers de bois soutenant le toit de la grange et le mit en position assise. Puis, après avoir collé deux morceaux de ruban adhésif sur la bouche du vieil homme, il entreprit de lui attacher le torse et les bras au pilier par la même méthode.

Puis Marcus s'épousseta brièvement et sortit de la grange. Il pensa un instant à monter jusqu'à la maison à la recherche de la femme Sheppard mais se dit que celle-ci avait eu amplement le temps d'appeler la police et peut-être même d'autres personnes en renfort. Mieux valait qu'il aille trouver Wolff pour l'informer de ce qui s'était passé. La réaction n'était que trop prévisible.

Tous les regards étaient maintenant fixés sur l'Américain tenant le pistolet.

— Lequel d'entre vous est Alex Sheppard ? demanda celui-ci après s'être arrêté à trois à quatre mètres du groupe.

— C'est moi, et vous, qui êtes-vous ? fit Alex, regardant successivement le pistolet et le visage de l'homme.

— Le plus urgent d'abord, dit l'Américain en allant vers le rosier bleu.

Pendant un long moment, il resta debout devant l'arbuste, à le contempler. Puis il en fit lentement le tour, sans en détacher son regard. Enfin, il se retourna et alla vers Alex, le pistolet toujours braqué.

— Vous êtes Ira Wolff, n'est-ce pas ? dit Alex.

L'homme ignora la remarque et annonça d'une voix de commandement :

— Dans deux jours, ce rosier va s'en aller. Toutes les formalités d'exportation ont été remplies et les dispositions de transport prises.

— Parfait en ce qui me concerne, fit Alex. Mais où est Kate ?

— Ce rosier reste là, intervint alors Compton.

— Je veux la voir, bon Dieu ! tonna Alex. C'était cela, le marché ! C'était ce qui avait été convenu entre votre type et moi : Kate en échange de la rose bleue. Où est-elle, espèce de salaud ?

— La ferme ! aboya Wolff.

Et il ajouta, se tournant vers Compton :

— Et vous aussi !

Puis il revint à Alex :

— Vous, Sheppard, vous m'avez causé les pires ennuis. Toute cette affaire aurait pu être réglée depuis longtemps, mais il a fallu que vous fichiez tout en l'air en jouant à cache-cache avec le rosier. Vous auriez mieux fait de rester bien tranquillement dans votre jolie maison et de faire ce que je vous demandais. Je suis sûr que votre femme aurait trouvé l'expérience beaucoup plus plaisante que celle que vous lui avez imposée.

— Que je lui ai imposée ? Moi ? hurla Alex.

Brusquement, il se précipita vers Wolff.

— Enfant de salaud !

Kingston le rattrapa juste à temps.

— Du calme, Alex ! fit-il. Pour l'amour de Dieu !

— C'était vraiment idiot, Sheppard, dit Wolff en levant son pistolet. Essayez encore quelque chose comme cela, et je serai moins patient… Maintenant, vous la bouclez, compris ?

Puis il se tourna vers Kingston.

— Et vous, demanda-t-il, qui êtes-vous au juste ?

— Je suis le Dr Lawrence Kingston.

— Ah, oui, le professeur ! Je sais tout sur vous.

Il tourna ensuite son arme en direction de Compton.

— Et ces deux-là ?

— Tout simplement le propriétaire de cet endroit. Mon nom est Compton – Charlie Compton. Et voici l'un de mes clients, Ken Tanaka – qui, dois-je ajouter, affirme posséder ce rosier dont vous êtes en train de discuter.

— Vraiment ? fit Wolff d'un ton pincé. Nous allons voir…

À ce moment, une explosion fracassante vint déchirer l'air brumeux, étouffant les paroles de Wolff. Toutes les têtes se tournèrent dans la direction de la grange.

— Qu'est-ce que c'est que cela ? clama Compton, en se mettant en marche vers l'endroit d'où semblait venir la détonation. Je vais voir ce qui se passe. Ce doit être Baldie…

Wolff leva son arma et la pointa directement sur lui.

— Vous, vous restez où vous êtes ! glapit-il.

Compton s'arrêta, parut peser un instant ses chances dans un affrontement avec l'Américain, puis recula. On pouvait toutefois voir l'impatience le gagner.

— Est-ce que quelqu'un voudrait bien m'expliquer, demanda-t-il d'un ton coléreux, ce qui se passe ici ? Je commence à en avoir plein les bottes !

— Pourquoi ne le lui expliquez-vous pas, Wolff ? fit Alex.

— Je vous ai déjà prévenu, Sheppard ! Vous la fermez !

— Et où est Kate, espèce de fumier ? Qu'est-ce que vous avez fait d'elle ?

Wolff ignora la sortie d'Alex et reporta son attention sur Compton.

— Je ne sais pas où vous voulez en venir, dit-il, et franchement, je m'en contrefous. Ce rosier m'appartient maintenant. Demandez à Sheppard. Sa femme et lui ont signé la cession. Donc, si votre copain et vous avez d'autres idées là-dessus, vous pouvez les oublier tout de suite !

Pour la première fois depuis l'apparition de Wolff, Tanaka intervint.

— Vous êtes tous en état d'intrusion sur une propriété privée, proclama-t-il en allant se placer devant le rosier. Et j'ai le regret de vous dire, Mr Wolff, si tel est votre nom, que ce rosier a déjà été acheté – par l'un de mes clients, comme je viens de l'expliquer à ces deux personnages.

Il désigna Alex et Kingston et reprit :

— Votre papier, si vous en avez un, est sans valeur. Alors, je vous suggère de vous en aller immédiatement et d'emmener avec vous Mr Sheppard et son ami. Ensuite, vous pourrez discuter la chose ensemble.

— Vous mentez, Tanaka, espèce de salopard ! hurla Alex. Rien de tout cela n'est vrai !

Wolff éclata de rire. Il alla vers Tanaka et lui posa le canon de son pistolet dans les côtes.

— Fichez le camp de devant ce rosier avant que je fasse quelque chose que je regretterai ensuite ! glapit-il.

Tanaka lui lança un regard rageur. Compton, lui, était visiblement à bout de patience.

— Écoutez, fit-il. Je l'ai déjà demandé une fois. Est-ce que quelqu'un voudrait bien m'expliquer exactement ce qui se passe ici ? Et à qui ce foutu rosier appartient en réalité ?

Il essuya la sueur qui perlait à son front et ajouta à l'intention de Wolff :

— Et j'aimerais bien que vous remettiez ce foutu pistolet dans votre foutue poche…

Kingston s'avança, en faisant signe à Compton de se taire.

— Écoutez un peu, vous tous, déclara-t-il. Et ne m'interrompez pas, s'il vous plaît…

Mais Wolff ne l'entendait pas de cette oreille.

— C'est vous qui allez m'écouter, espèce d'imbécile ! clama-t-il. Il n'y a rien à discuter. Vous la bouclez tout simplement et…

— Wolff, coupa Kingston d'un ton méprisant, c'est vous qui êtes un imbécile. Écoutez-moi, bon Dieu !

— Vous avez intérêt à faire vite, grogna Wolff.

— Ne vous inquiétez pas, ce sera le cas, dit calmement Kingston.

Tous les yeux étaient fixés sur lui. Il attendit que se dissipe le bruit d'un chasseur à réaction passant à basse altitude et commença :

— Nous savons tous que cette rose bleue est véritablement le fruit d'un miracle botanique. Fort de plus de quarante ans d'expérience scientifique, je sais à peu près tout ce qu'il y a à savoir sur la biologie moléculaire des plantes et leur manipulation génétique, et cette rose représente un cas sur un milliard. Vous êtes tous convaincus qu'en vous en assurant la propriété, vous allez devenir immensément riches.

Sur ce, à la surprise générale, il se mit à pouffer de rire.

— Qu'est-ce que vous trouvez de si drôle ? grogna Wolff.

— L'ironie de la chose.

— De quoi voulez-vous parlez, bon Dieu ?

— Il y a un léger problème, fit Kingston.

— Lequel ? demanda Compton.

— Le problème est qu'il y a quelque chose de diabolique dans ce rosier. Quelque chose de très dangereux.

Il s'interrompit de nouveau et regarda l'un après l'autre ses auditeurs.

— Vous, Wolff, reprit-il, vous, Compton, et vous, Tanaka, il va vous falloir croire ce que je vais vous dire. Peu importe qui est propriétaire du rosier. La question est sans objet – car ce rosier porte dans ses épines un poison mortel. La moindre égratignure par elles peut causer la mort. Une mort rapide et peu plaisante, je dois le préciser. Alex en a été le témoin direct. Il a perdu une amie très chère à cause de cette monstrueuse plante. Elle n'avait pas encore trente ans. Ce n'est pas tout. Trois autres personnes ont perdu la vie par la faute de ce rosier. Croyez-moi, vous n'avez pas intérêt à vous y frotter de trop près.

— Foutaises ! s'exclama Compton. Un flot de conneries comme j'en ai rarement entendues ! Cela fait trente ans que je cultive des roses, et, en tout ce temps, je n'ai jamais entendu parler d'un rosier vénéneux.

— Moi non plus, renchérit Wolff. Vous croyez vraiment que nous allons avaler cette ânerie ?

— Écoutez, Wolff, fit Kingston d'une voix où commençait à percer l'exaspération, je vous le dis une fois encore : ce rosier ne pourra jamais être vendu. Il est extrêmement dangereux. Il doit être immédiatement confisqué et mis sous séquestre.

Cette fois, ce fut Tanaka qui intervint.

— C'est un tissu de mensonges ! clama-t-il. Des mensonges. Des mensonges comme celui que vous avez employé pour vous introduire ici.

— Croyez bien que je préférerais qu'il en soit ainsi, dit Kingston d'un ton calme. Mais tel n'est pas le cas. Vous êtes bel et bien dans une impasse et il n'y a rien que vous puissiez y faire.

Tanaka était sur le point d'exploser de nouveau, mais Kingston prévint son intervention en ajoutant :

— Notre intention, quand nous partirons d'ici, est d'ailleurs d'aller trouver directement les services de santé locaux pour les informer que vous détenez une plante hautement toxique et dangereuse. Et vous savez que cela entraînera automatiquement une intervention de la police.

— Quelle preuve avez-vous de tout cela ? demanda Compton.

— De multiples preuves, répondit Alex. Et nous pouvons les réunir sans aucune difficulté.

Il se tourna vers Wolff et lui dit :

— Laissez tomber, Wolff ! Tout cela ne sert à rien.

— La ferme ! glapit Wolff d'un ton furieux.

— Et où est Kate ? L'avez-vous amenée avec vous ? C'était ce qui était convenu.

Wolff ne répondit pas.
Alex continua à le regarder fixement.
— Où est-elle ? insista-t-il.
Le regard de Wolff se durcit, mais il garda encore le silence. Puis, par-dessus son épaule, Alex aperçut un homme qui traversait en toute hâte l'enclos dans leur direction. Il était trapu, habillé de sombre et portait des lunettes noires.
Pendant un moment, Wolff et le nouveau venu parlèrent à voix basse, et il devint vite évident que Wolff était furieux de ce qu'il entendait. Il alla jusqu'à frapper le sol du pied, soulevant un nuage de poussière.
— Je m'en vais, déclara soudain Compton. Si vous voulez me parler, je serai dans mon bureau. Vous pouvez rester ici, tous autant que vous êtes, et continuer à discutailler toute la journée si cela vous chante…
Il se tourna vers Tanaka et lui dit :
— Venez, Ken. En route !
Wolff se retourna vivement.
— Vous deux, fit-il, vous restez là où vous êtes. Vous vous en irez quand je le dirai, et pas avant.
— Vous n'avez toujours pas répondu à ma question, Wolff, déclara Alex aussi calmement qu'il le put. Dites-moi où est Kate, et nous nous retirerons, si c'est là ce que vous voulez.
Pendant un moment encore, Wolff resta silencieux, debout, les pieds écartés, caressant du canon de son pistolet l'une des manches de sa veste. Ignorant Alex, il se tourna vers Kingston et dit finalement :
— Vénéneux ou non, je prends possession de ce rosier.
— Pas question, intervint Tanaka. Il m'appartient.
Les traits de Wolff se durcirent plus encore. Il murmura quelque chose à Marcus, qui fonça soudain sur Tanaka, le saisit par la taille, le souleva et, en une extraordinaire démonstration de force physique, le jeta au sol comme un sac de pommes de terre. Puis il lui posa un pied sur la nuque. Wolff alla se placer devant le rosier.
— Assez bavardé, dit-il. Compton, vous vous tenez tranquille. Un geste, et Marcus se charge de vous. Compris ?
Compton jeta un regard noir à Wolff mais ne bougea pas. L'Américain regarda sa montre et dit :

— Il faut que je parte, mais vous, Compton, faites bien attention à ce que ce rosier reste là où il est en ce moment.

Puis il désigna Tanaka du bout de son pistolet et fit un signe à Marcus. Celui-ci leva le pied, et Tanaka se releva lentement en tentant silencieusement d'épousseter ses vêtements.

— Et maintenant, à vous deux, déclara Wolff en se tournant vers Alex et Kingston.

— Vous commettez une énorme erreur, Wolff, affirma Kingston. Vous n'avez pas cru un mot, n'est-ce pas, de ce que j'ai dit ? Vous voulez des preuves ? Entendu, allons tous au bureau de Compton, et, là, j'appellerai l'Hôpital John Radcliffe d'Oxford, où une jeune femme qui a manipulé le rosier est morte. Puis nous appellerons une certaine Mrs Cooke, dont le mari a subi le même sort dans sa propre serre après l'avoir traité. Elle pourra vous parler de deux autres décès qu'elle sait avoir été provoqués par le rosier, dont celui d'un petit garçon, bon Dieu !

Sur quoi Kingston se retourna et commença à traverser l'enclos en direction de la porte de celui-ci.

— Venez, si vous ne me croyez pas, lança-t-il par-dessus son épaule. C'est à vous de choisir. C'est cela ou j'appelle la police.

Alex ramassa l'appareil photographique dans son étui et commença à suivre Kingston.

— Sheppard ! cria Wolff, restez où vous êtes. Kingston, arrêtez-vous ! Demi-tour !

Kingston avait déjà parcouru la moitié de la distance le séparant de la porte de l'enclos. Il regarda Wolff par-dessus son épaule et lui dit :

— Vous n'allez pas me tirer dessus devant témoin ? Vous n'êtes quand même pas assez bête pour cela, Wolff…

Et il poursuivit sa marche, sous le regard anxieux d'Alex, qui lui lança :

— Lawrence ! Non…

Un coup de feu retentit.

Kingston s'effondra sur le sol, où il resta immobile. Alex le regardait sans parvenir à y croire.

CHAPITRE 28

> *« Quand la rose périt, la cruelle épine demeure. »*
>
> OVIDE

Kate se tenait sur la véranda de bois peint courant le long de la façade du bungalow de Charlie Compton, les deux mains posées sur la balustrade. Elle s'efforçait de déterminer ce qu'elle devait faire dans l'immédiat. Attendre l'arrivée de la police ou retourner d'où elle venait afin de voir ce qui se passait ? Étant donné qu'on était un dimanche – elle en était maintenant convaincue –, il s'écoulerait sans doute quelque temps avant que la police survienne. Elle n'était pas encore certaine qu'Alex était sur place et se demandait aussi ce qui était arrivé à Marcus et au vieux gardien. Elle espérait se tromper en estimant que celui-ci n'était pas de taille à faire face très longtemps à Marcus. Mais elle s'interrogeait en même temps sur le coup de fusil qu'elle avait entendu. Le vieil homme avait-il abattu Marcus ? Et l'autre Américain ? Qui était-il et que faisait-il ?

Plus elle y pensait, plus elle se disait qu'elle commettrait une erreur en restant dans la maison à attendre la police. Pour commencer, Marcus savait où elle était.

Il valait décidément mieux qu'elle retourne voir ce qui arrivait. Elle allait simplement devoir se montrer très, très prudente.

Comme elle se décidait à lâcher la balustrade, de petites particules de peinture blanche tombèrent de ses mains, humides de sueur. Elle les balaya de son jean et dévala les quatre marches qui menaient de la véranda à l'allée par laquelle elle était arrivée. Elle refit à grandes enjambées le chemin déjà parcouru et ne tarda pas à se retrouver près de la grange où elle avait vu pour la dernière fois Marcus et Baldie. Elle ne savait pas très bien où aller ensuite. Il n'y avait personne en vue. Les seuls sons qui lui parvenaient étaient ceux du vent et des feuilles tombant sur le toit de la grange. Est-ce que, sachant qu'elle avait appelé la police, tous avaient pris la fuite ? Puis, soudain, elle entendit des voix masculines, mais sans pouvoir distinguer ce qui se disait. Il fallait qu'elle se rapproche un peu plus.

Elle fit quelques pas prudents en avant, à l'affût du moindre mouvement autour d'elle. Elle commençait à se demander si elle n'aurait pas mieux fait de rester dans la maison.

Les voix se turent.

Kate s'arrêta net.

Le bruit qui suivit lui déchira les tympans. C'était celui d'un coup de feu. Elle fit demi-tour et alla s'accroupir le long de la paroi de la grange, comme si celle-ci pouvait la protéger. Elle resta près d'une minute ainsi, mais aucun autre coup de feu ne retentit. En tout cas, celui qu'elle avait entendu ne venait certainement pas du fusil de chasse de Baldie.

Avançant très lentement, en se commandant de rester calme, elle atteignit l'extrémité de la grange. S'aplatissant contre la paroi de bois brut, elle s'arrêta, attendant que les voix se fassent de nouveau entendre, mais le silence régnait de nouveau.

Malgré les risques, la tentation était trop forte. Il fallait qu'elle renonce au couvert de la grange pour voir ce qui se passait. Pour cela, elle n'avait que quelques pas à faire.

Ce qu'elle vit à ce moment l'emplit soudain de panique. Elle faillit se mettre à hurler, mais, au dernier instant, se plaqua la main sur la bouche.

À moins d'un jet de pierre, Kingston était étendu à terre, replié sur lui-même. De toute évidence, il avait été touché d'une balle et blessé. Alex se penchait sur lui. Cinq ou six mètres plus loin un homme de haute taille tenant un pistolet à bout de bras parlait avec animation à Marcus. Un peu plus loin encore se tenaient deux autres personnages. Kate resta pétrifiée sur place, la main toujours plaquée sur la bouche, incapable de bouger ou de parler.

— Kate !

Alex l'avait vue.

— Kate ! hurla-t-il. Va-t'en d'ici ! Cours !

Elle hésita une seconde. Puis, du coin de l'œil, elle vit Marcus bondir en avant. C'était vers elle qu'il se précipitait. Elle fit volte-face et se mit à courir aussi vite qu'elle put le long de la grange.

Puis elle entendit l'homme au pistolet se mettre à crier à son tour. Ses mots résonnèrent à ses oreilles :

— Attrapez-la, Marcus ! Attrapez-moi cette garce !

Kate ne pouvait courir plus vite. Elle savait que ses chances de distancer Marcus étaient des plus minces. Si elle restait en terrain découvert, elle ne tarderait pas à sentir son souffle sur sa nuque. Et il avait probablement une arme, aussi. Un peu en avant d'elle, elle vit l'entrée de la grange. Elle s'arrêta net, dérapant sur le chemin de terre et manquant perdre l'équilibre. La grange représentait sa seule chance. Elle savait que c'était également risqué, car elle pouvait facilement s'y trouver acculée, mais elle ne vit pas d'autre solution immédiate. Aussi, jetant un rapide regard derrière elle, elle se précipita dans la grange.

Passant du grand jour à la demi-obscurité de la vaste bâtisse, elle courut à l'aveuglette pendant quelques minutes. Elle passa ainsi sans le voir à côté de Baldie, toujours attaché à son pilier. Elle avançait comme elle le pouvait, mi-marchant, mi-courant, trébuchant sur des objets divers, pendant que ses yeux s'accommodaient à la faible lumière régnant dans la grange. Elle heurta violemment de la cheville quelque chose de dur et de métallique et tomba à terre. Sous l'effet de la douleur, ses yeux s'emplirent de larmes. Grimaçant, elle réussit à se relever, claudiqua quelques mètres puis se remit à courir.

Elle arrivait à mieux voir autour d'elle grâce à la lumière pénétrant dans la grange par les interstices des planches des parois. Elle courait maintenant dans un étroit couloir de terre battue entre deux rangées de stalles ayant sans doute abrité autrefois des chevaux. Elle entendait se rapprocher le bruit sourd des pas de Marcus. Elle tenta de forcer encore l'allure, espérant trouver une issue au corridor qu'elle avait emprunté.

Celui-ci s'élargit soudain et elle se retrouva dans un assez vaste espace rectangulaire qui avait dû servir à entreposer du foin, et jeta dcs regards éperdus autour d'elle. Elle se trouvait prise au piège. Puis elle repéra une volée de marches contre le mur, menant visiblement à un grenier. Elle s'y engagea sans hésitation, et, en haut, se retrouva sur une sorte de plate-forme où s'accumulaient cartons, caisses, sacs et barils, ainsi que de vieux tuyaux d'irrigation, des rouleaux de grillage et des outils divers. S'efforçant de reprendre son souffle, elle hésita un moment à s'aventurer plus avant dans l'obscurité de ce grenier.

La voix de Marcus la fit soudain se retourner.

— Tu ferais aussi bien de sortir de là ! lança-t-il. Ne m'oblige pas à monter te chercher !

Elle ne pouvait toujours pas le voir, mais elle savait qu'il n'était pas loin derrière elle.

— Très bien, espèce de petite garce ! enchaîna-t-il. Tu l'auras voulu !

Alors, elle l'aperçut qui courait vers les marches, un pistolet dans la main droite. Elle se catapulta dans la pénombre du grenier. Après s'être heurtée à nombre d'objets qu'elle ne put identifier, elle se trouva précipitée contre un amas de grands sacs en plastique, qui, d'après l'odeur qui s'en dégageait, devaient contenir du fertilisant ou du fumier. Ils étaient entassés sur une deuxième plate-forme surélevée barrant le grenier sur toute sa largeur. Kate n'hésita pas, cette fois. Elle sauta sur cette plate-forme et alla s'accroupir derrière le barrage de sacs, dans une obscurité quasi totale, le pouls accéléré au maximum. Elle se demandait si elle devait rester là ou tenter d'aller plus loin. L'odeur de fumier commençait à lui donner véritablement la nausée.

Il y eut un claquement sec, immédiatement suivi du bruit sourd fait par quelque chose venu s'enfoncer dans un sac, non loin d'elle. Ciel ! Une balle ! Elle étouffa un cri, et, de l'amas de sacs, jaillit soudain un chat rayé, qui détala presque en vol plané avec un miaulement indigné.

Un mélange de larmes et de sueur inondait le visage de Kate, et elle sentit son corsage qui, sous sa veste, lui collait à la peau.

Elle entendit un pas, puis un autre sur le plancher du grenier. Il était maintenant tout près. Les pas s'arrêtèrent.

— Tu ferais mieux de te montrer. Cette balle n'était pas destinée à te toucher. Mais la prochaine le sera, crois-moi...

Une planche craqua sous son poids comme il avançait. Il fallait qu'elle bouge. À toutes forces. Le dos collé au bois rugueux de la paroi, Kate se glissa entre l'amoncellement de sacs en plastique et celle-ci, en espérant que des craquements du plancher n'allaient pas la trahir. Des échardes de bois s'accrochaient parfois à sa veste.

Elle s'arrêta un moment, retenant son souffle. On entendait, au loin, le chat miauler plaintivement.

Centimètre par centimètre, elle reprit sa progression le long de la paroi. Devant elle, la pile de sacs était encore plus haute, atteignant presque les poutres supportant le toit. Puis elle parvint à l'extrémité du grenier. Pas d'issue. Elle se retrouvait bloquée là.

Le bruit sourd d'un objet pesant jeté au sol la fit sursauter. Un autre bruit analogue suivit. Puis un autre encore.

Seigneur ! Marcus était en train d'ôter les sacs de la plate-forme. Dans quelques minutes, il l'aurait rattrapée.

— Allez, viens, ma fille ! lança-t-il.

Haletante, elle ne répondit pas.

— Tu veux faire la maligne ? D'accord, ma petite !

Kate sentit son estomac se convulser.

— Viens donc ! insista-t-il.

Elle estima qu'il devait se tenir juste au-dessous d'elle. C'était sa seule chance. Et elle décida de la tenter. Elle se cala le dos contre la lourde pile de sacs et prit appui des pieds sur la paroi de planches devant elle. Elle respira profondément et se mit à pousser contre la paroi de toute la force de ses jambes. Les sacs ne bougèrent pas. Elle grimaça de déception. Il lui fallait un meilleur point d'appui. Elle s'adossa aussi haut que possible à la pile de sacs et s'apprêtait à pousser de nouveau quand la voix railleuse de Marcus se fit entendre :

— Dernière sommation, bébé ! Sors de là ou commence à dire tes prières !

Cela emporta la décision. Bandant tous ses muscles, mobilisant tous ses nerfs, faisant appel aux ressources ultimes de son corps, Kate recommença à pousser les sacs. Et soudain ceux-ci cédèrent. Incapable de se retenir, Kate suivit le mouvement et bascula avec les sacs en bas de la plate-forme.

Ébranlée mais indemne, elle réussit à se mettre debout sur le plastique glissant. Il n'y avait pas signe de Marcus. Elle comprit soudain qu'il devait se trouver sous l'amas de sacs. Il lui fallait donc profiter de la situation pour s'échapper en vitesse, mais elle avait à peine fait un pas qu'une main jaillit d'entre les sacs pour lui saisir la cheville, en même temps qu'une voix hurlait :

— Je te tiens, petite salope !

Kate poussa un hurlement, la cheville que Marcus avait agrippée et serrait de toutes ses forces était celle à laquelle elle s'était blessée plus tôt dans l'obscurité. Et Marcus se servait de sa prise pour s'extraire de sous les sacs.

Il tirait de plus en plus fort. Kate finit par perdre l'équilibre, s'abattant, face contre le plancher, des échardes de bois s'enfonçant douloureusement dans ses paumes comme elle tentait d'amortir sa chute de ses mains.

La prise de Marcus sur sa cheville ne s'était pas relâchée, et dans quelques secondes, sans aucun doute, il allait se libérer.

CHAPITRE 29

Douce rose, dont l'audacieux éclat
Fait que le regard succombe,
Ta racine est déjà dans sa tombe
Car proche est ton trépas.

GEORGE HERBERT

Kate enfonça les ongles dans le bois du plancher et tira autant qu'elle le put. Elle n'arrivait pas à s'arracher à la prise de Marcus. Elle se mit à hurler, redoublant d'efforts, mais rien n'y faisait. Elle n'avait pas de prise, rien à quoi se retenir, et ne possédait pas la force brute nécessaire. Elle commença à pleurer de douleur et de rage. C'est alors qu'elle clignait des yeux pour tenter de chasser les larmes venant brouiller sa vue qu'elle aperçut, contre le mur, un amas de vieux outils de jardinage posés là en vrac. Presque à sa portée, il y avait une pelle au long manche de bois. Bien qu'antique et rouillée, elle paraissait solide. Kate étendit le bras vers elle, l'effleurant à peine du bout des doigts.

Marcus, à ce moment, la tira brutalement en arrière. Tournant la tête, elle put voir que son torse émergeait maintenant des sacs. Elle distinguait même les tendons de son cou se contractant sous l'effort. Elle le regarda avec un sentiment d'intense répulsion et, de toutes ses forces, se porta de nouveau en avant. Cette fois, elle réussit à saisir le manche de la pelle au moment même où il recommençait à la tirer vers lui. Elle se retourna, réussit à se mettre sur un genou, et, levant la pelle au-dessus de sa tête, l'abattit avec toute la vigueur qu'elle pouvait avoir encore en elle. Juste avant que le fer de l'outil vienne frapper le crâne de Marcus, elle ferma les yeux. Le bruit se répercuta dans toute la grange. Elle s'attendait à un hurlement, mais rien ne vint. Lorsqu'elle rouvrit les yeux, elle le vit qui gisait, effondré sur les sacs, les paupières closes et une joue déformée de façon grotesque sur le plastique. Elle détourna le regard.

La jambe libérée, elle se mit debout et se dirigea vers l'escalier d'une démarche hésitante. Son pied vint soudain heurter un petit objet métallique, qui glissa devant elle sur le plancher.

Le pistolet ! Il l'avait laissé tomber.

Kate se pencha et le ramassa. Le tenant serré dans sa main droite, elle se mit à courir.

En bas, devant elle, elle vit un grand pan de lumière : la porte de la grange. Qu'allait-elle devoir affronter lorsqu'elle retournerait vers l'enclos ? Elle était pleine d'appréhension, mais bien résolue à le découvrir. Elle s'apprêtait à sortir de la grange lorsqu'elle entendit un bruit étrange. Elle s'arrêta et regarda vers sa gauche. Baldie, toujours attaché à son pilier, frappait furieusement le sol de ses pieds.

Kate glissa le pistolet dans sa poche et courut vers le vieux gardien. Se souvenant du couteau qu'il avait sur lui, elle le chercha, le trouva, l'ouvrit et coupa les bandes adhésives qui attachaient Baldie au pilier. Elle le laissa se libérer lui-même la bouche.

En jurant abondamment, il lui expliqua comment Marcus l'avait pris par surprise. Ils ne retrouvèrent pas son fusil de chasse, dont l'Américain s'était sans aucun doute emparé. À son tour, Kate expliqua brièvement ce qui lui était arrivé, précisant que la police était en route.

Ensemble, ils se dirigèrent vers l'enclos.

Le brouillard était plus épais encore, enveloppant de gris toutes choses, imprégnant d'humidité l'herbe et amortissant les sons. Postée près de la grange, Kate s'essuya les yeux et regarda en direction de l'enclos. À peine visible bien qu'il fût à moins d'une dizaine de mètres, l'homme de haute taille qu'elle avait aperçu auparavant marchait de long en large, comme s'il attendait quelqu'un ou quelque chose, tenant toujours son pistolet. Immédiatement derrière lui, paraissant déplacé dans cet enclos vide, on pouvait voir une sorte d'arbuste dans un caisson. Deux hommes se tenaient debout à proximité. Dans l'état de panique où elle se trouvait auparavant, Kate n'avait pas remarqué la plante dans le caisson. Il lui fallut, cette fois encore, plusieurs secondes pour s'aviser qu'il s'agissait du rosier bleu.

À quelques pas à gauche, elle pouvait maintenant distinguer les silhouettes confuses d'Alex et de Kingston assis sur le sol.

— Ils attendent Marcus, chuchota Kate à Baldie, qui se trouvait juste dernière elle.

— Est-ce que votre mari est là ?

— Oui. Et notre ami, Lawrence, est avec lui.

Tirant l'arme de sa poche, elle ajouta :

— Regardez, j'ai le pistolet de Marcus.

Et elle sortit l'arme de sa poche.

— C'est trop risqué d'aller là-bas, fit Baldie en secouant la tête. Ce type a l'air salement dangereux.

— Il l'est. Il a tiré sur Lawrence.

Le son, d'abord très faible, d'une sirène vint les interrompre. Tendant l'oreille, ils l'entendirent se rapprocher.

— Merci, mon Dieu ! dit Kate.

Baldie lui saisit le bras.

— Attendez ! fit-il. On dirait que le gars essaie de se barrer. Vite, donnez-moi le pétard !

Sans réfléchir, Kate lui remit le pistolet. À la minute où elle le faisait, elle sut que c'était une erreur.

Baldie prit soigneusement sa visée, mais de façon à ce que la balle passe au-dessus de la tête de Wolff sans le toucher. Puis il tira en criant :

— Lâche le pistolet et reste où tu es !

Wolff, qui avait commencé à courir, trébucha, puis s'arrêta et se ramassa sur lui-même, en position accroupie. Le pistolet fermement tenu à bout de bras, il se mit à fouiller du regard les alentours, à l'affût du moindre mouvement. Kate se figea sur place, sachant qu'un seul geste d'elle ou de Baldie pourrait avoir des conséquences catastrophiques.

On entendait très distinctement les sirènes, maintenant. Kate se mordait l'intérieur de la joue, bien décidée à rester immobile, les yeux fixés sur l'homme au pistolet. Tout serait certainement fini dans quelques instants, mais elle savait que, d'ici là, n'importe quoi pouvait se passer. Mais ce qui arriva fut, à coup sûr, la dernière chose qu'elle attendait.

De la grisaille jaillit presque à l'horizontale un corps lancé directement vers l'homme armé. C'était Alex !

Parfaitement exécuté, le plaquage de rugby d'Alex envoya voltiger l'homme au pistolet. Kate ferma les yeux un instant et les rouvrit juste à temps pour voir le corps de l'homme aller s'écraser sur le caisson contenant le rosier.

C'était comme si elle regardait un film en noir et blanc projeté au ralenti. Un horrible craquement se fit entendre comme l'avant-bras de l'homme venait se fracasser sur le rebord du caisson. Son pistolet lui échappa et partit en tournoyant dans l'air.

Incapable de freiner sa chute, l'homme était allé donner de la joue dans le rosier.

Le souffle coupé, Kate détourna les yeux tandis qu'un hurlement atroce retentissait dans l'enclos. Se retournant ensuite, elle vit l'homme qui se tordait sur le sol, une main ensanglantée portée à son visage. Alex, qui s'était relevé, se tenait au-dessus de lui, pantelant.

— Alex ! Alex ! cria-t-elle, en courant vers son mari à travers la brume qui persistait.

Se retournant, il fit une douzaine de pas en trébuchant presque et enveloppa Kate de ses bras. Elle tremblait convulsivement.

— Oh, Dieu merci, Alex ! lui souffla-t-elle à l'oreille. Dieu merci, c'est fini !

Alex ne cessait de l'embrasser, sur les lèvres, sur les joues, sur les yeux, sur les cheveux.

— Tu es sauvée, ma chérie, fit-il. Rien d'autre n'a d'importance. Rien.

Elle fut sur le point de dire quelque chose, mais Alex lui posa deux doigts sur les lèvres.

— Chut ! murmura-t-il, tandis que le bruit des sirènes devenait assourdissant.

Pendant un moment, ils restèrent ainsi, étroitement enlacés, écoutant des portes claquer et des exclamations fuser à l'extérieur.

Sans se retourner pour regarder de nouveau, Kate eut un mouvement de tête en direction de l'homme gisant à terre.

— Qui est-ce, Alex ? demanda-t-elle.

— Il s'appelle Wolff. Ira Wolff.

— Ses hommes m'ont enlevée.

— Nous le savons, Kate.

— Marcus, celui qui m'a donné la chasse, est là-haut dans la grange. Je pense que je l'ai peut-être tué.

— Si c'est le cas, il le méritait amplement. Laisse la police s'en préoccuper.

— Mon Dieu, quel cauchemar !

— C'est fini, Kate. Fini.

Il se détacha d'elle et se pencha pour l'embrasser sur le front.

— Attends-moi ici, Kate, fit-il, pendant que je vais chercher ce pistolet.

Il alla vers l'endroit où l'arme gisait dans la poussière et la ramassa. En revenant vers Kate, il passa auprès de Wolff, qui s'était relevé sur un coude. Sur son visage couvert de terre, le sang ruisselait par tout un réseau de plaies profondes. Il leva vers Alex des yeux au regard venimeux et lui dit d'une voix haineuse :

— Je n'en ai pas fini avec vous…

Il s'interrompit pour tousser en grimaçant de douleur et ajouta :

— Vous allez avoir affaire à moi, salaud !

Alex ne répondit pas. Il se contenta de regarder Wolff en secouant lentement la tête. Puis, se détournant finalement, il dit tranquillement :

— J'en doute. J'en doute vraiment.

Il retourna auprès de Kate et lui prit la main. Elle posa la tête sur son épaule. Les larmes qui continuaient à lui emplir les yeux avaient tracé de petites lignes blanches dont la crasse recouvrait ses joues. Elle s'aperçut qu'elle tremblait encore.

Elle resta silencieuse, la tête enfouie au creux de l'épaule d'Alex, jusqu'à ce que ce tremblement eût cessé. Puis ils s'embrassèrent.

— Comment va Lawrence ? demanda-t-il.

— Pas mal. Il a eu beaucoup de veine. La balle s'est logée dans les chairs sans rien toucher d'important, semble-t-il.

— Mais il y avait deux autres hommes ici ?

Alex explora l'enclos d'un regard circulaire.

— Je pense, dit-il, qu'ils ont déguerpi quand Wolff a tiré sur Lawrence. On peut les comprendre.

— Qui étaient-ils ?

— L'un était Charlie Compton. C'est le propriétaire de cet

endroit. L'autre était notre ami Tanaka, celui qui nous avait écrit. Je t'expliquerai tout cela plus tard, Kate.

Ils se dirigèrent ensemble vers Kingston, qui était resté cloué au sol par sa blessure, assistant, impuissant, à tout ce qui se passait autour de lui.

Kate s'agenouilla auprès de lui. Il se tenait la cuisse à deux mains. Le foulard qu'Alex avait utilisé comme bandage et sa jambe de pantalon étaient noirs de sang. Son visage était décomposé. Kate le regarda dans les yeux et constata que, malgré tout, son regard demeurait vif.

— Cela paraît sans doute pire que ce ne l'est en réalité, grogna-t-il. Sacrément douloureux quand même…

Il parvint à sourire et, désignant de la tête la grange, demanda :

— Que diable s'est-il passé là-bas ?

— Des tas de choses, Lawrence. Mais il faut d'abord qu'on vous emmène à l'hôpital. Je crois qu'une ambulance est arrivée.

— Et Wolff, comment va-t-il ?

— Pas trop bien. Il est même en piteux état. Mais je pense qu'il s'en tirera quand même ; ce ne sont que des griffures.

— Je ne le crois pas, fit Kingston en secouant la tête. Nous avons beaucoup de choses à vous raconter, Alex et moi.

Baldie, deux agents de police et deux ambulanciers portant une civière approchaient d'eux. Ils furent suivis peu après d'un troisième policier tenant solidement Marcus, une main derrière le dos. Marcus avait la tête ensanglantée et quelque mal à marcher droit.

Kate tapota doucement l'épaule de Kingston.

— Moi aussi, dit-elle, j'ai des choses à vous raconter, croyez-moi…

CHAPITRE 30

Point de pleurs ! Surtout point de pleurs !
L'an prochain reviendra la fleur.
Nul n'est besoin de larmes,
Car sous terre, elle fourbit déjà ses charmes.

JOHN KEATS

— Eh bien, Kate, nous ferions aussi bien de la finir ! déclara Alex en s'emparant de la bouteille de Veuve Clicquot et en versant les dernières gouttes dans leurs verres.

C'était un agréable dimanche après-midi au « Presbytère », avec un soleil intermittent, mais suffisamment présent quand même pour entretenir une chaleur raisonnable. Kate et Alex étaient installés sur la terrasse dallée de pierres, dans des chaises d'osier encadrant une table ronde recouverte d'une nappe au dessin provençal. Sur cette table, les restes du déjeuner s'accompagnaient de la bouteille de champagne maintenant vide et de deux bouteilles de vin précédemment mises à mal. Une semaine, jour pour jour, s'était écoulée depuis les événements des établissements Compton.

Kingston avait pris la route une demi-heure plus tôt pour regagner Londres. Après que sa blessure eut été soignée à l'Hôpital Victoria de Lewes, Kate et Alex avaient insisté – face à des protestations de pure forme – pour qu'il passe quelques jours de sa convalescence au « Presbytère ».

Vers la fin du déjeuner, Kate avait exprimé certaines inquiétudes devant le fait qu'il prenne la route après la quantité de vin qu'il avait absorbée et l'avait invité à rester une nuit de plus.

— La proposition est bien tentante, ma petite fille, avait-il répondu, mais je dois vraiment rentrer chez moi. Vous savez que j'ai toute une masse d'affaires en suspens. D'autre part, je commence à être un peu à court de linge de rechange.

Durant les jours qui avaient suivi les événements de ce dimanche dans le Sussex, une image un peu plus claire de ceux-ci avait commencé à se dessiner. En fait, tout s'était passé en moins d'une heure. Neuf personnes y avaient été impliquées, et, sur les neuf, l'une était morte ensuite.

Deux jours après avoir regagné « Le Presbytère », Alex avait téléphoné à l'hôpital de Lewes pour s'enquérir de l'état de Wolff. On l'avait alors informé que celui-ci avait succombé à l'infection massive consécutive à ses blessures. Leur dépeignant la mort de Vicky et les symptômes qui l'avaient accompagnée, Alex avait conseillé aux médecins de Lewes de se mettre en contact avec ceux de l'Hôpital John Radcliffe d'Oxford. On lui assura que ce serait fait et qu'il serait tenu au courant des conclusions qui en résulteraient.

Ils avaient également eu des nouvelles de Charlie Compton. Celui-ci avait téléphoné à Alex pour lui signaler qu'il avait reçu la visite d'un inspecteur des services locaux d'environnement, que le ministère de la Santé avait pris possession du rosier bleu, et que « celui-ci resterait sous la garde du ministère jusqu'à nouvel ordre ». Il s'agissait là d'une décision officielle.

Alex lui demanda ce qui était arrivé à Tanaka et à lui après leur départ précipité. Compton lui raconta que, dès son arrivée à son bureau, il avait téléphoné à la police pour dire que de graves désordres se produisaient et qu'un homme avait été abattu d'un coup de feu. Il avait également parlé de la détonation de fusil de chasse entendue auparavant. Les policiers lui avaient alors dit qu'un appel analogue avait déjà été reçu d'une femme, et qu'une voiture de police et une ambulance étaient en route. On lui avait intimé l'ordre de ne pas sortir de son bureau – et surtout pas avec son fusil de chasse, comme il en avait eu l'intention. Il ne devait intervenir en aucun cas avant l'arrivée des autorités compétentes.

Quant à Tanaka, Compton déclara que, la dernière fois qu'il l'avait vu, il courait vers sa voiture. Il n'avait pas eu de nouvelles de lui depuis, mais avait appris que la police avait retrouvé, abandonnée, la BMW, qui s'était révélée être une voiture de location.

Interrogé sur le vol du rosier, Compton affirma qu'il n'avait pas soupçonné une minute que Tanaka était impliqué dans une opération illégale. Il avait pensé, dès le début, que ce qu'Adell et Tanaka lui avaient l'un et l'autre dit était vrai : à savoir que Tanaka représentait un riche industriel japonais qui s'était porté acquéreur du rosier. Mais il ignorait totalement que Tanaka – ou quelqu'un à sa solde – avait volé le rosier.

De façon peu surprenante, la nouvelle de la découverte de la rose bleue et des événements et décès entourant celle-ci fit la « une » de presque tous les journaux et magazines de Grande-Bretagne. Et la presse internationale fut prompte à suivre. Les publications spécialisées, bien sûr, se battaient pour obtenir informations et photos, et plusieurs importants organes de presse américains, dont *Time* et *Newsweek*, dépêchèrent des reporters jusque dans le Wiltshire. Des photos de la ferme où Kate avait été tenue captive furent même publiées dans la presse.

Restait l'affaire de la mort de Graham. Peu après son retour chez lui, Alex avait reçu, sans trop de surprise, un coup de téléphone de l'inspecteur Holland demandant une rencontre. L'inspecteur avait évidemment été mis au courant de maints éléments de l'affaire qu'il ignorait jusque-là. L'entretien qu'il eut, au « Presbytère », avec Kate, Alex et Kingston dura plus d'une heure, et fut nettement plus cordial que précédemment.

Holland informa ses interlocuteurs qu'on avait d'abord pensé que Graham avait succombé à une crise cardiaque au cours d'un affrontement physique, mais des examens ultérieurs par les médecins-légistes avaient révélé qu'il avait bel et bien eu le crâne fracturé. Venant confirmer les soupçons de Kingston à l'égard de Tanaka, le policier précisa qu'il avait des témoins ayant vu deux hommes – dont l'un de type asiatique – entrer dans la maison de Cooke une demi-heure environ avant la découverte du corps par Alex et Kingston. Alex, bien sûr, ne figurait plus sur la liste des suspects.

Alex se pencha au-dessus de la table pour aller poser sa main sur celle de Kate.

— Tout va sembler terriblement tranquille ici, pendant un moment, dit-il.

— Dieu merci, fit Kate avec un doux sourire. À propos, j'ai

fait cadeau à Peg d'un joli cadre d'argent pour s'être aussi bien occupée de la boutique et d'Asp pendant que nous avions d'autres petites choses à faire. Tu sais qu'en plus, elle a réalisé de très bonnes ventes…

Et leur conversation se poursuivit pendant quelque temps sur des problèmes bien quotidiens, concernant la maison, la boutique de Kate, le travail qui s'était accumulé sur le bureau d'Alex.

Puis un silence se fit, et Kate regarda Alex d'un air songeur.

— Tu sembles un peu triste, ma chérie, dit-il. À quoi penses-tu ?

Elle renversa la tête en arrière et contempla les feuilles de l'érable bordant la terrasse.

— Je pensais à Vicky.

Alex ne dit rien.

— Tout cela à cause de cette rose, poursuivit Kate en soupirant. Tout cela à cause de cette maudite rose !

— Comment pouvions-nous le savoir, Kate ?

— Évidemment.

Elle poussa encore un long soupir et dit :

— Il faut que j'aille voir Jill à la pépinière. Tu disais que tu lui avais parlé depuis ?

— Oui, brièvement, quand Lawrence et moi cherchions ce qu'étaient devenues les boutures. Je te l'ai raconté. Puisqu'elles étaient toutes mortes, je n'ai pas cru nécessaire de le signaler. Mais, en y repensant, je suppose que j'aurais dû au moins informer le ministère de la Santé.

Il haussa les épaules et ajouta :

— Bien sûr, Jill n'a jamais su de quoi il s'agissait.

— Remercions le ciel qu'elle n'y ait pas touché.

— Cela, tu peux le dire ! Tu sais, en un sens, mieux vaut qu'elles soient mortes toutes seules. C'était une véritable bombe à retardement qu'il y avait dans cette serre. Dix petits tueurs bleus.

Une expression de surprise se peignit sur les traits de Kate.

— Dix ? fit-elle.

— C'est que Jill a dit.

— Tu en es sûr ?

— Certain. Elle m'a dit que les dix boutures étaient mortes de manque d'eau.

— Oh, mon Dieu ! s'exclama Kate en se mordant la lèvre.
— Qu'y a-t-il ?
— Ce n'est peut-être pas encore fini, Alex.
— Pourquoi ?
— Parce que Vicky avait prélevé douze boutures.
— Tu en es bien sûre ? Tu ne peux pas te tromper ?
— Non. Elle les a prélevées très tôt le matin où toi et elle avez déterré le rosier. Elle les a mises dans notre abri de jardin jusqu'à votre retour du Shropshire. Et, quand vous êtes revenus, elle les a reprises pour les déposer à la pépinière en rentrant chez elle. Je me souviens lui avoir proposé de les lui déposer le lendemain, puisqu'elle ne se sentait pas bien, mais elle m'a dit que cela ne lui posait pas de problème.
— Tu es absolument sûre ? demanda de nouveau Alex. C'était il y a un certain temps, tu sais.
— J'en suis sûre. Je me rappelle Vicky me disant qu'elle s'était arrêtée à douze parce qu'une de plus aurait risqué de porter malheur. Et j'avais pensé, quant à moi, que douze, c'était déjà beaucoup.
Ils échangèrent des regards où se lisait un certain malaise. Puis Kate regarda sa montre et se leva.
— Pour être absolument certaine, dit-elle, je vais appeler Jill.
Elle gagna l'intérieur de la maison, puis revint s'asseoir en face d'Alex cinq minutes plus tard, la mine perplexe.
— Eh bien ? demanda Alex.
— Tu avais raison. Jill jure qu'il n'y avait que dix boutures et que personne d'autre qu'elle n'avait accès à la serre où elles se trouvaient.
— Ouah ! fit Alex, les sourcils froncés.
— Cela veut dire que deux boutures sont manquantes, dit Kate.
— Et maintenant, que faire ?
— J'imagine que nous devons avertir la police.
— Et le ministère de la Santé, dit Alex.
Ils restèrent silencieux et pensifs pendant un assez long moment.
— Qui peut les avoir prises ? demanda enfin Kate.
— Dieu seul le sait.
— En dépit de ce qu'affirme Jill, ce pourrait être quelqu'un à la pépinière.

— Peu probable. Jill a précisé qu'elle était seule à avoir une clé de la serre.

— Néanmoins, je suppose que cela pourrait être un tas de gens. Mais comment auraient-ils su que les boutures étaient là ?

— Laisse-moi réfléchir un instant, fit Alex en repliant soigneusement sa serviette, la posant sur la table et la lissant de la paume. Nous savons fort bien l'un et l'autre que Wolff et Tanaka ont dû prévoir que nous prélèverions des boutures à titre d'assurance.

— Et, de plus, nous savons maintenant qu'ils nous surveillaient constamment.

— Oui, mais ne viens-tu pas de dire que Vicky avait prélevé ces boutures à la pointe de l'aube ?

— Je sais, mais ils auraient fort bien pu la voir le lendemain, au moment où elle les a retirées de l'abri.

— Oui, mais, ensuite, les boutures ont été sous clé en permanence.

Kate secoua la tête.

— Je ne sais pas, dit-elle. C'en est trop pour moi. On dirait que cette satanée rose va, après tout, avoir le dernier mot.

Alex se frottait le menton, comme perdu dans ses pensées.

— Tu sais, finit-il par dire, il y a une autre possibilité.

— Laquelle ?

— Eh bien, nous sommes partis du principe que les deux boutures avaient été volées à la pépinière, après que Vicky les y eut déposées. Mais n'est-il pas plus probable qu'elles ont été prises dans notre abri de jardin, ici, pendant que Vicky et moi étions partis pour le Shropshire ?

Kate réfléchit et opina du bonnet.

— Oui, fit-elle. Je suppose que oui.

— Souviens-toi, Vicky était déjà très malade quand elle est allée chercher les boutures. Je doute qu'elle ait pris la peine de les compter. Et, d'ailleurs, pourquoi l'aurait-elle fait ?

— Juste, reconnut Kate.

— La question est : qui les a fauchées ?

— Je suppose que nous ne le saurons jamais de façon certaine.

— Pour une raison ou pour une autre, je ne pense pas que ce soit Wolff. Si cela avait été le cas, il en aurait certainement parlé tôt ou tard. Non, je crois que c'était probablement Tanaka.

— Mais ce n'est toujours qu'une supposition, souligna Kate.

— Oui, mais une supposition raisonnée. Nous savons qu'il avait des gens qui nous surveillaient, et il est plus que probable que ces gens nous ont vus en train de déterrer le rosier et nous ont suivis jusque chez Tante Nell, ce qui expliquerait comment Tanaka a su où était la cachette.

— Je pense que tu as raison, Alex. Nous avons tous été absents la majeure partie de ce week-end. J'étais à la boutique toute la journée de samedi et j'ai passé la soirée et la nuit chez Peg. Vicky et toi étiez dans le Shropshire. Il n'était que trop facile à quelqu'un de prendre deux boutures dans l'abri de jardin.

— Je parierais que c'est ce qui s'est passé.

Le bref moment de silence qui suivit fut ponctué par le faible son de la pendule du vestibule marquant l'heure.

— Alors, fit Kate à voix très basse, il y a encore deux tueurs en liberté...

Une grande ombre tomba sur la table comme le soleil disparaissait soudain derrière des nuages menaçants. Et, brusquement, un grand bruit d'ailes suivi de croassements stridents : une assemblée de corbeaux quittait le grand cèdre. Kate et Alex regardèrent en silence les noirs oiseaux disparaître à l'horizon grisâtre.

Achevé d'imprimer sur les presses de

BUSSIÈRE

GROUPE CPI

à Saint-Amand-Montrond (Cher)
en mai 2006

N° d'édition : 545. N° d'impression : 061862/4.
Dépôt légal : janvier 2006.

Imprimé en France